En aguas tranquilas

Si tienes un club de lectura o quieres organizar uno, en nuestra web encontrarás guías de lectura de algunos de nuestros libros. www.maeva.es/guias-lectura

Viveca STEN

En aguas tranquilas

Traducción:
GEMMA PECHARROMÁN MIGUEL

MAEVA

Título original:
I DE LUGNASTE VATTEN

Diseño e imagen de cubierta:
SYLVIA SANS BASSAT

© VIVECA STEN, 2008
   Publicado originalmente por Forum, Suecia
   Esta edición ha sido publicada bajo el acuerdo con Nordin Agency AB, Suecia
© de la traducción: GEMMA PECHARROMÁN MIGUEL, 2016
© MAEVA EDICIONES, 2016
   Benito Castro, 6
   28028 MADRID
   emaeva@maeva.es
   www.maeva.es

ISBN: 978-84-16363-88-9
Depósito legal: M-11.086-2016

Fotomecánica: Gráficas 4, S.A.
Impresión y encuadernación: CPI
Impreso en España / Printed in Spain

A mi madre, por su coraje

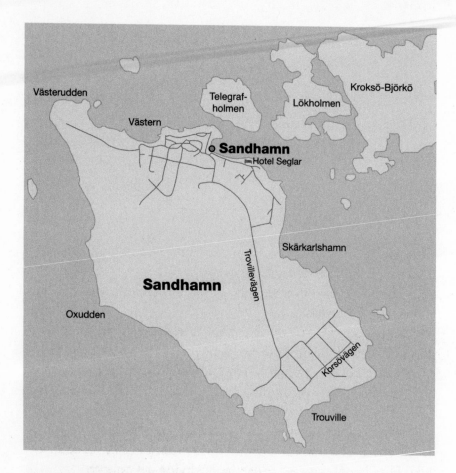

En aguas tranquilas, de Viveca Sten, es el primer título de la serie que se desa-rrolla en la isla de Sandhamn. Se trata de un pintoresco enclave del archipiélago de Estocolmo, formado por un conjunto de 24.000 islas, que está situado frente a la capital sueca y que se ha convertido en una zona muy turística. A princi-pios del siglo XVIII, el archipiélago tenía una población de 2.800 personas, en su mayoría pescadores. Hoy, los habitantes del archipiélago, que cuenta con más de 50.000 casas repartidas en las distintas islas, se reparten entre veraneantes y residentes que, en su mayor parte, trabajan en Estocolmo.

Originalmente, la isla se llamaba Sandön, «isla de la arena», y Sandhamn era el nombre de un asentamiento situado en el noreste.

Las islas que forman el archipiélago son muy populares entre los aficiona-dos a la navegación, y son un escenario ideal para una novela de misterio como En aguas tranquilas.

Prólogo

Reinaba una calma absoluta, una tranquilidad solo posible en invierno, cuando el archipiélago pertenecía a los vecinos que residían allí todo el año y los bulliciosos veraneantes aún no se habían adueñado de las islas.

El agua estaba brillante y oscura, el frío del invierno se condensaba sobre la superficie. Se veía alguna que otra mancha de nieve, que aún no se había derretido del todo. Algunas serretas se perfilaban como motas contra el cielo y el sol se mantenía bajo sobre el horizonte.

–¡Ayudadme! –gritó–. ¡Ayudadme, por Dios!

Le lanzó una cuerda con un nudo corredizo. En el agua helada, él se la colocó con torpeza alrededor del cuerpo.

–Sácame –jadeaba, agarrándose al borde del barco con las manos, que ya habían empezado a ponerse rígidas por el frío.

Cuando lanzó por encima de la borda el ancla a la que estaba atado el cabo, él pareció sorprendido, como si no entendiera que su peso muy pronto tiraría de él hacia abajo, hacia el fondo. Que solo le quedaban unos segundos de vida antes de que su cuerpo siguiera al pesado aparejo de hierro.

Lo último que se vio fue su mano, que salió a la superficie enredada en la red. Luego, el agua volvió a cerrarse con un suspiro apenas perceptible.

A continuación se oyó el ruido del motor, mientras el bote viraba despacio y ponía rumbo de vuelta al puerto.

1

Lunes, primera semana

–¡Ven aquí, *Pixie*, ven aquí!

El hombre miraba irritado a su perra, que se alejaba por la playa. Había permanecido varios días encerrada en el barco, pero tenía que mantener cierta disciplina. En realidad debía ir con la correa puesta. En Sandhamn, una isla del archipiélago de Estocolmo, estaba prohibido que los perros fueran sueltos en verano, pero a él su corazón no le permitía obedecer la ordenanza viendo lo feliz que era la perra cuando podía correr libremente.

Por lo demás, no solía verse a casi nadie en la playa a esa hora tan temprana. Los vecinos de las pocas casas situadas en primera línea apenas se habían despertado. Lo único que se oía eran los graznidos de las gaviotas. El cielo estaba despejado y limpio, y la lluvia de la noche había dejado una sensación de frescor. Los cálidos rayos del sol anunciaban ya otro día espléndido.

La arena era firme y resultaba agradable pasear por ella. Los pinos bajos dejaron paso a la hierba lyme y al ajenjo, mezclado con grupos de flores amarillas de la playa. Franjas de algas marinas flotaban esparcidas en la orilla y, a lo lejos, cerca del islote de Falkenskär, se veía un velero solitario rumbo al este.

«¿Dónde se habría metido la maldita perra?»

Se orientó por los ladridos. *Pixie*, exaltada, soltaba unos ladridos agudos mientras sacudía nerviosa el rabo. Se hallaba junto a una roca, olisqueando algo, pero él no podía ver de qué se trataba. Al ir hacia allí percibió un olor desagradable. Cuando se acercó, el olor se convirtió en una nube agria y nauseabunda de hediondos efluvios que casi le cortaban la respiración.

En el suelo yacía lo que parecía un montón de trapos viejos.

Se inclinó hacia delante para apartar a la perra y se dio cuenta de que se trataba de una vieja red de pesca cubierta de algas marinas. De repente comprendió qué era lo que estaba viendo.

De la red asomaban dos pies desnudos. A ambos le faltaban varios dedos. Desde lo que quedaba de la piel, arrugada y verdosa, solo sobresalían los huesos.

La arcada apareció al instante. Antes de que pudiera evitarlo se le revolvió el estómago y vomitó un líquido de color rosa. Le salpicó los zapatos, pero el hombre no lo advirtió.

Cuando logró erguirse bebió un poco de agua del mar para enjuagarse la boca. Después sacó el móvil y marcó el número de emergencias.

2

Thomas Andreasson, inspector de la Policía Judicial, anhelaba disfrutar de sus vacaciones. Cuatro semanas en la casa de veraneo en la isla de Harö, en el archipiélago de Estocolmo. Bañarse por la mañana, hacer un poco de piragüismo. Preparar una barbacoa. Dar una vuelta hasta Sandhamn y visitar a su ahijado.

Le gustaba pedir vacaciones tarde, el agua estaba más caliente y hacía mejor tiempo. Pero justo ahora, después del solsticio de verano, era difícil no querer dejar la ciudad y salir a dar una vuelta por el archipiélago.

Desde que el año anterior empezara a trabajar en la Brigada de Delitos Violentos de la comisaría de Nacka, había estado hasta arriba de trabajo. Había tenido que aprender muchas cosas, a pesar de que llevaba catorce años como policía, los últimos ocho en la Unidad Especial de la Policía Marítima de Estocolmo.

Allí había pilotado la mayoría de los barcos de la flota de la Policía Marítima, desde el CB90* hasta barcos Skerfe con el casco de aluminio y embarcaciones semirrígidas. Conocía el archipiélago como la palma de su mano. Sabía exactamente dónde estaban los escollos no señalados y cuáles eran los fondos particularmente peligrosos con bajamar.

---

* El Stridsbåt 90, abreviado CB90, es un tipo de embarcación ultrarrápida de asalto militar desarrollada originalmente para la Armada sueca. (*N. de la T.*)

En la Policía Marítima había visto de todo y había tenido que escuchar muchas explicaciones fantasiosas de por qué algunos pilotos tripulaban sus barcos como lo hacían, en particular cuando se trataba de pilotos borrachos.

Se había enfrentado a todo tipo de delitos, desde barcos robados y delitos contra extranjeros extraviados hasta adolescentes que habían quedado encallados en el archipiélago. La población local solía quejarse cada dos por tres de que la gente se dedicaba a la pesca furtiva en aguas de particulares. La Policía Marítima no podía hacer gran cosa al respecto, salvo mirar para otro lado cuando el dueño legítimo de las aguas retiraba las redes ilegales y se quedaba con ellas a modo de compensación.

En suma, se había sentido muy a gusto con el trabajo y, de no haber sido por su pequeña Emily, ya en camino, seguramente nunca se habría planteado solicitar un puesto de inspector en la capital.

Después, cuando todo resultó inútil, no se sintió con fuerzas para pedir de nuevo el traslado. Apenas había sido capaz de vivir los días según se iban presentando.

Pero la actividad en la comisaría de Nacka era elevada e intensa, y se adaptó sorprendentemente bien al nuevo trabajo, aunque de vez en cuando, en especial en la temporada de verano, añoraba la libertad de que disfrutaba cuando era policía en las islas.

Margit Grankvist, colega e inspectora de la Policía Judicial, bastante más experimentada que él, asomó la cabeza, dejando ver su cabello corto, e interrumpió sus pensamientos.

—Thomas, acompáñame al despacho del Viejo. Han encontrado un fiambre en Sandhamn.

Thomas levantó la vista.

El Viejo, Göran Persson, era el jefe de la Policía Judicial de la comisaría de Nacka. Tocayo del primer ministro, lo cual no le hacía ninguna gracia. Siempre se cuidaba de dejar claro que sus opiniones políticas no coincidían necesariamente con las del otro Persson. Sin embargo, no quería explicar cuáles eran las suyas. Como además sus redondeces coincidían en muchos aspectos con las del político, abrigaba un entusiasmo muy limitado hacia todos los parecidos que sus benévolos colegas propagaban a su alrededor.

Göran Persson era un policía de la vieja escuela, áspero y de pocas palabras, pero creaba un buen ambiente y sus compañeros lo apreciaban. Era riguroso, competente y tenía mucha experiencia.

Cuando Thomas entró en el despacho del Viejo, Margit ya estaba allí apurando su enésima taza de café. La máquina de la oficina elaboraba un brebaje capaz de matar a cualquiera, un auténtico matarratas. Resultaba incomprensible que Margit pudiera ingerir tales cantidades. Por primera vez en su vida, Thomas se había pasado al té.

—Han encontrado el cadáver de un hombre en la playa, al noroeste de Sandhamn —explicó el Viejo—. El cuerpo, según dicen, está en muy mal estado; al parecer ha permanecido mucho tiempo en el agua.

Margit anotó algo en su libreta antes de levantar la vista.

—¿Quién lo encontró?

—Un pobre navegante. El hombre, por lo visto, está bastante conmocionado. No fue una visión agradable. Llamó a la Central de Emergencias hace poco más de una hora, justo antes de que dieran las siete de la mañana. Había salido a pasear al perro cuando se tropezó con el cadáver.

—¿Hay sospechas de homicidio? —preguntó Thomas sacando su bloc de notas—. ¿Algún indicio de lesiones o de otro tipo de violencia?

—Es demasiado pronto para pronunciarse. Por lo visto, el cuerpo estaba enredado en una red de pesca. En cualquier caso, la Policía Marítima ya está de camino para investigar el asunto y se ha enviado un transporte para recoger el cuerpo.

El Viejo lanzó a Thomas una mirada cargada de intenciones.

—Creo recordar que tienes una casa en Harö. Eso está muy cerca de Sandhamn, ¿no?

13

Thomas asintió.

—Se tarda entre diez y quince minutos en llegar de una isla a otra.

—Perfecto. Conocimiento del terreno. Puedes ir hasta Sandhamn y echar un vistazo. Además, así aprovechas para saludar a tus antiguos compañeros de la Marítima.

En los labios del jefe se dibujó una sonrisa maliciosa.

—¿Hay algo que haga pensar en abrir una investigación por asesinato? —preguntó Thomas mirando al Viejo.

—De momento lo trataremos como un caso de muerte con causa sin determinar. Si hay que abrir una investigación por asesinato, será Margit quien la dirija. Mientras tanto, creo que puedes encargarte tú.

—Me viene de perlas —dijo Margit—. Estoy desbordada por todos los informes que debo enviar antes de las vacaciones. ¡Aprovecha la oportunidad!

Asintió enérgicamente con la cabeza para recalcar sus palabras. Era evidente que para ella había comenzado la cuenta atrás ante la proximidad de las vacaciones. Solo unos días de trabajo de oficina y después la libertad que daba una casita de veraneo alquilada y cuatro semanas con la familia en la Costa Oeste.

El Viejo miró el reloj.

—He hablado con los del helicóptero de la Policía. Siguen en la ciudad, así que pueden recogerte a ti y a los técnicos dentro de veinte minutos. No tienes más que acercarte a la plataforma de Slussen. Puedes volver con la Policía Marítima. O con un barco de Waxholm —añadió con una sonrisa burlona.

—No tengo nada en contra. —Thomas sonrió—. Puedes ordenarme subir a un helicóptero a cualquier hora del día.

El Viejo se levantó para señalar que la reunión había terminado.

—Entonces quedamos así. Cuando regreses, ponme al tanto de la situación.

Se detuvo en la puerta, rascándose la barbilla.

—Oye, Thomas, actúa con discreción por allí. Estamos en pleno verano y es temporada turística. No queremos un montón de veraneantes inquietos ni periodistas inventando historias. Ya

14

sabes cómo son los periódicos de la tarde, estarían encantados de cambiar sus cansinos consejos sexuales veraniegos por especulaciones acerca de un asesinato.

Margit sonrió para animarlo.

—Eso no es un problema para ti. Llámame si necesitas preguntarme algo. Y ya sabes que no debes sacar conclusiones antes de que los técnicos se hayan pronunciado.

Thomas se puso la cazadora de piel que siempre llevaba, sin importar el tiempo que hiciera.

—¿Crees que el helicóptero podría dejarme en Harö cuando hayamos terminado?

—Claro. Si el avión del Gobierno pudo llevar al ministro de Justicia, Thomas Bodström, de vacaciones a Grecia, la Policía de Estocolmo podrá llevar a Thomas Andreasson a su casa de veraneo. —El Viejo sonrió burlón, satisfecho de su ocurrencia.

Margit meneó la cabeza, pero no pudo evitar sonreír.

—Hablamos esta tarde. Recuerdos a las islas —dijo, y levantó la mano a modo de saludo.

3

—¡Sí!

Nora Linde respondió instintivamente al móvil antes de darse cuenta de que lo que sonaba no era una llamada sino la alarma. Tenía un estupendo despertador, pero era más fácil utilizar el móvil, así este cumplía una doble función. Se desperezó. Se dio media vuelta y observó a su marido, que estaba a su lado en la cama.

Henrik dormía como un niño. Nora envidiaba esa capacidad suya de dormir sin que nada le afectara. Lo único que conseguía despertarlo era el busca del hospital, entonces se espabilaba en un segundo.

Henrik seguía teniendo casi el mismo aspecto que cuando se casaron, de lo cual pronto haría diez años: el cabello castaño oscuro, los fibrosos músculos de los brazos y del abdomen —tras años de práctica de vela—, sus delicadas manos de cirujano con unos dedos largos y bonitos. Nora no le envidiaba su perfil refinado, de nariz elegante, como de escultura griega clásica. Le parecía, más bien, un derroche en un hombre. En cualquier caso, eso era lo que solía decir para consolarse a sí misma, puesto que ella tenía una nariz demasiado corta y chata para su gusto. En el cabello oscuro de su marido se veían algunas canas, un aviso de que acababa de cumplir treinta y siete años, los mismos que tenía ella.

El móvil volvió a zumbar.

Nora suspiró. Levantarse a las ocho menos cuarto, de lunes a viernes, no era exactamente lo que entendía por vacaciones, pero si uno tenía niños en una isla como Sandhamn, esos niños asistían a la escuela de natación. En los horarios disponibles.

Bostezó, se puso el albornoz y entró sin hacer ruido en el dormitorio de sus hijos. Simon, de seis años, dormía boca abajo en una postura rara, con la cabeza hundida profundamente en la almohada. Resultaba casi incomprensible que pudiera respirar en aquella posición.

Adam, que acababa de cumplir los diez, había apartado el edredón y dormía atravesado en la cama. Su cabello rubio, casi blanco, estaba sudoroso y se le rizaba ligeramente en la nuca.

Ambos dormían profundamente.

La clase de natación de Simon comenzaba a las nueve. La de Adam a las diez y media, de manera que tenía el tiempo justo para volver a casa con Simon y preparar el desayuno a Adam antes de que este saliera con la bicicleta.

Un horario perfecto, dicho de otro modo.

Con todo, seguro que echaría de menos el trato con el resto de los padres el día en que Simon fuese lo bastante mayor como para poder ir él solo con la bici. En realidad era bastante agradable estar allí sentados charlando al borde de la piscina mientras los niños practicaban.

Además, ella también había asistido de niña a la escuela de natación con muchos de los padres, así que conocía a la mayoría. En su época era inimaginable disponer de una piscina climatizada o poder calentarse luego en una sauna. Entonces entraba uno tiritando en el agua de la playa de Fläskberget, en el norte de la isla, donde estaba la escuela de natación antes de que construyeran el complejo de las piscinas.

Todavía recordaba el frío tan tremendo que pasaba. Pero había conseguido sus marcas de natación con el agua a dieciséis grados; aún las conservaba en algún sitio. Probablemente en la casa de sus padres, a escasos cien metros de allí.

Entró en el cuarto de baño para arreglarse. Mientras se cepillaba los dientes, observó medio dormida su imagen en el espejo. La pelirroja melena estilo paje, revuelta. Nariz chata.

17

Ojos grises. La figura bien moldeada, quizá algo masculina, podría opinar alguien.

Estaba bastante satisfecha de su aspecto. Al menos, con la mayor parte. Le gustaban sobre todo sus piernas, largas y bien torneadas, resultado de muchos años practicando *footing*; correr le ayudaba a aclararse las ideas. El pecho no era como para presumir, sobre todo después de haber criado dos hijos, pero para eso estaban los sujetadores *push-up*. Siempre eran útiles.

Mientras se duchaba pensó en cuánto había cambiado Sandhamn desde que ella era una niña y asistía a la escuela de natación. El tráfico hasta la isla había ido aumentando al mismo ritmo que la llegada masiva de veraneantes. Ahora un servicio de hidroaviones ofrecía vuelos de media hora sobre el archipiélago y otro de helicópteros transportaba a los clientes hambrientos hasta el restaurante del club de vela. El centro de conferencias situado en el edificio del antiguo Real Club de Vela Sueco, construido en 1897 en el denominado estilo romántico nacional, permanecía abierto todo el año. Además se podían alquilar kayaks y bicicletas retro para dar una vuelta por la isla.

La gente pudiente venía de buen grado a Sandhamn para alternar cuando se celebraban regatas y competiciones internacionales de vela. Entonces aumentaba considerablemente la densidad de Gucci, como solía decir Henrik divertido cuando el gran muelle, frente al club de vela, se llenaba de señoras elegantes vestidas con ropa cara y de hombres de mediana edad que lucían sus cuerpos orondos con la misma obviedad y suficiencia con las que lucían sus abultadas carteras.

Algunos vecinos criticaban en voz baja el aumento del tráfico y la invasión de turistas, pero la mayoría de los residentes en la isla, que dependía para sobrevivir de la posibilidad de encontrar un trabajo, se mostraba favorable al desarrollo.

Sin embargo, el contraste entre los meses de verano, con sus dos mil o tres mil veraneantes y más de cien mil visitantes, y los ciento veinte vecinos que había en invierno, no podía ser mayor.

A Thomas, a pesar de que había pasado todos los veranos de su vida en el archipiélago de Estocolmo, la vista bajo el cielo despejado de la mañana le pareció increíblemente bella.

Era un privilegio inesperado poder volar en helicóptero hasta Sandhamn. La panorámica desde la amplia ventana era incomparable. Los bordes de las islas, esparcidas en las aguas centelleantes, se veían perfectamente definidos. Parecía que flotaran sobre la superficie del agua.

Habían sobrevolado Nacka en dirección a la isla Fågelbrolandet. Cuando dejaron atrás la de Grinda y salieron al límite exterior del archipiélago, cambió el paisaje. El suave verdor de las islas del interior, con sus árboles caducifolios y extensos prados, dejó paso a islas e islotes pedregosos cubiertos de pinos bajos azotados por el viento y de rocas peladas.

A la altura de la isla de Runmarö se abrió ante ellos la inconfundible bocana de Sandhamn —una densa concentración de casas rojas y amarillas justo donde se abría el estrecho entre Sandhamn y Telegrafholmen, el islote en el que se alzaba la torre del telégrafo.

Thomas no se cansaba nunca de admirar esa primera vista panorámica del perfil, tan familiar para él, de aquel pequeño pueblo situado en el límite exterior del archipiélago. Desde finales del siglo XVI había existido una guarnición aduanera y un centro de prácticos en Sandhamn, sus habitantes sobrevivieron a las correrías y saqueos rusos y a los durísimos inviernos, vieron la llegada de los primeros barcos de vapor y soportaron el aislamiento durante los años de guerra. Y todavía seguía siendo un pueblo lleno de vida.

Entornó los ojos y miró hacia abajo a través de los cristales de las gafas de sol.

Junto a los muelles alquitranados se veían veleros y lanchas motoras amarrados; detrás de ellos se vislumbraba la vieja torre de los prácticos, que se elevaba en el punto más alto de la isla. A cierta distancia de los muelles se mecían unas boyas blancas, mientras que otras rojas y verdes marcaban la ruta, tanto al tráfico comercial como a los barcos de recreo. Aunque era temprano, la ruta marítima ya estaba llena de velas blancas que se dirigían al archipiélago.

Unos minutos después sobrevolaban Sandhamn. El piloto rodeó el ostentoso edificio de la aduana, del siglo XVII, y la plataforma que había al lado apareció inmediatamente delante de ellos. Con una hábil maniobra, el piloto aterrizó en medio del cuadro marcado, a poco más de un metro del agua.

—Puedo esperar media hora, más o menos, después tengo que marcharme —le advirtió a Thomas con gesto interrogante.

Thomas consultó el reloj y se lo pensó.

—No creo que terminemos tan pronto. Puedes irte. Ya encontraremos la manera de volver.

Se dirigió a los dos técnicos, que ya habían bajado sus maletines negros a la plataforma.

—En marcha. Salida hacia la costa oeste al norte de Koberget. La Policía Marítima ya está allí. En la isla está prohibido el uso de vehículos a motor, así que tendremos que dar un paseo rápido por el bosque.

4

Cuando cruzaba el puerto con Simon en el portaequipajes de la bicicleta, Nora vio que había un helicóptero de la Policía en la plataforma. Más allá del muelle de los barcos de vapor, en el lugar reservado para el barco ambulancia, había amarrado un gran barco de la Policía Marítima. Un agente uniformado estaba en la cubierta. Era inusual ver tantos policías por la mañana tan temprano.

Qué habrá ocurrido, se preguntó Nora.

Pedaleó por delante de la hilera de pequeñas tiendas, en las que uno podía adquirir el equipo completo de prendas náuticas, decoraciones marineras y todo tipo de accesorios para barcos de recreo, y continuó por la parte de atrás del club de vela. Giró hacia la zona del puerto y siguió el estrecho camino que discurría paralelo a la pista de minigolf hasta llegar a la valla del complejo de las piscinas. Aparcó la bicicleta detrás del quiosco de helados y bajó a Simon del portaequipajes. Con él de una mano y la bolsa con la ropa de baño en la otra, esquivó el cartel, en el que ponía CERRADO y entró en la escuela de natación.

En un rincón había algunos padres que hablaban indignados mientras los niños correteaban por allí a la espera de que empezara la clase. Nora dejó la bolsa en una hamaca y se acercó al grupo. Los miró con gesto interrogador.

–¿Ha ocurrido algo?

—¿No has visto el helicóptero de la Policía? —contestó una de las madres—. En la costa oeste han encontrado un cadáver que las olas han arrastrado hasta la playa.

Nora tomó aliento.

—¿Un cadáver?

—Sí, enredado en una red de pesca, ¿te imaginas? Al parecer estaba justo un poco más abajo de la casa de los Åkermark. —Señaló a una madre cuyo hijo también iba a las clases de natación con Simon—. Han acordonado toda la playa. Lotta y Oscar pudieron pasar por los pelos.

—¿Ha sido un accidente? —preguntó Nora.

—Ni idea. Los policías apenas dieron información cuando Lotta les preguntó. Pero parece algo macabro, sin duda.

—¿Es alguien de la isla? ¿Alguien que estuviese fuera pescando y se cayera al agua?

Miró aterrada al resto del grupo. Uno de los padres tomó la palabra:

—Yo creo que nadie lo sabe con certeza. Seguramente, el cadáver no es fácil de reconocer: Lotta estaba bastante conmocionada cuando ha llegado aquí.

Nora se sentó en un banco al borde de la piscina. En el agua, Simon se agarraba con fuerza a una tabla de natación de color naranja, esforzándose por mejorar el movimiento de las piernas. Ella intentaba sacudirse la sensación de malestar. Sin querer veía la imagen de una persona que luchaba por respirar mientras se enredaba cada vez más dentro de una red que lentamente la arrastraba hacia el fondo.

Al oeste de la isla la mañana gozaba de una calma sorprendente. Ni la brisa marina rizaba la superficie del agua. Incluso los habituales graznidos de las gaviotas habían cesado.

Abajo, en la playa, una patrulla de la Policía Marítima ya había acordonado la zona donde se encontraba el cuerpo. Algunos curiosos, reunidos en un grupo silencioso detrás del cordón policial, observaban la escena.

Thomas saludó a sus colegas y se acercó al bulto que yacía en el suelo.

No fue una visión agradable.

La red de pesca medio rota se había movido parcialmente hacia un lado y dejaba al descubierto un bulto algo que, según parecía, era el cuerpo sin vida de un hombre. Llevaba puesto los restos de un jersey y de unos pantalones deshilachados. Daba la impresión de que algo le había mordisqueado una oreja, porque solo quedaban jirones de piel.

Alrededor del torso, por debajo de las axilas, tenía una cuerda en mal estado, una cuerda normal, de la que se utilizaba para amarrar barcos pequeños. De ella colgaban aún restos verduzcos de algas secas.

El hedor bajo los cálidos rayos del sol era casi insoportable, y Thomas volvió instintivamente la cara cuando las tufaradas alcanzaron su nariz.

A ciertas cosas uno no se acostumbra nunca.

Contuvo la náusea y rodeó el cadáver para observarlo desde el otro lado. Era difícil decir algo sobre el aspecto del hombre. Aún colgaban del cráneo algunos mechones oscuros, pero resultaba imposible imaginar su aspecto original. Tenía la cara hinchada y la piel acuosa. El cuerpo, azulado y esponjoso, parecía de arcilla húmeda.

Por lo que Thomas podía deducir, se trataba de un hombre de estatura media, entre un metro setenta y un metro ochenta. No debía de estar casado, porque conservaba el dedo anular de la mano izquierda y allí no había nada, pero el anillo podía haberse deslizado fácilmente dentro del agua.

Los técnicos habían sacado sus maletines y estaban inmersos en la inspección de la escena. Un poco más allá había un hombre de mediana edad sentado en una piedra. Tenía la espalda apoyada en el tronco de un árbol y los ojos cerrados. A su lado un teckel olisqueaba inseguro el terreno. Aquel hombre era quien había llamado a emergencias y el dueño del animal que había hecho aquel macabro descubrimiento por la mañana.

Debe llevar aquí varias horas esperando, pobre tipo, pensó Thomas, y se acercó a él para presentarse.

—¿Fue usted quien encontró el cadáver?

El hombre asintió sin decir nada.

—Necesitaría hablar con usted, pero tengo que aclarar una cosa ahí antes. ¿Se siente con fuerzas para quedarse un poco más? Ya sé que lleva aquí un buen rato y le agradezco que nos haya esperado.

El hombre asintió silencioso.

No parecía sentirse bien. Estaba pálido bajo el bronceado, con la cara verdosa, y tenía los zapatos salpicados de algo maloliente.

«Su mañana no ha empezado muy bien que digamos», reflexionó Thomas antes de alejarse para intercambiar unas palabras con los técnicos.

—Hola, Thomas, ¿has venido a visitarnos?

Nora esbozó una amplia sonrisa cuando, al volver de la clase de natación, se encontró con uno de sus amigos más antiguos y más queridos en la puerta del supermercado Westerbergs Livs. Detuvo la bicicleta haciendo un escandaloso derrape en la grava y sacó a Simon.

—Simon, mira quién está aquí —dijo, y añadió—: dale un abrazo fuerte a tu padrino.

Nora tuvo que estirarse para aupar al niño, pues aunque su altura superaba la media, eso no era nada en comparación con el metro noventa y cinco de Thomas, que además tenía los hombros anchos tras años jugando al balonmano. Parecía realmente el prototipo de policía, grande y fuerte, con el cabello rubio y los ojos azules. «Deberían utilizarte como modelo en el cartel publicitario de la Escuela Superior de Policía», solía decirle Nora bromeando.

Los padres de Thomas vivían en Harö, la isla vecina, y desde que con nueve años fueron juntos al campamento de vela organizado por los Amigos de Sandhamn, Nora y Thomas habían sido los mejores amigos de vacaciones del mundo.

Cada verano habían retomado la amistad del año anterior y, a pesar de que los padres creían que flotaba en el aire un romance, ellos eran y siguieron siendo amigos, nada más.

La primera vez que Nora bebió más de la cuenta y tuvo que vomitar, Thomas le ayudó a limpiarse y la acompañó a su casa; sus padres no notaron nada. Al menos, nunca dijeron nada. Cuando a él lo abandonó su primer amor adolescente, ella lo consoló lo mejor que pudo y le permitió lamentarse sin parar; pasaron toda la noche sentados en las rocas mientras Thomas desahogaba su corazón.

Cuando Henrik mostró interés por ella y la invitó al baile de estudiantes de Medicina, Nora llamó a Thomas para contárselo. Se sentía profundamente atraída por Henrik que, con ese encanto natural, le parecía irresistible. Thomas, como de costumbre, la había escuchado mientras ella parloteaba enamorada.

Con catorce años habían asistido juntos, durante un verano entero, a la catequesis para la confirmación que daba un sacerdote en la capilla de Sandhamn, y ambos habían aprovechado cualquier ocasión de trabajo estival que había surgido en la isla: habían ayudado en la panadería, habían trabajado en el quiosco, en la caja del supermercado Westerbergs Livs y de vigilantes en el puerto del club de vela. Además, habían bailado en la pista del restaurante del club hasta que acalorados y sudorosos terminaban el día dándose un baño por la zona de Dansberget mientras amanecía.

Thomas siempre había querido ser policía, de la misma manera que Nora siempre quiso estudiar Derecho. Ella solía decir en broma que cuando fuera ministra de Justicia lo nombraría director general de la Policía.

Cuando nació Adam, Nora pensó que Thomas sería indiscutiblemente su padrino, sin embargo, Henrik prefirió a su mejor amigo y a la esposa de este. Pero cuando llegó Simon ella insistió en que Thomas fuera el padrino. Él era precisamente

25

una de esas personas en las que se podía confiar si a ella o a Henrik les ocurriera algo.

—Estoy aquí por trabajo —respondió Thomas con semblante serio—. ¿No has oído que han encontrado un cadáver al otro lado de la isla?

Nora asintió.

—Me ha parecido terrible. Acabo de salir de la clase de natación con Simon y allí no se hablaba de otra cosa. ¿Qué ha ocurrido? —preguntó mirando inquieta a Thomas.

—No tengo ni idea, de momento. Lo único que sabemos es que se trata de un hombre y que estaba enredado en una vieja red de pesca. Tenía un aspecto realmente espantoso, así que debía de llevar en el agua bastante tiempo.

Nora tembló bajo los cálidos rayos del sol.

—Qué horror. Pero se tratará de un accidente. Es imposible creer que hayan asesinado a nadie aquí en Sandhamn.

—Ya veremos. Los forenses tienen que examinar el cuerpo antes de que podamos pronunciarnos. El hombre que lo encontró no tenía mucho que contar.

—¿Está conmocionado?

—Sí, me da pena, el pobre. Nadie cuenta con encontrarse un cadáver en su paseo matinal. —Thomas asintió con una mueca.

Nora subió a Simon al portaequipajes de la bicicleta.

—¿No puedes pasar por casa cuando hayas terminado? Si tienes tiempo. De todos modos, te mereces una taza de café —añadió tratando de convencerlo.

Thomas esbozó una sonrisa.

—No parece mala idea. Lo intentaré.

5

Nora volvió a casa sumida en sus pensamientos. Se preguntaba si el muerto sería un vecino o alguien desconocido. Si se trataba de un vecino de Sandhamn, ella debería haber oído hablar de que había desaparecido alguien. La isla era tan pequeña que casi todos se conocían. El control social era fuerte. Pero no había oído nada.

Mientras bajaba a Simon y dejaba la bicicleta junto a la valla vio a Signe Brand, su vecina más próxima, que estaba regando los rosales. En la pared de la casa de Signe que daba al sur florecían las rosas más maravillosas del mundo, alternado las de color rosa y las de color rojo. Aquellos rosales llevaban plantados varios decenios y los troncos tenían el grosor de una muñeca.

Signe, o tía Signe, como solía llamarla Nora de pequeña, vivía en Villa Brandska, una de las casas más bellas de la isla, en el centro de Kvarnberget,* junto a la bocana de Sandhamn. Cuando en 1860 el antiguo molino de viento que había en Kvarnberget se cambió de lugar, el jefe de los prácticos del puerto, Carl Wilhelm Brand, el abuelo de Signe, vio la posibilidad de adquirir el terreno. Después de muchos años, finalmente se construyó una casa realmente espléndida en lo alto de la colina.

Contraviniendo la idea dominante en aquellos tiempos de que había que construir las casas adosadas en el interior

---

* Kvarnberget, «la colina del molino» en sueco. *(N. de la T.)*

del pueblo para protegerse del viento, el jefe de los prácticos construyó la suya de manera que se alzara orgullosa de sí misma, única en su majestuosidad. Villa Brandska era lo primero que se veía cuando los barcos de vapor se acercaban a Sandhamn. Un punto de referencia para cuantos visitaban la isla.

El jefe de los prácticos no había escatimado en nada al construir la casa. Solo se emplearon los mejores materiales disponibles. El estilo conocido como romántico nacional alcanzó allí todo su esplendor, con pequeños salientes en los tejados de los hastiales, amplias cornisas para proteger del viento dichos salientes, líneas ligeramente curvadas en la buhardilla y ventanas con mirador. En su interior, la edificación contaba con lujosas chimeneas fabricadas por encargo en la fábrica de porcelana Gustavberg y una enorme bañera con patas de león en el cuarto de baño, muy moderno para su tiempo. Había hasta un retrete dentro de la casa, lo cual despertó gran asombro entre los vecinos, acostumbrados a hacer lo contrario, salir de la casa al retrete, situado fuera, cuando se presentaba la necesidad. Algún que otro lugareño había sacudido la cabeza y murmurado algo de las ínfulas de la gran ciudad, pero el bueno de Carl Wilhelm no se había dejado amilanar. «Yo cago donde me da la gana», rugió cuando los comentarios llegaron a sus oídos.

Tras una larga resistencia, Signe se había comprado finalmente un televisor, lo único que no encajaba con el estilo de la casa. Tan bien conservado estaba todo que no se notaba apenas que habían transcurrido más de cien años desde que se amuebló.

En la actualidad, Signe vivía allí sola con su perra, un labrador, llamada *Kajsa*. De cuando en cuando se quejaba de los gastos que tenía, pero cada vez que alguien de fuera de la parroquia trataba de tentarla con una exorbitante oferta de compra por la que debía ser una de las edificaciones más bonitas de Sandhamn, ella lanzaba un bufido y los ponía de patitas en la calle.

—Aquí he nacido y aquí moriré —solía decir sin un ápice de sentimentalismo—. Ningún rico de Estocolmo cruzará el umbral de esta casa.

Signe adoraba Villa Brandska y Nora lo entendía perfectamente. De pequeña, la mujer había sido para ella como una abuela, y Nora se había sentido tan a gusto en casa de Signe como en la suya.

—¿Te has enterado de lo que ha pasado? —le preguntó en voz alta.

—No. ¿Ha pasado algo? —contestó la anciana dejando la regadera. Enderezó la espalda y se acercó a la valla.

—Han encontrado a una persona ahogada en la costa oeste. Ha llegado la Policía con un despliegue de medios descomunal.

Signe la miró con cara de sorpresa.

—Ya te imaginarás cómo corrían los rumores entre los padres en la clase de natación.

—¿Has dicho una persona muerta? —preguntó Signe.

—Sí. Me crucé con Thomas abajo, junto al supermercado. Está aquí para investigar el caso.

Signe la miró inquisitiva.

—¿Se sabe quién es? ¿Lo reconociste?

—Yo no he estado allí. Thomas me dijo que era un hombre, pero que el cuerpo estaba en muy mal estado. Al parecer ha pasado en el agua varios meses.

—¿Entonces Thomas está aquí como policía? Cómo ha crecido... —suspiró la mujer.

—Yo también me he hecho mayor. Solo me lleva un año —contestó Nora sonriendo.

—Sin embargo, cuesta entenderlo. El tiempo pasa tan deprisa... —añadió Signe con nostalgia—. Apenas puedo creer que tengas tu propia familia y dos hijos. No hace tanto que eras tan pequeña como Adam y Simon.

Nora se despidió de su vecina con una sonrisa y entró en su casa. Estaba muy contenta de vivir allí. Había heredado la casa de su abuela materna unos años antes. No era muy grande, pero tenía encanto y, para ser de 1915, resultaba realmente cómoda.

En la planta baja había una espaciosa cocina y un salón grande que se usaba para todo, desde sala de juegos y cuarto de la tele hasta sala de estar para los adultos.

La pequeña chimenea de cerámica decorada con delicados motivos florales se había conservado durante todos aquellos años. En invierno venía muy bien porque calentaba toda la planta. Y como en el archipiélago sufrían de vez en cuando interrupciones en el suministro eléctrico, se había convertido en indispensable.

En la planta superior había dos habitaciones, una para Henrik y ella y otra para los niños. Cuando se mudaron, gastaron mucho dinero en renovar la cocina y el cuarto de baño, algo realmente necesario. No lo hicieron a lo grande, pero sí lo suficiente para que la casa resultara práctica y acogedora.

Con todo, lo mejor era su soleada veranda acristalada de estilo tradicional cuyo alféizar Nora había llenado con geranios. Desde la veranda, que daba al oeste, se podía ver más mal que bien el mar. Lo que se veía era Villa Brandska, que se alzaba sobre la colina y hacía que en comparación la casa de Nora pareciera una pequeña cabaña.

—Hola, ya estamos aquí.

Nora gritó a Henrik por el hueco de la escalera, pero la casa estaba en completo silencio. Había albergado la ligera esperanza de que hubiera levantado a Adam mientras ella acompañaba a Simon, pero evidentemente ambos seguían durmiendo. A pesar de que estaba acostumbrado a aguantar muchas horas sin dormir cuando tenía guardia en el hospital, cuando estaba de vacaciones a Henrik le gustaba dormir mucho. Quizá fuera precisamente por la falta de sueño.

Subió la escalera suspirando.

—¡Buuh!

Nora se asustó cuando Adam apareció detrás de la puerta del cuarto de baño.

—¿Te has asustado? —sonrió el chico—. Papá sigue durmiendo, pero yo ya he hecho la cama.

Nora lo abrazó. Pudo sentir sus costillas por debajo de la camiseta. ¿Dónde se había ido su rollizo bebé y de dónde salía ese pequeño ser flacucho?

—Ven, tienes que comer algo antes de ir a natación.

Le dio la mano y bajaron juntos a la cocina. Mientras ella sacaba los panecillos recién hechos que había comprado al volver a casa, Adam ponía la mesa.

—Mamá, no te olvides de la insulina —le recordó.

Nora le sonrió y trató de conseguir otro abrazo. Adam era el típico hermano mayor, responsable y comprensivo. Desde que tuvo la edad suficiente para comprender lo importante que era para una diabética como ella tomar su insulina antes de cada comida, su hijo se había atribuido la tarea de recordárselo. Cuando ella se descuidaba un poco, particularmente a la hora de la merienda cuando no estaban en casa, Adam se preocupaba de veras y reñía muy serio a su madre.

Nora abrió el frigorífico y sacó una caja de ampollas. Exagerando los gestos se tomó ceremoniosamente una y se la enseñó a Adam.

—Sí, mi general. ¡Orden cumplida!

Colocó con destreza la ampolla en la jeringuilla y se inyectó la dosis de insulina en el pliegue del abdomen, justo por debajo del ombligo. Por suerte, parecía que ni Simon ni Adam presentaban predisposición a sufrir diabetes, pero no podían estar completamente seguros hasta que no fueran mayores.

Al mismo tiempo y sin prestar demasiada atención, oyó que Simon había subido al dormitorio y se empleaba a fondo saltando en la cama para despertar a Henrik.

No le pareció mal. Ella había acompañado a Simon por la mañana, bien podía él ocuparse al menos de que Adam se preparara para la clase de natación. Además, ella había quedado con Thomas para tomar un café.

6

La Central de Emergencia de la Policía estaba en el mismo edificio que la oficina de correos de Sandhamn, una vivienda amarilla que no se diferenciaba mucho de la típica casa de veraneo en el archipiélago y que se alzaba justo debajo del antiguo arenal, llamado Gropen.

En el interior se disponían en un espacio moderno diez mesas de trabajo y una sala de reuniones. En la central trabajaban unas quince personas, casi todas mujeres, que registraban la mayor parte de las denuncias, desde malos tratos y robos hasta hurtos de móviles y bicicletas. Abrían por la mañana temprano y no cerraban hasta las diez de la noche.

Dado que el centro estaba conectado a la red interna de la Policía, a Thomas le resultó sencillo tomar prestado un ordenador y escribir su informe sobre el hombre muerto. No había mucho que contar aparte de que habían hallado el cadáver y que la causa de la muerte era desconocida.

Aprovechó que estaba allí y entró en el registro de personas desaparecidas.

En la provincia de Estocolmo había dos hombres registrados como desaparecidos. El primero de ellos era un jubilado de setenta y cuatro años con problemas de demencia senil. La denuncia había llegado dos días antes.

Probablemente estará sentado en un claro del bosque en algún sitio, pobre hombre, pensó Thomas. Si no lo encontraban pronto, moriría de agotamiento y de sed. No sería la primera vez.

El otro era un hombre de cincuenta años, Krister Berggren, empleado del Systembolaget*. Su jefe se había puesto en contacto con la Policía a primeros de abril, después de que pasaran diez días sin que acudiera al trabajo. Llevaba desaparecido desde Semana Santa, es decir, desde la última semana de marzo. Krister Berggren era de mediana estatura, tenía el cabello castaño claro y trabajaba en el Systembolaget desde 1971, nada más terminar la escuela primaria, si Thomas no se equivocaba en el cálculo.

Sacó su teléfono móvil y marcó el número de Carina, la guapísima hija del Viejo, que trabajaba de auxiliar administrativa en la comisaría de Nacka mientras se preparaba para solicitar el acceso a la Escuela de Policía.

—Hola, Carina, soy Thomas. Ponte en contacto con el Departamento de Medicina Forense y diles que el cuerpo que está en camino podría coincidir con la descripción de un tal Krister Berggren, del barrio de Bandhagen. Lleva desaparecido unos meses.

Thomas le facilitó las cifras del carné de identidad del hombre y su dirección.

—Ya puestos, podrías enterarte de con quién hay que contactar en caso de que fuera él. Así ya lo tenemos hecho. Con un poco de suerte, puede que encuentren el carné de conducir o el de identidad en el examen externo.

Guardó silencio y deslizó de nuevo la vista por la descripción de Krister Berggren que tenía en la pantalla del ordenador. Oyó a través de la ventana las risas de unos niños que pasaban en bicicleta. Un recordatorio más de que era verano y de que pronto podría irse de vacaciones a la isla de Harö, el único lugar donde había hallado cierta paz después de la muerte de Emily. De pronto deseó rabiosamente poder estar

---

* Systembolaget: únicos comercios con autorización estatal para la venta de bebidas alcohólicas en Suecia. *(N. de la T.)*

solo sentado en el embarcadero sin que nadie exigiera nada de él.

—Sería estupendo si pudiéramos resolver el caso de manera rápida y sencilla —le comentó a Carina—. Tengo previsto irme pronto de vacaciones.

7

Jueves, primera semana

Cuando Thomas entró en la comisaría de Nacka el jueves
por la mañana, Carina lo estaba esperando. Le entregó el informe
provisto con el sello del Departamento de Medicina Forense,
que acababa de llegar.

—Thomas, ha llegado esto de los forenses. El muerto hallado en Sandhamn era Krister Berggren, como tú sospechabas.
Su billetera estaba en el bolsillo y se podía leer lo que ponía
en el carné de conducir a pesar de llevar tanto tiempo en el
agua.

Mientras él leía el informe pericial, Carina lo observaba con
disimulo. Desde que Thomas empezó a trabajar en la comisaría
de Nacka, ella lo miraba de reojo. Algo en él la atraía. Tenía el
cabello rubio y recio como la crin de los caballos. Lo llevaba
muy corto, y ella sospechaba que crecía indómito si no lo cuidaba. Se veía que era amante de la vida al aire libre, era evidente que le gustaba estar fuera: alrededor de los ojos se le
había formado una gran cantidad de pequeñas arrugas de tanto
entornarlos para protegerse del sol. Estaba en buena forma y, además, era bastante alto, le sacaba unos cuantos centímetros.

Tenía fama de ser un policía excelente, comprensivo y justo.
Un policía honrado con el que daba gusto trabajar. Su simpatía
hacía que sus compañeros lo apreciaran, a pesar de que él mantenía cierta distancia y no permitía que nadie se inmiscuyera en
su vida privada.

Por lo que había oído Carina, Thomas había perdido un bebé hacía un año. Después de la muerte de la niña resultó imposible salvar su matrimonio, que había acabado en divorcio. En los pasillos se había hablado de la pequeña, que murió de muerte súbita, pero nadie conocía los pormenores.

Thomas había pasado una larga temporada muy decaído, pero últimamente había empezado a recuperar las ganas de vivir. Al menos, si uno daba crédito a los cotilleos que circulaban por la comisaría.

Ella no había salido con nadie en particular durante el último año, solo había flirteado un poco con chicos de su edad, que la aburrían. Thomas, cercano a los cuarenta, era otra cosa. No solo era guapo, sino que era un hombre maduro, no un niñato imberbe. Además tenía algo que le hacía tilín, aunque Carina no pudiera explicar muy bien el qué. Quizá fuera precisamente la tristeza que se adivinaba en su interior. Y el hecho de que pareciera que él no se fijaba mucho en ella espoleaba aún más su interés.

Carina era consciente de que no estaba mal, era menuda y mona y tenía en la mejilla izquierda un hoyuelo muy resultón. Normalmente gustaba a los hombres, pero Thomas la trataba exactamente igual que a las demás, a pesar de sus pequeñas coqueterías. Había empezado a inventarse excusas para entrar en su despacho. A veces llevaba bollos para el café de la mañana y le invitaba. Procuraba sentarse cerca de él en las reuniones y se esforzaba por captar su atención. Pero, de momento, nada de eso había dado resultado alguno.

Se demoró en el umbral de la puerta mientras él estudiaba el informe preliminar. Su mirada se detuvo en la mano que sujetaba los documentos. A Carina le parecía que Thomas tenía los dedos muy bonitos, largos y finos, las uñas bellamente curvadas. De vez en cuando pensaba qué sentiría si aquellos dedos la acariciaran. Antes de dormirse fantasearía con que aquellas manos recorrían todo su cuerpo. Imaginaría qué sentiría acostada a su lado, los dos muy apretados, piel contra piel.

Ajeno a los pensamientos de la chica, Thomas se centró en el informe. Estaba redactado en un lenguaje médico frío, sin ningún matiz emocional que revelara algo de la persona que era objeto de la descripción. Frases cortas y concisas resumían los resultados de la autopsia.

Muerte por ahogamiento. Agua en los pulmones. Por lo que se puede apreciar, las lesiones se deben al tiempo que ha permanecido en el mar. En manos y pies faltan varios dedos. No se han encontrado restos de sustancias químicas ni alcohol en la sangre. La vieja red había sido fabricada con las mismas fibras de algodón con que se solían hacer las redes de pesca suecas. El lazo alrededor del cuerpo era corriente. Parecía que había habido algo atado a la cuerda, porque tenía un extremo deshilachado y con restos de hierro, lo cual indicaba que había estado en contacto con algún objeto de metal.

Nada en el informe hacía pensar que hubiera otra persona implicada en la muerte. Por lo tanto, se trataba de un suicidio o de un accidente.

Lo único que llamaba la atención era la cuerda alrededor del cuerpo. Thomas analizó un rato ese detalle. ¿Por qué iba a tener una cuerda atada alrededor del cuerpo si el ahogamiento había sido un accidente? ¿Había intentado Krister Berggren subir a una embarcación después de haberse caído al agua? ¿O quizá, si intentaba suicidarse, había hecho un torpe intento de colgarse y después había cambiado de opinión y había saltado por la borda? ¿En ese caso, no se habría quitado la cuerda? ¿Por qué deslizarla solo alrededor del cuerpo? Quizá una pregunta así fuera irrelevante teniendo en cuenta el estado mental en que se halla una persona justo antes de quitarse la vida.

La red podía ser una casualidad. El cuerpo podía haber caído dentro de una red a la deriva y haberse enredado en ella. Lo de la cuerda era más difícil de entender. Por otro lado, sus años como policía le habían enseñado que no siempre era posible explicar ciertas cosas, así que no tenía por qué significar nada.

De no haber existido la cuerda, el caso se habría cerrado sin más, la muerte se consideraría consecuencia de un accidente o de un suicidio. Pero estaba ahí, y a Thomas le molestaba como una piedra en el zapato.

Tomó la decisión de ir al apartamento de Krister Berggren y ver qué encontraba en su casa. Quizá había una carta de despedida u otra información que pudiera aclarar el asunto.

Krister Berggren vivía a las afueras de Bandhagen, un barrio al sur de Estocolmo.

Thomas aparcó el coche, un Volvo 945 con ocho intensos años de vida, junto a la acera, y miró a su alrededor. Las edificaciones del barrio eran las típicas construcciones de los años cincuenta, edificios de ladrillo amarillo de cuatro plantas sin ascensor. Una hilera tras otra de viviendas de alquiler hasta donde alcanzaba la vista. Había pocos coches. Un señor mayor con visera avanzaba a duras penas con ayuda de un andador.

Thomas abrió la puerta acristalada y entró en el portal. En un cuadro justo a la derecha aparecían en orden los nombres de los inquilinos; Krister Berggren había vivido en la segunda planta. Subió rápidamente las escaleras. En cada planta había tres puertas de madera clara con rayones por el paso del tiempo. Las paredes estaban pintadas en un tono beis grisáceo descolorido.

Debajo de la placa donde ponía K. BERGGREN había una nota escrita a lápiz pegada a la puerta que decía: «publicidad no». Con todo, alguien había intentado introducir a través de la abertura del buzón un buen montón de folletos de propaganda.

Cuando el cerrajero, que había llegado unos minutos antes, abrió la puerta para que Thomas pudiera entrar, el olor a cerrado le golpeó inmediatamente la nariz; una mezcla de comida estropeada y aire viciado.

Empezó por la cocina. En la encimera había unas botellas de vino vacías y una bolsa de pan duro; en el fregadero, platos sucios. Abrió el viejo frigorífico y le alcanzaron los vapores de la leche fermentada procedentes de un envase abierto. Al lado había queso y jamón llenos de moho. Era evidente que nadie había estado allí desde hacía meses.

En el salón no había sorpresas. Sofá de piel negro, en las paredes, un papel apagado, con juncos, que debía de llevar allí mucho tiempo. En la mesa de cristal, círculos de todo tipo de botellas y vasos daban fe de una cierta afición a la bebida y de falta de interés por el cuidado de los muebles. En la ventana había algunas plantas muertas. Resultaba evidente que Krister Berggren había vivido solo muchos años, no existía el menor indicio de la presencia de una mujer.

En la librería se amontonaban en completo desorden películas en cintas de vídeo y DVD. Thomas observó que había una balda entera con películas de Clint Eastwood. Pocos libros, probablemente heredados a juzgar por los anticuados y deslucidos lomos de piel con letras doradas. En una de las paredes colgaba un póster en el que se veían coches de Fórmula 1 en la línea de salida.

Sobre la mesa había una pila con diferentes catálogos, un ejemplar de la revista *Bilsport* y otro de la programación de televisión. Había también un folleto publicitario de la compañía naviera Silja Line. Thomas lo tomó y lo miró más de cerca. Quizá Krister Berggren se había caído simplemente de un barco que iba a Finlandia. Todas las grandes navieras bordeaban el cabo al oeste de Sandhamn cada tarde alrededor de las nueve.

Entró en el dormitorio y miró a su alrededor. La cama estaba hecha, con la colcha puesta, pero ropa sucia se esparcía por todas partes. En la mesita de noche había un ejemplar del periódico *Aftonbladet*. Thomas comprobó la fecha: 27 de marzo. ¿Podía ser ese el último día que Krister pasó en su casa? Coincidía con la fecha de consumo preferente estampada en el envase de leche fermentada del frigorífico.

Sobre una cómoda había una fotografía en blanco y negro de una chica que llevaba un corte de pelo de los años cincuenta y un conjunto de jersey y rebeca. Thomas levantó la fotografía y le dio la vuelta. «Cecilia, 1957», ponía con letra de filigrana. La joven tenía una belleza anticuada, pasada de moda. Pintalabios claro y hermosos ojos que miraban a lo lejos. Irradiaba decoro y pulcritud. Probablemente sería la madre de Krister. Según el registro civil, había muerto a principios de año.

Thomas continuó buscando una carta de despedida o algo que pudiese explicar su muerte, pero no encontró nada. Volvió otra vez a la entrada y echó una ojeada al montón de correo acumulado. La mayoría era propaganda, algunas cartas que parecían facturas y una tarjeta postal con la imagen de una playa blanca y el nombre Cos sobreimpreso en el centro.

«¡Llámame al móvil para que podamos hablar! Abrazos, Kicki», ponía en el reverso.

Thomas se preguntó si esa Kicki era Kicki Berggren, la prima de Krister, el único familiar vivo que había podido localizar. Había intentado llamarla tanto al teléfono fijo como al móvil, pero solo había conseguido hablar con dos contestadores automáticos.

Un vistazo al cuarto de baño no desveló nada nuevo.

La tapa del retrete estaba levantada, lo habitual en casa de un soltero. Algunas salpicaduras secas de orina destacaban en la porcelana blanca.

Thomas dio una última vuelta a la casa. No sabía exactamente qué esperaba encontrar allí. Si no una carta de despedida, al menos algo que confirmara que Krister Berggren intentó quitarse la vida un frío día de marzo en el archipiélago.

Si no había sido un accidente.

8

Martes, segunda semana

Al tiempo que lanzaba un suspiro, Kicki Berggren introdujo el código del portal de su apartamento de alquiler, en Bandhagen.

Por fin en casa.

Había echado de menos su cama y su casa. Mi casa, mi amada casa, pensó parodiando el conocido salmo con una expresión de alivio en la cara. Qué gran verdad encerraba.

Cuando Agneta, su antigua compañera de clase, la convenció para que la acompañara a la isla de Cos para trabajar de camareras en el restaurante de un sueco, aquello le había sonado como música celestial. Vacaciones pagadas en las islas griegas. Alojamiento, comida y un salario, que era realmente bajo pero que aumentaría con generosas propinas; al menos, así se lo prometieron. Sol y calor en lugar de oscuridad y nieve medio derretida. Sonaba demasiado bien para ser cierto. Tal como pudo confirmar.

La realidad la hizo poner los pies en el suelo. Después de pasar tres meses en aquel restaurante lleno de clientes borrachos, la mayoría suecos, que pedían comida barata y más ouzo del que podían tolerar, se sentía francamente decepcionada con el paraíso griego. Ahora solo quería volver a su vida normal. Si es que era normal, tratándose de una mujer soltera que trabajaba de crupier en la principal empresa sueca de operadores de casinos. Casi anhelaba estar delante de su mesa repartiendo cartas de *black jack* en medio del ambiente bullicioso.

Abrió la puerta y entró en casa.

El apartamento olía a cerrado. Se notaba que llevaba tiempo sin vivir allí. Dejó las maletas en la entrada y fue directamente a la cocina. Encendió un cigarrillo y se sentó a la mesa. El equipaje tendría que esperar hasta el día siguiente. Sacó una botella de ouzo que se había traído de Grecia y se sirvió un vaso. No está mal este ouzo, pensó, sobre todo con un poco de hielo. Dudó si debía leer los mensajes de correo electrónico, pero decidió que eso también podía esperar. En Cos había ido de vez en cuando a una cafetería con Internet a ver su correo, así que tampoco corría tanta prisa.

Descolgó el auricular del teléfono e introdujo el código para escuchar los mensajes recibidos. Dudaba que hubiera alguno. La mayoría de sus amigos sabían que estaba en Cos, pero, para mayor seguridad, tampoco le costaba nada comprobarlo. Además, se le había estropeado el móvil la semana anterior, así que nadie había podido ponerse en contacto con ella desde entonces.

Los primeros mensajes no eran más que ofertas de compañías telefónicas.

¿Necesitaba asesoramiento financiero? ¡Aprovecha esta oportunidad! ¿Para qué iba a necesitar ella ese tipo de asesoramiento? Sus escasos recursos no le alcanzaban para eso.

El último mensaje la asustó.

—Me llamo Thomas Andreasson —oyó que decía una voz grave—, de la Policía Judicial de Nacka. Me gustaría hacerle algunas preguntas en relación con su primo, Krister Berggren. Por favor, póngase en contacto conmigo lo antes posible.

El hombre dejó un número de teléfono y colgó.

Kicki Berggren apagó el cigarrillo.

¿Por qué la llamaba la Policía para hacerle preguntas sobre Krister? Marcó su número de teléfono pero no contestó nadie. Krister nunca se había preocupado de instalar un contestador, por lo que los tonos de llamada seguían sonando hasta que Telia, la compañía telefónica, cortaba.

Marcó el número que le había dejado grabado el policía. Le respondieron desde una centralita, donde una voz de mujer le comunicó que Thomas Andreasson estaría en su despacho el día siguiente a las ocho de la mañana.

Kicki encendió otro cigarrillo y se retrepó en la silla de la cocina. Cayó un poco de ceniza en la jarapa de color azul claro que cubría el suelo, pero ella no le prestó atención.

¿Qué le habría pasado a su primo?

Después del entierro de su madre, tuvieron una fuerte discusión. Desde entonces no había hablado con él ni supo nada en varios meses. Al principio pensó que le estaba bien empleado que ella se largara a Cos. Pero al ver que no llamaba ni respondía a sus sms, Kicki se enfadó de veras. Hasta le había enviado una postal desde Cos en la que le pedía que la llamara, pero no tuvo noticias suyas.

Que le den por saco, pensó entonces. Podía seguir pisando aguanieve en Suecia mientras ella disfrutaba del sol en Grecia. Joder, lo pesados que podían llegar a ser los tíos. Como niños pequeños.

Con todo, tenía ganas de hablar con él.

Solo quedaban ellos. Krister era lo más parecido a un hermano. Aunque en ocasiones le irritara su estrechez de miras y su falta de ambición, significaba, no obstante, familia y compañía.

A veces, a decir verdad, su única compañía.

Ninguno de los dos tenía hijos, ninguno tenía una pareja estable. Muchas veces, después de vaciar alguna que otra botella de vino, que Krister había conseguido *sacar* de su trabajo en el Systembolaget, Kicki se había preguntado si acabarían así cuando fueran jubilados. Solitarios perdedores que no habían tenido lo que había que tener. Viejos amargados que mataban el tiempo lamentándose.

Por eso no daba crédito a lo que vio con sus propios ojos cuando de pronto se les presentó la ocasión de cambiar su vida. Por primera vez tenía la posibilidad de acceder a una nueva existencia, a una vida sin problemas, lejos de su trabajo en el almacén del Systembolaget y de noches llenas de humo delante de la mesa del casino. Una oportunidad para los dos de conseguir mucho dinero.

Pero a Krister le faltó valor, y Kicki no lo entendió. Habría sido tan fácil..., ella sabía exactamente lo que había que hacer y lo que había que decir.

Él tenía las pruebas. Pruebas escritas.

Estaban sentados en el salón de Krister. Él medio tumbado en el sofá y mirándola con párpados pesados. Llevaba la camisa abotonada hasta la mitad, y con unas cuantas manchas. Se retiró con la mano el pelo, que desde hacía tiempo necesitaba un buen lavado, y negó con la cabeza.

—Tú y tus ideas. Como comprenderás, nunca funcionaría. —Se volvió a llenar el vaso—. ¿Quieres?

Levantó la botella y señaló con ella a Kicki. Esta lo miró y lanzó un suspiro.

—No, no quiero más vino. Quiero que escuches lo que digo.

Molesta, encendió otro cigarrillo. Dio una calada profunda y lo miró. El ambiente la deprimía. El típico piso de un soltero.

—¿Podrás escuchar al menos? —intentó de nuevo.

Pero él se negó a tomarse en serio su propuesta y evitó el tema cada vez que ella lo sacaba. Kicki llegó incluso a apelar a la madre de Krister para convencerlo. Dijo una y otra vez que Cecilia habría querido que lo hiciera.

Al final se enfadó con él.

—Entonces, ¡quédate ahí sentado, idiota! —le gritó—. Esta es tu oportunidad para llevar una vida decente y ni siquiera te atreves a intentarlo.

Le lanzó una mirada desdeñosa. Le hervía la sangre de rabia.

—¡Joder, qué cobarde eres! ¡Seguirás en este maldito apartamento hasta que tengan que sacarte con los pies por delante!

Y con esas se había abalanzado hacia la puerta y se había largado. Dos días después partió hacia Cos sin haber vuelto a hablar con él.

Ahora se arrepentía.

Krister había tenido una vida complicada. Sus abuelos maternos rompieron todo contacto con su madre cuando se quedó embarazada a la edad de dieciocho años. Tuvo que educarlo completamente sola y se mantenían gracias a su trabajo en el

Systembolaget. Ser madre soltera a mediados de la década de los cincuenta no era una lotería precisamente y Krister tampoco fue un chico fácil. Terminó la escuela primaria con unas notas pésimas y entonces su madre consiguió que entrara a trabajar en el Systemet, y allí se había quedado.

Nunca conoció a su padre. Ni a sus abuelos maternos. Murieron sin haberlo visto siquiera. Amargados por el escándalo hasta el fin de sus días.

El padre de Kicki intentó ayudar a su hermana lo mejor que pudo, pero él tampoco tuvo una vida muy boyante. Cuando los padres de Kicki murieron en un accidente de tráfico a finales de los noventa, Cecilia intentó consolar a su sobrina, aunque no tenía mucho consuelo que ofrecer.

Después pasaron solo unos años antes de que su tía empezara a tener dificultades para sujetar las botellas cuando estaba en la caja. Era como si se le doblara el dedo pulgar de la mano izquierda. Se le caían las botellas y tenía al jefe de la tienda todo el día encima. Estaba constantemente preocupada, pero pensaba en que pronto se jubilaría. Toda una vida levantando peso para el Systembolaget le había dejado secuelas.

Al final, sus compañeros de trabajo consiguieron que acudiera al médico de la empresa. Le hicieron un montón de pruebas, y tras mucho divagar, los médicos le dieron los resultados. Padecía ELA, esclerosis lateral amiotrófica, la enfermedad incurable que lentamente va paralizando nervio tras nervio y músculo tras músculo. Cuando la parálisis alcanza los órganos respiratorios, uno muere.

En el caso de Cecilia no transcurrió ni un año entre el diagnóstico y el entierro. Se rindió. Se metió en la cama a esperar la muerte. Se quedó en posición fetal y fue encogiéndose. No tenía fuerzas para luchar; ni tampoco ganas.

A Krister le costó aceptar la enfermedad de su madre. No soportaba verla consumirse. Evitó casi hasta el final ir a visitarla a la clínica y no quería hablar de su enfermedad. Era como si creyera que todo iba a salir bien solo con fingir que no pasaba nada.

Después del entierro se emborrachó tanto que Kicki llegó a temer que hiciera alguna tontería. Se encerró en casa y bebió y moqueó con una botella en cada mano. Luego se quedó en el sofá con la ropa puesta y la cara enrojecida e hinchada de llorar y abotargada de beber. Era como si hasta entonces no hubiera comprendido que su madre realmente había muerto.

Kicki se sirvió otro vaso de ouzo. Al dejar la botella en la mesa le tembló la mano. La inquietud por Krister le provocaba un nudo en la boca del estómago. Tenía que llamar a ese policía al día siguiente y saber qué quería.

9

Miércoles, segunda semana

Thomas vio a Kicki Berggren ya antes de bajar las escaleras, situadas detrás del mostrador de la recepción de la comisaría de Nacka.

Llevaba puesta una cazadora vaquera blanca con remaches brillantes. Vaqueros lavados a la piedra, una camiseta ajustada de color rosa y unas sandalias de tacón alto completaban la imagen. Vista de espaldas parecía una chica joven, delgada y con caderas algo masculinas. Cuando se daba la vuelta, se veía que era una mujer de mediana edad, más cerca de los cincuenta que de los cuarenta. Llevaba el cabello rubio demasiado largo para que resultara favorecedor; y no era un rubio natural, las raíces oscuras lo evidenciaban. Una fina red de arrugas en el labio superior desvelaba que era una fumadora empedernida. Estaba muy bronceada, casi del color del cuero. Thomas se preguntó si habría conseguido semejante bronceado en Suecia. También observó que toqueteaba inquieta un bolso de tela vaquera. Se notaba que habría encendido un cigarrillo de buena gana, pero el cartel colocado en la pared lo dejaba bien claro: PROHIBIDO FUMAR.

Se acercó a la mujer y le tendió la mano.

—Hola, soy Thomas Andreasson. Me alegro de que haya podido venir tan pronto. Según tengo entendido, ha estado fuera. ¿Dónde?

—En Grecia —susurró Kicki.

Daba la impresión de que estaba nerviosa, probablemente se preguntaba por qué quería hablar con ella.

47

Thomas la guio hasta su despacho.

—¿Quiere un café?

Sirvió dos tazas. Tomar un café era una buena manera de romper el hielo.

—Por desgracia, el café de esta máquina no es muy bueno, pero es el que hay. Siéntese, por favor. —Le señaló la silla de las visitas, frente a su escritorio.

Kicki Berggren se sentó y cruzó las piernas. Una de las sandalias casi se le salía del pie, parecía que fuera a caerse en cualquier momento.

—¿Se puede fumar aquí? —preguntó confiada, probablemente a sabiendas de su error.

Ya había abierto el bolso para buscar un paquete de Prince y un encendedor antes de preguntar.

Thomas se disculpó.

—Lo siento, pero está prohibido fumar en toda la comisaría. Seguro que podrá aguantar.

Kicki Berggren asintió y cerró el bolso. Thomas pudo ver la inquietud en sus ojos.

—¿De qué quería hablar conmigo? —preguntó ella—. Se me averió el móvil hace una semana, así que me enteré de que había pasado algo cuando llegué a casa y escuché su mensaje. He intentado llamar a Krister montones de veces, pero no contesta. ¿Le ha ocurrido algo grave? ¿Ha hecho algo?

Las preguntas le salieron de un tirón.

Thomas dilató la respuesta. Aquella era la parte más dura del trabajo de policía. ¿Cómo le decía uno a una persona que alguien a quien quería había muerto? Prefirió abrir el camino con otra pregunta.

—¿Tiene buena relación con su primo?

Kicki asintió con entusiasmo.

—Es el único familiar que me queda. Su madre era mi tía paterna. Nos vemos a menudo desde que éramos pequeños, él solo tiene un año menos que yo. Solemos pasar juntos la Nochebuena.

Intentó decir esto último con una sonrisa, pero le salió una mueca.

Thomas tuvo que hacer un esfuerzo.

—Lamentablemente, tengo que comunicarle que su primo ha muerto. Su cuerpo apareció en Sandhamn, en el archipiélago de Estocolmo, hace una semana aproximadamente. Se había ahogado y las olas lo arrastraron hasta la isla.

A Kicki Berggren se le cayó el bolso al suelo. Abrió la boca pero no consiguió articular palabra hasta pasados unos segundos.

—¿Ha muerto?

—Sí, lo siento.

A la mujer se le llenaron los ojos de lágrimas. Thomas sacó una caja de pañuelos de papel de un cajón del escritorio y se la ofreció. Ella tomó un pañuelo y se secó.

—¿Quiere algo de beber? ¿Voy a buscarle un poco de agua? —preguntó Thomas con voz compasiva.

Kicki negó con un gesto. Se inclinó despacio hacia delante y levantó el bolso. Se lo colocó en las rodillas y lo asió fuerte con las dos manos. Le temblaba la boca. Miró impaciente a Thomas, que volvió a tomar la palabra:

—Creemos que ocurrió a principios de primavera. ¿Cuándo fue la última vez que habló con él?

—No he hablado con él desde marzo. He pasado tres meses fuera. He estado trabajando en un restaurante sueco en la isla de Cos.

—¿Había algún motivo especial para que viajara allí?

—Fui con una amiga que había trabajado allí antes. Llegué a casa anoche y fue entonces cuando oí su mensaje en el contestador automático. Le devolví la llamada en cuanto pude.

—¿Con qué frecuencia solía hablar con su primo? —preguntó Thomas, y le ofreció de nuevo la caja de pañuelos.

Kicki Berggren se revolvió en la silla.

—Pues eso dependía...

Bajó la vista y la fijó en sus uñas pintadas de color rosa chillón.

—Pero ¿mantenían un contacto habitual?

—Por supuesto, no tenemos más familia.

Mientras Kicki describía la infancia de Krister con su madre, Thomas constató que, al parecer, no existía nada en los antecedentes del hombre que pudiera explicar por qué se había acercado a Sandhamn.

—¿Tiene alguna idea, algo que explique por qué podía encontrarse en el archipiélago? —le preguntó después de un rato—. ¿Sabe si conocía a alguien de allí a quien pudiera ir a hacer una visita? —Thomas la miró inquisitivamente.

Kicki Berggren seguía con la vista fija en el suelo.

Antes de que tuviera tiempo de contestar, él continuó:

—¿Sabe si solía viajar en los *ferries* que van a Finlandia? ¿Qué hacía en su tiempo libre? —tanteó.

Kicki Berggren empezó a morderse una de sus uñas postizas. Se notaba que necesitaba fumarse un cigarrillo, toqueteaba el bolso y parecía maldecir en voz baja la prohibición de fumar.

—Sí, de cuando en cuando. ¿Por qué?

—Manejamos la hipótesis de que quizá se cayó de uno de esos barcos. Pasan cerca de Sandhamn todas las tardes. Si se cayó por la borda, eso podría explicar por qué su cuerpo llegó hasta la playa.

—A Krister nunca se le dio bien nadar. El agua no le hacía mucha gracia, la verdad. Pero, sí, a veces viajaba a Finlandia en los *ferries,* sobre todo cuando tenían alguna oferta. Hace dos años fuimos juntos a Mariehamn.

Thomas hizo una rápida anotación en su bloc sobre el nivel de natación de Krister. A continuación decidió cambiar de tema.

—¿Qué relación tenía con la bebida? ¿Solía beber mucho, en su opinión?

Kicki Berggren asintió mientras se mordía la uña cada vez con más empeño. Los pañuelos que Thomas le había dado se habían convertido en un montón de papel. Pequeños fragmentos se desprendían y aterrizaban en las patas de la silla. Parecía un montoncito de plumón soltado por un polluelo.

—Bebía bastante. Trabajaba en el Systembolaget, así que le resultaba muy sencillo llevarse a casa lo que quisiera. Además, no había muchas cosas que le interesaran, tampoco tenía muchos amigos, si hablamos de eso. Le gustaba estar solo, si tenía algo de beber y echaban un buen programa en la tele.

Thomas se rascó la nuca y reflexionó. Si Krister hubiera estado muy bebido, podría haber salido a tomar un poco el aire y haberse caído al agua. Ocurría con más frecuencia de lo que uno creía, pero las compañías navieras, por razones evidentes, no querían que se diera mucha publicidad a ese tema.

—¿Hay algún motivo para pensar que pudo tirarse por la borda intencionadamente? Es decir, ¿que tuviera el deseo de quitarse la vida?

Miró a Kicki abstraído, estaba pensando en la cuerda alrededor del cuerpo. Sus palabras flotaban en el aire. No era una pregunta cómoda, pero debía hacerla. Si su primo hubiera manifestado una tendencia suicida, eso podría aclarar algunas cosas.

Kicki Berggren abrió la boca como para hablar, pero se arrepintió y se hundió en la silla. Se le había corrido el rímel, así que sacó otro pañuelo de la caja y se limpió los ojos lo mejor que pudo.

Thomas la miró interrogante.

—¿Quiere decir algo?

—Su madre murió en febrero. Su muerte le afectó mucho. Aunque no quiso ir a visitarla muy a menudo cuando ella estaba enferma, después estuvo muy deprimido. Entonces empinó el codo más de la cuenta.

—¿Tanto como para no querer seguir viviendo?

Kicki bajó la mirada.

—Me cuesta creer que saltara desde uno de esos barcos. Nunca habló de suicidarse, aunque pensara que había tenido muy mala suerte en la vida; o sea, que la vida nunca le había ofrecido una oportunidad real.

Sus ojos se volvieron a llenar de lágrimas y otro pañuelo de papel acabó hecho pedazos en su mano.

Thomas se compadeció de ella, era evidente que no tenía la más mínima sospecha de la noticia que la aguardaba.

—Puede haber sido un accidente, sencillamente. Solo quería saber si creía que Krister podía albergar la idea de suicidarse. No existe ninguna certeza de que intentara hacerlo. Es posible que se tratara de una trágica combinación de alcohol y circunstancias.

Thomas terminó el encuentro pidiéndole que lo llamara si recordaba algo que quisiera contarle. Cuando ella salió, redactó las anotaciones de la conversación y adjuntó el escrito a la documentación del caso.

Kicki salió a la calle dándole vueltas a la cabeza. Ella que había estado tan enfadada con Krister... Ahora comprendía lo que había pasado. No se había atrevido a explicarle al policía por qué no habían mantenido el contacto durante los últimos meses, no se había sentido con fuerzas para contarle la bronca de la última vez que se vieron. Se avergonzaba tanto de su arrebato que no sabía qué hacer. Sus duras palabras se habían convertido en el último recuerdo que Krister tuvo de ella. ¿Por qué habían sido así las cosas?

Se detuvo y sacó el paquete de tabaco del bolso. Por fin. Mientras la nicotina se extendía por su cuerpo, empezó a preguntarse si, a pesar de todo, no podía haber una conexión. ¿Al final Krister habría decidido hacer realidad la idea que ella le propuso? ¿Sin decirle nada?

Pero eso era casi imposible. Su primo no se habría atrevido a hacer algo así sin ayuda, y menos con ella fuera. ¿O sí?

Se encogió de hombros sin saber qué pensar mientras daba otra calada al ansiado cigarrillo.

Seguro que Krister había comprado un viaje de fin de semana a Helsinki y había bebido demasiado. Podía imaginárselo: demasiados cubatas baratos en la barra de un bar, con los ojos cada vez más rojos a medida que avanzaba la noche. Habría salido a la cubierta tambaleándose, borracho y sudoroso, para respirar un poco de aire fresco, y había perdido el equilibrio, tal como había dicho el policía.

Un simple accidente.

Kicki notó que los ojos se le volvían a llenar de lágrimas.

Pobre Krister. Una vida sin sentido, una muerte sin sentido. Igual que su madre.

10

—He pensado que esta tarde podríamos preparar una barbacoa con unas chuletas de aguja marinadas. ¿Qué te parece?

Nora miró con curiosidad a su marido, que estaba sentado en el sofá del jardín tratando de empalmar el cabo de una cuerda. Arreglar los cabos deshilachados era un arte casi olvidado, una especie de encaje de bolillos para hombre, si se prefiere. Quizá no fuera una tarea que uno relacionara normalmente con un radiólogo del hospital de Danderyd, sin embargo, era algo a lo que Henrik se entregaba con gusto las pocas veces que estaba en casa tranquilo en el jardín. Su concentración era total.

Nora aprovechó para quitar unas hojas mustias de los geranios que había en los postes de la verja mientras esperaba una respuesta que no llegó.

—Henrik —repitió sintiendo cómo la invadía la irritación—, al menos podrías contestar. ¿Hacemos una barbacoa esta tarde?

Henrik levantó la mirada de la cuerda que tenía en la mano y la miró sorprendido.

—¿Qué has dicho?

—Barbacoa. Chuletas de aguja. Esta tarde. Estaría bien que decidiéramos qué vamos a cenar antes de que cierre la tienda.

En la mirada de su marido apareció una sombra de culpa.

—He quedado con mis amigos para tomar una cerveza.

Nora lanzó un suspiro.

Henrik participaría en las regatas toda la semana siguiente. La Copa de Europa en la categoría de 6 metros formaba parte de la semana anual de las regatas de Sandhamn, cuando el Real Club de Vela organizaba carreras de velocidad para todo tipo de embarcaciones.

Henrik era timonel en un tipo de barco de vela que competía en esa categoría, con una tripulación de entre cuatro y seis hombres. Era una prueba con mucha tradición y con estatus olímpico. Todavía participaban en ella fabulosas embarcaciones de caoba que sus dueños mantenían en perfecto estado. Pero los barcos de nueva fabricación utilizaban lógicamente materiales plásticos que incorporaban los avances tecnológicos; el barco de Henrik era de fibra.

Su padre también había competido en la misma categoría y había ganado varias veces la Copa Sueca junto con un antiguo presidente del Real Club de Vela de Sandhamn, así que la vela era una actividad prioritaria para la familia Linde.

En la práctica, para Nora significaba que durante toda la semana de regatas, era como si fuera viuda, o una madre soltera, o una familia monoparental, utilizando la expresión moderna.

Aquella tarde era una de las últimas ocasiones en que toda la familia podía cenar junta antes de que comenzara el campeonato. Al día siguiente tenían invitados, y después Henrik iría a ver el recorrido.

Se obligó a ocultar su frustración y le preguntó con voz más suave:

—¿No sería agradable que cenáramos esta tarde con los niños, en familia?

—Pero ya he quedado con mis colegas. Además, tenemos que hablar de tácticas. De cara a la competición.

Dejó el extremo de la cuerda en la mesa y la miró, disculpándose.

—Vamos, mujer, que no se va a hundir el mundo. Ya sabes cómo es esto.

Nora decidió cambiar de tema. No merecía la pena discutir por una cena.

—Está bien. Cenaremos los niños y yo.

Se volvió para entrar en la casa en busca de una regadera. Las flores necesitaban agua, les había dado el sol todo el día y la tierra estaba seca.

—¡Otra cosa! —gritó Henrik—. Ha llamado mi madre. Les gustaría venir el lunes a ver las regatas, si no hay inconveniente. Le he dicho que serán bienvenidos, claro.

Nora sintió cómo se adueñaba de ella el desaliento.

La visita de sus suegros significaba trabajo a tiempo completo. Esperaban una deliciosa comida preparada en casa y que los entretuvieran todo el día. Con Henrik en las regatas, ella se vería obligada a ocuparse de ellos el día entero y a atender a los niños. Y habría que limpiar la casa a fondo.

Cuando en una ocasión trató de explicarle a su suegra que ella no tenía tiempo para mantener todo en perfecto orden, tuvo que escuchar que solo necesitaba contratar a una chica polaca, así acabaría con el problema.

«Querida, en mi época era fácil conseguir buen personal de servicio —solía decir su suegra mientras hacía con las manos de manicura perfecta un gesto cargado de intención—. No entiendo a las madres de hoy en día, que se empeñan en arreglárselas solas. Figúrate lo práctico que es tener una chica que se ocupe de los niños. Tienes que aprender a relajarte, querida.»

Sus suegros habían pertenecido toda su vida al cuerpo diplomático, ya que el padre de Henrik trabajó en el Ministerio de Asuntos Exteriores hasta que se jubiló. Habían vivido en el extranjero, en las residencias de los embajadores, donde estaba incluido todo tipo de personal de servicio.

Eso había dejado su impronta.

La primera vez que Harald Linde, el padre de Henrik, se encontró con Thomas, lo miró de arriba abajo. Después dijo en un tono muy altivo arqueando una de las cejas: «¿Conozco a su padre?».

Aunque se presentó de una manera más arrogante de lo aceptable, Thomas no se arredró y le tendió la mano con una amplia sonrisa. «No lo creo —le contestó—. A no ser que haya trabajado en la escuela de Vårby donde era profesor de matemáticas.»

Nora se apresuró a explicar que Thomas era uno de sus mejores amigos desde la infancia. Después intentó discretamente cambiar de tema. En el fondo pensaba que Harald era insufriblemente arrogante, pero eso no podía decírselo a Henrik.

Su suegro era, no obstante, un poco mejor que su esposa. Una mujer de setenta años, delgada como un palo, cuya mayor diversión consistía en dejarse ver en diferentes acontecimientos sociales.

Monica Linde era una esnob engreída que aprovechaba cualquier ocasión para contar a qué cena selecta había asistido o a qué a personaje famoso había conocido. Llevaba la voz cantante en todas las conversaciones de sobremesa en las que estaba presente sin dejar apenas rechistar a nadie.

Para Nora era un misterio cómo el padre de Henrik la había aguantado durante tantos años. Y todos los demás también, para ser sincera. La madre de Nora sonreía ligeramente cuando se hablaba de Monica, y decía en voz baja algo así como que todas las personas son diferentes y que había que fijarse en sus aspectos más positivos. Además, la señora Linde adoraba a su único hijo y siempre le recordaba a Nora la suerte que había tenido al conquistarlo. Que podía ser justo lo contrario, era algo que a Monica ni se le pasaba por la cabeza.

Hacía tiempo que Nora había desistido de tener un trato más cercano con su suegra. En la actualidad mantenían una relación amable pero fría que funcionaba de un modo aceptable para todos. Comían juntos los domingos con cierta regularidad o celebraban algunas fiestas señaladas. Por lo demás, Nora intentaba estar fuera del alcance de Monica.

Por suerte, los padres de Nora solían echarles una mano cuando necesitaban ayuda con los niños. Además, lo hacían encantados. Sin su ayuda, Henrik y Nora no habrían conseguido que funcionara el día a día. Pero cada vez que los niños veían a sus abuelos paternos, Monica Linde los reprendía porque no eran lo suficientemente cariñosos o no estaban bien educados.

La sola idea de tener que pasarse todo el lunes atendiendo a sus suegros la hizo sublevarse para sus adentros.

—¿No sería mejor que vinieran cuando tú estuvieses en casa? —insinuó—. Entonces podrían verte a ti también.

Miró expectante a su marido.

—Pero ellos quieren ver las regatas.

Henrik parecía no entender nada. Era sordo y ciego a cualquier insinuación de que su madre no era la mejor de las suegras.

Nora capituló.

—Sí, claro. Serán bienvenidos —respondió, pálida, mientras se giraba en dirección al interior de la casa—. Llámalos para confirmárselo.

11

Jueves, segunda semana

Kicki Berggren estaba sentada como de costumbre delante de la pantalla del ordenador. Lo había comprado de segunda mano en Blocket.se y, a pesar de que ya tenía unos cuantos años, funcionaba sin problemas. A Kicki le gustaba navegar por Internet. Podía pasarse horas chateando. Eso le ayudaba a desconectar cuando regresaba a casa después del trabajo.

Aunque a menudo estuviera tan cansada que apenas podía tenerse en pie, pocas veces tenía sueño cuando volvía después de los largos pases detrás de la mesa de *black jack*. Su cabeza, en tensión para mantener las cartas en circulación toda la noche, no desconectaba inmediatamente, así que solía sentarse un rato delante del ordenador para relajarse. A veces entraba en las páginas web de personas famosas, solo para soñar cómo sería una vida con otras oportunidades.

De forma impulsiva buscó la página de la compañía naviera Waxholm. Escribió «Sandhamn» y apareció el horario de los barcos que salían de la terminal Stavsnäs Vinterhamn.

Los viernes salían cada dos horas. Podía ir en el autobús que salía a las once y diez de Slussen en dirección a Stavsnäs. Allí podía tomar un barco que llegaba poco después de la una. El viaje solo duraba un par de horas, así que en poco tiempo podía estar en Sandhamn.

Se volvió a hundir en sus reflexiones acerca de la carta. Se había pasado toda la semana pensando en ella. Ese descubrimiento que suponía la llave del futuro.

¿Se atrevería realmente a utilizarlo?

Con Krister muerto, solo quedaba ella. En cualquier caso, era una oportunidad. En realidad, la única. Y, de hecho, tenía la ley de su parte. Sin duda.

Mientras encendía meticulosamente su enésimo cigarrillo, tomó la decisión: viajaría hasta Sandhamn por la mañana. No tenía que incorporarse al trabajo hasta pasado el fin de semana. Si se iba al día siguiente, podía quedarse hasta el domingo si le apetecía. Eso debería bastar para conseguir lo que quería.

12

Viernes, segunda semana

El barco de Waxholm estaba atestado de gente. Se notaba que era temporada alta y la invasión de turistas era total. Familias con niños y paquetes de pañales, jubilados con cestas de picnic en las manos, veraneantes que arrastraban un montón de trastos hasta su casa de veraneo.

Kicki Berggren nunca había visto tantas bolsas de Ikea juntas. Parecía como si todos los habitantes del archipiélago hubieran decidido transportar sus pertenencias en las bolsas azules. En el rincón destinado al equipaje se mezclaban macetas con bolsas del supermercado Willys llenas hasta arriba. Las bicicletas se alternaban con los cochecitos de bebé.

Le costó encontrar un asiento libre en la cubierta exterior. Soplaba un poco el viento, pero en comparación con el calor agobiante del interior, aquello era la gloria. Se sentó lanzando un suspiro y encendió un Prince. Recorrió con la vista el puerto de Stavsnäs, terminal para el tráfico que unía la península con las islas del sur. Se veían hileras de barcos de color blanco amarrados al muelle. A lo lejos, junto a la gasolinera, una larga cola zigzagueaba delante del quiosco que vendía helados y perritos calientes. Eso le abrió el apetito y se arrepintió de no haber aprovechado para comprar algo de comer.

Con el rabillo del ojo advirtió que llegaba a la parada otro autobús rojo lleno de pasajeros que se dirigían en tromba a los *ferries*.

Santo cielo, cuánta gente quería ir a las islas al mismo tiempo.

Cuando el barco atracó en el muelle de los barcos de vapor, los pasajeros tardaron una eternidad en salir. La cola avanzaba a paso de tortuga hasta llegar a la cubierta y bajar la pasarela. Kicki entregó su billete y con paso vacilante accedió al gran muelle mezclándose con los vecinos de Sandhamn que habían salido a recibir a algún pasajero del barco.

En un extremo del muelle una carretilla elevadora movía palés con cajas de alimentos y bebidas apiladas unas encima de otras. Había gente por todas partes y, fuera del muelle, el puerto estaba plagado de veleros y lanchas motoras. Un torbellino de niños correteaba por los alrededores con helados en la mano. Aquello era un hervidero de gente.

Kicki se acercó al cartel informativo que había detrás del muelle y que mostraba un plano general de la isla. Se detuvo tratando de orientarse. Cuando miró a su alrededor comprobó que el puerto era muy bonito. Justo enfrente había una hilera de casas de dos plantas de color rojo Falun y una tienda de ropa en la esquina izquierda. SOMMARBODEN, la casa de veraneo, ponía en el letrero.

A la izquierda estaba el paseo marítimo, que llevaba hasta el Real Club de Vela. Había leído algo sobre ese lugar en alguna revista del corazón: allí se había celebrado un gran baile después de una regata al que asistieron el rey y la reina, claro, y también la princesa Victoria.

Entre el muelle de los barcos de vapor y el club vio muelles abarrotados de barcos pegados unos a otros. De todos los tamaños y categorías. El puerto viraba a la derecha formando un semicírculo bordeado de tiendas y restaurantes. A lo lejos destacaba un enorme edificio amarillo con SANDHAMN VÄRDSHUS escrito a lo largo de toda la fachada. Al parecer, y a juzgar por los rótulos, allí había bar, terraza y restaurante.

Kicki decidió buscar primero un lugar donde pasar la noche.

Se acercó a un quiosco para comprar cigarrillos. Cuando la chica de la ventanilla le dio su paquete de Prince, Kicki le preguntó si conocía algún sitio donde pudiera encontrar una habitación que no fuera muy cara. No pensaba pagar un precio abusivo por una sola noche.

–La Casa de la Misión –fue la respuesta de la joven rubia–. Es un hostal que ofrece alojamiento y desayuno. Está bastante bien. Y sirven un buen desayuno. Si no, es difícil encontrar algo que no sea supercaro. El hotel Seglar tiene los precios de Estocolmo. Aunque es bonito, claro. Muy bonito.

Kicki sonrió agradecida a la chica, que se inclinó a través de la ventanilla y señaló en dirección al supermercado en el que Kicki ya se había fijado antes.

–Estará, como mucho, a quinientos metros, no tardarás más de cinco minutos en llegar –le explicó con una sonrisa atenta.

Kicki tomó su maleta y empezó a caminar. Las sandalias se le llenaron de polvo inmediatamente. No cabía la menor duda de que en aquella isla había grava y arena por todas partes.

13

–Henrik, date prisa –gritó Nora por el hueco de la escalera–. Pronto estarán aquí y ni siquiera hemos limpiado las patatas.

Era viernes por la tarde y habían invitado a dos parejas de Sandhamn, y a Thomas.

Nora pensó si no debería haber invitado también a alguna chica, pero le pareció que no era el momento. Desde que Thomas y Pernilla, su mujer, se separaron en invierno, incapaces de recuperar su relación después de perder a su hija, su amigo no había vuelto a fijarse en una mujer, menos aún intentado iniciar una nueva relación.

Nora se estremeció sin querer al pensar en Thomas y en su pequeña Emily. Había sido una desgracia terrible. Tenían una preciosa niña de tres meses y la perdieron de un día para otro.

Emily murió mientras dormía por la noche.

Cuando Pernilla se despertó a la mañana siguiente, la niña yacía fría y sin vida en la cuna, a su lado. Pernilla y Thomas cayeron en la desesperación, pero la que peor lo pasó fue ella. Tenía un enorme sentimiento de culpa.

«Estaba muy cansada –había dicho sollozando–. Dormí toda la noche en vez de ocuparme de mi hija. Si me hubiese despertado quizá estaría viva. Una buena madre habría notado que pasaba algo en lugar de quedarse dormida.»

Al final, los remordimientos y los sentimientos de culpabilidad dieron al traste con la relación. Thomas se refugió en el trabajo y Pernilla no halló ningún consuelo.

La separación fue inevitable.

Nora trató entonces de apoyar cuanto pudo, pero no conseguía llegar a Thomas. Él enmudeció y se encerró en sí mismo. Se recluyó en Harö y se aisló.

Ahora le parecía que empezaba a recuperar al viejo Thomas, su amigo de la infancia con aquel pelo rubio e indómito. Se fijó en unas arrugas finas que le habían salido alrededor de los ojos y también le habían salido canas. Tenía una sombra en la mirada que antes no estaba.

–¿Qué hago?

Henrik se había deslizado por detrás de ella. Nora se volvió y le sonrió. Su marido estaba de buen humor. Sería una tarde divertida. Ahuyentó decididamente cualquier pensamiento relacionado con la visita de sus suegros el lunes.

–¿Qué te parece si cueces las patatas, ahúmas las percas, cortas la lechuga y preparas la salsa de vainilla para el pastel de ruibarbos?

Le dio un beso rápido en la mejilla y le alcanzó la bolsa de patatas nuevas y un cepillo duro.

–Ah, sí, si puedes pintar el techo y construir una valla antes de que lleguen, no estaría mal.

Henrik se rio.

Era muy sociable y le gustaba tener invitados. Nadie podía moverse en una fiesta con la soltura de Henrik. Algo que impresionó a Nora cuando se conocieron, pues ella no era tan extrovertida. Henrik siempre estaba dispuesto a acudir a una fiesta o a invitar espontáneamente a los amigos. Como hijo único de una familia de diplomáticos estaba sobradamente acostumbrado a participar en todo tipo de reuniones y a desplegar su encanto, que no era insignificante.

Nora, a quien le gustaban las placenteras tardes en familia, con el tiempo se había quejado. Invitados, sí, con mucho gusto, pero a veces era agradable estar solos. Se quejaba sobre todo cuando los niños eran pequeños y ella estaba agotada después de dar el pecho y pasarse las noches en vela y lo único que quería era tumbarse en el sofá delante de la tele.

Pero Henrik a menudo insistía. ¿Qué puede ser más agradable que reunirse con los amigos?, solía decir. Podemos invitar solo a algunos, no hace falta que sean muchos. Vamos, no tiene por qué ser tan complicado.

Nora se sentía entonces triste y aburrida, como una auténtica aguafiestas. No valía la pena discutir con él cuando no quería entender. Por eso ella procuraba esforzarse un poco. Para salvar la paz del hogar. Y la mayor parte de las veces, haciendo un pequeño esfuerzo, las reuniones resultaban divertidas.

Aquella tarde su marido estaba en plena forma.

–Puede que no me dé tiempo a hacer todo eso, pero si te sirvo una copa de vino antes de empezar quizá puedas perdonarme si solo alcanzo a hacer la mitad –contestó guiñándole el ojo.

Abrió el frigorífico para sacar una botella de vino blanco. Después sirvió dos copas y le ofreció una a Nora antes de buscar un cuenco y una tabla de cortar para empezar con las patatas y las percas.

Nora mientras tanto puso la mesa. Habían pensado comer en el jardín para disfrutar de la bonita tarde. Para acompañar los filetes de perca ahumados servirían una salsa de mostaza y barras caseras de pan rústico con mantequilla de finas hierbas. También había recogido ruibarbos en el huerto y preparado un pastel siguiendo la receta de su abuela.

Prometía ser una cena muy agradable.

Cuando Kicki Berggren encontró el camino de vuelta a la Casa de la Misión, aún estaba alterada. Le dolía todo el cuerpo de la tensión, como si hubiese corrido un maratón.

Procuró no pensar en la voz fría que le había preguntado si había pensado bien lo que pedía. Y en las consecuencias que se podían derivar de ello.

Apretó con fuerza los labios. Iba decidida a no dejarse asustar.

Si la vida hubiese sido más generosa con ella, quizá no hubiera estado allí, pero había aprendido desde hacía tiempo a no llorar por la leche derramada. Detestaba la impotencia que producía la falta de dinero. Detestaba tener que sonreír siempre y tener que esforzarse y coquetear todas las tardes en el casino. Hacerse la tonta ante los clientes borrachos que aprovechaban encantados cualquier ocasión de toquetearla con sus sucias manos. Anhelaba otra cosa, otra vida con otras posibilidades.

Y ahora estaba tan cerca que casi podía tocarla.

Lo único que había pedido era aquello a lo que tenía derecho. Solo eso. Ni más ni menos. Sabía lo que sabía y al día siguiente volvería y se verían obligados a ponerse de acuerdo. La última palabra aún no estaba dicha...

Dio una calada furiosa al cigarrillo que había sacado del paquete. Tuvo que emplear tres cerillas hasta conseguir encenderlo por fin. Seguramente estaba prohibido fumar en la habitación, pero le importaba un bledo. Con gesto resuelto intentó ahuyentar la imagen de sí misma que había visto reflejada en los ojos de su adversario: una mujer de mediana edad con los vaqueros demasiado ajustados y el cabello demasiado largo y con un tinte que ya no podía ocultar las canas grises. Una persona que trataba de aparentar treinta y cinco años pero que en realidad tenía casi quince más.

Todo le recordaba que era una de las mayores del trabajo, una crupier que podía ser la madre de las chicas que estaban ante la mesa de la ruleta, compañeras que decían muy alto que aquello era algo a lo que se iban a dedicar solo una temporada. No podía una malgastar su vida más tiempo entre aquellos tipos borrachos que perdían más dinero del que se atrevían a confesarle a sus mujeres.

No había resultado difícil encontrar la Casa de la Misión; estaba al lado del edificio amarillo de la escuela. No había tardado ni cinco minutos en llegar, justo lo que le había dicho la chica del quiosco. La encargada le comentó efusivamente la suerte que había tenido al conseguir una habitación sin haberla reservado de antemano. Tenían libre una de las cinco habitaciones debido a una anulación de última hora, así que solo había que hacer el registro.

Kicki recibió la llave y subió a la segunda planta. La habitación estaba decorada en un acogedor estilo *vintage* con cortinas de encaje. Colocó las cuatro cosas que había llevado y después se echó en la cama para intentar ordenar sus pensamientos. Permaneció allí tumbada repitiendo una y otra vez lo que diría. Aunque había decidido dar el paso, estaba nerviosa ante el encuentro.

Cuando se disponía a salir, buscó a la encargada para preguntarle cómo se iba, pero ella también era nueva en la isla y no podía ayudarle. Kicki no le dio mayor importancia, seguro que encontraría el camino, la isla no era tan grande. Pero no resultó tan fácil como creía. Al final, una chica en la puerta de la panadería le explicó cómo llegar. Ya eran las tres para entonces.

Kicki llamó a la puerta de la casa, y después de un rato, cuando ya estaba a punto de marcharse, abrieron. Se presentó y la dejaron entrar. Resultaba evidente que no la esperaban y que tampoco era bienvenida. Después de explicar el asunto que la había llevado allí, se hizo el silencio. Unos ojos grises la observaron fríamente un largo instante, antes de retirar finalmente la mirada. Aquellos ojos grises no mostraron ninguna reacción ante su petición. El silencio se adueñó de la estancia, se dilató hasta convertirse en algo pegajoso y asfixiante.

Kicki tragó saliva un par de veces y se humedeció los labios. Por un segundo se preguntó si no habría ido demasiado lejos. Aquel ambiente hizo que se sintiera incómoda. Aparte de que la decoración no era en absoluto de su gusto, era como estar de visita en otro mundo.

Entonces pensó en su primo. Krister está muerto, y yo quiero mi parte, se dijo. Clavó la mirada en lo que tenía delante, firmemente decidida a no parecer nerviosa ni mostrar su malestar. Apretó el puño de una mano tan fuerte que las uñas penetraron en la piel. El dolor le hizo parpadear pero intentó fingir que no pasaba nada.

La persona que la recibió se levantó de repente. El movimiento fue tan inesperado que Kicki se sobresaltó.

—No tenemos por qué enemistarnos. Permíteme invitarte a beber algo mientras hablamos.

Kicki Berggren se quedó donde estaba, sola. Desde la cocina llegaba el ruido de las puertas de los armarios y el tintineo de tazas sobre una bandeja.

Recorrió con la mirada el cuarto, que se abría a un amplio comedor con una mesa muy grande que llamaba la atención en el centro. Contó una docena de sillas alrededor de la mesa, y había otras cuatro junto a las paredes.

La vista del mar era maravillosa. Casi se podía tocar el agua.

Cuando levantó la vista se volvió a tropezar con aquellos ojos grises de mirada circunspecta.

—¿Un poco de té?

Su interlocutor le acercó una taza llena hasta el borde.

—¿No deberías recapacitar y pensar bien lo que quieres? —le preguntó con voz sosegada y contenida—. ¿Antes de que sea demasiado tarde?

14

La cara que Thomas vio en el espejo del cuarto de baño parecía desmejorada y cansada, en absoluto la de alguien que pronto iba a acudir a una cena en casa de los Linde para pasar una velada agradable.

Había llegado a Harö un poco antes de las seis. Dentro de una hora tenía que estar en Sandhamn. Entretanto necesitaba ducharse y afeitarse.

La casa de Thomas estaba en la costa norte de Harö. Sus padres compraron el terreno en los años cincuenta, mucho antes de que fuera tan popular tener una casita en el archipiélago. Hacía unos años que la habían dividido en dos partes para dejarle una casa a sus hijos.

En el terreno de Thomas había un viejo granero. Aunque bastante deteriorado, estaba en un sitio precioso, justo al lado del agua y muy cerca de un enorme abedul blanco.

Pernilla y Thomas se ocuparon del granero e invirtieron mucho esfuerzo para convertirlo en una auténtica casa de veraneo.

Una casa apropiada para una familia con niños.

Cuando acabaron la reforma, el viejo granero se había transformado en una estupenda segunda residencia con amplias ventanas y espacios abiertos. Habían construido un dormitorio grande en la buhardilla para aprovechar la altura del techo. Un sendero de grava iba desde la puerta de la casa hasta el embarcadero, que habían ampliado para que cupieran todos los muebles y pasar allí las tardes de verano.

La casa se había tragado todo su tiempo libre y todos sus ahorros, pero el resultado no defraudó.

Después vino el divorcio.

Apenas llegaron a pasar allí un verano entero antes de que sus caminos se separaran.

Como la casa de verano la había heredado Thomas de sus padres, el reparto fue sencillo. Pernilla se quedó con el apartamento en la ciudad y Thomas conservó la casa de Harö. La partición fue decorosa, honesta y totalmente lógica.

Y desgarradora.

Después de la separación él había alquilado un apartamento de un dormitorio en Gustavsberg. Era cómodo y práctico y tardaba solo veinte minutos en llegar al trabajo, pero no era un hogar. Únicamente en Harö se sentía en casa. Y a veces ni siquiera allí.

Sacó la maquinilla de afeitar y la espuma del armario del cuarto de baño y abrió el grifo del agua caliente.

A decir verdad, no tenía ninguna gana de subir al barco y navegar hasta Sandhamn, pero hacía semanas que Nora le había invitado. No quería decepcionarla. Sobre todo avisando con tan poca antelación.

—Vamos, Thomas —lo había animado ella—. Te sentará bien hacer un poco de vida social. No puedes estar siempre trabajando o encerrado en Harö. Tienes que empezar a relacionarte con gente.

Naturalmente, Nora tenía razón. Pero era tan difícil...

Se sentó en el váter con la maquinilla de afeitar en la mano. A veces no tenía fuerzas para dar un paso más.

Los últimos quince meses habían sido los peores de su vida, no se los deseaba ni a su peor enemigo. Noches de pesadillas en las que Emily vivía y él era incapaz de salvarla. Días en los que casi no se sentía con fuerzas para ir a la comisaría porque tenía miedo de derrumbarse delante de sus compañeros. La destrucción paulatina de su matrimonio sin que él pudiera hacer nada.

Después de la separación, hacía más de medio año, había evitado las reuniones sociales. No había sentido ninguna necesidad de compañía, solo un enorme deseo de estar solo y en paz.

Se refugió en el trabajo. No sabía cuántas veces se había quedado en la comisaría hasta altas horas de la noche. Había algo apacible en los oscuros pasillos cuando se quedaban vacíos. Le gustaba la soledad. Se demoraba de buena gana delante del escritorio. En silencio.

El trabajo había sido su salvación. Sin el apoyo de sus compañeros es posible que no lo hubiese superado. Había sido una lucha levantarse todas las mañanas. Sin embargo, se hizo cargo de todo el trabajo que pudo. Se apuntó voluntario a cualquier tarea que surgía. Pasó horas y horas trabajando en casos de los que no tenía por qué encargarse. Como si cada caso que resolvía le ayudara a reconstruir su vida pieza a pieza.

Con el tiempo el dolor había empezado a amortiguarse. En cambio, lo invadió un enorme cansancio que lo abrumaba. Thomas no sabía cómo enfrentase a él. Por el día podía aguantarlo, pero por la tarde estaba agotado.

Había dormido más durante el último medio año que en toda su vida. Esperaba todo el día que llegara la noche para acostarse y olvidar. Era como si no se cansara nunca de dormir.

En abril, cuando volvió la luz, comenzó a recuperar algo de su antigua energía. Disfrutaba de las largas y claras tardes de principios de verano. Para su sorpresa, respiraba con más facilidad.

Pero la distancia entre el policía profesional entregado a su trabajo y su vida privada, en la que Thomas solo quería tranquilidad, no había disminuido.

Ahora estaba en el cuarto de baño tratando de hacer acopio de fuerzas. La cena empezaría pronto. Se puso en pie y agarró el bote de espuma. Con una sonrisa forzada se miró en el espejo y empezó a pasarse la maquinilla por la mejilla con determinación.

En el puerto, que ahora estaba casi en penumbra, Kicki Berggren miró a su alrededor.

Seguía teniendo en la boca el sabor soso del té. Ni siquiera le había ofrecido café. Solo aquel té asqueroso.

Había intentado descansar un rato en la habitación, pero estaba demasiado alterada y después de una hora desistió. Se puso la cazadora y bajó al puerto. Necesitaba beber algo, algo fuerte. Y un poco de comida tampoco le vendría mal. Se había deslizado sigilosamente por las escaleras para evitar encontrarse con la entrometida encargada. En aquel momento no estaba como para soportar su cháchara, ya tenía bastantes cosas en las que pensar.

La terraza del bar Dykar parecía un lugar agradable, pero cuando se acercó vio que todas las sillas estaban ocupadas por gente joven y guapa. Chicas con camisetas escotadas y grandes gafas de sol sentadas con chicos de cabello peinado hacia atrás y con gomina y pantalones cortos de color rojo.

Al parecer, estaba de moda el vino rosado, pues en todas las mesas había una cubitera plateada con el eslogan *Think pink, drink pink*.

Su opinión acerca del vino rosado se basaba en sus experiencias con el Mateus, un vino rosado que se bebía cuando estaba en el instituto. Se estremeció. No le gustaba entonces y tampoco podía gustarle ahora. Y ya había tenido más que suficiente en la isla de Cos de jóvenes malcriados y borrachos. No tenía necesidad de aguantarlos.

Buscó otra opción.

En un extremo del puerto vio el restaurante Sandhamns Värdshus. Parecía bastante más atractivo. Dio media vuelta y se dirigió hacia la escalera de la zona donde ponía «pub».

Cuando abrió la puerta estaba demasiado oscuro, después los ojos se le acostumbraron y vio que había entrado en un local grande con las paredes forradas de madera oscura y un ambiente acogedor.

En la barra, de color marrón, un chico joven con el cabello rubio recogido en una coleta, preparaba un pedido. Alrededor de las mesas alargadas se veían algunas figuras dispersas con los vasos medio llenos delante. El local estaba casi vacío, pero un pub oscuro no era precisamente el primer lugar que los turistas vestidos de verano elegían cuando hacía tan buen tiempo.

Vio por la ventana la cola de personas que esperaban con paciencia conseguir una mesa en la terraza; a ella le venía estupendamente sentarse dentro. Necesitaba estar un rato tranquila. Además, quería comer algo para quitarse aquel sabor desagradable de la boca.

En la pared colgaba una pizarra donde se enumeraban los platos que se ofrecían. Todo parecía muy rico, y eligió un *pyttipanna** y una cerveza grande.

Con la cerveza en la mano se dirigió a un rincón alejado de la barra. Se quitó la cazadora y la colgó en la silla de al lado. Buscó en el bolso un espejo de mano y un peine, que se pasó por la melena. Se guardó el peine en el bolsillo superior de la cazadora y, llevada por la costumbre, sacó su paquete de cigarrillos antes de caer en la cuenta de que en Suecia ya no se podía fumar dentro de los locales.

Vio con el rabillo del ojo que un hombre entraba y pedía una cerveza en la barra. Ya con la bebida en la mano, se dirigió a la zona del bar donde estaba ella.

Kicki le sonrió instintivamente. Tras años dando la bienvenida a la mesa del casino a desconocidos, la sonrisa le salía sola.

El chico tenía cara de buena persona. Le calculó unos cuarenta años. De complexión delgada, vestía camiseta azul descolorida, vaqueros y zapatillas de deporte. Necesitaba un corte de pelo, pero lo llevaba limpio.

De pronto Kicki sintió ganas de compañía. Cuando cruzaron la mirada, se humedeció los labios y abrió la boca.

—Te puedes sentar aquí si quieres —le dijo señalando la silla de enfrente.

---

* *Pyttipanna*: plato compuesto de patata, cebolla y cualquier tipo de carne o salchicha, todo ello cortado en trozos pequeños y frito en sartén. Suele servirse con huevo frito, remolacha encurtida, pepinillo y alcaparras. *(N. de la T.)*

Le sonrió cordialmente mientras él se sentaba.

—¿Vives aquí? —preguntó.

Él alzó la vista por encima de su cerveza y asintió.

—Mmm, tengo casa aquí.

—¿Una casa de veraneo?

—No, vivo siempre aquí. Nací en esta isla. He vivido aquí toda mi vida.

Ella se acercó un poco.

—Me llamo Kicki.

—Jonny.

Él extendió la mano para estrechársela, pero se arrepintió y simplemente asintió con la cabeza.

—¿A qué te dedicas? —preguntó Kicki.

—Hago un poco de todo. Soy carpintero. Me gusta pintar. Y hago trabajos para los veraneantes.

Bebió un buen sorbo de su cerveza y se secó la boca con la mano. Cuando dejó el vaso en la mesa, el líquido salpicó un poco, pero él no le dio la menor importancia.

—¿Qué pintas?

Kicki sentía curiosidad, y necesitaba distraerse un rato. Además, le interesaba saber más de la vida en la isla.

—Distintas cosas. Sobre todo, cuadros con motivos naturales.

Sonrió azorado. Luego sacó un lápiz del bolsillo trasero del pantalón y se estiró para alcanzar una servilleta que había sobre la mesa.

Con unos trazos rápidos dibujó a Kicki de perfil. Solo eran unas líneas, pero el parecido era sorprendente. Jonny había logrado captar sus rasgos y la expresión de la cara. En unos segundos.

Deslizó el dibujo hacia ella.

—Ahí lo tienes. Te puedes quedar con él.

—¡Qué bueno eres! —exclamó Kicki impresionada—. ¿Te ganas la vida con esto?

—No exactamente. En verano trabajo más de carpintero. Siempre hay algo que arreglar, y cuando la gente está de vacaciones no tienen ganas de ocuparse de esas cosas. Además, pagan bien;

en negro, claro, pero no me importa. ¿Para qué quiero yo una factura? —Añadió una sonrisa burlona para subrayar sus palabras.

Una camarera rubia se acercó con el *pyttipanna* de Kicki. Colocó el plato en la mesa y le dio el cuchillo y el tenedor envueltos en una servilleta. El plato era apetitoso, con su huevo frito y remolacha roja en abundancia.

La camarera recogió el vaso vacío con gesto profesional y los miró atentamente.

—¿Queréis algo más?

Kicki miró animada a su acompañante. Era un tipo agradable, algo tímido, pero no carente de interés. Había algo de cachorrillo en su expresión que le gustaba.

Se inclinó hacia delante y mientras se retiraba un mechón de pelo de la frente le guiñó un ojo con coquetería.

—¿Me invitas a una cerveza? Así podrás contarme qué se hace en Sandhamn un viernes por la tarde en pleno verano. Es la primera vez que visito la isla.

15

Fue lo que Nora solía llamar una perfecta noche de Sandhamn.

De los jardines de alrededor llegaban las voces de otros vecinos que disfrutaban también de su cena al aire libre. Flotaban algunas notas difusas de Dinah Washington cantando *Mad about the boy*. La calma era tal que se podía oír el zumbido de los abejorros. Las golondrinas volaban alto en el cielo, una señal de que las altas presiones iban a continuar. Eran casi las nueve y soplaba una brisa agradable. Los filetes de perca habían quedado perfectos y el ambiente era estupendo.

Cuando iban a tomar el postre, la conversación se desvió hacia el tema del hombre muerto hallado en la playa.

—¿Cómo va la investigación? —preguntó Henrik.

—Bueno —dijo Thomas—, parece que fue una muerte natural. Probablemente un accidente. Es posible que cayera desde la borda de un *ferry* finlandés, pasan por aquí todas las tardes. —Se sirvió un trozo de pastel de ruibarbo antes de añadir—: Era una persona solitaria. No tenía familia, sus padres habían muerto y no hemos localizado a ningún amigo. La única familia que le quedaba era una prima, con la que mantenía una estrecha relación. Era una persona con una vida bastante deprimente, por decirlo de algún modo.

Nada más pronunciar aquellas palabras, se arrepintió. El paralelismo con su propia vida era demasiado evidente.

No tenía familia, ni hijos, se acercaba a los cuarenta y vivía solo en un apartamento de un dormitorio, exactamente igual que el hombre muerto.

¿Quién era él para calificar la vida de Krister Berggren de deprimente?

—¿Por qué piensas que fue una muerte natural? —preguntó Henrik mientras pasaba el cuenco con la salsa de vainilla.

La pregunta sacó a Thomas de sus reflexiones. Le costó concentrarse.

—No hay nada que haga pensar otra cosa. Murió ahogado. Lo único que resulta extraño es que llevaba una cuerda atada alrededor de la cintura. Pero eso, de hecho, no tiene por qué significar nada. No siempre se puede explicar todo.

—¿Una cuerda?

Henrik miró a Thomas expectante.

—Sí, una especie de lazada colocada alrededor del cuerpo. Parecía cuerda normal y corriente. No hemos podido rastrearla, no está hecha de ningún material fuera de lo común.

—¿Tenía algún motivo para querer quitarse la vida? —preguntó Henrik.

Thomas negó con la cabeza.

—No lo creo, no hemos encontrado ninguna carta de despedida. Pero es difícil afirmarlo con seguridad.

—¿Sabéis algo más de la red de pesca? —preguntó Nora.

—No, nada. Había una tablilla alargada para recoger la red fijada en uno de los extremos. Pero, a decir verdad, eso no aclara mucho. Por otra parte, es probable que el cuerpo cayera en la red después de que se produjera la muerte. Hay mucha gente que echa las redes en esas aguas, así que no es tan extraño.

Henrik se inclinó hacia delante interesado, y apenas había acabado de tragarse el bocado antes de volver a hablar:

—¿Qué ponía en la tablilla?

—Solo dos letras. G. A. Es difícil que conduzcan a algo o a alguien.

Nora intentó concentrarse.

—¿Conocemos a alguien de la isla con esas iniciales?

Thomas se encogió de hombros.

—No sé si tendrá importancia. La red puede pertenecer a cualquier pescador de esta parte del archipiélago. En cualquier caso, todo apunta a que se trata de un accidente.

—¿Qué significa eso?

—El caso será sobreseído. No hay ninguna sospecha de delito, por tanto, cerraremos la investigación.

—¿Tendrás vacaciones entonces? —interrumpió su compañera de mesa mientras se servía el vino que quedaba en la botella.

Thomas asintió dirigiéndose a ella.

—Muy pronto, por suerte. Solo tengo que cerrar este tema la próxima semana. Después vendré directamente a Harö.

—¿Están allí tus padres? —preguntó Nora.

—Sí, claro. Se vinieron a finales de abril. Creo que, desde que se jubilaron, pasan más tiempo en Harö que en la ciudad.

A Thomas se le iluminó la cara al pensar en sus padres.

—Siempre están insistiéndome para que pida vacaciones antes, pero me gusta venir cuando la temporada alta empieza a aflojar un poco. Vengo cuando vengo.

Levantó su copa en gesto de agradecimiento hacia Nora.

—Gracias por esta fantástica cena.

16

Sábado, segunda semana

Qué velada tan agradable, pensó Nora mientras preparaba la bandeja del café. Los invitados estaban de buen humor, parecía que se lo habían pasado bien, y pudieron quedarse en el jardín hasta medianoche sin pasar frío.

Por suerte era sábado y no había clase de natación. Pudieron incluso levantarse tarde, todo lo tarde posible para una familia con un niño madrugador de seis años.

—Venid, chicos —les gritó a Adam y a Simon, que estaban jugando en el jardín—. Vamos a sorprender a papá con un café en el embarcadero.

Henrik estaba allí ordenando las redes de pesca, una tarea que podía llevar su tiempo, así que seguro que agradecería una taza de café.

Los niños y ella habían aguardado casi quince minutos en la cola de la panadería para comprar bollos. Parecía que medio Estocolmo había decidido viajar a las islas para disfrutar del maravilloso día de verano.

Por otro lado, tampoco suponía un gran sacrificio estar charlando en la puerta del pintoresco edificio de la panadería, donde había mesas y sillas de hierro pintadas de blanco para los clientes que quisieran disfrutar de su pan allí mismo.

El famoso Johan Reinhold Sundberg, presidente de la asociación Eknö Hemman y hombre enérgico, fue quien fundó el negocio ya en el siglo XIX. En aquel tiempo, la panadería era popular por sus galletas marineras, que suministraba, entre otros, a los buques faro.

Henrik estaba en plena faena abajo, junto al agua.

Al lado del largo embarcadero había unos postes altos, llamados *gistor,* con ganchos en la punta. La red se colgaba en los ganchos en varias tandas y después se utilizaban unos palos sin corteza para limpiar las plantas marinas y las algas que se habían quedado pegadas a ella. Un método antiquísimo que se empleaba en todo el archipiélago.

Henrik había limpiado aproximadamente la mitad de la red. Las algas desprendidas formaban pequeños montones a sus pies. Se había quitado la camiseta y estaba en pantalones cortos. El sudor le bajaba por la espalda.

Adam corrió hacia su padre para ayudarle. A veces Henrik lo llevaba con él cuando iban a echar la red y le dejaba pilotar el barco un poco. Al niño le encantaba acompañar a su padre, que nunca se hacía de rogar.

Justo al lado de donde se amarraban los barcos había una pequeña terraza que pertenecía a la casa de Nora y Henrik. No era grande, pero cabía un banco, dos sillas y una mesa, lo que les permitía sentarse junto al agua.

En el muelle estaba amarrado el barco de la familia, un fueraborda llamado *Snurran.* Tenía más de tres metros de eslora y había prestado fielmente sus servicios durante muchos años. Era lo suficientemente grande como para salir a bañarse en las rocas y, en caso de necesidad, ir a buscar a alguien que se hubiera quedado tirado en Stavsnäs después de que el último barco que cubría la ruta hubiera partido.

—¡Nosotros estamos aquí con el café! —le gritó Nora a su marido.

Se sentó a la mesa y empezó a sacar las tazas, los bollos y unos vasos de plástico de alegres colores para los zumos de los niños.

Sin querer se encontró pensando en la llamada que había recibido el día anterior. El móvil sonó cuando se hallaba al borde de la piscina esperando a que terminara la clase de natación de Simon.

Era el director de personal del banco, que quería hablar con ella. La última reorganización dividía la gestión en cuatro regiones: norte, sur, centro y este. Cada región tendría su propio equipo de abogados, que trabajaría directamente bajo el mando de la dirección regional.

¿Le interesaba la plaza de jefa de ese equipo de abogados para la región sur? El centro de trabajo estaba en Malmö, así que debería trasladarse. Pero el sueldo era más alto y además tendría posibilidades de ascender. Halagada, mostró interés. Parecía un trabajo atractivo. Por otra parte, suponía cambiar de jefe, algo que deseaba desde hacía tiempo.

Nora se sentía a gusto en el trabajo, pero estaba harta de su jefe, que a sus ojos no daba la talla en el puesto. Se había convertido en jefe del Departamento Jurídico del banco a una edad inusualmente temprana, cuando el jefe que tenían entonces se pasó a la competencia. Ragnar Wallsten era un hombre perezoso y arrogante, muy dado a hablar mal de sus compañeros, siempre a sus espaldas, naturalmente.

Mientras Nora y los demás abogados del departamento se esforzaban en sacar adelante el trabajo, él se encerraba en su despacho a leer el *Dagens Industri*. Como el despacho tenía las paredes de cristal, no era difícil ver a qué se dedicaba allí dentro. Nora se había enterado de que a través de su mujer había emparentado con una familia muy conocida en el mundo de las finanzas. Eso, quizá, podría explicar su complejo de inferioridad, pero no servía para justificar su pésima gestión. Era un gran misterio cómo una persona así había conseguido un puesto tan alto en un banco tan grande. Resultaba incomprensible que nadie hubiera descubierto su incompetencia. Por tanto, la idea de poder entrar pisando fuerte en el despacho de Ragnar Wallsten y comunicarle que había conseguido un notable ascenso dentro del banco, y que él ya no podría seguir decidiendo sobre ella, resultaba muy tentadora.

El jefe de personal le había dicho que una empresa externa de recursos humanos, la Sandelin & Partner, entrevistaría a todos los aspirantes al puesto. Si estaba interesada, se pondrían en contacto con ella.

Nora pensaba en cómo contárselo a Henrik. Un traslado a Malmö no estaba precisamente en su lista de deseos. Por otro lado, ella hizo sus prácticas de notario en Visby porque él consiguió allí sus prácticas de médico. Además, ella había cogido los permisos de baja por maternidad de los dos niños mientras él terminaba su especialidad. Le parecía que ahora era su turno.

Despertó de sus ensoñaciones cuando Simon le lanzó algas mojadas a las piernas.

—¡Para! —gritó—. Están muy frías.

Simon se reía con ganas mientras se agachaba para recoger más.

Nora levantó las manos: mejor una retirada a tiempo que una derrota.

—Me rindo, me rindo ahora mismo —le suplicó a su hijo, que se preparaba para un nuevo lanzamiento.

De repente se oyó cada vez más fuerte el ruido de un motor. Nora hizo visera con la mano para ver mejor. Era un barco con el casco de aluminio como el de Thomas, un Buster. Cuando el barco se acercó más pudo ver que, efectivamente, era Thomas quien iba al volante. Después de realizar un giro amplio, redujo la velocidad y atracó justo en el embarcadero.

—¡Hola! —saludó Henrik estrechándole la mano—. ¿Vienes a agradecernos la cena de ayer?

—Llegas a tiempo de tomar café —añadió Nora—. Siéntate, que voy a buscar otra taza.

—Lo siento, pero no puedo.

Thomas no parecía contento.

—Solo quería preguntaros si puedo dejar mi barco aquí unas horas. El puerto está lleno, y el barco de la Policía y el del médico están en el muelle de emergencias.

Nora lo miró con más detenimiento. La gravedad se reflejaba en sus ojos.

—¿Qué ha pasado?

—Han encontrado otro cadáver. Voy para allá a ver cómo están las cosas.

Nora se quedó helada.

—¿Dónde ha sido?

—En la Casa de la Misión. Lo descubrió la señora de la limpieza cuando iba a arreglar la habitación. Al parecer el cuerpo presenta múltiples lesiones. ¿No os importa que deje el barco aquí mientras tanto? No sé muy bien cuándo podré volver a buscarlo.

—Por supuesto. Puedes amarrar aquí siempre que quieras, ya lo sabes.

Henrik y Nora intercambiaron sus miradas. Casi al mismo tiempo se volvieron hacia los niños, que jugaban en la playa al borde del agua. Nora no podía creerlo. Dos muertes en Sandhamn en una semana. En su isla de verano. Era increíble. Ella que ni siquiera cerraba la puerta de la calle cuando salía de casa.

De pronto la invadió el impulso de abrazar a sus hijos y no soltarlos.

¿Dónde iba a acabar aquello?

17

Thomas se dirigió cruzando callejuelas con paso rápido al edificio blanco de la Casa de la Misión.

Estaba situado bajando la colina, donde se alzaba la capilla de Sandhamn, al lado de la escuela. La distancia desde el embarcadero de Nora no llegaba a los quinientos metros. De no ser por las casas que había entremedias, desde la ventana de la cocina de Nora se habría podido ver la pensión.

Cuando la ola de movimientos religiosos inundó el archipiélago a finales del siglo XIX, los fieles se reunían en esa casa parecida a una iglesia. Fue el primer edificio religioso que se construyó en Sandhamn, ya que las peticiones de sus habitantes para tener su propia iglesia habían sido desestimadas desde el siglo XVIII. La congregación contaba a lo sumo con catorce o quince miembros entusiastas.

Desde hacía algunos años funcionaba como pensión y sala de conferencias para distintos acontecimientos. La gran sala de rezo era ahora el comedor para el desayuno, y a veces se utilizaba como local para fiestas. Era un edificio bonito, sencillo y diseñado con gusto. Una edificación que conservaba la impronta de tiempos pasados.

Ahora había un cadáver en la planta superior.

Thomas saludó con un gesto a los policías uniformados que ya conocía y abrió la puerta de la verja pintada de blanco que rodeaba el terreno donde se alzaba la Casa de la Misión. Abajo, junto a las escaleras exteriores, había varias sillas y mesas de jardín. Unas macetas con pensamientos amarillos y azules daban color al suelo arenoso, en el que, al igual que en el resto de Sandhamn, solo crecían matas dispersas de hierbas silvestres.

La puerta de la pensión estaba abierta. Thomas subió deprisa las escaleras y entró en el vestíbulo.

Oyó los sollozos y las voces agitadas que llegaban desde el interior de la gran sala. Se vio frente a una mujer que lloraba a mares sentada en una silla en uno de los rincones. A su lado había otra de más edad que trataba de consolarla con palabras tranquilizadoras, a pesar de que ella también lloraba. En la sala se encontraba además un policía.

Levantaron la vista cuando Thomas entró.

—Ha sido Anna quien ha encontrado el cadáver. —La mujer mayor señaló con pena a la conmocionada mujer que estaba sentada en la silla.

—Cuando iba a limpiar la cuatro —añadió.

Thomas se acercó a la señora de la limpieza, que se mecía hacia delante y hacia atrás mientras se retorcía las manos. Se notaba que llevaba llorando un buen rato porque tenía los ojos hinchados y enrojecidos. Se preguntó cómo iba a interrogarla en ese estado. Apenas podría obtener ninguna respuesta sensata si no se tranquilizaba.

Se dirigió a la otra, que parecía más sosegada.

—Thomas Andreasson, de la comisaría de Nacka. ¿Trabaja aquí?

Ella asintió, consolando aún a la mujer llorosa dándole palmaditas en la espalda.

—Me llamo Krystyna, soy la encargada y la responsable del establecimiento.

El fuerte acento eslavo irrumpió antes de que se le quebrara la voz. Le tembló el labio inferior, pero tomó aire y continuó en tono chillón:

—Es lo peor que he visto en mi vida. Qué horror. ¿Cómo puede ocurrir algo así en nuestra pensión? —Se volvió y se cubrió la boca con la mano.

Thomas sacó su bloc de notas y un bolígrafo. Los sollozos de la limpiadora amainaron un poco y dieron paso a un murmullo.

—¿Puede decirme cuándo ha descubierto el cuerpo? —le preguntó a la encargada.

Ella se volvió de nuevo hacia él y miró insegura el reloj que colgaba en la pared transversal de la luminosa sala.

—Llamamos a la Policía en cuanto pudimos —dijo medio llorando—. No hace más de treinta o cuarenta minutos. Anna había llamado varias veces a la puerta para entrar a limpiar, pero no contestaba nadie. Al final solo le quedaba la cuatro.

—¿La puerta estaba cerrada con llave? —preguntó Thomas a la mujer de la silla.

La llorosa limpiadora asintió.

—Sí —balbució—. Tuve que utilizar mi llave.

—¿Hay otros clientes?

La encargada asintió de nuevo, angustiada.

—Tenemos todas las habitaciones ocupadas, pero en este momento no hay nadie. Pasan aquí el fin de semana, volverán por la tarde.

Llevaba puesto un delantal a rayas de colorines; parecía que hubiera estado afanada amasando pan, porque tenía harina en el delantal y en los brazos. En el otro extremo de la gran sala, Thomas alcanzó a ver la cocina a través de una puerta entreabierta que tenía una robusta manija antigua.

Decidió subir directamente a echar un vistazo a la primera planta antes de continuar hablando con ellas. Cuanto antes lo hiciera, mejor. Se dirigió a su compañero, que tendría unos treinta años.

—¿Puedes conducirme hasta la habitación?

El policía fue delante y Thomas lo siguió por la escalera hasta la planta superior y luego por el estrecho pasillo donde estaba la habitación.

La puerta de la 4 estaba entreabierta.

Cuando entró vio la espalda de una persona que yacía inmóvil acurrucada en una postura poco natural. Había un olor desagradable y dulzón a sangre y a descomposición que aún no se había convertido en pura fetidez.

Thomas observó la habitación, estaba decorada en un estilo romántico antiguo, con las paredes de madera de pino y cortinas con encaje. En la cómoda había un pequeño jarrón con flores y en la pared colgaba un cuadro de un velero de marco dorado.

El sol entraba a raudales por la ventana.

El contraste entre el ambiente de la pensión y el cadáver de la cama no podía ser más grande.

Thomas se acercó al cuerpo y observó que tenía una gran inflamación sobre la sien derecha, la piel de alrededor presentaba fuertes alteraciones de color morado y rojo. Por encima de la oreja y en el pelo había un poco de sangre seca. Después rodeó la cama para mirar la cara de cerca.

De pronto se dio cuenta de quién era.

Kicki Berggren, la prima de Krister Berggren, yacía muerta ante él.

Se inclinó hacia delante. Los ojos de Kicki lo miraban sin verlo. Lo único que llevaba puesto eran unas bragas rojas. El pecho caía flácido contra el colchón. El edredón estaba retirado a un lado, y la ropa, esparcida por la habitación. No se veía ningún rastro de que otra persona hubiera estado alojada allí o de visita.

En un bolso de tela vaquera tirado en el suelo, encontró una cartera con un permiso de conducir que identificaba a la víctima como Kicki Berggren.

Inmediatamente sacó su teléfono y llamó a la comisaría.

—Soy Thomas. He examinado el cuerpo. Ocúpate de que los forenses den prioridad a este caso. Tendremos que replantearnos la muerte de Krister Berggren. El cadáver encontrado aquí es el de su prima. Además le han golpeado brutalmente.

Cuando el equipo de técnicos llegó a la Casa de la Misión ya era mediodía. Mientras tanto habían acordonado la zona según el protocolo. La encargada le había entregado a Thomas una lista con el nombre del resto de los huéspedes. Este había conseguido incluso mantener algún breve interrogatorio con aquellos que había logrado localizar. Ninguno tenía nada especial que contar.

La encargada no se puso especialmente contenta cuando le informaron de que a partir de ese momento toda la Casa de la Misión se consideraba el escenario de un crimen y sería objeto de un minucioso registro. Ella no podía tocar nada ni, bajo ningún concepto, limpiar la habitación donde había aparecido muerta Kicki Berggren.

Después el día había discurrido con una actividad frenética. Por su parte, los técnicos habían hecho todo lo posible para asegurar los restos biológicos. Puesto que la puerta estaba cerrada con llave cuando se descubrió el cuerpo y la habitación no mostraba signos de violencia, quedaban muchas preguntas en el aire. Aquello podía significar que el lugar del crimen no era el mismo que el lugar del hallazgo. Pero Thomas se abstuvo de sacar conclusiones demasiado rápidas.

Había hablado con el responsable de la Central de Emergencias y acordaron que podía utilizar una de sus salas para instalar allí un centro de trabajo provisional. Era evidente que necesitaban un sitio fijo en Sandhamn para continuar con la investigación, que había dado un giro radical.

18

Joder, qué mierda, pensó Jonny Almhult. Las insistentes llamadas a la puerta no cesaban. Sentía la cabeza pesada y habría podido lijar el bote de su madre con la lengua.

Estaba tumbado en la cama y llevaba puesta la ropa del día anterior. Levantar la cabeza de la almohada era un suplicio. No tenía ni la menor idea de la hora que era, apenas si sabía dónde estaba.

Cuando extendió la mano para buscar a tientas el despertador, volcó una botella de cerveza que estaba a medias. El líquido amarillento se derramó por el suelo y empapó enseguida la alfombra. Jonny volvió a maldecir y hundió de nuevo la cabeza en la almohada.

Los golpes seguían sonando despiadadamente.

–Basta. Ya voy –bufó.

–Jonny, Jonny.

La voz de su madre llegó hasta el dormitorio.

–¿Estás en casa?

–Tranquila, vieja. Ya voy.

Se sentó en la cama con un gemido y sacó las piernas de la cama. Se levantó vacilante y caminó tambaleándose hasta la puerta. La abrió y se topó con la mirada escrutadora de su madre. Sin poder contenerse, se pasó la mano por la barba, avergonzado.

–¿Por qué no abres? Llevo un rato llamando.

Antes de que pudiera decir algo, ella añadió:

−¿Sabes qué hora es? Son las dos de la tarde. No entiendo cómo puedes dormir a estas horas. Toda la isla está revolucionada.

Jonny la miró fijamente. No entendía de qué le estaba hablando. Lo único que quería era volver a la cama.

−¿No te has enterado? −prosiguió Ellen Almhult en tono alterado. −Han encontrado a otra persona muerta. Una mujer, en la Casa de la Misión.

Jonny tragó saliva. Si al menos no le retumbara tanto la cabeza... Se apoyó en el marco de la puerta para no tambalearse y notó que la nuca se le llenaba de sudor.

−¿Qué aspecto tenía? −Su voz sonaba afónica y rasposa.

−He hablado un momento con Krystyna, ya sabes, la que se hizo cargo de la pensión en primavera. Está completamente fuera de sí.

Jonny agarró a su madre del brazo con una fuerza inesperada.

− Te he preguntado qué aspecto tenía.

−Tranquilízate, y suéltame. Por lo visto entró ayer por la tarde. Tenía unos cincuenta años, melena larga y rubia, según me ha dicho Krystyna. Una persona de aspecto normal y corriente, digo yo...

A Jonny le dio un vuelco el corazón. Santo cielo.

−Oye, vieja, no me siento bien. Tengo que volver a meterme en la cama.

−Eres como tu padre. −La mujer apretó con fuerza los labios. El reproche era evidente.

Jonny conocía muy bien ese gesto. Lo había visto desde que era pequeño cada vez que su padre o él hacían algo que a ella no le gustaba. Su padre había vivido toda la vida a la sombra de la decepción de su mujer. Una decepción que Jonny no podía soportar en esos momentos.

−Hablaremos más tarde −dijo bruscamente.

−No te entiendo −respondió su madre lamentándose−. En absoluto. −La línea de los labios se entrechó aún más.

−Mamá, por favor, déjame en paz un rato.

—La bebida acabará contigo, lo sé.

Levantó un dedo índice descarnado y lo reprendió. Él observó en silencio cómo se movían sus labios y se preparó para aguantar el discurso que sabía que se avecinaba.

De repente no pudo aguantar más.

—Vete ya. Luego hablamos.

Prácticamente la empujó hasta las escaleras y cerró la puerta. Luego se sentó en el suelo, hundido. Su aliento desprendía un olor acre a cerveza vieja. Demasiados cigarrillos. El miedo le hizo un nudo en la garganta. Sentía la lengua como una masa hinchada dentro de la boca. Tenía que beber algo para serenarse y poder pensar. Fue a la cocina, abrió el frigorífico y sacó una lata de cerveza. De pie junto a la encimera se la bebió de un trago. Después la aplastó con una mueca y la tiró a la basura. Se esforzó por recordar la tarde anterior. Las imágenes eran borrosas, imprecisas.

La había conocido en el Värsan. Se sentó a su mesa y bebieron juntos unas cervezas. Pasado un rato él le preguntó si quería ir a casa a tomar un par más. Pagaron y se fueron. El sol ya se había puesto pero fuera aún había luz.

Fueron paseando hasta su casa, que estaba a menos de diez minutos de Värdshuset. Él abrió la puerta y la invitó a pasar. Ella echó un vistazo a su alrededor y comentó algo de las flores. Él fue a buscar unas cervezas a la cocina y se sentaron en el sofá del cuarto del televisor. Ella encendió un cigarrillo y le preguntó si quería uno.

Ella fumó sin parar y se quejó del estómago. Se puso tan pesada que a Jonny le dolían los oídos de escucharla.

Los dos estaban bastante bebidos.

Después de un rato él se acercó más a ella en el sofá. Creyó que lo había entendido.

Todo habría ido bien si le hubiera escuchado. Habría sido muy sencillo. Tan puñeteramente sencillo.

19

¿Podía haber mejor manera de pasar una estupenda tarde de sábado en pleno verano que asistir a una reunión en una comisaría cerrada durante el fin de semana?, se preguntó Thomas. Clavó la mirada sombría en sus anotaciones y pensó que probablemente el fin de semana estuviera perdido. Mientras los técnicos inspeccionaban el escenario del crimen, había llamado a Margit para informarle de los acontecimientos. A su compañera no le había gustado en absoluto la información.

El Viejo decidió que se reunirían a las siete de la tarde. Thomas había tenido el tiempo suficiente para terminar su trabajo en Sandhamn y llegar a la ciudad.

Ahora estaba sentado en un extremo de la mesa de reuniones. A su derecha se sentaba Margit, y al lado de esta, Carina. Dos policías jóvenes, Kalle Lidwall y Erik Blom, también habían tenido que renunciar al fin de semana.

El Viejo estaba haciendo un resumen de la situación.

—Así pues, tenemos una segunda víctima que, según parece, ha muerto a consecuencia de fuertes golpes en la cabeza. Es prima del hombre que apareció en la playa de Sandhamn hace apenas dos semanas. Todavía no podemos estar seguros, pero nada indica que Krister Berggren albergara la intención de suicidarse. De hecho, tampoco hemos hallado indicios de que alguien le quitara la vida de manera intencionada. En cuanto a Kicki Berggren, tardaremos unos días en conocer la causa exacta de la muerte. El Departamento de Medicina Forense ha prometido hacer todo lo posible, pero les falta personal, por las vacaciones.

—¿Hay algo que vincule a los primos con Sandhamn? —preguntó Margit—. ¿Solían ir allí en verano?

Saltaba a la vista que necesitaba descansar. Parecía agotada, en su rostro se veían pocas huellas del sol de verano. Irradiaba un aura de impaciencia, casi como si no le preocuparan las dos muertes sin resolver que tenían que investigar. Lo único que quería era que el asunto se solucionara rápidamente para poder empezar sus anheladas vacaciones.

Thomas se pasó la mano por el pelo y respondió:

—Que yo sepa, no. En principio no hay ningún vínculo evidente de Krister y Kicki Berggren con la isla de Sandhamn. Pero es demasiada casualidad que dos primos aparezcan muertos en la misma isla del archipiélago en el transcurso de una semana. Tenemos que analizar todas las relaciones imaginables. Nada de lo que sabemos de Krister lo relaciona con la isla, vamos a ver qué encontramos en la casa de la prima.

—En cualquier caso —el Viejo carraspeó—, se nos viene encima la investigación de un asesinato. Margit, tú serás la responsable. Thomas, tú ayudarás a Margit. Erik y Kalle se incorporan al equipo. Carina os ayudará con lo que necesitéis.

Carina se volvió hacia Thomas.

—Solo tienes que llamar, ya lo sabes. —Se atusó el cabello en un gesto de coquetería. Ella era la única en la sala que sonreía.

Margit lanzó un profundo suspiro y adoptó un gesto ceñudo.

—Empiezo mis vacaciones el lunes, ¿acaso lo has olvidado? Hemos alquilado una casa en la Costa Oeste.

—Margit, tenemos dos muertes, y al menos una es con toda probabilidad un asesinato.

Margit estaba en guerra. Pocas veces se rendía a la primera. Ahora peleaba por sus vacaciones como si le quitaran la vida y no cuatro semanas de julio en un país cuyas temperaturas en verano oscilaban, en el mejor de los casos, alrededor de los veinte grados.

—Y yo tengo dos hijas adolescentes y un marido con quienes también tengo una responsabilidad. ¿Has oído hablar de la conciliación familiar? Necesito esas vacaciones. Me he matado a trabajar todo el año, ya lo sabes.

Agitando el bolígrafo, miró fijamente al Viejo. Él le sostuvo la mirada.

—¿Puedo hacer una propuesta? —intervino Thomas.

El Viejo y Margit interrumpieron su pelea de gallos y lo miraron.

—¿No podría empezar yo con la investigación y que Margit estuviera disponible por teléfono? Si la cosa se complica, no le quedará más remedio que meterse en el coche y volver. Yo conozco bien Sandhamn, y además puedo retrasar las vacaciones una o dos semanas si hace falta.

Margit miró al Viejo exigiendo una respuesta. El jefe suspiró sonoramente antes de tomar la palabra.

—Cuando ingresé en la Policía no existía eso de la conciliación. Entonces uno trabajaba hasta que el caso quedaba resuelto, así de sencilla era la cosa.

Reflexionó un instante y luego se resignó ante la mirada combativa de Margit.

—Pero vamos a probar la propuesta de Thomas. Margit, puedes irte de vacaciones, pero tienes que volver si es necesario. Y sigues siendo la responsable. Mientras estés fuera, Thomas y tú os comunicaréis por teléfono.

Margit parecía aliviada.

—Por supuesto. Thomas, llámame cuando quieras. Para mayor seguridad, te voy a dar también el número del móvil de mi marido. Venga, vamos a analizar lo que tenemos que hacer.

Le guiñó un ojo agradecida mientras recogía sus papeles y se levantaba de la silla.

—Esto va a funcionar de maravilla —añadió con la clara intención de que la oyera el Viejo antes de abandonar la sala.

Cuando Margit y Thomas terminaron de fijar las líneas de trabajo que habían de seguir, ya eran altas horas de la noche del sábado.

Kalle Lidwall y Erik Blom saldrían directamente hacia Sandhamn a la mañana siguiente para iniciar los trabajos de investigación. Thomas se uniría a ellos después, ese mismo día. A lo largo de la tarde habían repasado todo el material del que disponían en ese momento, relacionado con los dos primos. Carina se sentó al ordenador y buscó información en todos los registros para completar los perfiles.

Dado que más del ochenta por ciento de los asesinatos o intentos de asesinato que tienen lugar en Suecia los cometían personas del entorno de las víctimas, necesitaban hacerse una idea de la vida laboral y social de los dos primos. Analizar sistemáticamente con qué personas se relacionaban, y con quiénes tenían que ponerse en contacto. Había que ir colocando las piezas del rompecabezas hasta que empezaran a aparecer personas que pudieran tener algún motivo.

Tan pronto como pasara el fin de semana solicitarían también toda la información de sus cuentas bancarias. Era sorprendente la cantidad de datos que podían obtenerse estudiando cómo utilizaba una persona su tarjeta de crédito.

Los trabajos de investigación en Sandhamn se centrarían en trazar el mapa de las últimas veinticuatro horas de vida de Kicki Berggren: a qué hora había llegado a la isla, por dónde se había movido y si se la había visto en compañía de alguien.

Debían averiguar todo lo posible de las personas con las que se había encontrado durante su estancia en Sandhamn. Debían ponerse en contacto también con la compañía Waxholm y con la empresa de barcos taxi. Quizá había algún miembro de la tripulación que recordara cuándo había viajado o supiera dónde había ido. Toda información aportada por los testigos, aunque pareciera insignificante, podía contribuir a la resolución del caso.

No obstante, Thomas quería empezar por un registro en el apartamento de Kicki Berggren. Una casa era como un relato mudo de la vida de su dueño, se podía deducir mucho del carácter y las costumbres de una persona, filias y fobias, amigos y enemigos. Quizá encontrara algo que demostrara que la mujer tenía relación con Sandhamn.

Además necesitaba encontrar una fotografía de Kicki mejor que la de su pasaporte, donde salía muy poco natural. La utilizarían para las visitas puerta a puerta que tenían que hacer en Sandhamn.

Decidió pedirle a Carina que lo acompañara al apartamento. En un caso así, una mujer podía ser de utilidad; ella podía ver cosas que a él se le pasarían por alto. Thomas era el primero en reconocer su desconocimiento de la mente femenina.

Esa era una de las cosas que Pernilla le había dejado claro durante su última discusión, justo antes de que la separación fuera un hecho.

Él había entrado en el cuarto de baño y allí se encontró a Pernilla con un pequeño pañal en la mano, que había olvidado cuando retiraron todas las cosas tras la muerte de Emily.

—No fue culpa mía —dijo ella, poniendo énfasis en la palabra *mía*. Lo miraba con dureza, como si en aquel instante lo odiara.

Quizá lo odiaba realmente.

Thomas se quedó perplejo.

—Nunca he dicho que fuera culpa tuya —respondió después.

Ella lo miró resignada mientras un temblor le recorría la boca.

—En seis meses no has dicho ni una palabra más de las estrictamente necesarias. Ya ni siquiera me tocas. Las pocas veces que me miras veo reproche en tus ojos. ¿Crees que no sé lo que piensas?

Sus ojos se llenaron de lágrimas, que se secó con gesto de resignación.

—No fue culpa mía —repitió en voz baja—. No pude evitarlo.

El abismo que se había abierto entre ellos era demasiado profundo para salvarlo con palabras. Por otro lado, Thomas no las encontraba. Siempre había sido una persona de pocas palabras a la hora de hablar de sus sentimientos y en ese momento se había cerrado del todo. Era imposible intentarlo siquiera.

Comprendía que Pernilla tenía una necesidad desesperada de que él le asegurara que no le echaba la culpa. Pero cada vez que abría la boca para decírselo, las palabras se le quedaban atrapadas en la garganta.

En lo más profundo de su ser estaba convencido de que tenía que haber un culpable de la muerte de Emily. Cada vez que pensaba en la imagen de su pequeño cuerpo, le asaltaba la necesidad de culpar a alguien. Y si no era culpa de Pernilla, ¿de quién era entonces?

La duda que lo corroía no quería abandonarlo. No podía dejar de pensar en lo que habría ocurrido si Pernilla se hubiera despertado aquella noche. Le daba el pecho aún. ¿No debería haber advertido que pasaba algo? Aunque era consciente de que su razonamiento carecía de lógica, no era capaz de ahuyentar aquel pensamiento. ¿Por qué había seguido durmiendo mientras su hija moría a su lado?

Aquella fue la última vez que hablaron de la niña. Unas semanas más tarde él se fue de casa. Tardaron solo unas semanas en obtener el divorcio; únicamente si había hijos menores de dieciséis años la ley exigía un período de reflexión. Y ellos, por desgracia, ya no tenían.

Thomas se levantó bruscamente. Se pasó la mano por la frente como para borrar aquellos recuerdos. ¿De qué servía seguir pensando en el pasado? Había recordado muchas veces las últimas horas de vida de Emily. Siempre le causaba el mismo dolor. Tenía que empezar de nuevo.

Con un suspiro de desaliento, se acercó a la ventana y se estiró para sacudirse la rigidez de la espalda. A través de los cristales vio que un barco de la Policía partía del muelle de Nacka Strand. Se sorprendió a sí mismo añorando ser él quien estuviera al volante, sin pensar en otra cosa que no fuera patrullar por el archipiélago.

Apartó la vista del barco. Había una investigación de la que tenía que ocuparse.

20

Domingo, segunda semana

Cuando Thomas salió el domingo hacia Sandhamn, llevaba consigo una fotografía de Kicki Berggren que habían encontrado en su casa esa misma mañana temprano. Era lo único que habían encontrado que podía servirles de algo, al menos, en esa fase.

Kicki Berggren no vivía muy lejos de su primo, en un edificio de viviendas de alquiler parecido al de Krister, que se encontraba en Bandhagen. El apartamento era reducido: dormitorio, salón y una pequeña cocina, pero la distribución era buena y resultaba bastante más acogedor que el de su primo. En el salón coexistían el rincón del ordenador, el televisor, el sofá y una mesa baja. Había montones de revistas esparcidas por todas partes. La mayoría eran revistas del corazón y Thomas reconoció fotos que iban desde la familia real sueca a David Beckham y señora. La librería era de Ikea; él tenía una igual pero en otro color. Como en casa de Krister Berggren, estaba llena de revistas y de películas, si bien había algunos libros en la balda superior. Se notaba que había estado de viaje. Había una maleta en el vestíbulo y una fina capa de polvo cubría los muebles.

Thomas entró en el ordenador de Kicki, para ver si allí encontraba algo que les pudiera servir de ayuda. Los correos electrónicos contenían, más que nada, conversaciones con sus amigas y los típicos chistes que circulaban por la red. Reconoció alguno que había llegado también a su bandeja de entrada.

Había unas cuantas páginas web añadidas a la lista de favoritos. Thomas entró y comprobó que Kicki había visitado recientemente la página de Waxholm, probablemente para consultar el horario de los barcos que cubrían la ruta de Sandhamn.

El resto de las páginas no le proporcionaron ninguna pista de su visita a Sandhamn. No había documentos guardados ni otros datos que pudieran ayudarles. Realmente, en el ordenador de Kicki Berggren no había información que pudiera arrojar luz sobre el motivo de su viaje a la isla.

¿Por qué fue a Sandhamn?, se preguntó Thomas mientras se sentaba en el borde de la cama del dormitorio. La colcha era verde claro y había unos cojines del mismo color amontonados en el centro. Al lado, en la mesilla de noche, había un cenicero con una colilla.

Cuando se entrevistó con Kicki Berggren en la comisaría, ella no mencionó Sandhamn. Sin embargo, dos días después decidió viajar allí. Por tanto, debía existir algún motivo que no le contó. Y, cabía suponer, una persona a la que ella quería encontrar. Pero ¿por qué no se lo dijo? ¿Sabía ella qué había detrás de la muerte de Krister?

Carina había revisado su ropa y el cuarto de baño. La mayor parte de las prendas eran de H&M y de KappAhl. Unas cuantas faldas negras y blusas blancas atestiguaban su trabajo como crupier. En el cuarto de baño había botes de cremas para la cara y otros productos de belleza colocados en fila. Encima de la lavadora, un cesto casi lleno de ropa, listo para echar a la lavadora. En el armario del cuarto de baño encontraron un paquete de condones junto a unas cajas de paracetamol y pastillas para la garganta. Tenía un montón de gotas para la nariz de diferentes marcas. Carina se preguntó si era el mal ambiente que se respiraba en el casino lo que le ocasionaba la congestión nasal. Ella no sabía mucho de la vida laboral de una crupier, pero se imaginaba que no era un ambiente de trabajo precisamente saludables. Thomas no tenía ni idea.

Pasado un rato Carina volvió a llamar a Thomas y le enseñó una caja que había encontrado dentro de un armario.

—Mira, aquí hay fotos y álbumes antiguos.

Thomas se inclinó. La caja estaba llena de fotografías antiguas, algunas en blanco y negro. Las ojeó al azar.

—¿Sabes quién es esta?

Sujetaba la foto de una mujer joven. Se la enseñó a Carina.

—No.

—Es la madre de Krister Berggren, la tía de Kicki.

Carina tomó la foto y la estudió detenidamente.

—¡Qué guapa era! Parece una estrella de cine de los años cincuenta.

Carina sacó otra fotografía en la que se veía a una pareja de novios.

—Seguro que son los padres de Kicki. ¿No crees que el novio guarda cierto parecido con la chica de la otra foto?

Thomas se inclinó hacia delante y observó la imagen. Se veía que el novio no estaba muy cómodo vestido con el suntuoso traje, pero la novia parecía feliz y enamorada. Llevaba un peinado típico de los años cincuenta, ondas bien marcadas con un montón de laca. El vestido era sencillo, pero bonito. En la mano llevaba un pequeño ramo de rosas.

Thomas se fue a la cocina con la caja y revisó todas las fotografías. Había muchas de Kicki y de Krister a distintas edades, desde su infancia hasta la edad adulta. Ninguno de los dos había envejecido bien. Las imágenes del Krister niño mostraban una figura huraña que miraba a la cámara por debajo del flequillo. Pocas veces se le veía contento. Kicki era bastante guapa de joven, con su larga melena morena recogida en una cola de caballo y tal vez un poco más maquillada de lo debido, pero las fotografías de los últimos años mostraban a una mujer que no parecía feliz. Tenía las mejillas caídas, y en lugar de arrugas de la risa alrededor de los ojos, se marcaban profundos surcos a ambos lados de la nariz.

Por lo visto había vivido sola durante bastante tiempo, porque ni los correos electrónicos ni el apartamento indicaban que mantuviera una relación de pareja. En el frigorífico había una caja de pastillas. La cocina estaba parcamente amueblada.

La típica casa de una persona que vivía sola en un Estocolmo repleto de gente; en la capital más del sesenta por ciento de los habitantes vivían solos y no tenían familia.

Exactamente igual que él.

Se vio a sí mismo junto a Pernilla en aquel tiempo en que aún estaban casados y eran felices. Cuando esperaban la llegada de Emily y estaban llenos de ilusión y de planes de futuro. Jamás se habría imaginado que solo unos años más tarde sería un hombre divorciado que se acercaba a los cuarenta, mientras que todos sus amigos estaban ocupados en formar una familia. Ni que iría puntualmente a visitar una pequeña lápida con una tumba aún más pequeña y que se preguntaría qué había hecho mal.

O de quién era la culpa.

Una vez más se recordó a sí mismo que había llegado el momento de seguir adelante. Había perdido la cuenta de las veces que se lo había dicho. Tenía que conseguir dejar atrás el pasado. Pero no sabía cómo.

Carina le acarició ligeramente el brazo. Lo observaba con preocupación.

–Venga, nos vamos. Aquí ya hemos terminado.

Tan pronto como Thomas se encontró con Kalle y con Erik en Sandhamn, estos le hicieron un breve resumen de la situación. Después se repartieron las tareas. Mientras Erik continuaba llamando puerta a puerta, Thomas y Kalle darían una vuelta por tiendas y restaurantes. Decidieron empezar por el extremo norte y seguir hasta el restaurante Seglar, en el otro extremo.

Cuando llegaron a Värdshuset, el jefe de camareros se puso a la defensiva y sacudió la cabeza. No sabía si Kicki Berggren había estado en el pub. Tanto el encargado de la barra como la camarera que trabajaron el viernes por la tarde eran personal temporal, que solo trabajaba los fines de semana. No volverían a la isla hasta el próximo viernes. Le facilitó a Thomas sus números de teléfono, pero este se dio cuenta de que tenía que verse con ellos para poder enseñarles la fotografía de la mujer. Con un poco de suerte, quizá estuvieran en Estocolmo y, en ese caso, podrían reunirse en la comisaría.

Siguieron hablando con el personal de las tiendas y de los diferentes bares y quioscos de bebida de la zona del puerto. Thomas contó hasta once establecimientos en los que se podía comprar o comer algo; no estaba nada mal para una isla tan pequeña del límite exterior del archipiélago.

Al salir del Seglar recordó de pronto que aún les quedaba un hotel: el viejo hotel del puerto, reconstruido hacía unos años y rebautizado con el nombre de Hotel Sand, que estaba en lo alto de una colina, detrás del supermercado.

Se volvió hacia Kalle.

—Oye, nos hemos olvidado un establecimiento. Tenemos que volver hasta el Hotel Sand y hablar con ellos también.

Kalle se agachó y vació sus zapatos por décima vez, por lo menos.

—¡Pero cuánta arena hay en esta isla! —refunfuñó—. ¿No se acaba nunca? Yo creía que el archipiélago de Estocolmo estaba formado por rocas y pinos, no esta versión clonada del Sáhara.

—Déjalo ya, por favor. Alégrate de poder disfrutar de la belleza del archipiélago en lugar de estar asándote de calor en la comisaría —le dijo Thomas.

—Para ti, que has corrido por estas dunas todos los veranos desde que eras un chaval, es fácil decirlo.

Thomas ignoró el comentario y empezó a caminar hacia el hotel.

—Podemos tomar un café después, ya que estamos allí.

Tras tomarse el café, al que añadieron un bollo de hojaldre con mermelada, había llegado el momento de que recabaran ellos también información puerta a puerta. El procedimiento era siempre el mismo: llamar, enseñar la foto de Kicki Berggren y hacer la misma pregunta una y otra vez.

Después de visitar más de treinta casas, Thomas comenzó a desesperarse. Nadie reconocía a Kicki Berggren, como si nunca hubiese puesto un pie en Sandhamn. Muchos no estaban en casa, lo cual, quizá, no era tan extraño en un hermoso día de verano como aquel, pero eso hacía que el trabajo llevara más tiempo, porque debían anotar a qué casas tenían que volver.

Thomas se dio cuenta de que el día siguiente se les iría en ello. Le hubiera gustado contar con un equipo de reserva del que echar mano, pero la triste realidad era que todos estaban de vacaciones. La máxima era: evita ponerte enfermo o que te asesinen en julio; no hay personal en los hospitales ni policías, todo el mundo está de vacaciones. Excepto la prensa, quizá, pensó malhumorado. El Viejo les había informado de que darían una rueda de prensa el lunes. El delegado de la Policía Provincial estaba muy interesado en el caso e iba a participar. Los periódicos andaban como locos tratando de conseguir información. Era una combinación irresistible: paraíso de veraneo de famosos y asesinato en plena temporada.

La prensa había descubierto la relación entre las víctimas. Especulaba alegremente sobre los «Dos primos asesinados en Sandhamn», como habían titulado el suceso. Que aún no estuviera claro si Krister Berggren murió de muerte natural o no, les importaba un bledo.

Thomas miró con gesto hosco. No era difícil distinguir a los periodistas. Cuando no se apiñaban alrededor de la Casa de la Misión, que seguía acordonada, caían como enjambres por todo el pueblo. Pronto no quedaría una persona que no hubiera sido entrevistada y hubiera opinado sobre el caso.

21

Jonny Almhult tenía ganas de vomitar.

Un sabor agrio le subía por la garganta hasta el paladar. La nuca y la frente se le cubrieron de un sudor frío. Por un instante, no pudo casi mantenerse en pie. Tragó con fuerza y agarró el marco de la puerta para no caerse.

Cuando la Policía se presentó en su casa para preguntarle si había tenido algún contacto con Kicki Berggren le costó mucho controlarse.

Ya estaba medio borracho, a pesar de que solo eran las dos y media de la tarde del domingo.

Desde que lo despertó su madre el sábado y le contó que habían encontrado a una mujer muerta en la Casa de la Misión, no había parado de beber cerveza. No se atrevía a estar sobrio.

Tumbado en el sofá del salón, los pensamientos no dejaban de dar vueltas en su cabeza. De vez en cuando dormitaba. Al despertar calmaba la angustia con más alcohol.

Sentía el hedor que emergía de su cuerpo, y eso lo deprimía aún más.

Se preguntaba, inquieto, si el policía se habría dado cuenta de que le estaba mintiendo. Le enseñó una foto de la mujer del Värsan y le preguntó si la había visto antes.

Él lo negó rotundamente.

Dijo que nunca la había visto. Tuvo que cruzar los brazos para que el policía no viera que le temblaban las manos.

Se sintió como si llevara escrito en la frente que Kicki había estado en su casa. Pero el policía solo le dio las gracias por las molestias causadas y le deseó un buen día.

Podía agarrar su buen día y metérselo por donde le cupiera.

Jonny volvió tambaleándose al salón y se hundió en el sofá. Alargó la mano hasta la cerveza caliente que había en la mesa. ¿Qué iba a hacer si el policía volvía? ¿Seguir negando? ¿Inventarse una historia?

Inger, la camarera que les sirvió en el Värsan, seguro que ya le había contado que había estado sentado con aquella mujer.

¡Qué jodida torpeza!

Él solo iba a charlar un poco con ella. Nada más. Y después se le fue de las manos. Porque ella no entendía. Qué tía más tonta. ¿Cómo cojones pudo ir y morirse de esa manera?

Repasó en su cabeza lo que había ocurrido. Estaban sentados en el sofá cuando ella empezó a crear problemas. Se vio obligado a hacer algo. Y lo hizo.

No le había dado un golpe muy fuerte. No. Solo un aviso para que entendiera. Él no era un tipo violento.

Apuró la última lata de cerveza y la tiró al suelo. Rodó debajo del sofá con un ligero sonido metálico. ¿Por qué no hizo lo que él le dijo desde el principio?

En menudo marrón se había metido.

Tragó saliva varias veces. No podía quedarse allí. Era solo cuestión de tiempo que la Policía se diese cuenta de que debían volver a hablar con él. No pensaba cargar con la culpa de esa historia. Evidentemente, él no había tenido la culpa. Nunca tuvo intención de matarla. No era su idea en absoluto.

Sin perder más tiempo en reflexiones, tomó una decisión. Se largaría a Estocolmo. Enseguida preparó una bolsa con un par de vaqueros y unos jerseys. Estaba casi seguro de que a las tres de la tarde salía un barco directo. Si se daba prisa podía llegar.

Fue a la cocina, agarró el cartón de leche y se la bebió de un trago directamente del envase. Cuando iba a dejarlo en su sitio, vio que había dos cervezas en el frigorífico. Se las llevaría también. Se tomó un paracetamol con la leche que quedaba y salió por la puerta.

Pensó si no debería escribirle una nota a su madre, pero decidió que sería más sencillo llamarla al móvil más tarde. Si se sentía con fuerzas.

Se apresuró todo lo pudo hasta bajar al muelle de los barcos de vapor.

Allí estaba el *Cinderella,* abarrotado de turistas que habían pasado el día en la isla y ahora regresaban a casa. Cochecitos de bebé y mochilas por todas partes. Dominó el impulso de echar a correr cuando pisó la rampa.

Ahora, despacio y correcto, se dijo. No llames la atención.

La rápida caminata lo había dejado sin resuello, pero procuró controlarse para no respirar tan fuerte que alguien empezara a mirarlo. Subió a bordo con la cabeza gacha y se sentó al fondo. Se caló la capucha de la sudadera y se hizo el dormido.

Cuando por fin sonaron los habituales tres pitidos cortos que indicaban que el barco salía del puerto, respiró aliviado. Después se vio obligado a ir corriendo al baño para devolver. Parte del vómito cayó fuera y salpicó el suelo, pero no le importó. A duras penas fue capaz de limpiarse él mismo.

El resto del viaje lo pasó sentado en su rincón y evitando cruzar la mirada con nadie. Tenía unas ganas intensas de meterse un poco de tabaco de mascar en la boca, pero no se atrevía a ir hasta la cafetería para comprar una caja. De vez en cuando echaba una cabezada, pero era un sueño inquieto y superficial que no proporcionaba ningún descanso, solo un aviso de que su cuerpo no quería más que dormir y despertar en un mundo donde los sucesos de los últimos días no hubieran tenido lugar.

El capitán del *Cinderella* pilotaba el barco rumbo a Estocolmo con mano experta. Tras cruzar el reducido estrecho de Stegesund, donde las antiguas casas de los mayoristas se habían renovado con las nuevas ganancias obtenidas por los dividendos de las acciones, llegaron a Waxholm y allí soltaron parte de la carga humana. Después bordearon el sur de la isla de Lidingö, haciendo una breve parada en el muelle de Gåshaga antes de que aparecieran los edificios del centro de Estocolmo. Desde su sitio, en la parte de atrás de la cubierta de popa, Jonny vio que pasaban entre Djurgården y Nacka Strand, antes de atracar por fin en el muelle de la Strandvägen.

Tomó su bolsa y buscó el billete en el bolsillo, pues había que mostrarlo en la pasarela. Después bajó rápidamente a tierra.

¿Dónde iba a ir ahora?

22

Nora sintió escalofríos en todo el cuerpo al leer las primeras páginas de los periódicos en el quiosco del puerto. «Asesinato con agresión sexual en Sandhamn. Hallada muerta una mujer desnuda», ponía en grandes titulares.

Donde habitualmente se sucedían reportajes sobre cómo conseguir un bronceado más bonito o un estómago más plano para lucir el biquini, aquella tarde solo había espacio para titulares sensacionalistas. Los periódicos de la tarde relacionaron enseguida la aparición del cuerpo sin vida de una mujer con signos de agresión sexual en aquel paraíso de veraneo, encantados de tener algo con lo que llenar sus páginas en un verano escaso de noticias. Un filón que un editor avispado con olfato para la venta podía explotar hasta la saciedad.

Nora se planteó no comprar los periódicos vespertinos, pero al final no se pudo contener. Aunque le dio un poco de vergüenza, compró los dos. Después caminó despacio hacia casa con ellos bajo del brazo. Cuando llegó se sentó en el banco del jardín. Arrancó unas hojitas de la parte superior de la planta de hierbabuena y las añadió a su taza de té. Le gustaba el sabor de la menta en el té caliente.

Desde el jardín de Signe llegaban las risas de los niños. Eran muy hábiles a la hora de conseguir que la vecina los invitara a batido de grosella y bollos caseros, que Signe siempre les ofrecía cuando llegaban corriendo con los ojos suplicantes como los de un cocker spaniel. Además hacía unas inimitables pastas con crema de frambuesa que a los niños les encantaban, sobre todo a Adam.

Nora, por más que lo intentaba, no conseguía que le salieran tan ricas como las suyas. Quizá haya que haber nacido antes de la guerra, pensó con un suspiro la última vez que sus esfuerzos no hallaron clemencia a los ojos de Adam.

—No es que no estén buenas —dijo mientras la miraba con sus ojos azules—, pero no están tan buenas como las de tía Signe. Pero yo te quiero igual, mamá —terminó, y le dio un beso húmedo.

Con la taza en la mano, Nora abrió el primer periódico y empezó a leer. Había dos dobles páginas dedicadas al asesinato. En una de ellas figuraba una entrevista a la pobre señora de la limpieza que había hallado el cadáver. A la mujer la habían interrogado hasta el delirio y había tenido que responder a preguntas sobre los detalles más nimios. En tono sensacionalista describían el aspecto que presentaba el cuerpo medio desnudo cuando lo encontró y cuál había sido la reacción de la limpiadora. Además incluían las especulaciones de la encargada sobre la vida de la víctima y por qué había ido a Sandhamn.

Habían rescatado una fotografía antigua del permiso de conducir de Kicki Berggren, en la que aparecía con un corte de pelo pasado de moda mirando fijamente a la cámara. Nora se preguntó por qué todo el mundo salía siempre tan horrible en las fotos del carné de conducir.

Un recuadro con estadísticas mostraba el aumento de la violencia sexual en Suecia y el resto de las agresiones que habían ocurrido en otros lugares del país durante los últimos seis meses. Se insinuaba que la Policía no era capaz de garantizar la seguridad de las mujeres, y se entrevistaba a un político que manifestaba con autoridad la importancia de que estas pudieran sentirse seguras en todas partes, particularmente en verano. La descripción de Sandhamn la dejó estupefacta. Le resultaba increíble que estuvieran hablando del lugar donde había pasado todos los veranos desde que era una niña. De repente su amada isla se había

110

convertido en un símbolo de la inseguridad y de la violencia contra las mujeres.

El otro periódico se había centrado en el club de vela de Sandhamn y en las famosas regatas que se celebraban en la isla. «El rey en una fiesta en el lugar del asesinato», titulaban con grandes letras. Una imagen de su majestad en un barco delante del restaurante Seglar ocupaba una página entera. A continuación seguía un relato pormenorizado de diferentes regatas con presencia real, antes de pasar a describir el crimen.

Muchos de los miembros de la junta directiva del club de vela eran personas conocidas. De alguna manera habían conseguido comentarios anodinos de varios de ellos. Se mostraban serios y expresaban su inquietud por lo que había ocurrido. Todos eran hombres, claro.

Nora permaneció sentada con el periódico abierto delante de ella. Pensaba en la relación entre la muerte de Kicki Berggren y la de su primo. ¿Por qué querrían matarlos y por qué precisamente en Sandhamn? Se acordó de la tablilla de identificación de la que Thomas había hablado. Estaba marcada con las iniciales G. A.

Se levantó movida por un impulso y entró en la cocina en busca de la guía de teléfonos de Sandhamn, una guía especial que editaba la Asociación de Amigos de Sandhamn y que se distribuía solo entre sus miembros. La abrió y empezó a leer los apellidos que empezaban por A. Había alrededor de treinta. Recorrió detenidamente todos y cada uno de ellos para ver si alguno iba acompañado de un nombre que empezara por G. Después hizo lo mismo con las personas cuyo apellido empezaba por G. Había menos, y entre ellas buscó nombres que empezaran con A. En total había cincuenta y cuatro individuos cuyo apellido comenzaba por una de esas dos letras. Después de un rato tenía una lista de abonados con las iniciales G. A. o A. G.

Miró de nuevo el listado. Conocía a muchos de ellos o, al menos, sabía quiénes eran. Sandhamn era una isla pequeña donde la mayoría de la gente se conocía. Le daría la lista a

Thomas tan pronto como volviera a verlo. Seguro que no se le había ocurrido que existía una guía solo de Sandhamn.

Volvió al jardín, a los periódicos de la tarde y a las especulaciones acerca del caso. Estaba tan concentrada en uno de los artículos que no oyó los pasos de Henrik, que regresaba de hacer *jogging*. Hasta que no se sentó en el banco delante de ella, no advirtió sobresaltada su presencia.

—¿Estás leyendo esa basura? —Henrik miraba a los periódicos.

—No he podido vencer la curiosidad. Es horroroso. —Sujetó uno para que él pudiera verlo—. Es como leer cosas de otro mundo.

Henrik se inclinó hacia delante y echó una mirada al artículo. Sacudió la cabeza e hizo una mueca despectiva. Tenía una considerable mancha de sudor en la camiseta y sus cabellos oscuros estaban húmedos tras el ejercicio. Tomó la toalla que llevaba alrededor del cuello y se secó la frente. Después se quitó la camiseta y la colgó en la valla para que se secara.

—He pasado corriendo por la Casa de la Misión. Todo el recinto está acordonado con una de esas cintas blanquiazules de la Policía. Han cerrado el establecimiento hasta nueva orden. No es una buena coincidencia en plena temporada alta. Por otro lado, quizá no vengan tantos turistas si esto sigue así. Me imagino que la gente preferirá viajar a otro sitio. —Le guiñó un ojo irónicamente—. ¿Qué harías tú si no tuvieras una casa aquí?

Henrik siguió hojeando uno de los periódicos. Lanzó un silbido al reconocer a varios de los miembros de la junta directiva del Real Club de Vela.

—Por cierto, abajo, en el Dykarn, está todo lleno de periodistas. Hay cámaras por todas partes. Un paraíso para los que quieren salir en la tele.

Se levantó y se encaminó al interior de la casa para ducharse. Nora lo detuvo. Llevaba todo el día dándole vueltas a la llamada que había recibido del banco y cuándo iba a decírselo a su marido. Quería saber qué opinaba él. Esperaba que, a pesar de todo, se alegrara por ella.

—Espera un momento. Tengo que contarte una cosa.

Nora le resumió su conversación con el director de personal y el trabajo que le había ofrecido.

–Lo cierto es que parece interesante. Imagínate poder trabajar en Malmö. Y las condiciones son buenas.

Henrik la miró impasible. Seguía con la toalla colgada al cuello y gotas de sudor aún le corrían por la frente.

–Está claro que no podemos mudarnos a Malmö. Yo trabajo aquí –replicó de manera espontánea.

Nora sonrió.

–Puedes buscar trabajo allí –dijo–. Hay muchos hospitales muy buenos en la región de Öresund. Además, es una gran oportunidad.

–Pero ya tenemos nuestra vida aquí. ¿No pretenderás que nos traslademos toda la familia?

Dio unos pasos hacia la puerta. Ella reconoció la arruga de su frente. Siempre aparecía cuando estaba irritado por algo.

–Luego hablaremos de ello. Tengo que ir a ducharme. Las regatas empiezan mañana, así que debo bajar al puerto para repasar algunos detalles con la tripulación.

Nora no dijo nada. Sentía que la había dejado con la palabra en la boca. Ninguneada y decepcionada. Había pensado que él se sentaría y hablarían del tema. Pero, en vez de eso, se había largado.

Habían vivido en Visby porque el trabajo de él lo requería. Entonces no se habló de buscar una solución satisfactoria para los dos. Ahora, cuando a ella le ofrecían un auténtico trabajo de ensueño, él ni siquiera quería hablar del asunto.

No era justo.

23

La pareja de adolescentes estaba profundamente concentrada en explorar sus cuerpos. Se habían escondido detrás de los botes salvavidas de la cubierta central y el chico había deslizado una mano por debajo de la camiseta blanca de la chica. Ella le acariciaba la espalda y unas risitas ahogadas eran lo único que revelaba su escondite.

El cabello castaño oscuro de la chica, con un corte moderno que enmarcaba su rostro bronceado, se rizaba con el aire del mar. Todavía estaba sudorosa después de bailar intensamente en la discoteca.

—Robin, tranquilo —susurró en el cabello de él—. Imagínate si viene alguien.

Los cócteles de color rosa que se había bebido a lo largo de la tarde le habían hecho efecto, se tambaleaba un poco y le costaba vocalizar.

El chico parecía no oír lo que le decía. La mano continuaba su avance hasta llegar a uno de los pechos mientras la besuqueaba desde la clavícula a la cara.

La chica se soltó de sus brazos y se acercó a la borda.

—Te he dicho que te lo tomes con calma. Tenemos toda la noche por delante. Mejor mira las vistas.

Él intentó abrazarla de nuevo pero ella se zafó del abrazo.

—Mira, Sandhamn. Allí vive una compañera de clase. Fui a visitarla una vez el año pasado. Menuda marcha hay en verano.

Aunque pedían el carné para entrar en la disco, había mogollón de menores de veinte. ¡Una pasada!

El chico no estaba interesado en hablar, pero ella siguió mirando a tierra.

—¿Se verá la casa de Ebba desde el barco? Estaba en un sitio muy bonito al lado del agua, justo en la playa. Así tendría uno que vivir en verano.

El chico la atrajo hacia él para volver a besarla. La acarició suavemente alrededor del ombligo, que la escueta camiseta dejaba al descubierto. Por no cubrir, no le cubría ni el estómago. Las manos continuaron su búsqueda hacia el pecho suave y tentador. Justo cuando sus labios se acercaban a los de ella, la chica vio el cuerpo que caía por la borda de babor. Por el rugido de los motores en un primer momento no oyó nada.

El sonido del grito llegó después, cuando ya lo habían dejado atrás.

—Robin —jadeó ella—, ¿lo has visto? Alguien se ha caído por la borda.

Tenía los ojos como platos y las lágrimas empezaban a brillar de la impresión.

—He visto a alguien cayendo al agua. Tenemos que avisar.

El chico la miró escéptico.

—¿A quién se lo vamos a decir? ¿Estás segura de que era una persona? ¿No te lo estarás inventando?

Ella lo miró con desesperación.

—Tenemos que avisar —repitió—. A quien sea. Tienen que parar el barco y rescatarlo.

Lo tomó de la mano.

—Date prisa.

Él siguió sin moverse; la incredulidad estaba escrita en su rostro. Lo que hizo, en cambio, fue atraerla hacia sí. Volvió a buscar su boca.

—Déjalo —murmuró—. Serán figuraciones tuyas. Seguro que no ha sido nada.

Ella, preocupada, intentó zafarse.

—Robin, ¿y si lo han empujado? —objetó—. ¿Te imaginas que hayamos presenciado un asesinato?

Él no hizo caso de sus protestas.

—Seguro que era un pájaro. Además, ya es demasiado tarde para hacer algo.

Sus manos acariciaron la cálida piel de la chica cada vez con más pasión. Apretó su pene palpitante contra su cuerpo.

—Vamos —dijo respirando en su oreja—. Relájate.

Ella, indecisa, se resistió todavía unos segundos. Luego se relajó y volvió su boca hacia la de Robin. Después se olvidó del desconocido que había caído por la borda.

24

Lunes, tercera semana

El barco procedente de la capital iba con unos minutos de retraso, tenía que haber llegado a las once pero aún no se veía. El muelle estaba lleno de gente en bermudas y ropa ligera. Algunos llevaban carros para transportar el equipaje.

—¿Cuándo vienen los abuelos? —preguntó Simon por tercera vez.

—Ya pronto, cariño. Tan pronto como llegue el barco.

—Quiero comprarme un helado —dijo Adam mirando expectante hacia el quiosco de los helados, donde serpenteaba una larga cola.

Nora negó con la cabeza.

—Ahora no. Comeremos cuando vengan los abuelos. Si te comes un helado ahora, luego no tendrás hambre.

—Pero yo quiero un helado ahora. Por favor, mamá.

Simon no tardó en apuntarse.

—Yo también. Por favor, por favor, por favor, por favor. —La miraba con ojos suplicantes y con las manos juntas en un gesto teatral.

Nora miró hacia el estrecho. Ni asomo del *Cinderella*. No solía llegar con retraso, pero cuando lo hacía la demora era importante. Al final capituló. De todos modos, los pasajeros tardarían un rato en salir del barco.

—Está bien. Pero solo un helado pequeño cada uno. Prometedlo. —Miró seria a los niños y sacó la cartera. Le dio a Adam un billete de cincuenta coronas del que debería rendir cuentas.–No podéis gastaros más de quince coronas. Yo me quedo aquí esperando mientras tanto.

Se sentó en un banco al lado del cartel de los horarios y observó a su alrededor. En el puerto había vida y movimiento. La carretilla elevadora del restaurante Seglar estaba cargando productos que habían llegado con el barco de la mañana. Uno de los artesanos de la isla pasó haciendo ruido con su motocarro cargado de sacos. En el exterior del supermercado Westerbergs Livs habían colocado un puesto de fruta y verdura. La tentadora oferta de tomates madurados al sol y otras verduras al lado de los melones y las nectarinas recordaba un mercado del sur de Francia. En una zona del puesto había una señora mayor inclinada sobre la caja de las patatas rebuscando con mano diestra las patatas nuevas más pequeñas y con mejor aspecto. Las levantaba una tras otra y las examinaba detenidamente a la luz del sol antes de permitir que entraran en su bolsa. La chica de la caja arqueaba las cejas con impaciencia, pero la señora ni se inmutaba. Una niña pequeña, que estaba esperando a que su madre terminara de comprar, miraba con ojos golosos las cajas de frambuesas y fresas, muy juntas unas de otras. Qué paraíso, pensó Nora, si no fuera porque se han cometido esos asesinatos.

Los niños volvieron cada uno con su cucurucho en la mano al tiempo que el *Cinderella* atracaba por fin en el muelle y Harald y Monica Linde salían del barco. La suegra de Nora iba elegante, como de costumbre, ataviada con unos pantalones cortos de estilo urbano y unas zapatillas de esparto con cuña a juego con los pantalones; en la cabeza llevaba un enorme sombrero de paja blanco. Parecía vestida para un almuerzo en la Riviera más que para visitar a sus nietos en el archipiélago. Harald iba detrás de ella con una maleta en la mano.

Cuando Monica vio a Nora sonrió con afectación. Entonces descubrió a los niños.

–¡Mis niños! –gritó tan alto que toda la gente que había alrededor se giró–. Los tesoros de la abuela. Mis adorables pequeños.

A continuación retrocedió un paso y miró con reprobación los helados.

—¿Pero coméis helados a estas horas? Vamos a almorzar dentro de poco. Perderéis el apetito. ¿Os ha dado permiso mamá para comprarlo?

Nora ahogó un suspiro y se acercó para saludar amablemente a sus suegros. Monica Linde la besó en las dos mejillas, a la manera francesa. ¿Qué tenía de malo un sincero abrazo sueco normal y corriente?, pensó Nora irritada. Saludó a su suegro con más cordialidad y se ofreció a llevar la maleta.

En casa los esperaba un almuerzo consistente en salmón marinado y patatas nuevas. Para el postre había comprado una tarta de almendra. No había tenido ganas de pasarse toda la mañana preparando comida para unos huéspedes que se habían autoinvitado. Y no valía la pena esforzarse, de todos modos, su suegra, como de costumbre, empezaría a contar alguna de sus innumerables historias acerca de todas las comidas que había ofrecido en distintas embajadas, donde siempre se había servido comida casera, que la propia Monica preparaba a pesar de que contaban con docenas de invitados.

En una maniobra para neutralizarla, Nora había invitado a Signe. Ni siquiera Monica Linde podía vanagloriarse ante su vecina. Sus ojos habitualmente dulces se volvían fríos como el acero ante semejantes intentos. Signe no soportaba a la gente arrogante. Y comprendió perfectamente por qué Nora la había invitado, así que no tuvo necesidad de explicárselo.

Monica miró a su nuera con un gesto que dejaba traslucir su curiosidad y se colgó de su brazo amistosamente.

—Ahora quiero que me cuentes todo de ese horrible asesinato. ¿Qué está ocurriendo realmente en la isla? Durante los innumerables años que he estado aquí nadie ha matado ni una mosca. ¿Hay algún extranjero implicado? Seguro que sí, ya se sabe cómo son.

Nora no se acostumbraba nunca a la manera que tenía su suegra de ir propagando sus prejuicios como si fuera la cosa más normal del mundo. Con paciencia, trató de explicarle que no sabía mucho más que lo que decían los periódicos, que Monica seguramente ya habría leído sin pasar por alto el más mínimo detalle. Pero su suegra no se dio por vencida:

—Pero Torben, ese policía amigo tuyo tan guapo, seguro que sabe lo que pasa...

—Thomas —corrigió Nora prudentemente.

—Él estará al corriente —continuó Monica sin hacerle caso—. ¿Crees que hay una gran banda organizada detrás de esto? ¿Cerraréis bien la puerta por la noche? —Miró con preocupación a Simon y a Adam, que estaban terminándose los helados.

La camiseta de Adam tenía grandes manchas de chocolate. Nora se tragó la irritación y se dijo que solo era cuestión de cambiarse de ropa cuando llegaran a casa.

—¿Es sensato que los niños sigan aquí mientras la Policía no haya resuelto el caso? —añadió su suegra—. Nora, tienes que pensar ante todo en la seguridad de los niños.

Sin esperar respuesta, se recolocó el sombrero y empezó a contar una larga historia acerca de un robo en casa de unos buenos amigos de Båstad que la Policía aún no había conseguido aclarar.

Nora no tenía ni idea de a qué venía aquella historia, pero lo único que tenía que hacer era asentir de vez en cuando. Le parecía un precio asequible con tal de no discutir con su suegra.

25

El lunes por la tarde, después de casi diez horas llamando a puertas, Thomas fue a hacerle una visita a Nora.

Había decidido pasar la noche en la isla y dormir en la Central de Emergencias, así podría partir para Estocolmo en el primer barco. Habían quedado todos en la comisaría el martes por la mañana para una reunión.

Abrió la puerta de la calle al tiempo que llamaba y sin esperar respuesta entró en la cocina, donde encontró a su amiga preparando la cena.

Lo recibió con una pálida sonrisa.

Nora y los niños acababan de despedir a sus suegros en el muelle. A Henrik no lo esperaban de vuelta de las regatas hasta más tarde. Estarían encantados de que se quedara a cenar, y ella podría desahogarse. Sacó una cerveza fría del frigorífico para él y se sirvió una copa de vino. Thomas estaba sentado a la mesa de la cocina mientras Nora despotricaba contra su suegra.

Cuando se tranquilizó sacó un papel con un montón de nombres. Se sentó a su lado y le enseñó lo que había hecho.

—Te he escrito una lista. Ayer repasé la guía de Sandhamn y busqué los abonados cuyas iniciales fueran G y A, las iniciales que aparecían en esa tablilla que creías que no se podría identificar. Hay un total de cincuenta y cuatro personas, pero solo tres tienen las dos iniciales.

Thomas sonrió.

—¿Ha entrado en acción la superdetective Linde?

Nora lo miró airada.

—Solamente quería ayudarte.

—Lo he dicho de broma —se disculpó Thomas—. Necesito toda la ayuda posible. Margit se ha largado de vacaciones a la Costa Oeste, así que es la responsable de la investigación pero por control remoto. La mayor parte de las personas con las que tengo que tratar se han ido de vacaciones, y Kalle y Erik están hasta arriba de trabajo intentando localizar a algún testigo. Vamos, no te enfades.

Nora sonrió avergonzada. Admitía que se había mostrado picajosa.

—El problema será localizar a los abonados —dijo, y tomó un trago de vino—. Como sabes, en esta isla no es fácil relacionar direcciones y nombres.

Thomas cruzó las manos en la nuca y reflexionó. La lista de Nora era una buena idea. Él mismo debería haber pensado en algo así en lugar de descartar la tablilla inmediatamente. Sobre todo ahora, cuando habían abierto una investigación por asesinato. El problema era cómo localizar a las personas que Nora había identificado.

En Sandhamn las casas se concentraban en el pueblo y en Trouville, la zona de residencias de veraneo, al sureste. Pero había también un buen número de casas repartidas por el resto de la isla. De modo que uno podía encontrarse con viviendas sin dirección específica casi por todas partes. También había bastantes callejuelas sin nombre o con designaciones antiguas, como la cuesta de Mangelbacken o la plaza de Adofs Torg, lugares que a menudo habían sido bautizados con el nombre de alguien que había vivido o trabajado allí. En resumen, todo eso suponía la ausencia de direcciones precisas. Naturalmente, podían llamar por teléfono, pero entonces perdían la oportunidad de enseñar la fotografía de Kicki.

Thomas apuró su cerveza. Necesitaba meter algo en el estómago para seguir cavilando.

Una hora más tarde estaban en el jardín tomando café.

Habían cenado pasta fresca que Nora había preparado con queso parmesano rallado, tomates cherry partidos por la mitad y albahaca. Una *foccacia* casera con aceitunas negras quedó como recién horneada después de cinco minutos en el microondas. Había caído casi una botella de Rioja.

Los niños se habían quedado dormidos nada más cenar. Los largos días de sol y agua se dejaban notar por la noche. Habían asegurado que no tenían sueño, y al rato habían caído rendidos. No podía descartarse que los constantes reproches de su abuela paterna a lo largo del día hubieran contribuido al agotamiento.

Antes de dormirse, Thomas les había leído un cuento. Adam dejó bien claro que solo leyera para Simon, porque él ya tenía diez años y sabía leer estupendamente, lo cual no le impidió escuchar con mucha atención.

Desde que murió Emily, Thomas había pasado más tiempo que nunca con Simon, que sentía mucho apego por su padrino. Era como si, instintivamente, comprendiera que Thomas sufría una profunda pena, aunque no hablara de ello.

—¿Has sabido algo de Pernilla? —preguntó Nora con cautela.

—No mucho. Me envió una postal desde Halmstad en el solsticio de verano. Ha sido la única señal de vida en meses. Ya no mantenemos casi contacto.

—¿La echas de menos?

Thomas apoyó la barbilla en una mano. Su mirada se perdió a lo lejos. Tardó unos minutos en contestar.

—Echo de menos la vida con ella. La relación, la sensación de ser dos. Pequeños detalles, como tener la seguridad de que alguien se preocupa si uno vuelve tarde del trabajo. A veces no me importaría quedarme a dormir en la comisaría.

Alzó la taza para llevársela a los labios.

—De todas formas, nadie va a notar si no llego a casa. Quizá debería comprarme un perro —añadió con ironía.

—¿Piensas mucho en lo que pasó?

Nora notó que, sin poder evitarlo, se le humedecían los ojos. A ella también le dolía la muerte de Emily. La idea de levantarse por la mañana y encontrar a tu niña muerta y fría era insoportable.

Tragó deprisa y bebió un poco de vino para evitar que se le saltaran las lágrimas. Parecía que Thomas no había advertido nada. Seguía hablando, como para sí mismo.

—A veces me pregunto qué aspecto tendría Emily ahora si viviera. Cuando pienso en ella, la veo como un bebé, pero ya sería una niña pequeña, que caminaría y hablaría —sacudió ligeramente la cabeza—. Pero ese no era su destino.

Se le formó un nudo en la garganta, bebió un sorbo de café, y después otro.

—Cuando veo a tus hijos siento envidia. Son muy guapos. Simon es fantástico.

Nora le puso la mano en el hombro para animarlo.

—Tendrás nuevas oportunidades de formar una familia. Eres un regalo, créeme. Encontrarás a alguien y tendrás hijos.

Thomas esbozó una sonrisa irónica ante las palabras de su amiga. Después se encogió de hombros.

—En estos momentos no me preocupa lo más mínimo. Estoy satisfecho con mi propia compañía. Me las arreglo. Además, tú y tu familia habéis sido un gran apoyo para mí, quiero que lo sepas. Os lo agradezco mucho.

—Siempre eres bienvenido en nuestra casa —dijo ella levantando el ánimo, y llenó las copas con el vino que quedaba en la botella.

—Cambiando de tema, ¿cómo va la investigación?

—No hemos pescado nada, nunca mejor dicho —suspiró Thomas—. Si me permites la expresión...

—Resulta tan extraño... Dos personas asesinadas en el transcurso de unas semanas. Es como si de repente una de esas series británicas de detectives que ponen en la tele en verano se hubiera convertido en realidad. Lo único que falta es un comisario inglés que fume en pipa.

Thomas se rio, pero enseguida volvió a ponerse serio.

—Aún no sabemos si los dos fueron asesinados. Solo está claro en el caso de Kicki Berggren. Lo único que sabemos de su primo es que se ahogó. Es importante no sacar conclusiones precipitadas.

Nora no se dio por vencida.

—Pero es evidente que tiene que existir alguna relación. ¿El problema estriba en saber por qué alguien quería matar a los dos primos de Bandhagen? Tienen que haber estado involucrados en algo ilegal, ¿no crees?

Nora gesticulaba enérgicamente con su cuchara.

—No puedo dejar de pensar en esa red. ¿Dónde encaja en este rompecabezas?

—Ni idea. Es posible que se trate simplemente de una casualidad. Tampoco sabemos si pertenece a alguien de Sandhamn. Como ya comentamos, podría ser de alguien de alguna otra isla del archipiélago.

Nora asintió.

—A propósito, ¿cómo era?

—Estaba gastada, rota. Pero llevaba meses en el agua, así que seguramente no es tan raro.

—Imagínate que es una red vieja. Las redes se pueden usar durante muchos años, si uno las cuida y las arregla cuando se rompen —dijo pensativa—. Quizá sea una red con muchos años de recorrido, de una generación anterior.

Se le ocurrió una idea. Se inclinó impaciente hacia Thomas.

—De hecho, en Sandhamn había una persona con las iniciales G A. Una persona que no he escrito en la lista. ¿Te acuerdas de Georg Almhult, el padre de Jonny Almhult, que vive aquí en la isla? El carpintero que pinta cuadros, ya sabes... Nos ayudó la semana pasada con unas tablas de la valla que hacía falta cambiar. Las iniciales del padre de Jonny eran G A. Puede que utilizaran la red del padre, aunque haya muerto.

—¿Insinúas que Jonny tiene algo que ver con la muerte?

Nora hizo un gesto de rechazo.

—No lo sé, pero si pudieras hallar el origen de la red, al menos sería punto de partida. De todos modos, valdría la pena investigarlo, ¿no?

125

Lo miró, volvió a recostarse en el banco blanco del jardín y se ciñó la cazadora. Se notaba que estaba empezando a atardecer, el aire era más fresco y la humedad del mar se metía en el cuerpo.

Vio a Jonny Almhult ante sí.

Cuando Nora era adolescente, Jonny era uno de los gallitos que se pavoneaban en el puerto. Tenía dotes artísticas, en unos minutos hacía un esbozo a lápiz casi idéntico al dibujo original. Pintaba acuarelas desde hacía muchos años y seguramente soñaba con formarse en la capital. En Sandhamn existía una larga tradición artística: Bruno Liljefors y Anders Zorn habían pasado temporadas en la isla y Axel Sjöberg había vivido allí.

Pero Jonny nunca se fue. Se quedó en Sandhamn, en casa de sus padres. Con el tiempo su vida se malogró. Bebía demasiado, como otros muchos hombres solteros, y nunca tuvo pareja estable. Ya de adulto se ganaba la vida de carpintero y chico para todo al servicio de los veraneantes, y de cuando en cuando vendía algún cuadro con motivos del archipiélago. Nora se acordaba bien de su padre, Georg, el albañil de Sandhamn. Tenía el mismo aspecto que el hijo: de constitución delgada y estatura media, no había nada en su fisonomía que uno recordara en particular.

A él también le gustaba empinar el codo.

Cuando murió, a Ellen, su viuda, solo le quedó Jonny. Tenía una hermana mayor, pero hacía mucho que se había ido de Sandhamn. Por lo visto se casó con un norteamericano y se fue a vivir al extranjero, si Nora no recordaba mal.

Thomas interrumpió sus pensamientos. Él también conocía a Jonny.

—Me cuesta imaginarme a Jonny como cerebro de una trama criminal —dijo con escepticismo.

—¿Y como traficante al servicio de alguien? —objetó Nora—. ¿Alguien que necesitara ayuda para manejar a individuos problemáticos? ¿Quizá alguien a quien había que cerrar la boca?

—Creo que ves demasiadas series policíacas.

—Hablo en serio —replicó Nora—. Todo el mundo sabe que le pierde la bebida. Quizá esté enganchado a otras cosas y necesite dinero. ¿No puede haber ahí alguna relación con los asesinatos? Valdría la pena hablar con él. En su caso, al menos, sabes dónde vive, ¿no?

Thomas lo pensó. Después miró la hora.

—Me voy. Pasaré por casa de Jonny. Me voy ahora mismo antes de que se haga tarde.

Le dio un abrazo rápido.

—Gracias por la cena. Te llamo.

26

Cuando Thomas llegó a la casa de Jonny Almhult, esta parecía deshabitada. Estaba a oscuras, ni una lámpara encendida en ningún sitio.

Ellen Almhult vivía justo al lado en una casa más grande, así que decidió llamar. En el archipiélago no era raro que se construyeran varias casas en el mismo terreno a medida que aumentaba la familia.

La madre de Jonny llevaba una bata rosa de franela cuando abrió la puerta. Le sorprendió verlo.

—Hola, Ellen, ¿te acuerdas de mí? Thomas Andreasson. De la comisaría de Nacka —añadió para explicar el motivo de su visita.

Ella lo observó sin decir nada. Thomas continuó:

—Perdona que te moleste a estas horas. Quería hablar con Jonny, pero parece que no está en casa.

Ellen parecía todavía sorprendida, pero no tan asustada como antes.

—Tal vez esté en Värdshuset —contestó—. O quizá esté durmiendo. Mi hijo duerme como un lirón. ¿Quieres que vaya a ver si está?

—Sería muy amable por tu parte, ya que he venido hasta aquí.

Ellen buscó la llave y se dirigió a la casa pequeña.

Thomas miró a su alrededor. La casa no era grande. Estaba pintada de color rojo Falun, con las esquinas blancas, como otras muchas del archipiélago. En el jardín se veían tablas nuevas y algunos motores de barcos averiados que seguramente estaban esperando para ser reparados algún día.

En la puerta había dos macetas con unos esplendorosos geranios. De un abedul colgaba una maceta con grandes petunias de color lila.

—¿Eres tú quien cuida las flores? —preguntó Thomas.

—No, se ocupa Jonny —contestó Ellen—. Tiene mano para las plantas, aunque no te lo creas. Incluso lee revistas de esas de jardinería, ¿te imaginas? Un hombre hecho y derecho.

Ellen sacudió la cabeza con gesto interrogante.

Thomas no supo muy bien si estaba orgullosa o preocupada por su hijo.

La mujer abrió la puerta y entró en la casa.

—Jonny —llamó—. Jonny, ¿estás ahí?

Entraron. Era la típica casa de isleños solteros. Arena en el suelo de la entrada, impermeables colgados en el perchero. Cocina de los años cincuenta. Más geranios vistosos en la ventana. Era evidente que tenía mano para las plantas.

Un televisor grande, de los de cuarenta y dos pulgadas, dominaba el salón. Para pasar el tiempo durante las largas noches de invierno cuando el pueblo estaba desierto y las casas de veraneo llevaban mucho tiempo cerradas, pensó Thomas. Unas bellas acuarelas colgaban de las paredes. Seguramente obras de Jonny, pues estaban firmadas con las iniciales J. A.

En la mesa del salón había una hilera de latas de cerveza vacías y un cenicero con colillas. Thomas observó que en algunas colillas había restos de pintalabios.

La casa olía a humedad y cerrado, como si nadie se hubiera ocupado de ventilarla en varios días. En la encimera de la cocina había algunas botellas de cerveza, y en una bolsa de papel, en el suelo al lado del frigorífico, se acumulaban aún más latas de cerveza vacías.

Ellen desapareció en un cuarto que daba a la cocina.

—No está en el dormitorio —dijo cuando volvió—. Entonces, seguro que está en Värdshuset. Cuando no está en casa, suele estar allí. ¿Has probado a llamarlo al móvil?

–No tengo su número, pero te agradecería que me lo dieras.

Thomas sacó su bloc para anotarlo.

–¿Tú has hablado hoy con él?

–No. No estaba en condiciones, así que no he querido molestarlo.

Se notaba que se sentía incómoda: alargaba las palabras y desviaba la mirada.

–¿Qué quieres decir con que no estaba en condiciones?

Ellen se puso triste. Se ajustó el cinturón de la bata y metió las manos en los bolsillos. Avergonzada, contestó bajando la voz:

–La última vez que estuve aquí había bebido.

–¿Cuándo fue eso?

–El sábado.

–¿A qué hora?

–No me acuerdo muy bien. Pero era en pleno día, entre las doce y las dos.

–¿Estaba borracho?

–Sí, aunque no mucho. Pero algunas cervezas sí se había tomado. –Frunció los labios–. Yo sé bien qué aspecto tienen los hombres cuando han bebido.

–¿Jonny tiene novia? –preguntó Thomas.

–Que yo sepa, no –contestó Ellen en voz baja–. Nunca ha sido muy popular entre las mujeres. Es tímido, como su padre. –Dudó un momento–. Pero es buena persona. No sería capaz de matar ni una mosca.

Thomas se fijó en la pared de la entrada, donde entre los impermeables colgaba una cazadora vaquera de color blanco con remaches brillantes.

–¿Es tuya esa chaqueta? –preguntó, aunque imaginaba la respuesta.

–No, ¿cómo se te ocurre? –dijo Ellen mirándolo ofendida–. ¿Qué parecería si saliera a la calle vestida con una cosa así a mis años?

–¿Sabes de quién es?

La mujer la observó, pensativa.

–No, es la primera vez que la veo.

Thomas descolgó la cazadora y revisó con cuidado los bolsillos. Recordó la imagen de Kicki Berggren cuando bajó a buscarla a la recepción de la comisaría. Llevaba puesta una cazadora vaquera de color blanco igual que aquella.

No podía tratarse de una casualidad.

En uno de los bolsillos encontró un paquete medio vacío de Prince. La misma marca de cigarrillos que Kicki Berggren guardaba en su bolso y que sacó nerviosa durante la conversación. En el bolsillo superior había un peine con algunos cabellos rubios largos. Más que suficiente para una prueba de ADN, en el caso de que fuera necesaria.

Cuando ya se dirigía hacia la puerta de la calle, de repente se dio la vuelta y volvió al salón. Había algo que le había llamado la atención. Concentrado, recorrió la estancia con la mirada. Miró detenidamente el sofá, el televisor y el equipo de música.

Entonces cayó en la cuenta.

Debajo de la ventana había un radiador. Era un radiador feo y gris del mismo modelo normal y corriente que había en miles de casas suecas. Rectangular, con la llave de paso abajo a la derecha. En una de las esquinas había algo seco de color marrón. Además parecía que un cabello rubio se hubiera quedado pegado en la mancha. No era una mancha grande, pero estaba allí.

Tuvo buen cuidado de no tocarlo.

—Ellen, tengo que pedir que vengan los técnicos para registrar la casa. No puedes entrar aquí hasta que ellos hayan terminado.

La mujer estaba aterrada.

—¿Qué estás diciendo? ¿Qué tiene que hacer la Policía en casa de Jonny?

Thomas sintió compasión de la anciana que tenía delante.

La mujer se abrazaba con fuerza a sí misma, como para defenderse de algo que no quería oír. Los labios, pálidos por la edad, apenas se distinguían cuando apretó la boca para controlar su inquietud.

—Debo hacerte otra pregunta —continuó Thomas—. ¿Conserváis Jonny o tú alguna de las redes de Georg marcadas con sus iniciales?

Parecía que Ellen no entendía muy bien la pregunta.

—Redes —repitió con voz débil.

—Me refiero a redes de pesca, con tablillas de madera marcadas con las iniciales G. A. ¿Conserváis alguna?

—Sí, seguro que queda alguna. Pero no recuerdo cuántas. Tendría que mirar en la caseta de pesca. —De pronto se llevó la mano a la boca como si hubiera tenido un presentimiento repentino—. ¿No estarás pensando que Jonny tiene algo que ver con esos dos primos que han muerto aquí en Sandhamn?

—Aún no puedo contestar a esa pregunta. Tendremos que esperar y ver qué pasa. Si Jonny viene a casa o te llama por teléfono, tienes que decirle que debe ponerse en contacto conmigo inmediatamente. Es muy importante.

Le puso las manos sobre los hombros y la condujo suavemente, pero con decisión, hacia la puerta.

—Por favor, ¿me das las llaves de la casa? Las de la caseta también.

Ellen se las entregó con mano temblorosa.

Se la veía muy sola y asustada. Daba pena, pero Thomas no podía hacer gran cosa para evitarlo. Lo más importante era conseguir que los técnicos llegaran cuanto antes para que pudieran investigar si Kicki Berggren había estado en casa de Jonny o no. Él estaba convencido de que la respuesta iba a ser afirmativa.

—¿Tienes cinta adhesiva o algo similar? Para sellar la puerta mientras espero a que lleguen refuerzos.

Miró a Ellen interrogante y ella asintió.

—En la cocina. En mi cocina —añadió, y salió de la casa.

Thomas la acompañó de vuelta a la casa grande.

Mientras ella buscaba la cinta en un cajón, él esperó en la entrada. A través de la puerta del salón, que seguramente llamaban sala como en la mayoría de las casas viejas del archipiélago, vio en un rincón el clásico reloj de pie de Mora. El mobiliario era oscuro y de otro tiempo.

Bostezó. Tras un largo día de trabajo sentía el cansancio en todo el cuerpo. No era alentador saber que al día siguiente tenía que viajar a la capital por la mañana temprano, pero ante las circunstancias no quedaba más remedio que resignarse.

—Acuéstate, Ellen —le recomendó amablemente cuando esta volvió—. Ya verás como todo se soluciona.

Salió y cerró la puerta. Después sacó el móvil del bolsillo trasero del pantalón para llamar a la comisaría. Con un poco de suerte, podrían enviar a los técnicos desde la capital directamente en helicóptero. Así no tardarían tanto.

27

Martes, tercera semana

Thomas miraba sombrío el informe preliminar de la autopsia que el Departamento de Medicina Forense había enviado a la comisaría de Nacka el martes por la mañana.

Describían un cuerpo de mujer de estatura media y constitución normal, cuya muerte había tenido lugar el sábado, entre las cinco de la madrugada y las diez de la mañana.

Según el informe, había recibido un golpe que había provocado una hemorragia interna alrededor de la sien y del ojo derechos y desgarros en la epidermis. También había una lesión en la zona izquierda del occipucio, como resultado del impacto contra algún objeto duro, punzante y oblicuo desde abajo y con cierta fuerza. Presencia de sangrado subcutáneo justo detrás de la oreja derecha, pero en menor medida. Probablemente, una fuerte hemorragia cerebral era la causante de la muerte, pero había además otras hemorragias menores en el pecho y en la cavidad abdominal, así como en la cavidad bucal y en la laringe. Habían hallado restos de sangre en el intestino.

Siguió leyendo el texto médico.

Costaba entender que se trataba de un ser humano, alguien que una vez había estado compuesto de carne y sangre y que había reído, amado y apreciado la vida. Si es que lo había hecho, pensó Thomas después recordando su apartamento en Bandhagen.

Para el análisis químico, habían tomado muestras de sangre, orina, humor acuoso del ojo y del hígado. Se enviarían lo antes posible al Instituto de Medicina Legal y Forense de Linköping con una petición de prioridad.

Thomas se detuvo en una frase: «La causa de la muerte no se puede concretar de manera concluyente. No ha sido posible determinar qué ha provocado las hemorragias internas».

Lo que había matado a Kicki Berggren era probablemente la hemorragia cerebral provocada por el golpe en la sien o en el occipucio, pero faltaba una explicación para el resto de los derrames internos. Por lo tanto, tenía que haber algo más. Thomas sabía por experiencia que al Departamento de Medicina Forense no le gustaba entregar un informe con tantas cuestiones sin resolver. Cuando no les era posible dar una explicación lógica a las lesiones que encontraban, eran muy escrupulosos a la hora de indicarlo. Después era asunto de la Policía realizar una investigación lo suficientemente buena como para hallar la causa.

Thomas frunció el ceño. Ahora se veían obligados a esperar a que los chicos de Linköping hicieran su trabajo, para ver si lograban encontrar alguna respuesta en los análisis de los tejidos. Eso llevaría, por lo menos, cuatro o cinco días; en el mejor de los casos.

Decepcionado, tiró sin querer su taza de té y el líquido caliente se extendió por todo el escritorio. Mientras intentaba detenerlo con una servilleta demasiado pequeña se sintió más inseguro que nunca sobre la marcha de la investigación. Aparte estaba agotado. Había echado una cabezada en el barco, pero le había costado mucho levantarse a las cinco y media para tomar el primer *ferry* a Estocolmo.

Era casi medianoche cuando por fin llegaron a casa de Jonny los técnicos de la Policía Judicial, con lo cual no había dormido mucho. Él no era de los que necesitaban dormir ocho horas, pero su cuerpo se resentía de haber dormido solo cuatro aquella noche.

Fue al baño y se refrescó la cara con agua fría. No ayudaba mucho, pero se sentía un poco mejor. Con el informe en la mano se dirigió a la sala de reuniones.

El Viejo ya estaba en su silla habitual. Carina se sentaba a su lado. La chica sonrió a Thomas cuando este le lanzó una mirada fugaz. Le sorprendió lo guapa que estaba a la luz que se filtraba por la ventana. Además se la veía contenta, algo que no se podía decir del resto de sus compañeros, cuyas caras sombrías se parecían mucho a la suya. Kalle estaba sentado al lado de ella, Erik enfrente. Sobre la mesa había un teléfono antiguo con un altavoz enorme. Thomas supuso que Margit también estaba citada a la reunión, a pesar de que acababa de empezar sus vacaciones. En cualquier caso, se libraba de tener que dejar a la familia y regresar a Estocolmo.

El Viejo tomó un sorbo de café y se aclaró la voz.

—Thomas, tú primero. Haznos un resumen de la situación.

Thomas mostró el informe preliminar de la autopsia que aún sostenía en la mano.

—La mujer sufrió una agresión, pero no particularmente grave, según el informe. Recibió golpes en el occipucio y en la sien derecha. Este último era leve, pero como los vasos sanguíneos son muy superficiales alrededor de los ojos, las lesiones parecían mucho más graves de lo que son. —Carraspeó y continuó—: Pero hay más. La víctima tiene hemorragias en los órganos internos que no parecen causadas por la violencia externa de la que fue objeto.

—¿Qué quieres decir con eso? ¿De qué ha muerto? —El Viejo miró impaciente a Thomas.

—Según el informe, parece que sufrió un derrame cerebral como consecuencia de un golpe con algo duro en la parte posterior de la cabeza, bien porque chocó contra algo, bien porque alguien le golpeara. Posiblemente ambas cosas. La autopsia no aclara si la muerte se produjo como resultado de la agresión o si se debió, por ejemplo, a una caída. Por eso han enviado un montón de muestras a Linköping para que las analicen.

Thomas se detuvo. Había intentado dar cuenta del contenido del informe de la manera más clara que pudo. No era tan sencillo.

—Es muy posible que las lesiones se produjeran en casa de Jonny Almhult, encontramos allí la cazadora de la víctima.

Había también restos de sangre en un radiador del salón. Eso puede explicar el golpe en la nuca, si se demuestra que la sangre es de Kicki Berggren. De alguna manera consiguió volver a la Casa de la Misión, donde la encontraron muerta a la mañana siguiente —concluyó.

De pronto, el altavoz chirrió. Margit trataba de hacerse oír a través de su estridente teléfono móvil.

—No sé si lo he entendido bien... Kicki Berggren sufrió una agresión, ¿pero no sabemos si fue mortal? Tiene grandes hemorragias internas, que no se pueden explicar. Me pregunto: ¿qué sabemos realmente? —preguntó preocupada.

Thomas intentó ofrecer una descripción cronológica de los hechos.

—Probablemente, Kicki Berggren llegó a Sandhamn el viernes poco después de la una —explicó Thomas—. Hemos hablado con una de las chicas del quiosco, que la recordaba, y, según los horarios de la empresa Waxholm, un barco llega a esa hora. Kicki Berggren preguntó por algún sitio donde alojarse; parecía que acababa de llegar a la isla. La chica del quiosco le propuso que fuera a la Casa de la Misión. Puesto que las lesiones se produjeron después, la persona que le agredió debía encontrarse también en la isla.

—¿Hay algún testigo que la haya visto con alguien? —preguntó Margit.

Su voz quedó por un instante ahogada por jóvenes que se reían al fondo. Era evidente que no estaba en casa. Quizá en la playa.

—Hemos hablado con el personal de los restaurantes de la isla y nadie la ha reconocido —contestó Thomas—. Pero hay un par de personas que trabajan los fines de semana en Värdshuset y no vuelven hasta el próximo viernes. Nos han dado sus números de teléfono. Todavía no he conseguido localizarlos, voy a volver a llamarlos cuando terminemos la reunión.

Estiró el pie izquierdo, donde le había salido una ampolla considerable, resultado de patearse Sandhamn.

—También hemos llamado a la puerta de casi todas las casas de la isla —continuó—, pero hasta ahora no hemos encontrado a nadie que se cruzara con ella.

El Viejo se rascó el cuello. Tenía una gran picadura de mosquito en carne viva justo por encima de la clavícula izquierda.

—¿Tenemos alguna sospecha de por qué ese tal Almhult la habría maltratado? —preguntó inquisitivo a Thomas.

—Ni siquiera sabemos si realmente fue Jonny Almhult quien lo hizo. No está en su casa y no hemos conseguido localizarlo.

Thomas enseñó una fotografía de Jonny Almhult que mostraba a un hombre de rasgos suaves y ojos castaños. Tenía la nariz ancha y el cabello pedía a gritos un corte. La cara bronceada y con pecas.

—Por lo que sabemos, nunca ha maltratado a ninguna mujer. En los registros policiales no aparece ningún dato. Según su madre, es bastante solitario y un poco tímido. La señora estaba desesperada y no entendía nada. La última vez que lo vio fue el sábado, y al parecer estaba algo bebido o al menos con una fuerte resaca. —Hizo una pausa y luego continuó—: Erik estuvo en casa de Almhult hace dos días, el domingo por la mañana, pero cuando le mostró la foto dijo que no conocía a Kicki Berggren. ¿No es así?

Thomas se dirigió a Erik, que asintió para confirmarlo.

—Así fue. Estuve allí solo unos minutos. El tipo tenía un aspecto bastante desaseado y, a decir verdad, estaba claramente resacoso. Cuando le pregunté si había tenido algún contacto con Berggren, me contestó que no sabía quién era. Después se disculpó y dijo que no se encontraba muy bien, así que me marché de allí.

Erik parecía disgustado, como si se culpara por no haber comprendido que debía haber investigado más a Almhult en su visita.

—Conozco a Jonny Almhult desde que era adolescente —dijo Thomas—, y nunca he notado nada raro en él. No hay ninguna explicación evidente de por qué, de repente, iba a bajar al pueblo para maltratar a una mujer desconocida.

—Tanto como desconocida... No sabemos si se conocían —refunfuñó el Viejo mientras seguía rascándose la picadura de mosquito, que para entonces ya sangraba ligeramente.

Thomas se mostró de acuerdo.

—No, claro que no lo sabemos. He registrado el apartamento de la víctima. Allí no hay ninguna pista que pueda aclarar lo que ha ocurrido. No hemos encontrado nada que la relacione con Jonny ni con Sandhamn, solo que entró en la página web de la compañía Waxholm.

El altavoz chirrió de nuevo. Margit tenía una pregunta para Thomas.

—¿Habéis hablado con sus compañeras de trabajo? ¿Había alguien en su trabajo que quisiera hacerle daño?

Thomas se volvió hacia el teléfono.

—He hablado con su jefe, de la empresa que regenta el casino. Kicki llevaba trabajando allí más de quince años. Su jefe no tenía nada especial que decir. La mujer hacía su trabajo, no estaba de baja con más frecuencia que el resto y era considerada una empleada razonablemente seria y honrada.

Miró sus anotaciones, donde había apuntado los puntos más importantes de la conversación telefónica que mantuvo con el jefe de Kicki Berggren, un tipo triste que no había mostrado interés alguno pese a que una de sus empleadas había sido asesinada.

—Lo único que saqué en claro es que era poco frecuente que llevara allí tantos años. La mayoría de las crupieres lo dejan a los cinco o seis años. No es una profesión que uno ejerza durante mucho tiempo, al menos, si se tiene familia. Los horarios son imposibles, desde la tarde hasta altas horas de la noche. El ambiente tampoco es muy bueno que digamos.

—Había estado recientemente en Cos, ¿no es así? —preguntó el Viejo mientras se inclinaba hacia delante y aprovechaba para alcanzar otro bollo.

—Sí, solicitó cuatro meses libres con muy poca antelación —contestó Thomas—. El casino se iba a reformar en esas mismas fechas, por lo que su jefe no tuvo nada en contra de concederle el permiso.

—¿Cabe preguntarse si existe alguna relación entre su lugar de trabajo y el de su primo que sirva de explicación? Ni el sector del juego ni el de las bebidas alcohólicas están precisamente entre los más limpios —se oyó en el altavoz.

Thomas se inclinó hacia delante para poder oír mejor.

—¿En qué estás pensando, Margit?

—Krister Berggren trabajaba en el Systembolaget. Me pregunto si no hay un pista ahí. ¿Puede tener esta historia alguna relación con el contrabando de bebidas y drogas? ¿Quizá con algún nexo con Grecia?

—O la antigua Yugoslavia —soltó Kalle agitado y ligeramente sonrojado por haber tomado la palabra—. Quizá la mafia yugoslava esté involucrada.

—Eso, quizá, sea ir demasiado lejos —dijo Margit tajante—, pero imaginad que Krister Berggren estuviera metido en algo ilegal en el Systembolaget y que su prima le ayudase. Puede haber estado enredado en algo. Incluso puede que intentara salir de ello. Y que Kicki Berggren también sabía o tenía algo que ver. Todos sabemos que en los últimos años han ocurrido cosas poco claras en el Systembolaget.

—Un chanchullo ilegal que hizo que primero él y después ella viajaran hasta Sandhamn —añadió Kalle.

—Más o menos —convino Margit—. Thomas, tú te entrevistaste con ella. ¿Qué te pareció?

Thomas cerró los ojos y trató de recordar. La imagen de una mujer sola y desengañada pero con buena disposición apareció poco a poco delante de él. Habían estado hablando alrededor de media hora. Estaba realmente triste por la muerte de su primo. Y sorprendida.

—Mantenían una relación muy estrecha, según me dijo, pero no había hablado con él ni una sola vez desde que se marchó a Cos. Parecía que no habían mantenido ningún contacto mientras ella estuvo fuera. Encontré una tarjeta postal en casa de Krister en la que Kicki le pedía que la llamara por teléfono.

Thomas hojeó su bloc de notas de nuevo para refrescar la memoria.

—No conseguí una explicación aceptable de por qué no habían mantenido contacto alguno cuando ella estaba en Grecia. En vez de eso, empezamos a hablar de la muerte de su madre. Al parecer, a Krister Berggren le había afectado mucho. Surgió como la posible explicación de un suicidio. —Guardó silencio un instante—. Naturalmente, yo debería haberle preguntado por eso —reconoció.

El Viejo se retrepó en la silla, que crujió; los muslos se salían del asiento. Su cara redonda estaba bronceada por el sol estival.

—Si suponemos por un momento que se trata de una historia de contrabando, ¿qué tendría eso que ver con Sandhamn? —preguntó.

—¿No hubo allí una historia de contrabando de drogas hace muchos años? —preguntó Margit.

Thomas envolvió con la mirada a todos sus compañeros sentados alrededor de la mesa.

—Sí, es totalmente cierto. Yo era un chaval entonces, pero fue un escándalo de mil demonios. El restaurante Seglar era propiedad de un hombre con mala fama que se llamaba Fleming Broman. Luego se demostró que se dedicaba a servir comida por el día y a fabricar drogas por la noche. Fue un escándalo descomunal y hubo un amplio despliegue policial cuando se enteraron por fin e hicieron una redada.

Thomas vio ante sí los grandes titulares de las portadas de los periódicos que colgaban en el quiosco cuando él salía de la escuela de vuelta a casa.

—¿Crees que puede tratarse de drogas otra vez?

—Más bien de alcohol —interrumpió el Viejo—. Si había acceso al Systembolaget a través de Krister Berggren, su prima también podía estar implicada. Pero eso sigue sin responder a la pregunta de la posible relación con Sandhamn.

La voz de Margit volvió a oírse en el altavoz.

—Supongamos que Kicki Berggren supiera que su primo estaba implicado en algún tipo de contrabando de bebidas alcohólicas en el Systembolaget. Regresa a casa y se entera de que su primo

141

ha muerto. Si sabe quién es su contacto quizá decida ir a buscarlo, bien para exigir algún tipo de venganza o, lo cual es más probable, para pedir dinero. Si esa persona tiene una casa de veraneo en Sandhamn, es lógico viajar hasta allí, ¿no? Estamos en pleno verano y, además, fue allí donde su primo apareció muerto. Y si la persona de contacto asesinó a Krister por miedo a que lo delatara, entonces también pudo asesinar a Kicki.

Thomas entrelazó las manos detrás de la cabeza y reflexionó un momento.

—La estancia en Grecia quizá no tenga nada que ver, mientras que el viaje a Sandhamn es crucial —dijo—. En ese caso, el motivo de que Krister Berggren apareciera en el lado izquierdo de la costa es que él también viajó hasta allí para encontrarse con su contacto. Durante la Semana Santa, que fue cuando desapareció.

—Un encuentro que por algún motivo salió mal —apuntó Margit.

Thomas hojeó sus anotaciones de la conversación que mantuvo con el jefe de Krister en el Systembolaget, un hombre de pelo ralo, de más de cincuenta años, llamado Viking Strindberg.No tenía mucho que contar, a pesar de que Berggren había trabajado allí cerca de treinta años. En su opinión, Krister no era una persona particularmente hábil ni inteligente, sino más bien un alma inquieta que pensaba que la vida siempre lo había tratado de manera injusta. Confirmó que la muerte de su madre le había afectado mucho y que desde entonces bebía más de la cuenta. Su madre había trabajado en el Systembolaget toda su vida, pero el jefe de Krister nunca la había visto, según dijo. Si no recordaba mal, ella trabajaba en el Systembolaget del centro de Farsta.

Thomas tomó de nuevo la palabra.

—Hablé con el jefe de Krister la semana pasada. Su trabajo consistía principalmente en recibir los envíos en los grandes almacenes de las afueras de Estocolmo. No era un puesto muy cualificado, pero tenía acceso a todo el almacén con su tarjeta del Systembolaget.

—¿Es posible que Berggren vendiera vino y bebidas alcohólicas por su cuenta? —preguntó Margit.

—La cuestión es si es tan rentable la bebida del Systembolaget como para que valga la pena matar a una persona, mejor dicho, a dos, para que no lo descubran —apuntó Thomas frunciendo el ceño.

El Viejo se pasó la mano por la barbilla y tomó la palabra.

—La gente comete asesinatos por los motivos más extraños. Y por mucho menos dinero del que se cree. No supongáis que no se puede quitar la vida a otra persona por doscientas mil coronas. Vamos a investigar si hay alguna conexión entre Sandhamn y el Systembolaget, en el sector de la hostelería o en otros sectores cercanos.

—Eso parece sensato —aseguró Margit.

El Viejo volvió a aclararse la garganta.

—Seguimos en Sandhamn rastreando todas las pistas hasta que tengamos una descripción completa de la estancia de Kicki Berggren en la isla, desde que puso un pie en el muelle hasta que la encontraron muerta en su cama.

Thomas guardó silencio.

Ese era precisamente el tipo de información que estaba tratando de obtener el equipo de búsqueda que ya estaba en marcha.

—Thomas.

El Viejo se dirigió a él directamente y subrayó la importancia de su orden señalándolo con el índice.

—También tenemos que localizar lo antes posible a ese tal Jonny Almhult. ¿Ha salido alguna orden de búsqueda?

—Quería esperar hasta después de la reunión —contestó Thomas.

—Envía a la Policía Provincial una orden de búsqueda contra Jonny Almhult. Después puedes volver a Sandhamn con Erik y con Kalle. Y registra otra vez la casa de ese tipo. Quizá allí se esconda algo que pueda arrojar luz sobre toda esta historia.

Se volvió a rascar la picadura de mosquito.

—Mira que es mala pata que siempre tenga que surgir alguna cosa así en mitad de las vacaciones.

El altavoz rugió.

—¿Quieres que vuelva? —preguntó Margit con evidente disgusto.

El Viejo sacudió la cabeza.

—De momento no. Parece que Thomas se encarga de esto de la manera adecuada. Además, su conocimiento del terreno va aumentando día a día. —Casi se ahogaba de risa—. Por ahora, quédate con tu marido y tus hijas. Si cambio de opinión, te lo haré saber.

Volvió a mirar a Thomas.

—Pues eso, entonces ya estamos casi listos. A propósito, ¿no te has puesto aún en contacto con la fiscal? Le habrá caído en suerte a Öhman, ¿no?

Thomas asintió.

Charlotte Öhman era la fiscal del juzgado de primera instancia de Nacka que dirigiría la instrucción. No la conocía personalmente, pero tenía fama de ser objetiva y de trato fácil. Ella también habría imaginado un verano tranquilo, con trabajo de oficina mayormente. Otra que tendría que reorganizar sus planes.

—Me reuniré con ella mañana. La mantenemos informada.

Al salir de la reunión, Thomas pensó que debía contactar con la amiga de Kicki, quien la había convencido para que la acompañase a Cos. Necesitaba saber con quién se había relacionado a su amiga Kicki en Grecia y si le había contado algo de Krister. Quizá Agneta pudiera explicar por qué le había enviado aquella postal a su primo.

Pilló a Carina en el pasillo antes de que esta hubiera entrado en su despacho.

—¿Puedes ayudarme a localizar a esa amiga, Agneta Ahlin? Intenta conseguir su número de teléfono lo antes posible y llámame. Aunque sea tarde.

28

Miércoles, tercera semana

La fiscal del juzgado Charlotte Öhman parecía pensativa.
Llevaba la melena rubia recogida en la nuca con un pasador y
se había colocado las gafas de leer en la frente. Daba vueltas a
un bolígrafo entre los dedos índice y pulgar mientras trataba de
formarse una idea de la situación.

–Si lo he entendido todo correctamente, tenemos a un primo
muerto del que conocemos la causa de la muerte pero no sabemos
si lo han matado. Después, tenemos a otra prima muerta, a quien
sospechamos que han asesinado pero no podemos demostrarlo.

–Exactamente.

La fiscal anotó algo en su bloc. Era zurda. Tenía en la frente
una arruga de preocupación que recordaba a un ocho tumbado.
Thomas nunca había visto nada igual.

–¿Y cómo pensáis seguir?

Charlotte Öhman alzó ligeramente las cejas. No parecía particularmente impresionada por los resultados de la investigación
hasta la fecha. Thomas pensó que no era raro teniendo en
cuenta que no habían avanzado casi nada.

Le explicó lo que habían hablado en la reunión del grupo de
investigación y cómo habían pensado organizar el trabajo en
adelante. Le resumió las pesquisas que se habían realizado y las
conclusiones que se podían sacar de ellas.

El despacho se quedó en silencio y Charlotte Öhman se recostó en la silla. Se quitó el pasador del pelo y se lo volvió a
poner. Un gesto que le ayudaba a pensar.

—No sé si esa teoría del contrabando tiene mucho fundamento, pero coincido con vosotros en que debe investigarse. Lo más importante en este momento es saber detalladamente qué hizo Kicki Berggren en Sandhamn y con quién estuvo.

—He hablado con la camarera que la atendió el viernes por la tarde en el pub de Sandhamn. Se llama Inger Gunnarsson. Según me ha contado, Kicki Berggren estuvo charlando con Almhult unas horas. Pidieron varias cervezas, parecía que estaban pasando un rato agradable. En cualquier caso, no le dio la impresión de que Kicki tuviera miedo de Almhult.

Charlotte Öhman anotaba con diligencia y asentía con aprobación.

—Eso suena bien —afirmó—. Sandhamn es una isla pequeña, y cabe pensar que habrá unas cuantas personas que la hayan visto. —Se soltó el pasador otra vez y volvió a ponérselo de nuevo—. ¿Cuándo crees que recibirás el resultado de los análisis de Linköping?

—Pueden tardar unos días. Calculo que no llegarán hasta finales de esta semana, como muy pronto. Hemos solicitado prioridad, pero también ellos contarán con menos plantilla, como todos en estas fechas.

La fiscal esbozó una sonrisa de complicidad.

—Sí, pasarán unos días antes de que tengamos los resultados, así que deberás presionarlos lo mejor que sepas.

—Por supuesto.

—Mantenme informada. —Añadió unas líneas en su bloc—. Por cierto, ¿habéis tenido tiempo de consultar sus cuentas bancarias? ¿Habéis encontrado algo?

—Pues no. Krister Berggren tenía una cuenta de ahorro con unos miles de coronas. Su prima tenía un plan de pensiones, pero no es una suma considerable.

Öhman asintió.

—Entonces, si ganaban dinero con el contrabando de bebidas, eso no se refleja en sus cuentas —constató—. ¿Tenían alguna caja de seguridad?

—No que hayamos descubierto de momento, pero eso no significa que no existan. Seguimos buscando.

Thomas se detuvo en las escaleras de entrada del juzgado. Hacía un día radiante, ideal para sentarse al sol y comer un helado. Peor tiempo para trabajar en una investigación por asesinato no podía hacer.

Se cubrió los ojos del sol con la mano y miró la hora. Un barco salía hacia Sandhamn después del almuerzo. El *Väddö*, si no recordaba mal. Con un poco de suerte, llegaría a tiempo.

29

El Jardín de Strindberg, donde Thomas, Erik y Kalle se habían sentado a tomar un café, estaba lleno de gente. A unos pocos metros de ellos había una chica con delantal blanco que doraba gofres en un antiguo molde de hierro grande y negro. Evidentemente tenían éxito, porque desaparecían en cuanto los sacaba del molde. Tenía delante de ella un cuenco de nata montada y otro con una mermelada de fresa de color rojo oscuro con la que cubría generosamente los gofres.

Thomas debía reconocer que eran muy apetecibles, a pesar del calor. Le recordaron a cuando era pequeño y salía en el barco con sus padres desde Harö. Si había suerte, iban al Jardín de Strindberg. Se sentaban en un compartimento hecho con un bote colocado de costado. Una red de pesca decoraba la proa. No protegía mucho del sol, pero se agradecía.

El nombre del café se debía a August Strindberg, que solía alojarse allí de joven cuando visitaba Sandhamn. Después, ya casado con Siri von Essen, cuando pasaba temporadas en la isla vivía en otro sitio. Pero desde entonces el local llevaba su nombre.

Thomas se fijó en el plato del día: arenques del Báltico fritos con puré de patatas. ¿Había algo más adecuado en el límite exterior del archipiélago?

Mientras Erik y Kalle hablaban del próximo derbi de Estocolmo entre el Hammarby y el Djurgården, los pensamientos de Thomas giraban en torno a la conversación con Agneta Ahlin, la amiga de Kicki Berggren. En solo unas horas, Carina había conseguido localizarla en Cos, donde estaba todavía. Thomas recibió una nota con el número de teléfono al que podía llamarla.

La conversación no había arrojado más luz. Él le había contado lo que había sucedido y le había pedido que respondiera a algunas preguntas. La amiga se había emocionado mucho y se pasó casi toda la conversación llorando. No podía comprender que Kicki hubiese muerto. No entendía por qué habría querido alguien matar a su amiga y a su primo, a quien, por otra parte, apenas conocía. Todo lo que pudo decir de la relación de Krister y Kicki Berggren ya lo sabía la Policía y ella, en realidad, no tenía mucho que añadir. No obstante, Agneta le contó que Kicki la había llamado el día que se enteró de que su primo había fallecido. Estaba destrozada y hablaron un buen rato. Al final, Kicki le había dado a entender que tenía sus sospechas de por qué su primo había aparecido muerto en Sandhamn. Había dicho algo raro de que el dinero estaba allí. Pero después cambió de tema y hablaron de otros asuntos. No le comentó que pensaba ir a Sandhamn ella sola dos días más tarde.

Kicki Berggren solía hablar de dinero, contó Agneta, y se quejaba a menudo de que estaba sin blanca. Estaba harta de su trabajo de crupier, pero no podía permitirse dejarlo o cambiar, porque solo había estudiado hasta la secundaria. En Grecia, había pensado mucho en cómo ganar más dinero. Era un tema que aparecía con frecuencia en sus conversaciones, explicó Agneta.

Después de la entrevista, marcada en gran parte por los sollozos de la mujer, Thomas no tenía las cosas más claras que antes. Pero el detalle de que Kicki necesitaba dinero era, sin duda, interesante. Si sabía que su primo se dedicaba a algo ilegal, quizá había pensado valerse de ello para ganar dinero. Ese dinero rápido que, según Agneta, llevaba esperando mucho tiempo.

«El dinero está en Sandhamn», le había dicho a su amiga.

Thomas le dio vueltas a aquella expresión. El dinero estaba en Sandhamn. ¿Fue un intento fallido de conseguir ese dinero lo que condujo a Kicki Berggren a la muerte?

30

Jueves, tercera semana

Es increíble cómo les gusta a los niños jugar en la arena, pensó Nora mientras extendía la toalla en la playa de Trouville. Sus hijos llevaban varios días insistiendo en que querían ir. Uno podía pensar que tenían bastante con asistir a la escuela de natación durante semanas, pero lo que más les gustaba era ir a la playa.

Las playas grande y pequeña de Trouville estaban entre las mejores del archipiélago. No en vano la isla, en realidad, se llamaba Sandön, isla de arena, aunque ahora la mayoría utilizaba el nombre de Sandhamn. Era una de las pocas islas del archipiélago de Estocolmo que no estaban formadas principalmente por rocas, sino que estaba cubierta de arena.

Desde que se despertaron, los niños no habían dejado de insistir en que querían ir a la playa. Adam preguntó si no podía saltarse la escuela de natación un día y Nora se dejó convencer. Una vez en tres semanas no era tan grave. Además, el agua estaba inusualmente caliente, más de veintidós grados; esa temperatura no era frecuente en el límite exterior del archipiélago.

Tras desayunar y recoger la mesa, Nora buscó la bolsa de la playa y metió los trajes de baño y las toallas. Simon se encargó de los cubos y las palas de plástico de colores vivos. Después sacaron las bicicletas y pedalearon por los campos llenos de arena, pasaron al lado de la pista de tenis y cruzaron el pinar hasta llegar a Trouville.

Adam se quejaba de que iban muy despacio, pero Simon pedaleaba tan deprisa como le permitían sus cortas piernas. Nora no tenía corazón para decirle que fuera más rápido.

Después de dos kilómetros, el camino de Trouville terminaba en una bifurcación, y allí giraron a la derecha. Luego solo tuvieron que recorrer unos cientos de metros para bajar hasta la playa. Como todavía era pronto, aún no habían llegado los turistas de Estocolmo. Cuando llegaba el primer barco directo desde la capital a las once de la mañana, aquello solía llenarse. Pero aún eran las diez y pico, así que podían elegir sitio.

Nora no veía con malos ojos que los turistas disfrutaran del archipiélago, pero pensaba en lo agradable que resultaba cuando ella era pequeña y el flujo de turistas era un riachuelo en comparación con la invasión de ahora: cuando se veía salir a toda aquella gente de los barcos durante el mes de julio, daba la impresión de que la isla se hundiría.

Henrik había llegado a casa tarde y se había ido temprano. Iba a estar fuera en las regatas todo el día. Ella había vuelto a sacar el tema del trabajo en Malmö, pero él había dejado claro que no quería hablar de ello.

Tal como le había dicho el jefe de personal, la empresa encargada de la selección se había puesto en contacto con ella. Habían quedado en que iría a Estocolmo la semana siguiente para una entrevista. Sentía mucha curiosidad por saber más del nuevo trabajo, pero una reunión suponía que Henrik y ella estaban de acuerdo en que, al menos, era una buena idea continuar con el proceso. Mientras buscaba la crema solar y las gafas de sol, dejó fluir sus pensamientos. ¿Por qué no ir y entrevistarse con ese consultor, Rutger Sandelin? Sin condiciones ni compromisos previos. ¿Acaso era tan peligroso? No era peor que una conversación como otra cualquiera con el jefe de personal, aunque tuviera lugar fuera de la oficina. Si no acudía a aquella entrevista, el departamento de recursos humanos pensaría que no estaba en su sano juicio. Que te ofrezcan un puesto de trabajo tan interesante y no participar siquiera en el proceso...

Se embadurnó de crema los hombros y los brazos y se frotó con frenesí, como si en vez de intentar no quemarse, le fuese la vida en ello. Respiró hondo y decidió que, como mínimo, iría para informarse de en qué consistía exactamente el trabajo que le ofrecían. Seguro que los niños podían quedarse ese día en casa de sus padres. Henrik y ella hablarían después, cuando Nora tuviera algo concreto que contarle. En este momento solo conocía detalles imprecisos. Nada ante lo que tomar una decisión. Lo más fácil era decir que debía ir una mañana a la oficina. No sería la primera vez que surgía un imprevisto durante las vacaciones. Dado que solo tardaba unas horas en llegar a la capital, ocurría con cierta frecuencia que tuviera que echar una mano cuando surgía algún asunto urgente. Al menos eso era lo que pensaba el negado de su jefe, que se instalaba con la familia en Gotland todo el verano y no estaba dispuesto a mover un dedo para viajar a la oficina de Estocolmo si no era absolutamente necesario, es decir, si no llegaba una orden del director del banco o de Dios. Por ese orden.

En alguna parte de su interior oía una voz débil que preguntaba qué la movía en realidad. ¿Por qué no podía contentarse con lo que tenía? Valorar su vida, en la que era fácil conciliar un trabajo que le gustaba con el cuidado de su marido y sus hijos. Un matrimonio feliz, unos niños maravillosos, y además podían permitirse tener casa en Sandhamn. ¿Por qué ponerlo todo patas arriba? ¿Por qué desafiar a Henrik en vez de hacer caso de sus evidentes advertencias?

Sacó de la bolsa de la playa el termo con zumo para colocarlo a la sombra. Entrevió duda e inquietud en su cara reflejada en el acero que recubría el termo; una incertidumbre a la que Henrik y ella tenían que enfrentarse.

De pronto decidió anularlo todo: solo conduciría a una crisis en su matrimonio. Ningún trabajo lo merecía. Era mejor quedarse donde estaba que poner en marcha un proceso que no sabía adónde conduciría. Todo aquello era una estupidez, un capricho. ¿Cómo podía plantearse ir a Estocolmo a espaldas de Henrik?

Decidida, sacó el móvil de la bolsa y marcó el número de Rutger Sandelin para decirle que no se reuniría con él. Que había tomado otra decisión. Que podía comunicar al departamento de personal que ya no estaba interesada.

El teléfono comunicaba.

Se quedó sentada con el móvil en la mano. Después pulsó para llamar al último número marcado. Seguía comunicando. Entonces empezó a arrepentirse. ¿Qué tenía de malo una reunión? Nunca había conocido a nadie de una empresa de selección de personal y sentía curiosidad. Además, su única intención era informarse de qué le estaban ofreciendo antes de volver a hablar del tema con Henrik. Seguro que podía aprender algo, aunque solo fuera eso.

Se reprendió a sí misma. Se imaginaba demasiadas cosas. Llamar y decir que no antes siquiera de haberse entrevistado con Sandelin era una tontería. Por supuesto que Henrik estaría de acuerdo con ella en que al menos debería ir antes de tomar ninguna decisión.

Lentamente volvió a dejar el móvil en la bolsa de la playa. Un solo encuentro no podía hacer daño alguno.

31

El sol abrasaba a pesar de que aún no eran las once de la mañana. Con ese calor hasta los graznidos de las gaviotas sonaban más cansados de lo normal. Los niños habían esparcido los cubos y las palas y estaban ocupados construyendo un castillo en la orilla.

Nora se había colocado de manera que podía verlos mientras leía el libro que se había llevado. Era de un escritor inglés y trataba de cómo una mujer conciliaba su vida laboral con jornada completa con el cuidado de sus hijos pequeños. Estaba totalmente absorta en la lectura de un capítulo divertido, que contaba que la madre descubre avanzada ya la tarde que su hija tiene que llevar a la escuela al día siguiente un dulce casero para una rifa. Desesperada, compra unos bollos y los aplasta un poco con el rollo de amasar para que parezcan hechos en casa. Nora entendía perfectamente cómo se sentía la mujer.

Se tumbó al sol y disfrutó del calor. Después hizo una almohada con la arena debajo de la toalla para estar más cómoda. Ya se acumulaba arena fina en los pliegues de la toalla a pesar del poco tiempo que llevaba allí.

Simon se acercó corriendo con el cubo en la mano.

—¿Vienes con nosotros a hacer el castillo?

El niño la abrazó con las manos llenas de arena y la miró con ojos suplicantes. Nora sonrió y le dio un beso en la frente.

—Claro que sí —contestó.

Dejó el libro y buscó con la mirada un cubo y una pala libres. Se levantó y comprobó que el biquini estaba como debía. Cuando llegó a la orilla echó instintivamente una ojeada a la superficie del agua. Vio una forma extraña a lo lejos, un bulto oscuro y alargado que flotaba unos metros más allá. Parecía un tronco viejo de madera podrida que se meciera en el agua. Había algo que no encajaba.

–¡Esperad un poco, solo voy a mirar una cosa! –les gritó a los niños–. Enseguida vuelvo.

Se adentró un poco en el mar, pero era difícil ver bien con el fuerte reflejo del sol. Intentó hacer visera sobre los ojos con una mano mientras seguía internándose en el mar. La luz era tan intensa que por más que entornara los ojos la cegaba. Pronto se había alejado unos treinta metros de la orilla. Desde allí se podía distinguir algo más que una silueta imprecisa.

Entonces vio lo que era.

Aterrada se llevó la mano a la boca.

–No es posible –susurró–. Otra vez no.

Respiró profundamente y se acercó con cuidado. Delante de ella flotaba boca abajo el cuerpo de un hombre. Llevaba puestos unos vaqueros y una camiseta y tenía el cabello castaño bastante largo.

Nora no sabía si estaba muerto, pero empezó a correr en el agua tan deprisa como pudo. Le costaba avanzar y aquellos pocos metros se le hicieron eternos.

Llegó junto al cuerpo y lo agarró del brazo. Fue extraño tocarlo, pero resultó sorprendentemente sencillo darle la vuelta. Cuando lo colocó de espaldas, lo reconoció de inmediato.

Jonny Almhult, el hijo de Ellen.

Jonny, que les había arreglado la valla y vivía muy cerca de su casa.

Nora sintió que le brotaba un sudor frío en la frente. Era la primera vez que tocaba un cadáver. Le parecía estar en una película, pero era real.

Contuvo una arcada y se mordió con fuerza el labio. Había que llevar el cuerpo de Jonny hasta la playa, eso lo tenía claro. Y llamar a la Policía lo antes posible.

Echó un vistazo a lo lejos para ver qué hacían los niños. Simon y Adam seguían jugando y no parecían interesados en lo que andaba haciendo. No tenían que ver a Jonny muerto.

Nora trató de hacer señales a otras personas que había en la playa para que le echaran una mano, pero nadie se fijó en ella. Para no asustar a sus hijos, decidió no gritar. En vez de eso, agarró la camiseta de Jonny y empezó a tirar de él hacia la playa. Tuvo que emplearse a fondo. Empezaron a dolerle los brazos después de un minuto. Haciendo acopio de fuerzas, arrastró el cuerpo hasta la playa ella sola, tan lejos de los niños como le fue posible. Cuando finalmente llegó a la orilla, le corrían por la cara tanto lágrimas como sudor.

—No vengáis aquí —les gritó a sus hijos agitando la mano con gesto disuasivo—. Quedaos donde estáis.

Corrió hasta su bolsa y buscó el móvil. Marcó inmediatamente el número de Thomas.

—Soy Nora, estoy en la playa de Trouville. Acabo de encontrar a Jonny Almhult. Estaba flotando en el agua. Como un madero. Está muerto.

Empezó a reírse convulsivamente y se pellizcaba a sí misma en el brazo para parar.

—Perdona. Es que ha sido horrible... Estoy aquí con los niños. No sé qué hacer. —Terminó en un sollozo. Estaba mareada y apenas se tenía en pie.

Oír la voz familiar de Thomas supuso un alivio. Ella lo veía por primera vez en su papel de policía. El solo hecho de hablar con él hacía que se sintiera menos alterada.

—Ahora escúchame. Respira despacio. Estás al borde de un ataque de ansiedad, tienes que tranquilizarte.

—Está bien.

Nora oía su propia voz como a distancia. Sonaba débil y agitada.

—Siéntate en la arena. ¿Te mareas?

—No sé —contestó abatida.

—Echa la cabeza hacia delante e procura no respirar tan deprisa.

Nora hizo lo que él le dijo y enseguida empezó a sentirse mejor.

—Tienes que quedarte ahí hasta que yo llegue —dijo Thomas—. ¿Te sientes con fuerzas?

—Lo intentaré.

—Estoy en el pueblo, voy a pedir prestada una bicicleta. Eres capaz de aguantar, lo sé. Quédate tranquila. Ya llego.

Nora encogió las piernas en la arena caliente. Era irreal ver el cuerpo muerto a tan solo unos metros.

A lo lejos vio que Adam miraba preocupado hacia donde ella estaba. Seguro que pensaba que había sufrido de nuevo una bajada de azúcar. Mejor eso a que comprendiera lo que había sucedido.

Agitó débilmente la mano en su dirección.

—¡Juega con Simon! —le gritó—. Voy ahora.

32

A primera hora de la tarde trasladaron el cuerpo de Jonny al Departamento de Medicina Legal y Forense de Solna.

Después Thomas había pasado unas horas en la Central de Emergencias, que a esas alturas empezaba a resultarle familiar. Se había instalado en la pequeña sala de interrogatorios del piso de arriba, que se había convertido en el cuartel general de la investigación. Rellenó todos los informes necesarios y llamó tanto al Viejo como a Margit para contarles que el desaparecido Jonny Almhult, sobre el que habían emitido una orden de búsqueda, ya había aparecido.

Muerto. Probablemente por ahogamiento.

A duras penas consiguió convencer al Viejo de que tenía que quedarse en Sandhamn en vez de viajar a Estocolmo para asistir a la rueda de prensa que se había convocado a toda prisa a las cinco de la tarde, una buena hora para que apareciera en las noticias de la tarde. La razón que había alegado Thomas era que alguien debía informar a Ellen Almhult de que su hijo había muerto. No era agradable, pero le pareció que por decoro no podía confiárselo a nadie. Además, la idea de participar en una rueda de prensa no lo atraía lo más mínimo. De todos modos, ya había muchos que lo hacían con gusto.

El Viejo gruñó, pero al final cedió, mientras se lamentaba de todos los idiotas que le exigían datos que no conocía. El delegado de la Policía Provincial quería que le informaran a diario y, al mismo tiempo, mostraba su disgusto por que lo molestaran durante sus vacaciones. ¿De qué se quejaba? Él, al menos, tenía vacaciones. El Viejo despreciaba a los cargos políticos del Cuerpo que acuciaban a los policías que trabajaban sobre el terreno. El trabajo de investigación tenía que realizarse en paz, repetía como un mantra a todos los que intentaban entrometerse.

Thomas miró ceñudo el calendario que colgaba de la pared pintada de color beis. Ya habían pasado dieciocho días desde la mañana en que hallaron el cuerpo de Krister Berggren en la costa oeste de Sandhamn.

Dieciocho días. Eso significaba 432 horas desde que apareció el primer muerto. Si su calculadora funcionaba bien, habían contado con 25.920 minutos para averiguar por qué perdió la vida Krister Berggren primero y su prima después. Si lo hubieran conseguido, quizá Jonny Almhult seguiría vivo en lugar de haber aparecido flotando boca abajo en Trouville. Y la viuda Almhult no habría perdido a su único hijo.

A Thomas no le cabía la menor duda de que los tres muertos habían sido asesinados por la misma persona. Su instinto le decía que las tres muertes estaban relacionadas. Alguien que no dudaba en matar a quienes se interponían en su camino se movía en la sombra. Pero ¿cómo encontrarlo?

Apretó los puños tan fuerte que se hizo daño. A decir verdad, no tenía ni la más remota idea de por qué los habían matado. Lo único que estaba claro es que había un asesino suelto en Sandhamn. Y que la Policía no sabía quién era ni cómo evitar que se cometiera otro asesinato más.

33

El ambiente en la Central de Emergencias era contenido y tenso. Las llamadas que llegaban se recibían con desánimo. La mayor parte del personal que cubría ese turno hablaba en voz baja en corrillos. Incluso quienes habían terminado su turno seguían allí y participaban en las conversaciones. Todos conocían a Ellen y a su familia. El padre de Jonny, Georg Almhult, había formado parte de las fuerzas productivas de la comunidad. Un isleño nacido en Sandhamn. Cierto que, en más de una ocasión, se le veía tambaleándose por Värdshuset borracho como una cuba, pero nunca se había mostrado maleducado ni violento.

Ellen Almhult, cuando era más joven, tenía una lengua viperina, por lo que había quienes, en cierto modo, comprendían que su marido se diera a la bebida. La mujer se había puesto a malas con más de uno a lo largo de su vida, pero en un momento como aquel se olvidaban todos los viejos rencores.

La tristeza por haber perdido a un vecino del pueblo se mezclaba con el miedo por lo que había ocurrido y podía volver a ocurrir. La inquietud se palpaba en el ambiente y se reflejaba en los ojos de los presentes. Algunas mujeres lloraban en silencio. No había nadie que no fuera a cerrar con llave la puerta de su casa aquella noche.

–Thomas –lo llamó Åsa, una de las chicas que trabajaba en la Central y que se había trasladado a la isla hacía unos años, cuando se emparejó con un hombre que residía allí.

—Ven, que te preparo un café. ¿Quieres también un bocadillo? Pareces agotado.

Thomas le sonrió agradecido.

—Sería estupendo. Hoy no he tenido tiempo ni de comer.

Åsa le preparó un buen bocadillo de queso y le sirvió una taza de café en la sala de descanso del piso superior, donde Thomas se había retirado. Estaba parcamente amueblada. Junto a la ventana había una sencilla mesa de madera con dos sillas a cada lado y en la pared de enfrente alguien había colocado, no sin esfuerzo, una cama que cabía de milagro entre las paredes.

Ahí era donde Thomas solía pasar la noche cuando trabajaba en la Policía Marítima y no podía volver a Harö o a la capital. Hambriento, se abalanzó sobre el bocadillo. Mientras comía contemplaba a través de la ventana el viejo arenal, donde durante cientos de años los barcos de vela iban a buscar arena como lastre a dos céntimos la tonelada. Ahora y desde hacía mucho tiempo estaba abandonado y vallado. Solo un talud de arena anguloso e irregular atestiguaba su uso en el pasado.

Åsa rompió el silencio.

—¿Está bueno?

Thomas engulló otro trozo del bocadillo.

—Está muy bueno, ahora me siento mucho mejor. Muchas gracias. Sin duda, necesitaba comer algo.

Se quedaron callados. Åsa estaba apenada. Se notaba que ella también había llorado.

—No puedo entender por qué alguien querría matar al pobre Jonny —comentó—. Ni con lupa se encuentra a un chico más inofensivo. ¿Qué mal había hecho en su vida?

—No lo sé, Åsa. A veces ocurren cosas difíciles de entender.

—Además, me pregunto qué tenía que ver él con esos primos. Nunca he oído hablar de ellos. No eran conocidos en la isla. —Se echó a llorar.

—Creo que hay una conexión que nosotros sencillamente no vemos —intentó aclarar Thomas—. De alguna manera, Jonny y

161

Kicki Berggren coincidieron, pero de momento no sabemos cómo ni por qué.

—¿Pero qué iba a ser? Jonny no tenía muchos amigos, y menos de fuera de la isla. No salía casi nunca de Sandhamn si no era por necesidad. Detestaba viajar a Estocolmo. Decía que allí no se podía respirar.

Sacudió resignada la cabeza.

Thomas estiró sus músculos cansados y posó la vista otra vez en el arenero. Tuvo que ser muy duro pasarse la vida cargando arena en los barcos que pasaban por allí y amarraban a las enormes anclas enterradas en el puerto ya en el siglo XVIII. Pero también murieron agotados muchos trabajadores jóvenes.

Se terminó el bocadillo y se limpió los labios con un trozo de papel de cocina que Åsa le había dado.

—Muchas gracias. Ahora debo irme. Todavía tengo muchas cosas que hacer.

Al llegar a la puerta se volvió.

—Oye, seguramente dormiré aquí unas horas si se me hace tarde para ir hasta Harö. Lo más probable es que no me dé tiempo de regresar a Estocolmo esta noche.

Åsa asintió con una ligera sonrisa.

—Por supuesto, puedes utilizar la habitación por la noche también si es necesario. Tienes llave, ¿no?

De repente, Thomas sintió cierta nostalgia al recordar las noches cuando trabajaba en la Policía Marítima.

—Sí, claro. Será como en los viejos tiempos, cuando en Sandhamn solo teníamos que ocuparnos de adolescentes borrachos y de los robos de los motores de los barcos.

Trató de sonreír para dar ánimos, pero le salió una mueca. No quería desvelar que la inquietud lo corroía. Era difícil fingir ante los rostros preocupados con los que se enfrentaba. Tenían que hallar la relación entre los hechos, de lo contrario nunca encontrarían al asesino. En alguna parte había una pista que no habían visto.

Salió de la Central de Emergencias y tomó la callejuela de la derecha, que conducía al paseo marítimo. Discurría entre dos edificios de madera pintados de amarillo construidos a finales del siglo XIX.

Se paró en el quiosco y miró las portadas de los periódicos. Estaban expuestas en tablones separados en el exterior. «EXTRA», ponía en grandes letras negras. «¡Nuevo asesinato en Sandhamn! Ha aparecido otro muerto.»

Es increíble lo rápido que se entera la prensa, pensó mientras echaba un vistazo a los titulares. Acababan de trasladar el cadáver a Solna y ya estaba impresa la noticia.

Al Viejo no le harían ninguna gracia las especulaciones de los medios, de eso estaba seguro.

34

Cuando llamaron a la puerta y entró Thomas, Nora se había serenado un poco. Estaba sentada en una silla de mimbre en la veranda, con una mantita encima. Tenía al lado una taza grande de té y un bollo, que había desmigado en trozos muy muy pequeños.

Sus padres se habían llevado a los niños al puerto para que pudiera estar tranquila. Un rato de sosiego para recuperarse de la conmoción. Le habría gustado mucho que Henrik estuviera en casa, pero seguía en las regatas. No terminarían hasta las cinco de la tarde, y era impensable tratar de ponerse en contacto con él a través del móvil cuando estaba en plena competición. Estaba tan harta de su afición a la vela que tenía ganas de gritar. ¿Dónde estaba cuando lo necesitaba?

A pesar de que lucía un sol radiante, Nora tiritaba de frío. El cerebro registraba que dentro de la casa hacía calor, pero la piel de gallina de los brazos y las piernas decían otra cosa. La imagen del cuerpo muerto en el agua no se le iba de la cabeza. Aquellos ojos ciegos que la miraron fijamente cuando le dio la vuelta. Un fino mechón de pelo que se movía al ritmo de las olas. Los brazos flojos que flotaban en la superficie.

¿Quién se atrevería a venir a Sandhamn después de esto? ¿Quién sería el siguiente? ¿Y si mataban a algún niño? Otro escalofrío le recorrió la espalda.

Thomas y su compañero se hicieron cargo de la situación en cuanto llegaron a la playa de Trouville. Pidieron a los bañistas de forma educada pero contundente que se alejaran de allí. Acordonaron la mitad de la playa con la cinta blanquiazul de la Policía; a esas alturas una imagen familiar para muchos vecinos de Sandhamn después de los sucesos de las últimas semanas.

Poco después apareció un barco de la Policía Marítima que fondeó junto a las rocas, las mismas rocas en las que Nora en su día había buceado para conseguir sus medallas de natación.

Del barco había bajado un equipo de técnicos que de manera rápida y eficaz empezaron a hacer su trabajo. Una vez sacadas las fotos desde todos los ángulos posibles y aseguradas las huellas que se podían asegurar, habían levantado cuidadosamente el cadáver para trasladarlo hasta Stavsnäs. Allí esperaba el furgón policial que se utilizaba para trasladar los cadáveres.

Thomas había llamado a los padres de Nora, que llegaron en bicicleta para llevarse a los niños. Lars y Susanne miraron aterrados a su alrededor, pero hicieron todo lo posible por mantener la calma. Los niños no querían irse: ocurrían demasiadas cosas interesantes delante de sus ojos. La playa ya estaba llena de policías y Adam apenas pudo contenerse hasta que no les contó a sus compañeros de la escuela de natación que había visto el enorme barco de la Policía Marítima.

Thomas tuvo que echar mano de su tono de autoridad policial para que los niños le obedecieran. Seguramente ayudó también la promesa de comprarles un gran helado a cada uno.

Después de que Adam y Simon abandonaran la playa con sus abuelos, Thomas, con mucho tacto, había formulado algunas preguntas a Nora. Luego le dijo que se fuera a casa y descansara un rato. Que pensara con tranquilidad en lo ocurrido. Decidieron que pasaría a verla más tarde, así ella podría contarle más detalladamente cómo había encontrado el cadáver y qué había visto.

Mientras esperaba a Thomas se había dormido. En el sueño nadaba desesperada por llegar a la costa mientras a su alrededor flotaban piernas y brazos sueltos. El agua estaba roja de sangre y le manchaba al biquini.

–¿Puedes contarme qué pasó? –empezó Thomas.

Había preparado más té para los dos y se habían sentado en la pequeña veranda acristalada, Thomas en una silla de mimbre al lado de Nora. La casa estaba completamente en silencio, lo único que se oía era el suave tictac del reloj de la cocina. Esperó pacientemente a que ella encontrara las palabras.

Después de un rato, Nora empezó a describir cómo se habían desarrollado los hechos, desde que vio aquella extraña forma rígida en el agua hasta el momento en que llegó Thomas.

–¿Viste si Almhult venía flotando desde algún sitio en particular? –preguntó él.

Nora cerró los ojos, parecía que dudaba.

–Estaba allí en el agua, sin más. Apenas había viento.

–¿Sabes si había otras personas en la playa, una o varias que pudieran haberlo tirado?

–Estábamos casi solos. Había dos o tres personas más lejos, cerca de la playa pequeña de Trouville, pero ninguna por la zona donde estaba flotando.

–¿Y no viste ningún barco en las proximidades que pudiera haber tirado el cuerpo al agua?

Nora vacilaba.

–Estaba todo muy tranquilo. Era pronto, había muy poca gente en la playa.

Se interrumpió, parecía que rebuscaba en su memoria. Después le contó que los intensos rayos del sol casi la cegaban cuando trataba de distinguir algo.

–De verdad, no vi nada más.

–¿Recuerdas algo raro, cualquier cosa que no encajara en el ambiente? –Se inclinó hacia ella–. Intenta recordar todo lo que puedas. Alguien a quien no conocieras o que se comportara de modo extraño.

Nora tomó un pañuelo de papel y empezó a arrancar pequeños trozos blancos y esponjosos. El suave tejido no estaba fabricado para aguantar mayores esfuerzos que el de sonarse y se desintegraba enseguida, ante la desesperación de Nora.

Thomas recordó que, unas semanas antes, Kicki Berggren, sentada delante de él, estuvo haciendo migas una servilleta de papel, exactamente de la misma manera, cuando recibió la noticia de la muerte de su primo.

—Lo siento —dijo Nora—. Pero no puedo recordar nada de particular. Nada que explique cómo acabó Jonny en el agua.

Empezó a llorar otra vez, apretando con fuerza la taza de té entre las manos.

—Es algo tan irreal, no puedo creerme que Jonny esté muerto.

Thomas le dio una palmadita en la mano.

—Estoy de acuerdo contigo, estas cosas no deberían ocurrir. Si supiera quién está detrás de todo esto, lo pararía inmediatamente, te lo prometo.

Se apoyó en el respaldo de la silla y cruzó las manos en la nuca.

El aspecto de Nora le preocupó. Estaba pálida y parecía que tenía frío bajo el bronceado. La conmoción se apreciaba claramente en la torpeza de sus movimientos. Tenía los ojos enrojecidos y la nariz hinchada de llorar.

—¿Cuándo viene Henrik a casa? No quiero que estés sola.

Nora se encogió de hombros, resignada.

—Creo que volverá dentro de unas horas. Pero me las arreglo, no te preocupes. Los niños están en casa de mis padres, si necesito compañía, solo tengo que ir allí. —Tomó otro pañuelo de papel y se sonó enérgicamente—. Además, creo que voy a intentar dormir un poco. Vete, que sé que tienes cosas que hacer.

Él asintió dándole ánimos.

—Sí, duerme un poco, es una buena idea, sin duda. Llámame si te acuerdas de algo, o si necesitas hablar con alguien. Tengo el móvil siempre encendido. Si no, te llamaré mañana.

Thomas se detuvo en la escalera. Con el teléfono en la mano, sopesó la posibilidad de llamar a Henrik. Siempre era agradable encontrarse con él en compañía de Nora, pero Thomas había notado desde el primer momento cierta reticencia por parte de Henrik que hacía que no se sintiera relajado en su presencia. Era como si no confiara del todo en la sólida e indiscutible amistad que existía entre su mujer y él. Thomas no pensaba que estuviera celoso realmente, sino que se trataba más de que la amistad entre ellos invadía el ámbito personal que, según el marido de Nora, debería quedar reservado al matrimonio.

Aunque se conocían desde hacía mucho tiempo, existía entre los dos hombres una distancia de fondo que nunca había desaparecido. El hecho de que Henrik viniera de una familia de la alta burguesía con profundos valores conservadores tampoco facilitaba las cosas. Además era médico y estaba acostumbrado a que todo el mundo le escuchara cuando tenía algo que decir. Henrik tenía ciertos rasgos autoritarios que a veces irritaban a Thomas. Y la manera en que interrumpía con frecuencia a Nora cuando ella estaba en mitad de una frase, o el enojo que mostraba cuando no estaba de acuerdo con él, le hacían preguntarse a veces por la estabilidad de su matrimonio.

En cualquier caso, decidió llamarlo y dejarle un mensaje de voz para que supiera lo que había pasado antes de que llegara a casa. Con un poco de suerte, quizá entendería que debía apresurarse a volver con su mujer.

35

Viernes, tercera semana

Cuando el viernes por la mañana Thomas entró a la comisaría de Nacka todo estaba tranquilo y silencioso. Parecía como si la mayoría de los que no estaban de vacaciones hubiese decidido llegar tarde. Incluso sus colegas más madrugadores brillaban por su ausencia.

Había tomado una vez más el primer barco de la mañana, y el premio era un rato de soledad en el despacho. Thomas agradecía el silencio. Había sido una semana intensa. Y aún no había terminado. El solo hecho de poder hundirse en su silla y no tener que hablar con nadie era una liberación.

Salió a la sala de personal con su taza en la mano. Era una taza grande y sólida con el emblema de la Policía Marítima. Los diferentes tipos de té estaban alineados en una balda. Después de algunas dudas, se decidió por Earl Grey. No muy original, quizá, pero muy rico por la mañana temprano. Dos azucarillos y un chorrito de leche completaron la elección.

Con la taza llena volvió por el pasillo hasta su impersonal despacho, vacío salvo por el escritorio, las dos sillas de abedul para las visitas y una estantería neutra también de madera clara. En el escritorio apilaba varios montones de papeles y documentos. No había ninguna fotografía ni ninguna planta que hicieran el despacho más acogedor o evidenciaran una vida personal.

En su día hubo una foto grande de Pernilla junto al teléfono. Le gustaba aquella fotografía. La había tomado en una puesta de

169

sol en Harö. Pernilla tenía la melena más clara por el sol y la foto respiraba esa luz especial del atardecer que solo se da en las tardes de verano del archipiélago. Estaba sentada en un extremo del embarcadero y miraba hacia el mar, a la puesta de sol. No se dio cuenta de que él la estaba fotografiando y precisamente por eso la imagen quedó tan bonita. Un instante maravilloso sutilmente trasladado a una fotografía.

Tras el divorcio la había retirado, pero no pudo tirarla. La había guardado en el fondo de uno de los cajones del escritorio.

Se sentía incapaz de tener delante una fotografía de Emily. Era demasiado duro.

Cuando pensaba en su hija siempre veía delante de sus ojos la manita pequeña de la niña reposando en la suya. Se pasó horas sentado al lado de su cuna antes de que fueran a buscarla, acariciando sus minúsculos dedos, que descansaban sin vida sobre la palma de su mano. Entonces le pareció imposible aceptar que nunca más acariciaría sus suaves mejillas ni tenerla en brazos. Al final, cuando el personal de la ambulancia insistió en que tenían que llevársela, se volvió loco. Se agarró con fuerza a la niña como si con su empeño pudiera conseguir que empezara a respirar de nuevo. Aulló como un animal herido en el bosque. Cuando tuvo que entregar a su hija lloró de impotencia. Nada, ni el entierro, con el pequeño ataúd blanco delante de él, junto al altar, ni la inevitable separación de Pernilla, nada había sido tan doloroso como ver alejarse la ambulancia con el cuerpo de su hija.

En el escritorio había un envío a su nombre. Rasgó el sobre y vio inmediatamente de qué se trataba: procedía de Linköping y era el informe forense ampliado con el resultado de los análisis de las muestras del cuerpo de Kicki Berggren.

Pues sí que se han dado prisa, constató Thomas.

Sacó el informe y empezó a leerlo. El resultado le hizo alzar las cejas. No era precisamente lo que esperaba. Y no clarificaba los hechos que habían tenido lugar en la isla, al contrario.

Thomas se rascó la nuca y se estiró. El Viejo se irritaría aún más. Más información que no contribuía a solucionar el caso.

Lo mejor sería solicitar la presencia de la fiscal en la próxima reunión del grupo de investigación. Ella debía conocer el contenido del informe. Al fin y al cabo, era la responsable de la instrucción del caso y por ello la responsable legal de toda la investigación.

Agarró el teléfono para llamar a Margit. Ella también debía estar informada. Aquello era un hueso duro de roer para los dos.

36

La reunión estaba convocada a las nueve y media en punto. El Viejo no creía en el cuarto de hora de cortesía. Pertenecía a la vieja escuela, que consideraba la puntualidad como una virtud. Si uno no podía ser puntual, no valía gran cosa como persona.

Cuando Thomas entró en la sala de reuniones, el Viejo y la fiscal Öhman ya estaban allí. Kalle y Erik se habían sentado enfrente y Carina estaba al lado, con el bolígrafo en la mano. Thomas observó que se había recogido el pelo con un pasador, aunque le caían algunos mechones por aquí y por allá. Pensó que la blusa rosa quedaba muy bien con su rostro bronceado.

Ella señaló un plato que había en el centro de la mesa.

—Toma un bollo de canela. He pasado por una panadería cuando venía hacia aquí. Puede que hoy necesitemos algo que nos anime.

Thomas asintió.

—Gracias. Todo lo que suba el nivel de azúcar y nos dé energía es bienvenido.

El Viejo carraspeó.

—Bien. Entonces empecemos. ¿Tenemos a Margit?

Miró el teléfono con severidad.

La respuesta llegó alta y clara a través de la línea.

—Aquí estoy. ¿Qué tal en Estocolmo? Aquí hay veinticinco grados en el aire y casi los mismos en el agua.

—No podemos quejarnos. Pero ya veremos...

El Viejo se recostó en su silla y se dirigió a Thomas:

—Puedes empezar.

Thomas resumió rápidamente los acontecimientos del último día. Luego sacó el informe de Linköping.

—Según los análisis del Instituto de Medicina Legal Y Forense, Kicki Berggren fue envenenada.

El desconcierto se extendió por la sala. Todos se miraban unos a otros sin saber muy bien cómo interpretar aquel nuevo dato.

—Probablemente con raticida —añadió Thomas.

—¿Quieres decir que la causa de la muerte es un veneno para ratas? —preguntó Carina.

—La causa subyacente de la muerte —aclaró Thomas—. El informe afirma que Kicki Berggren ingirió una dosis mortal de warfarina, una sustancia que se utiliza en los raticidas. Eso es lo que la ha matado indirectamente, provocándole hemorragias internas, en el cerebro y en los órganos internos.

—¿A qué te refieres con indirectamente? —preguntó Erik.

—La warfarina funciona como un anticoagulante, es decir, impide la coagulación de la sangre. Los golpes o la caída que sufrió Kicki Berggren la mataron porque su cuerpo no fue capaz de detener las hemorragias que se produjeron.

—¿Pero de no haber ingerido eso no habría muerto? —preguntó Kalle mirando a Thomas.

—Probablemente no. En un caso normal, la violencia a la que fue sometida no habría tenido consecuencias graves. Más allá de los enormes moretones y el sangrado subcutáneo, habría sido un golpe fuerte, pero nada más.

—¿Cómo se consigue que una persona ingiera raticida? Porque nadie en sus cabales tomaría algo así —dijo Margit.

El desconcierto se notaba claramente en su voz y se reflejaba en la cara de sus compañeros alrededor de la mesa.

—Tendremos que investigarlo. Es muy extraño, sin duda —dijo Thomas.

No podía sino estar de acuerdo con ella. ¿Quién podría ingerir por error un veneno que llevaba una etiqueta que advertía de su peligrosidad?

Margit volvió a hablar.

—Me suena eso de warfarina, ¿no se emplea también en medicina?

Thomas asintió y hojeó el informe que tenía delante.

—La warfarina se usa también en medicina, dice aquí. Es habitual en el tratamiento de infartos cerebrales, ya que disminuye la formación de coágulos, pero puede provocar hemorragias internas si se administran dosis demasiado altas. Eso fue lo que le ocurrió al que fue primer ministro de Israel, Ariel Sharon. Primero tuvo un infarto cerebral y luego, tras tratarlo con anticoagulantes, sufrió una grave hemorragia cerebral.

—Lo oí en la tele —dijo Carina en el acto.

Thomas volvió a hojear el informe y trató de resumir el contenido.

—El laboratorio de Linköping dice que tienen un método de análisis que utilizan de manera sistemática solo para la warfarina. Y que por eso no les ha resultado tan difícil encontrar restos en una dosis tan alta y deducir que se trataba de raticida. Una dosis que explica también el resto de los derrames que se hallaron en la autopsia.

El Viejo tamborileó con los dedos en la mesa. Su impaciencia era evidente.

—¿Cuándo ingirió el raticida?

—Según el informe, el veneno necesita entre doce y veinticuatro horas para producir el máximo efecto. El golpe o los golpes que, con toda probabilidad, recibió en casa de Almhult, empeoraron la situación. La encontraron el sábado a las doce. Según el médico forense, llevaba muerta unas horas. Lo cual significa, si contamos hacia atrás, que fue envenenada en algún momento del viernes.

—Entonces, lo más probable es que fuera envenenada en Sandhamn —observó Kalle—, pues llegó allí el viernes después de la hora del almuerzo. Al menos, eso fue lo que dijo la chica del quiosco que la reconoció en la foto.

Kalle estaba contento por haber sido el primero en sacar esa conclusión. Miró satisfecho a su alrededor.

La voz de Margit se oyó en el altavoz:

—¿Estás seguro de que no pudo ingerir el veneno en otro sitio?

Thomas parecía dudar.

—Seguro al cien por cien nunca se puede estar, pero el análisis es bastante claro. Los venenos de este tipo actúan en ese intervalo de tiempo. Parece poco probable que la envenenaran en otro sitio que no fuera Sandhamn, pero lógicamente no se puede descartar del todo.

—¿Quién puede comprar raticida? —preguntó Erik.

—Supongo que cualquiera —respondió Thomas—. Se puede comprar en todas partes. Pero tendremos que averiguarlo, claro.

Thomas se volvió hacia Kalle.

—Kalle, cuando terminemos, llama al Instituto Nacional de Toxicología. Habla con ellos y pregúntales dónde se puede conseguir. Si la warfarina se puede encontrar y comprar libremente. A lo mejor hay allí algún toxicólogo que sepa de estas cosas.

—Prueba con la empresa Anticimex también —propuso Carina—. Ellos tienen que saber todo sobre raticidas y dónde se consiguen. ¿No se dedican a ello?

El Viejo alargó la mano hasta el plato de los dulces, agarró uno y mordió enfadado su tercer bollo de canela. Miraba irritado el altavoz mientras masticaba.

—En resumen, la mujer primero ingiere cierta dosis de raticida. Después sufre una agresión, aunque no mortal, pero como tiene tanto raticida en el cuerpo se convierte en letal. Todo esto ocurre en Sandhamn, probablemente en compañía de un hombre que más tarde aparece ahogado, también en Sandhamn. ¿Se han vuelto completamente locos en esa isla? ¿Hay algo en el agua o qué?

El Viejo soltó un bufido. Carina tomaba nota a toda pastilla. El ambiente alrededor de la mesa era tenso. Todos repasaban sus papeles y evitaban mirar a los demás. La situación era, cuando menos, seria.

Thomas carraspeó.

—Tengo otra cosa que contar. La encargada de la Casa de la Misión ha llamado esta mañana —dijo.

El Viejo levantó la vista del informe que le había pasado Thomas.

—¿Qué quería?

—Al parecer, Kicki Berggren le preguntó cómo se iba a casa de una persona que vive en la isla. La última vez que hablamos con ella no se acordaba de nada, estaba muy conmocionada. Pero ahora recuerda algunos detalles. Me ha llamado esta mañana para contarme que Berggren le había preguntado por alguien que se llamaba Fille o Figge, o tal vez Pigge.

La sala se quedó en silencio.

—¿Algún apellido? —preguntó el Viejo.

—No. El nombre era todo lo que recordaba. Además, pronuncia con mucho acento, algo que también puede influir. Pero, definitivamente, es algo que debemos investigar.

—Bien —dijo el Viejo, y se dirigió a Carina—. Busca a todos los propietarios de fincas de la isla y comprueba si hay alguien con un nombre parecido. Intenta ponerte en contacto con la gente del registro de la propiedad tan pronto como puedas. Espero que no cierren los viernes por la tarde en esta época del año.

Se zampó el último trozo del bollo y miró a su alrededor.

—A propósito, ¿sabemos algo más de Jonny Almhult?

Margit guardó silencio al otro lado de la línea y Thomas volvió a tomar la palabra.

—Solo lo que pudimos constatar ayer. Lo más probable es que se haya ahogado. Estaba morado, pero no lo sabremos con seguridad hasta que no recibamos el informe de la autopsia. Los he llamado dos veces y les he pedido que den prioridad a este caso, ya veremos si sirve de algo.

—¿Y en la inspección del lugar donde apareció? —preguntó el Viejo.

—No ha sido posible asegurar ninguna huella válida en la playa. Nada que conduzca a un posible autor del crimen. Es como si el cuerpo de Almhult hubiera aparecido flotando en el agua sin más.

—¡Y un carajo! —bufó el Viejo—. ¿Sabes dónde anduvo Almhult antes de Trouville?

—Por desgracia, no. Enviamos el aviso el martes por la mañana, pero aún no ha llegado nada interesante. Volveré a ponerme en contacto con la Policía Provincial en cuanto terminemos. De momento no sabemos dónde ha estado desde la última vez que su madre lo vio.

El Viejo sacudió la cabeza.

—¿Cómo va lo de la conexión entre el Systembolaget y el casino?

—Tampoco hemos avanzado nada —reconoció Thomas con gesto preocupado—. Había pensado ir esta tarde con Erik al Systembolaget y volver a entrevistarme con el jefe de Berggren para ver si le puedo sacar algo más —dijo a la vez que recogía sus papeles—. Necesitamos repasar las declaraciones de esta semana, darles la vuelta a los datos. Kalle puede concentrarse en Jonny Almhult mientras los demás continuamos investigando todo lo que tenga que ver con los primos.

La fiscal Charlotte Öhman tosió discretamente y abrió la boca por primera vez desde que empezó la reunión. Llevaba el cabello recogido en una cola de caballo igual que la vez anterior, desprendía frescura y mostraba un aspecto formal con su blusa blanca y su falda azul.

—¿Y qué pasa con el móvil de los crímenes? ¿No deberíamos tener a estas alturas una hipótesis de trabajo consistente sobre el móvil de las muertes?

El Viejo se volvió hacia ella como si advirtiera su presencia por primera vez.

—¿Te parece que no hemos sido suficientemente eficaces? —preguntó—. Todavía estamos tratando de obtener información sobre las víctimas. Naturalmente, eso incluye averiguar el móvil.

La fiscal se sonrojó ligeramente, pero no se dejó amilanar.

—Precisamente por eso hay que pensar con detenimiento en los diferentes motivos. Para encontrar al asesino. —Miró al Viejo a los ojos—. O a los asesinos. No podemos descartar que tengamos que vérnoslas con varios asesinos.

Se quitó las gafas de lectura y recorrió la sala con la mirada.

—Si no hay nadie que tenga otra propuesta.

El Viejo la miró enfadado.

—Si algo he aprendido a lo largo de los años, es que se pueden cometer varios asesinatos sin que haya detrás ninguna motivación lógica. El ser humano no es siempre tan racional como uno quiere creer.

Thomas trató de mediar.

—Naturalmente que hemos pensado en diferentes móviles para establecer una conexión entre las tres muertes. El problema es que la única conexión evidente entre las dos primeras es que son primos. No hemos podido encontrar ninguna relación clara entre ellos y la muerte de Jonny Almhult que responda a la pregunta de por qué alguien podría querer matarlos. Ni su pasado ni su estilo de vida muestran ninguna afinidad especial. Pero, lógicamente, estamos investigando.

Thomas miró a Charlotte Öhman, que le devolvió una sonrisa irónica. Su gesto era escéptico, pero parecía que se conformaba con la explicación de Thomas. Al menos de momento.

—De acuerdo. Pero hay que investigar cualquier escenario imaginable. Hay que tomarse el caso con la mayor seriedad, creo que no hace falta que lo subraye. No podemos arriesgarnos a que se cometa otro asesinato —concluyó.

—Margit. —El Viejo habló al teléfono y alargó instintivamente la mano para tomar el cuarto bollo de canela. Se detuvo al ver la mirada de reproche de Carina. No era de extrañar que tuviera ese aspecto, pensó Thomas.

—Tienes que estar aquí el lunes para reforzar los trabajos de investigación, así la fiscal no estará tan preocupada. Seguramente Thomas necesita ayuda y creo que Öhman prefiere que estés presente en el resto de la investigación.

—Lo entiendo. Allí estaré.

Margit era muy consciente de cuál era su obligación, por lo que no puso objeción. La situación ya era bastante grave de por sí. Tres muertos en el transcurso de unas semanas y sin solución a la vista.

37

Erik y Thomas echaron un vistazo a los locales del System-bolaget. Miraran donde mirasen, había botellas hasta donde alcanzaba la vista. A lo largo de las paredes se alineaban palés llenos de cajas con botellas de vino y otras bebidas alcohólicas.

–No había visto tanto alcohol en toda mi vida –soltó Erik–. Si uno no se vuelve alcohólico en este sitio, entonces no se vuelve nunca.

Se acercó a una de las cajas y miró por curiosidad las botellas.

–Mira, Dom Pérignon, uno de los champanes más caros del mundo. Una botella de estas cuesta más de mil coronas. No está mal para algo que solo da para cinco copas, ¿no? –Hizo como si sacara una botella y se la echara al gaznate.

Thomas se rio. Resultaba incomprensible que se pudiera guardar tanto alcohol en un solo almacén. Se preguntó cuál sería el valor de todas las botellas almacenadas. Seguramente, muy elevado. Se suponía que el Systembolaget tendría un buen sistema de seguridad contra incendios, no sería nada divertido que aquello empezara a arder; sin duda se convertiría en los mayores fuegos artificiales desde el cambio de milenio.

El jefe de Krister vino a su encuentro. Se presentó a Erik, que tuvo que hacer un gran esfuerzo para no echarse a reír al oír cómo se llamaba el hombre: Viking Strindberg. El nombre aludía a un hombre alto y fuerte, pero la realidad era que Viking Strindberg era bajo y enjuto, con unas gafas redondas que sostenía en la punta de la nariz. Tenía el aspecto típico de un contable, no encajaba entre todas aquellas botellas y superficies de almacenamiento.

Les preguntó si querían un café y señaló una máquina que había en un rincón. Thomas rehusó amablemente. La máquina de café del Systembolaget se parecía demasiado a la que tenían en la comisaría de Nacka. En cambio Erik, que podía beber aceite de motor si era gratis, se sirvió una taza sin dudarlo.

Siguieron a Viking Strindberg hasta una sala de reuniones alargada en un extremo del local. El centro de la estancia lo ocupaba una mesa oval, rodeada de seis sillas con los asientos azules. A lo largo de una de las paredes había una mesa estrecha y alargada donde se exponían en hilera diferentes botellas de vodka de la marca Absolut.

Se sentaron a la mesa, Erik y Thomas a un lado y Viking Strindberg enfrente.

—Creía que ya había respondido a todas vuestras preguntas la última vez que hablamos —empezó mirando a Thomas.

—No lo creo, tenemos alguna más —contestó Thomas mientras pensaba cómo iba a formular su primera pregunta. Lo mejor sería ir directamente al grano—. ¿Hay alguna razón para creer que Krister Berggren puede haber estado implicado en algún tipo de delincuencia organizada que guarde relación con el Systembolaget?

—Absolutamente ninguna —fue la rápida respuesta—. No puedo ni imaginármelo.

—¿Cómo estás tan seguro? —insistió Thomas.

—Si hubieras conocido a Krister lo entenderías. No era de ese tipo. Creo que nunca se habría atrevido a meterse en algo así. Es posible que se llevara a casa unas botellas de vez en cuando, pero no lo he investigado con detenimiento. Hay cosas por las que no vale la pena discutir —añadió, y se encogió de hombros.

—Si yo trabajara aquí, seguramente tendría la tentación de vender algo de manera clandestina. No se notaría, ¿no? —preguntó Thomas lanzando una mirada cómplice a Erik.

—Os puedo asegurar que tenemos un excelente sistema de seguridad.

—Acabas de decirnos que Krister a veces se llevaba botellas a casa, ¿no lo grababan las cámaras de seguridad? —señaló Thomas.

El hombre que tenían enfrente estiró el cuello y bebió un sorbo de café. Para ganar tiempo bebió otro más, antes de dejar la taza en la mesa. No parecía satisfecho con el rumbo que estaba tomando la conversación.

—Ya he hablado contigo de Krister Berggren. No sé qué más hay que decir...

—Puede que haya bastantes cosas de las que hablar —dijo Erik—. ¿Quieres decir que no tenéis mermas?

—Naturalmente que sí, pero no entiendo qué tiene que ver eso con la muerte de Berggren.

—Eso depende de lo grandes que sean las mermas.

Thomas se inclinó hacia delante. La arrogancia de aquel tipejo le irritaba. Lo único que se le pedía es que colaborara con la Policía en una investigación relacionada con la muerte de uno de sus empleados.

—He leído que el año pasado el Systembolaget vendió alrededor de doscientos millones de botellas de vino. Vamos a ver... —añadió, y reflexionó un instante—. Si no me equivoco, una cantidad tan pequeña como el uno por ciento de esa cifra equivale a unos dos millones de botellas. Solo el cero coma cinco por ciento asciende a un millón y la mayoría de las empresas del comercio al por menor tienen mermas considerablemente superiores.

Viking Strindberg le lanzó una mirada fulminante.

—No puedo precisar con exactitud cuántas mermas se producen ni de qué suma estamos hablando —dijo después—. Es información reservada de la empresa. Pero creo que no es tan preocupante. No lo es, la verdad. —Golpeó la mesa con la palma de la mano como para recalcar sus palabras.

Thomas no se dejó impresionar. Escudarse en que era información reservada de la empresa no servía de nada en una investigación de asesinato.

—Estás hablando con la Policía. Te haré la pregunta otra vez: ¿tenéis mermas o no?

Viking Strindberg ya no parecía tan arrogante. Se quitó las gafas y se las volvió a poner. Después, nervioso, se pasó la mano por el poco pelo gris que le quedaba en la cabeza.

—Hay algunas mermas, es inevitable. Sobre todo en una actividad como esta. Pero tenemos procedimientos excelentes para subsanarlas.

—Si alguien vendiera cientos de miles de botellas en el mercado negro, ¿cuánto ganaría? —Erik formuló la pregunta como si fuera rutinaria.

Viking Strindberg tardó en contestar. Se pasó la mano por la coronilla de nuevo antes de responder.

—Es difícil calcularlo. Depende, claro está, de a qué precio venda. Podría ser mucho dinero.

—¿El suficiente como para matar a alguien? —preguntó Erik.

Ahora parecía que Viking Strindberg se sentía claramente indispuesto, como si le hubiera llegado una bocanada de excremento de perro.

—No sé responder a eso. —Miraba nervioso a su alrededor—. Si queréis hablar de esas cosas, tendréis que poneros en contacto con nuestro departamento de seguridad.

Erik presionó:

—¿Quién podría estar interesado en comprar bebida barata?

Al hombre se le perló la frente de sudor.

—Yo no puedo saber lo que ocurre en el sector de la hostelería. Ese no es mi problema. En cualquier caso, al final hacen lo que quieren.

Por tercera vez, se pasó la mano por el ralo cabello gris.

—¿Qué tiene esto que ver con la muerte de Berggren? Dijiste que se ahogó, ¿no?

Algunas partículas de caspa revolotearon y acabaron en el cuello de su camisa.

38

Sábado, tercera semana

–¡Baja el volumen de la música! –gritó Henrik desde el piso de arriba.

–¿Qué dices? –contestó Nora.

–He dicho que bajes el volumen.

Nora sonrió para sí misma. Bruce Springsteen tronaba en toda la casa. Seguro que temblaban las ventanas de los vecinos. Uno no debería poner la música tan alta en un sitio con las casas tan juntas como en el pueblo de Sandhamn, pero ese día le daba igual todo. Las regatas habían terminado por fin y aquella tarde iban a celebrarlo. Primero con la entrega de premios oficiada por el rey Harald de Noruega, que había participado en ellas, y después con la cena de gala en el club de vela.

Nora iba a estrenar un vestido en distintas tonalidades de azul turquesa, con sandalias blancas de tacón alto. Después de los terribles acontecimientos de los últimos días, necesitaba un poco de fiesta y diversión. Le apetecía pasar una tarde con su marido, que últimamente no aparecía por casa. Necesitaba animarse y olvidar todo lo que había pasado.

Al principio se planteó si era adecuado acudir a la fiesta. Al parecer, los organizadores de las regatas también; había oído rumores de que pensaban suspender la cena. Pero finalmente habían decidido cumplir el programa porque era una competición internacional y los participantes venían de todo el mundo. Con un poco de suerte, el revuelo habría pasado desapercibido para muchos de los participantes extranjeros, que no leían la prensa local ni veían la televisión sueca.

Nora deseaba de veras tener otra cosa en que pensar. Cuando se repuso del primer choque que supuso encontrar a Jonny, intentó pensar en cualquier otra cosa que no fuera la visión de su cuerpo muerto. Durmió casi doce horas de un tirón y después se sintió mucho mejor. Un largo paseo por el pinar también le había ayudado a despejar la cabeza. Sin embargo, la mejor medicina había sido jugar al Monopoly con los niños. Fue mano de santo sentarse con Simon en las rodillas y decidir si compraban la plaza de Norrmalmstorg.

Thomas había sido cuidadoso y no había facilitado su nombre a los medios de comunicación, por lo que poca gente sabía que había sido ella quien se encontró el cuerpo y lo arrastró hasta la playa. Nora agradecía su delicadeza y su capacidad de prestar atención a esos detalles en medio de todo el revuelo.

Fue a la cocina y abrió el frigorífico para servirse una copa de vino antes de arreglarse. Los niños dormirían en casa de sus padres para que Henrik y ella pudieran tener una noche para ellos solos.

Desde que era pequeña e iba los domingos con sus padres, siempre le había gustado comer en el antiguo edificio del club de vela, donde la historia de las regatas colgaba de las paredes. Antiguas fotos maravillosas en las que se veía a señoras elegantes con vestidos largos que paseaban bajo sus sombrillas admirando los elegantes barcos de madera, que en aquellos tiempos se consideraban los lebreles del mar. La comparación con los barcos de vela actuales era casi de risa, puesto que estos ni siquiera contaban con literas para todos los miembros de la tripulación, que, en cualquier caso, compatían por turnos. Antiguamente, las embarcaciones aunaban rapidez y belleza. En la actualidad, los grandes veleros eran aparatos modernos y hechos en serie que se sustentaban a partes iguales en la tecnología y el patrocinio.

El edificio del club evocaba tiempos pasados y no era difícil imaginarse su inauguración en 1897, bajo la protección de Oscar II, con caballeros de barbas acicaladas y veleros de caoba resplandeciente.

El grupo de Nora y Henrik se sentaría en la veranda que daba al este, con vistas al mar. En un día despejado se podía ver desde allí hasta el faro de Almagrundet, que estaba aproximadamente a diez millas náuticas al sureste de Sandhamn.

Nora dio unos pasos de baile de pura alegría. Hacía siglos que Henrik y ella no salían a bailar. Ahora casi siempre iban a cenar a casa de amigos con niños; las conversaciones giraban en torno a los hijos, lo cansados que estaban todos y lo complicado que era organizarse. Cuando todos se habían desahogado, era hora de marcharse a casa.

Asió su copa de vino y subió la escalera. Henrik estaba tumbado en la cama mirando con desgana los deportes.

—¿No tienes que cambiarte ya? —preguntó Nora.

Henrik le brindó una amplia sonrisa y le guiñó un ojo.

—Tengo una idea mejor. ¡Ven aquí!

Nora se sentó en el borde de la cama.

—¿Qué será? —preguntó con gesto provocador.

—¿Qué me dices de hacer uso del débito conyugal?

—¿Nos da tiempo?

Miró instintivamente el reloj. Manías de madre. Era absolutamente cierto que los niños se encargan de que no lleguen más niños.

—Claro que nos da tiempo...

La atrajo a la cama con un abrazo suave.

—Cuando uno tiene niños pequeños hay que aprovechar la ocasión.

La mano de Henrik se deslizó por debajo de su jersey. Nora dejó la copa de vino y se acercó a él. Le besó suavemente el hueco de la clavícula y sintió su perfume familiar. Henrik no tenía apenas pelo en el pecho, nunca lo había tenido. Ella solía provocarlo diciéndole que era como David Beckham pero sin cuchilla de afeitar.

Seguro que todo saldría bien, pensó Nora. Con independencia de lo que pasara con aquel trabajo.

39

Cuando llegaron al club, el muelle estaba muy animado. El juego de banderas que habían izado en el gran mástil ondeaba al viento. Los camareros pasaban con bandejas ofreciendo copas de champán. Todos iban vestidos de fiesta y un halo de expectación flotaba en el ambiente. Algunos regatistas lucían unos antiguos trajes de gala que a Nora le recordaban a los años treinta. En una ocasión, Henrik dijo medio en broma que había pensado comprarse uno. Pero el agrio comentario de Nora al compararlo con vestuario de circo le hizo cambiar de idea. Recordar el pasado sí, y respetarlo, pero ya iba siendo hora de ponerle coto a la idealización de tiempos pasados. Además pensaba que se estaban excediendo un poco en todo lo relacionado con el club y las tradiciones de las regatas. Pero esa opinión se la reservaba.

Henrik, que había nacido en una familia de regatistas —su padre había sido una persona destacada dentro del Real Club de Vela Sueco—, veía como algo natural los besos en las mejillas y la defensa de las tradiciones. Nora, sin embargo, nunca se había sentido a gusto en esos ambientes. Desde que nació había pasado todos los veranos de su vida en la isla, pero su Sandhamn era muy distinta. Para ella, Sandhamn significaba el límite exterior del archipiélago y la cercanía del mar, un silencio inmenso roto solamente por los graznidos de las gaviotas. Ir de pesca y recoger arándanos en el pinar. Los días que hacía buen tiempo iban a merendar a la playa. Por las tardes encendían la barbacoa abajo, junto al embarcadero. Era esa vida sencilla lo que a Nora le gustaba, sosegada y tranquila. Los niños podían correr libremente sin tener que preocuparse del tráfico. Todos se conocían. Era como vivir en un pueblo de cuento, algo poco común.

En el fondo le daba un poco de pena que la isla se hubiera convertido en un símbolo de veleros caros y de gente de la alta sociedad que seguía su estela. Pero al mismo tiempo contribuían a mantenerla viva. Demasiadas islas habían quedado despobladas y no era fácil encontrar trabajo en las islas más alejadas. Las regatas y las celebraciones ayudaban a situar a Sandhamn en el mapa y creaban trabajo estable durante todo el año. Había que aceptar las ventajas y los inconvenientes.

Además, como a Henrik le gustaba navegar y se movía con familiaridad en el ambiente del club, no había mucho que objetar. Nora no podía imaginarse pasar el verano en otro sitio que no fuera Sandhamn, así que, ¿de qué podía quejarse realmente?

La gran mesa de los premios estaba llena de copas de plata de todos los tamaños y de una fila de botellas de champán. Algún que otro *paparazzi* andaba a la caza de rostros conocidos. Los miembros de la familia real solían participar en diferentes regatas, así que había muchas posibilidades de conseguir algo.

Henrik vio a sus compañeros de tripulación y guio a Nora ágilmente entre la gente hasta su grupo. Pescó dos copas de champán sin aflojar el paso.

Nora saludó risueña a los amigos de vela de su marido y a sus esposas. Las conocía a todas, pero no eran amigas entre ellas. La mayoría trabajaba a tiempo parcial o eran amas de casa; la mayor parte de las veces, las que trabajaban lo hacían en ocupaciones propias de su estatus social, como dependientas en *boutiques* de decoración o cosas parecidas.

Nora, que peleaba por conciliar su trabajo a jornada completa en el departamento jurídico de un banco con su papel de madre de dos niños pequeños, siempre se sentía como un bicho raro en esas situaciones. Tenía la sensación de que los otros no

veían con buenos ojos sus aspiraciones de prosperar profesionalmente. Por eso solía pensárselo dos veces antes de hablar de su
trabajo. Cuando una de ellas acababa de contar lo mucho que le
había costado conseguir que algún cliente impertinente eligiese
una tapicería para el sofá, el contraste sería demasiado grande si
ella contaba que se había sentado a negociar las condiciones de
un crédito de muchas decenas de millones de coronas.

Ocuparon sus asientos alrededor de la mesa y Nora sintió un
hambre atroz. Se zampó en dos bocados la tostada de caviar
de Calix, demasiado pequeña en su opinión, mientras trataba de
conversar con Johan Wrede, uno de los tripulantes del barco.

Johan y Henrik habían estudiado juntos medicina y sus familias se conocían desde los tiempos de Matusalén. Cuando
Henrik y ella se casaron, Johan pronunció un discurso largo
y aburrido que describía todos los incidentes imaginables que
habían vivido, que no le interesaban a nadie más.

—¿Qué tal están los niños? —le preguntó Johan al tiempo que
alzaba su copa para brindar con ella.

—Bien, bien, gracias —contestó Nora e hizo una ligera incli-
nación de cabeza para responder amablemente al brindis de su
compañero de mesa—. Les encanta pasar los veranos en Sandhamn.

—¿Tienen muchos amigos? —continuó Johan, que tenía hijos
más pequeños, una niña de tres años y un niño de nueve meses.

—Muchos. La isla es un hervidero de niños. Desde luego no
les faltan amigos para jugar.

—Muchas familias han comprado casas de veraneo en la isla.
Parece que hay muchas casas en venta últimamente, ¿no?

Nora no podía sino estar de acuerdo.

Las fuertes subidas de los precios durante los últimos años y
los bajos intereses de los préstamos hipotecarios habían llevado
a que se pagaran cifras astronómicas por atractivas casas con vistas al mar. Lamentablemente, eso significaba también que muchos no disponían de recursos suficientes para conservar las

casas familiares cuando heredaban, y por esa razón había aún más casas en venta. Los compradores solían ser suecos con dinero y residencia en el extranjero que solo pasaban unas semanas al año en la isla, en verano. El resto del año las casas permanecían vacías y silenciosas, y eso contribuía a que el pequeño pueblo se volviera cada vez más solitario en invierno.

—Es cierto. Algunas de las casas más antiguas, que han ido pasando de generación en generación, se han vendido en los últimos años. Da mucha pena —reflexionó Nora.

Johan la miró con curiosidad.

—¿No se vendió una casa el verano pasado por seis o siete millones? —Silbó impresionado—. ¡Por una casa de veraneo!

Nora hizo una mueca y asintió.

—Sí. Y otra en el centro del pueblo casi por el mismo precio. Bien pensado, es una locura.

Pinchó un trozo de solomillo y añadió:

—Es una especulación horrorosa. Pronto ninguna persona normal podrá comprarse una casa aquí.

Johan levantó su copa para que la camarera se la volviese a llenar.

—¿Qué son los otros entonces? Los que compran una casa por una millonada.

Nora reflexionó un instante. Pensó en varias familias que habían llegado a Sandhamn los últimos años.

—Son gente como los demás. Pero con más dinero. Los hay que intentan adaptarse y otros no tienen ninguna empatía con la población local. Algunas familias invierten muchísimo dinero en reparar y restaurar las casas. Otras las destrozan, derribándolo todo y rehabilitándolas según la última moda. Cuando no amplían la casa con anexos espantosos y fuera de lugar.

Nora se calló mientras pensaba en una casa que había sido especialmente destrozada.

—Hay que reconocer que algunas han quedado muy bonitas, y en ese caso es una especie de contribución cultural.

—Si te gastas esas cantidades de dinero en una casa de veraneo, puedes hacer lo que quieras —dijo Johan.

Nora negó con gesto elocuente. No estaba de acuerdo en absoluto.

—Si vienes a un lugar como Sandhamn, tienes que seguir las reglas no escritas. Por ejemplo, siempre ha sido una tradición que se pueda pasear por toda la isla. No puedes llegar aquí como nuevo propietario y construir una valla que llegue hasta la orilla, aunque el terreno sea tuyo. Si no te gustan las costumbres locales, vete con tus millones a otra parte o cómprate una isla para ti solo. Recursos no les faltan, eso es evidente.

Esto último le salió en un tono más irritado del que hubiera querido, pero no podía contener su indignación por la especulación y la falta de respeto que muchos de los nuevos propietarios mostraban tanto hacia los residentes fijos como hacia los veraneantes que llevaban muchos años pasando sus vacaciones en la isla.

De pronto, las costumbres ancestrales, como la posibilidad de pescar y cazar, o votar en la asamblea vecinal, habían empezado a ponerse en venta. Muchas cosas que antes eran elementos naturales de la vida en Sandhamn, ahora tenían que ser tasadas y puestas a la venta. Eso le producía a Nora la desagradable sensación de que todo tenía un precio. Los interesados especuladores podían comprarlo y venderlo todo a su antojo.

Pero no era buena idea indignarse en una cena de gala. Alzó rápidamente su copa de vino hacia Johan para suavizar sus palabras.

—Ahora vamos a brindar por el buen resultado en las regatas —dijo con una sonrisa.

Como de costumbre, la temperatura subió considerablemente depués del primer plato. El noble edificio del club nunca había tenido un sistema de aire acondicionado como es debido. Los camareros corrían entre las mesas a pesar de los treinta grados de temperatura, y los caballeros hacía rato que se habían quitado la chaqueta. La gente reía y conversaba animada. El ambiente era estupendo.

Nadie mencionó los asesinatos.

40

Después de la cena comenzó el baile. La banda de música era la misma que había tocado los últimos dieciocho años en el restaurante Seglar. Cuando empezaron, Nora era una adolescente y los chicos de la banda solo unos años mayores que ella. Entonces le parecía que el guitarrista era el chico más guapo que había visto en su vida. Después se le pasó.

Henrik la sacó a bailar cuando sonó *Lady in red*. Nora siempre había pensado que hacían una buena pareja de baile, iban acompasados y se les daba bien seguir el ritmo. Todo parecía mucho mejor ahora. Seguro que se solucionaría también lo del trabajo en Malmö. Si es que llegaba a buen puerto. Acarició con los dedos la espalda de Henrik y aspiró su perfume. Nunca se acordaba de cómo se llamaba su *aftershave,* pero lo reconocería a cien kilómetros de distancia. Con los ojos cerrados, se dejó llevar por la música y disfrutó de sentir la melodía en el cuerpo.

Tras un baile más, salieron a la veranda para respirar un poco de aire fresco. La concurrida pista de baile generaba tanto calor como una sauna. Fuera, el aire era tibio y suave. Las siluetas de cientos de mástiles se perfilaban contra el fondo del cielo azul oscuro. Algún que otro navegante despistado tenía todavía la bandera en alto, pese a la antigua costumbre de arriar las banderas a las nueve de la noche en verano. En muchos barcos había gente en la bañera, disfrutando de la espléndida velada.

Más lejos, junto a la zona de las piscinas, se veían barcos de motor cuyos dueños se habían reunido para divertirse el sábado por la tarde, indiferentes a los dramáticos sucesos de las últimas semanas. Junto al muelle de Via Mare estaban amarrados los barcos más grandes, los Storebro y Princess, el uno al lado del otro. La diferencia entre un barco y una casa flotante era cada vez más pequeña. Algunos barcos eran tan grandes que solo podían atracar en Sandhamn o en Högböte, el puerto de matrícula del Real Club de Embarcaciones, KMK.

En una ocasión le había preguntado a un compañero de vela de Henrik cuánto costaba un gigantesco Storebro que había en el puerto. Él la miró con ironía y le contestó: «¡La cuestión no es cuánto cuesta comprarlo, sino cuánto cuesta llenar el depósito!».

Después de aquello no había vuelto a preguntar.

Henrik la sacó de sus pensamientos.

—¿Te lo has pasado bien en la cena? —preguntó, y le rodeó los hombros con el brazo cuando ella se estremeció con la brisa vespertina.

—No ha estado mal. Johan es de conversación fácil, aunque su descripción de las características de vuestra nueva vela principal ha ocupado la mayor parte del segundo plato. —Nora lo miró contenta—. Pero es estupendo disfrutar juntos de una velada agradable para variar. Lo echaba de menos.

Se apretó un poco más a él y le acarició la mejilla.

—¿Has vuelto a pensar en la posibilidad de irnos a vivir a Malmö? ¿No te parece interesante? Para mí sería una gran oportunidad.

El orgullo que sentía porque el banco mostrara interés por ella hizo que la invadiera una ola de satisfacción. Sonrió mirando a su marido, que la observaba, sorprendido.

—Creía que ya habíamos zanjado esa discusión. No podemos trasladarnos a Malmö así de repente solo porque te hayan ofrecido un trabajo allí.

Nora lo miró atónita.

—¿Qué quieres decir? ¿Por qué no podemos trasladarnos a Malmö si a mí me ofrecen un trabajo allí?

—Yo ni puedo ni quiero mudarme. Estoy muy a gusto en el hospital de Danderyd. No tengo ganas de volver a empezar en otro sitio.

Se dio media vuelta y saludó a un conocido que pasaba a su lado.

—¿Entramos? Los demás se preguntarán dónde nos hemos metido.

Nora se quedó absolutamente pasmada. Después se soltó del brazo de Henrik. La buena sintonía había desaparecido, de golpe sintió que la fiesta y la gente sonriente que se divertía bailando le era ajena.

—¿Cómo puedes decir que hemos zanjado el tema? Si ni siquiera hemos hablado de él detenidamente. —Alterada, se retiró un mechón de pelo de la cara y continuó—: ¿Acaso me has escuchado? —preguntó con voz temblorosa, para su propia sorpresa—. Creía que éramos una pareja moderna, uno de esos matrimonios donde no hay diferencias entre el hombre y la mujer, donde el trabajo de ambos es importante, no solo el tuyo.

—Tranquilízate —dijo Henrik—. No es para tanto. Lo que quería decir es que tienes que ser un poco más realista en lo que se refiere a nuestro futuro. De todos modos, soy yo el que gana más de los dos. Y tenemos la familia y los amigos en Estocolmo. Además, tengo el velero aquí. —Dio un paso hacia atrás y la miró—. No tienes que ponerte tan melodramática en cuanto no estoy de acuerdo contigo.

Henrik sonaba como el médico de hospital que era. La voz, fría y distante; la miraba como si fuera una niña pequeña.

—No me pongo melodramática.

Nora abrió los ojos para contener las lágrimas, y se enfadó aún más porque iba a empezar a llorar. La injusticia estaba a punto de asfixiarla.

Tragó desesperada, tanto para mitigar el nudo en la garganta como para evitar que se le cayeran las lágrimas.

Henrik la miró sin pestañear y dio unos pasos hacia la entrada.

—Sí, sí que te pones melodramática. Ahora tranquilízate y volvamos dentro.

Dio un paso más hacia la entrada.

Nora apretó los puños de pura rabia. Cada vez que Henrik iba a una competición ni se discutía el tema. Sus regatas y sus entrenamientos lo mantenían ocupado la mayor parte de los fines de semana en primavera y en otoño, y las vacaciones de verano giraban en torno a las regatas. Pero cuando su trabajo, casualmente, por una vez, estaba un poco en el foco de atención, entonces ella era melodramática.

Henrik se inclinó impaciente al llegar al quicio de la puerta.

—Vamos. No hace falta que montes una escena justo esta noche. Ahora vamos a entrar a divertirnos un poco. ¿Acaso es pedir demasiado?

Nora lo miró fijamente.

—Sí —dijo enfadada—. Sí lo es.

Se secó con rabia otra lágrima.

—Me voy a casa, esta cena para mí ha terminado.

Se apresuró escaleras abajo. La velada había sido un fracaso, solo quería irse a casa. Que se encargara Henrik de dar explicaciones a sus amigos, a ella le daba igual.

Había sido una semana horrible. Quizá lo que tocaba es que terminara con una velada horrible.

41

Domingo, tercera semana

La idea de ir a Harö para despejarse había resultado infructuosa. Cuando Thomas llegó allí el sábado por la tarde tenía la adrenalina demasiado disparada como para poder relajarse de verdad. En vez de eso, optó por salir a correr y terminó dándose un refrescante baño en el embarcadero.

Por la noche se acostó pronto para recuperar parte del sueño perdido durante la semana. Pero fue en vano. Era imposible desconectar. Fragmentos de conversaciones con testigos, informes de interrogatorios e imágenes difusas de las víctimas se arremolinaban en su cabeza.

A las dos de la madrugada se dio por vencido, buscó una cerveza, salió de la casa y se sentó en el embarcadero. El sol ya empezaba a salir; no desaparecía muchas horas en el horizonte. Se sentó y empezó a pensar en el caso, al final se durmió en la tumbona. Lo despertó su madre cuando bajó a tomar su baño matinal.

—¿Has dormido aquí, Thomas? —preguntó mirándolo sorprendida.

Thomas abrió los ojos.

—Anoche no podía dormir y me tumbé aquí.

Se sentó y se pasó las manos por el pelo. Estiró la espalda, entumecida por la postura incómoda en la hamaca.

Era una mañana hermosa y el mar estaba en calma, con ligeras ondas en la superficie. Una pequeña familia de eíders con tres polluelos apareció nadando por detrás del embarcadero y una de las pequeñas bolas de plumón estuvo a punto de enredarse en un trozo de alga amarilla que flotaba en el agua.

Preocupada, la madre de Thomas sacudió la cabeza.

—Tienes que tomártelo con un poco de calma. Duermes y comes muy mal, si quieres saber lo que pienso. Ahora voy a darme un chapuzón rápido y después te preparé un buen desayuno.

Thomas le sonrió con cariño. Sabía que sus padres se preocupaban por él. Les había afectado mucho la muerte de Emily. Estaban muy ilusionados con la llegada de su primera nieta y se quedaron totalmente destrozados por lo que sucedió.

De pronto le asaltó la idea de que los dos tenían más de setenta años. Conservar a sus padres y con buena salud ya no era una obviedad sino una suerte.

Se levantó y le dio un auténtico abrazo de oso. Ella casi desapareció en sus brazos.

—Estaría muy bien comer algo. Me muero de hambre.

Después del almuerzo renunció a pensar en otra cosa que no fuera la investigación que tenían entre manos.

Sacó su ordenador y lo encendió. Extendió todos los documentos del expediente sobre la mesa de la cocina. Los avisos de la gente y los diferentes informes recibidos a lo largo de la semana. Fue repasándolo todo con atención.

Había muy pocas personas que habían advertido la presencia de Kicki Berggren en Sandhamn. En aquel hervidero de veraneantes, regatistas y turistas, no fueron muchos los que repararon en una mujer sola de casi cincuenta años.

A pesar de que habían llamado a todas las puertas de Sandhamn, a algunas hasta dos veces, no habían obtenido ninguna información relevante. Thomas se frotó los ojos y bostezó. Lo único que parecía interesante era una de las declaraciones que había entregado Erik. El día anterior había hablado con una señora que vivía en la parte antigua del pueblo. La mujer creía recordar que había visto a Kicki Berggren pasar por delante de la panadería en dirección a Fläskberget, es decir, hacia el oeste. La señora se fijó en ella porque llevaba unos tacones muy altos. Había pensado lo incómodo que resultaba caminar por la arena con ese tipo de calzado.

—Se camina mejor con unas así —había dicho la anciana señalando sus zapatillas de deporte anudadas con una primorosa lazada.

Según ese testimonio, Kicki Berggren había mirado a su alrededor como si no supiera muy bien hacia dónde tenía que ir. Daba la impresión de que estaba buscando algo.

La señora también había visto que Kicki hablaba con alguien, pero no recordaba con quién. Por más vueltas que le daba, no se acordaba de ningún detalle de la persona con la que Kicki había hablado, ni siquiera de si se trataba de un hombre o de una mujer, menos aún de la edad o del aspecto. Solamente que parecía que Kicki le estaba preguntando algo.

—Lo siento, pero fue todo muy rápido. Lo vi con el rabillo del ojo. Estaba más ocupada pensando en cómo podía andar con esos zapatos, ¿entiendes? —había explicado la mujer cuando Erik intentó que recordara más detalles.

Thomas dejó el ordenador para servirse un café. Dos cucharaditas de café instantáneo en agua caliente, dos azucarillos y un chorrito de leche. Pensativo, lo removió hasta que se disolvió el azúcar. Después abrió la despensa para ver si había algo para acompañar el café. Estaba vacía, pero consiguió localizar en un rincón un paquete abierto de galletas Ballerina.

Con la taza en la mano, se llevó el paquete de galletas de vuelta al ordenador y se sentó. Leyó una vez más el informe de Erik y reflexionó. Si Kicki Berggren buscaba a alguien pero no sabía dónde vivía la persona en cuestión, era lógico que preguntara. La panadería era un lugar de reunión en Sandhamn. Todos los que vivían en la isla la visitaban con regularidad.

La anciana había visto a Kicki Berggren el viernes por la tarde. Si se suponía que pensaba visitar a alguien que vivía en la isla, tuvo que preguntar a una persona que viviera también en la isla. Era difícil que un regatista o un turista pudieran indicarle el camino. Por lo tanto, alguien había hablado con ella y sabía por quién preguntaba. El problema era que no habían conseguido dar con esa persona. Tampoco había aparecido nadie por propia iniciativa.

Por otro lado, Thomas sabía que no podía estar seguro de que esa persona siguiera en la isla. Muchas familias durante las vacaciones compartían la casa familiar por turnos, lo cual significaba que solo pasaban unas semanas en Sandhamn. Quizá la persona misteriosa había dejado la isla. También podía suceder, sencillamente, que la persona en cuestión no supiera que había hablado con la mujer asesinada y que la Policía estaba interesada en conocer esa información. En ese caso, la posibilidad de encontrar a esa persona era ínfima.

Apuró el café. Si conseguían saber por quién había preguntado Kicki Berggren, habrían encontrado una pieza importante del rompecabezas.

Decidió poner a alguien junto a la panadería todo el día siguiente con una foto de Kicki Berggren. Le iba a encomendar a Erik la tarea de hablar con cualquiera que pasara por allí para preguntar a los clientes de la panadería si habían visto o hablado con ella la semana anterior.

Además debía hablar otra vez con el personal. No era seguro que las chicas que trabajaban allí cuando estuvo la Policía fueran las mismas que cuando estuvo Kicki Berggren. Aún se acordaba de que cuando trabajaba allí de joven, los empleados tenían diferentes turnos, que cambiaban todo el tiempo.

Cerró los ojos e intentó imaginarse el establecimiento. ¿Si alguien indicaba desde allí hacia el oeste, adónde se llegaba? Visualizó la callejuela del edificio rojo de la panadería. Discurría por delante de una de las edificaciones más antiguas de Sandhamn, una pequeña casa del siglo XVIII donde una vez, hacía mucho tiempo, había vivido alguien llamado C. J. Sjöblom. El nombre estaba grabado en la piedra que había delante de la escalera de la casa. Según se decía, la anciana que vivía en la casa se había mantenido trabajando de lavandera para la gente de la isla. La sola idea de lavar la ropa a mano en invierno en el agua helada de Sandhamn hizo que Thomas sintiera escalofríos.

Continuó su paseo imaginario por el pueblo. Si seguía la callejuela pasaba por delante de la popular Cuesta de los niños, una pequeña colina donde todos los niños desde siempre habían desgastado sus pantalones deslizándose por la roca para aterrizar en la arena.

Después se pasaba por unas viejas casas adosadas y por el antiguo embarcadero que había en el norte para los botes pequeños, seguido del cerro de Kvarnberget. Luego se llegaba a Fläskberget, una bonita playa que a muchas familias del pueblo con niños les gustaba más que la famosa playa de Trouville, que normalmente estaba llena de turistas. Al dejar atrás la playa se llegaba al cabo oeste, llamado Västerudd, que estaba dominado por pinares y matojos de arándanos, con algún que otro caserón aislado. El cuerpo de Krister Berggren apareció en la playa entre Koberget y Västerudd muy cerca de la casa de la familia Åkermark, en una lengua de arena en la que apenas había edificaciones.

Thomas pensó que si Kicki Berggren se había dirigido hacia la parte oeste de la isla, eso significaba que podían obviar la playa de Trouville. Lo cual significaba a su vez que la zona donde debían buscar se reducía de manera considerable, algo que le alegró.

Decidió que al día siguiente dedicaría la mañana a concentrarse en la zona entre la panadería y Västerudd. Con un poco de suerte podrían localizar a alguien que el viernes pasado hubiese visto a una mujer rubia con tacones altos de camino a un destino hasta el momento desconocido para él.

Se estiró. Se había ganado una cerveza fría en el embarcadero. Tenía la impresión de que había avanzado un poco en la investigación.

42

–¿Cuándo vamos a ir, mamá? –Simon acarició a Nora en el brazo y le dio un beso suave en la mejilla.

Nora miró medio dormida a su alrededor. El reloj digital marcaba solo las siete y veinte. Demasiado pronto para levantarse, al menos para ella.

–¿Ir adónde, cariño?

–A Alskär. Quedamos en que hoy íbamos a ir allí con la familia de Fabian. Lo dijiste ayer.

Nora ahogó un suspiro. Había olvidado completamente que habían prometido llevar a los niños a la pequeña isla que había al noreste de Sandhamn, a solo diez minutos en barco.

En Alskär había una playa de arena natural y una diminuta isla enfrente, a la que se podía llegar vadeando. A los niños les gustaba ir allí y cruzar por el minúsculo estrecho. El día anterior, cuando estaba de buen humor, había quedado con Eva Lenander para pasar todos juntos el domingo en Alskär. Eva era la madre de Fabian, el mejor amigo de Simon en Sandhamn, y vivían a pocos minutos de su casa. Una agradable excursión con picnic en la playa. Ahora no le parecía un plan especialmente tentador.

Giró la cabeza y observó a Henrik, que seguía acostado y durmiendo.

Cuando volvió a casa la noche anterior estaba furiosa y decepcionada. Aunque estaba despierta cuando Henrik llegó poco después que ella, se hizo la dormida. No tenía ganas de hablar con él. Estaba demasiado enfadada. Una excursión con la familia de Fabian significaría que no podrían aclarar la pelea del día anterior. En lugar de eso, se verían obligados a disimular el día entero y fingir que todo iba bien. No le apetecía en absoluto.

—Mamá, contesta, ¿cuándo vamos a ir?

—Cariño, ¿sabes qué hora es? ¿Por qué no intentas dormir un rato aquí conmigo? Es demasiado temprano para ir a ningún sitio.

Nora atrajo a Simon hacia ella y lo tapó con el edredón. Sentía que se le iba a levantar dolor de cabeza, pero no sabía si tenía que ver con la falta de sueño o con el enfado.

—Solo un ratito —dijo tratando de convencerlo.

Nora cerró los ojos e intentó dormirse. Pero resultaba más fácil pensarlo que hacerlo.

Simon estaba completamente despierto y no paraba quieto un segundo. Cuando no le daba una patada en los riñones, hundía la carita en sus costillas. A las ocho se dio por vencida.

—Venga, nos vestimos y vamos a comprar pan recién hecho para el desayuno.

Cuando llegaron a la panadería les salió al encuentro el aroma a pan recién horneado y a bollos calientes. Otros veraneantes madrugadores esperaban en corrillos a que abrieran. Nora charló un poco con unos cuantos a los que conocía, mientras llegaba su turno. Compró panecillos y una hogaza y dejó que Simon eligiera los dulces para la excursión: dos lazos de Sandhamn con cardamomo y dos crujientes bollos hojaldrados con mermelada, con mucha crema por dentro.

Con Simon en la silla de la bicicleta, bajó hasta el quiosco para comprar la prensa. No se veía gente por allí, solo un perro que correteaba moviendo el rabo e ignoraba a su dueño que lo estaba llamando. Algunas gaviotas hambrientas volaban en círculos a la caza de desperdicios.

—Buenos días. —Nora saludó a la chica del quiosco, a cuya familia conocía desde que era pequeña. —¿Tienes el periódico de hoy? —Dejó el dinero en la ventanilla.

La chica la saludó con una sonrisa torcida.

—Parece que no hay límite para todo lo que se pueden inventar sobre los asesinatos. Y luego, con los periódicos de la tarde, nunca se sabe. Ya veremos después del almuerzo.

Nora puso el periódico debajo del brazo.

—¿Han afectado las muertes a las ventas?

—Por desgracia, bastante. En esta época del año suele haber cola por la tarde. Ahora está mucho más tranquilo, y la cosa irá a peor, porque han terminado las regatas. Espero que la Policía detenga pronto al culpable. De lo contrario, será difícil para los empresarios, vivimos de la temporada de verano.

Nora se quedó charlando un poco. Después colocó a Simon en su silla y pedaleó hasta casa. Esperaba que Henrik siguiera en la cama. Casi deseaba que estuviese en las regatas. Necesitaba pensar detenidamente en la situación antes de hablar con él.

Tan pronto como acabaron de desayunar y de recoger la mesa, Nora empezó a cargar lo que tenían que llevar, que no era poco: cuatro toallas de playa, una manta para el picnic, una montaña de juguetes de playa, una cesta grande con los bocadillos, los bollos, el termo de café y la botella de zumo. En el último momento se acordó de echar un rollo de papel higiénico, siempre iba bien. Protector solar y cuatro chalecos salvavidas. Ya estaba lista.

Sonó el teléfono. Nora alargó la mano y alcanzó el inalámbrico.

—Nora, querida. —El tono dominante de su suegra llenó el auricular. Nora se quedó paralizada, la voz chillona de Mónica Linde bastaba para desanimarla.

—Quiero hablar con Henrik. Ahora mismo os venís con los niños a Ingarö. Ya he preparado la casa de invitados. No podéis quedaros en esa isla mientras haya un asesino suelto.

Nora lanzó un profundo suspiro y se obligó a sí misma a no ponerse de mal humor. Prefería quedarse en Sandhamn con diez asesinos pisándole los talones que pasar una sola noche como huésped en la casa de campo de su suegra. Era suficiente con la tradición anual de celebrar la Navidad allí con todo el clan Linde. Monica organizaba y mandaba, y Nora apretaba los dientes hasta que le dolían las mandíbulas. Henrik, como de costumbre, no notaba nada. En casa de sus padres se transformaba en un adolescente malcriado que dejaba que su madre hiciera todo. Mientras tanto, Nora corría de un lado a otro intentando mantener a los niños bajo control y echaba una mano en lo que podía. Su suegro solía refugiarse en la sauna con un buen cubalibre, pero ella no gozaba de ese privilegio.

—Lo siento, Monica, Henrik ya está abajo en el embarcadero. Vamos a salir ahora. Le diré que te llame cuando volvamos.

Terminó rápidamente la conversación, pese a las protestas de su suegra. Era verdad que Henrik había bajado al barco a prepararlo para el viaje y comprobar si había suficiente gasolina en el depósito, así que, de todos modos, no había mentido.

Se puso el chaleco salvavidas y cerró la puerta con llave. Normalmente no solía cerrar nunca la puerta de casa. Al contrario, a menudo dejaba la puerta de la veranda abierta para que entrara aire fresco y para que vieran que estaban en casa. Pero ahora parecía demasiado arriesgado. En particular cuando iban a estar todo el día fuera.

Al pasar por delante de la casa de Signe, se abrió la ventana de la cocina y asomó una cara familiar.

—¿Vais a navegar? —preguntó.

—¿No se nota? —contestó Nora en tono cariñoso—. Vamos a Alskär. A los niños les encanta. Vamos con la familia Lenander, ya sabes, los padres de Fabian.

—Hacéis bien, es un lugar magnífico para ir de excursión.

Nora sonrió a Signe. Se puso de mejor humor solo con pensar en dar una vuelta en el barco.

—Esto es para los niños. —Signe le dio por la ventana una bolsa de galletas rellenas de mermelada de frambuesa—. Sé que les gustan mucho, y supongo que Henrik y tú tampoco os haréis de rogar.

—Qué buena eres. Mil gracias.

Nora tomó la bolsa, la metió en la suya y, agradecida, despidió a Signe agitando la mano. Y siguió camino del embarcadero.

Henrik ya había soltado las amarras y los niños estaban sentados en la proa. Adam, como de costumbre, se puso pesado con que quería pilotar el barco y le prometieron que podría hacerlo tan pronto como salieran a mar abierto. Nora se sentó en la parte central, a una distancia prudencial de Henrik. Habían mantenido un tono neutro y amable toda la mañana y solo hablaron de cosas prácticas. Ninguno de los dos había mencionado la bronca del día anterior. Por suerte, los niños no pararon, entusiasmados con la excursión, así que fue fácil esconderse detrás de su parloteo.

Cuando llegaron, la familia Lenander ya estaba allí. Maniobraron para fondear el barco entre las rocas y echaron anclas. Dado que Alskär tenía un puerto natural, se trataba de encontrar una roca adecuada a la que poder amarrar. Todo el mundo evitaba subir los barcos a la arena para no bloquear la pequeña playa donde los niños jugaban a construir castillos en la arena.

Después de merendar, Nora dio un paseo con Eva. Al otro lado de la isla había rocas completamente lisas, que estaban calientes por el sol y pulidas por la acción de las olas y el viento.

Nora y Eva se sentaron a descansar. Era un lugar hermoso. A lo lejos se divisaba la torre de Korsö y el mar estaba lleno de veleros. En el cielo azul se dispersaban algunas nubes altas dispersas. Parecían un fino velo de algodón. Una gaviota cana se zambulló en el agua en busca de comida.

—¿Cómo te va? —preguntó Eva.

Se había convertido en una buena amiga en los últimos años. Nora se veía con ella casi a diario, porque Fabian y Simon iban juntos a clase de natación. Eva era una de las pocas personas que realmente se preocupaba de los demás y siempre estaba de buen humor.

Nora observó la mirada preocupada de su amiga. Era consciente de que había estado todo el día bastante contenida.

—Podría ser mejor. No ha sido una semana muy buena, ¿no te parece? —dijo en voz baja.

—¿Os lo pasasteis bien ayer?

Nora hizo un mohín.

—No exactamente. Tuvimos una áspera pelea a propósito del trabajo que te conté.

—¿Quieres hablar de ello? —Le dio una palmadita de consuelo en el hombro.

Nora dobló las piernas, apoyó la barbilla en las rodillas y las rodeó con los brazos. Reflexionó un momento antes de contestar.

—Henrik no entiende que quiera trabajar en Malmö. Ni siquiera se toma la molestia de escucharme. No quiere irse de Estocolmo, le parece que estamos bien como estamos.

Tomó distraída una piedra pequeña para jugar a la cabrilla. Uno, dos, tres rebotes antes de hundirse en el agua. Encontró otra piedra más plana y probó otra vez. Contó hasta cuatro rebotes. Su récord estaba en siete, pero de eso hacía, por lo menos, quince años, si no veinte.

—Es como si solo contara su trabajo.

—¿Pero no estáis bien ahora? —preguntó Eva con tacto.

—No se trata de eso —objetó Nora—. Claro que estamos bien, pero al menos deberíamos poder hablar de ello antes de desechar la idea. ¿Qué crees tú que habría ocurrido si hubiese sido al revés? ¿Si él hubiera recibido una buena oferta del hospital Sahlgrenska de Gotemburgo?

Buscó otra piedra y la lanzó enfadada al agua. Esta vez se hundió inmediatamente.

—La sola idea de volver de las vacaciones y trabajar con Ragnar me resulta repulsiva. Ese tipo es un idiota —soltó Nora. Se pasó la mano por el cabello con un gesto de rabia–. Y yo soy una idiota si no me traslado. Sobre todo, cuando el banco me ofrece esa posibilidad.

Eva le palmeó el hombro para mostrarle su simpatía. Después se colocó un tirante de su bañador rojo y se tumbó boca abajo en la piedra caliente por el sol.

–No has tenido una semana fácil, Nora. A propósito, ¿cómo va la investigación policial? ¿Te ha comentado algo Thomas?

Nora negó con un gesto.

–No he hablado con él, solo nos hemos enviado mensajes. Ha estado muy ocupado. Recibí un mensaje en el que me decía que iba a pasar el fin de semana en Harö, más que nada para descansar, creo yo. Ha trabajado muchísimo. Tenía muy mala cara la última vez que lo vi.

–Hay una cosa que quería hablar con él. Creo...

Nora miró interrogante a Eva, que frunció la frente y se mordió pensativa la uña del pulgar.

–¿A qué te refieres?

–El domingo pasado nos visitó una familia de Estocolmo. La madre, Malin, me llamó ayer por la tarde para darme las gracias. –Se detuvo un momento y dudó. Luego continuó–: Malin me dijo que estaba casi segura de que en el viaje de vuelta a Estocolmo habían estado sentados un par de asientos más allá de Jonny Almhult.

Nora se sentó y giró la cabeza para ver mejor a Eva bajo la intensa luz del sol.

–¿Está segura?

–Me dijo que se acordaba de él porque olía que apestaba, a alcohol, a rancio... Su hija mayor le preguntó por qué olía tan mal. Ya sabes cómo son los niños.

–Sigue. –Nora escuchaba con atención.

–Eso fue todo. Después desembarcaron y Malin no volvió a pensar en ello hasta que apareció el cuerpo y vio su foto en el periódico. Entonces comprendió quién era el que había ido sentado a su lado en el barco.

Se interrumpió un instante y miró preocupada a Nora.

—¿Ha llamado a la Policía?

—No creo. Al menos, no me lo dijo. ¿Crees que debería decirle algo a Thomas?

—Por supuesto —dijo Nora—. Está claro que debes contárselo. Thomas me dijo que cualquier información era importante, están intentando averiguar dónde estuvo Jonny antes de morir. ¿Vio tu amiga hacia dónde se dirigió cuando llegaron a la ciudad?

—No lo sé. No se me ocurrió preguntárselo —respondió Eva.

Nora se levantó bruscamente.

—Ven, volvamos. Tenemos que llamar a Thomas.

43

Lunes, cuarta semana

Margit había dejado a su familia en la Costa Oeste y había regresado a la capital. Estaba de un humor de mil demonios, sentada detrás de su escritorio leyendo la documentación acumulada. Sus expectativas de disfrutar de unas vacaciones agradables e ininterrumpidas se habían visto frustradas. El hecho de que sus hijas adolescentes enseguida hubieran encontrado almas gemelas de su misma edad y no tuvieran nada en contra de que estuviera lejos el ojo vigilante de su madre, no mejoraba la situación.

Thomas y Margit habían repasado la investigación de principio a fin, incluidos los últimos acontecimientos. El problema era que seguían sin encontrar ninguna relación entre los primos Berggren y Sandhamn. Ni su pasado ni el registro de sus viviendas habían aportado nada que condujera a alguien de la isla. Habían llegado ciertas informaciones de los ciudadanos, pero, de momento, nada importante. El dinero estaba en Sandhamn, había dicho Agneta Ahlin. Thomas daba vueltas a su declaración. ¿Qué dinero? ¿Y dónde estaba?

Los informes técnicos, como era de esperar, demostraban que la sangre reseca hallada en el radiador de la casa de Jonny Almhult era de Kicki Berggren. La cazadora que colgaba en la entrada también era suya. Por lo tanto, existían pruebas de que la mujer había estado en casa de Almhult, pero no había sido posible demostrar si fue allí donde ingirió el veneno.

Thomas se preguntó cuándo fue la última vez que se sintió descansado. La falta de sueño empezaba a alcanzar proporciones insospechadas. Recordaba lo cansado que había estado los primeros meses tras el nacimiento de Emily. Pero entonces fue más fácil. Estaba emocionado por el milagro de la paternidad. Ahora solo estaba agotado porque no había podido dormir lo suficiente. Bien porque había estado ocupado hablando con la gente de Sandhamn, bien porque había estado intentando montar el rompecabezas con los datos que arrojaban los informes que iban llegando. Habían puesto personal de refuerzo para repasar detenidamente todos los datos una vez más.

Thomas salió y fue a la máquina de café. Parecía una rendición, pero la triste realidad era que lo único que podía ayudarle a pensar con claridad era una cantidad ilimitada de cafeína. En el brebaje que fuera. Contrariado, pulsó el botón para obtener una dosis para él y luego otra para su compañera. Volvió al despacho de Margit con un vaso en cada mano.

–Tal vez nos ayude algo –dijo tendiéndole el vaso–. ¿Qué son unas vacaciones en familia pudiendo estar en una comisaría asfixiante resolviendo unos asesinatos?

Margit lo miró seria.

–Muy gracioso... Les había prometido a mis hijas que íbamos a pasar cuatro semanas juntos este verano. Y fue un suplicio encontrar una casa de alquiler en el mes de julio que estuviera bien y no costara una fortuna.

Thomas se recostó en el respaldo de la silla.

–Pero, de todas formas, tu familia está bien, siguen allí.

–Sí, claro, mis hijas no tienen de qué quejarse. Pero a Bertil, como comprenderás, no le hizo mucha ilusión cuando dije que tenía que volver.

Margit lanzó una mirada de comprensión a la foto de su marido que tenía en el escritorio. Apoyó la cabeza en las manos y suspiró.

–No entiendo qué pinta aquí Jonny Almhult. Todas las personas con las que habéis hablado lo describen como un tipo inofensivo, que no tenía un carácter violento. Definitivamente, el hombre que andan buscando todas las mujeres. Cuesta imaginarse que haya agredido fríamente a Kicki Berggren y, además, haya ahogado a su primo.

—Y aunque lo hubiera hecho —pensó Thomas en voz alta—, no tenemos ninguna explicación para la causa de su muerte—. Entrelazó las manos en la nuca mientras pensaba—. Supón que hay una cuarta persona implicada —dijo vacilante—. Quizá una persona para quien trabajaba Almhult antes de que algo saliera mal. Si actuaba al servicio de alguien, eso explicaría por qué lo mataron a él también. En ese caso, tenemos un asesino que le ha quitado la vida a tres personas; en el caso de Almhult, posiblemente para borrar el rastro. Lo que nos lleva a la pregunta de partida: ¿por qué mataron a los dos primos?

Se recostó en la silla y contempló pensativo el agua centelleante de la bahía de Nacka. Se veía de un azul espectacular a través de la ventana. Hacía un día perfecto para sentarse en el muelle a tomar una cerveza fría en vez de café de máquina en una oficina donde hacía calor. Se obligó a concentrarse.

—No llegamos a ninguna parte con esto —dijo desanimado—. Ni siquiera hemos conseguido localizar a la persona con la que Kicki habló en la puerta de la panadería. Y si es alguien que estaba unos días de visita, la posibilidad de que demos con él es mínima.

Margit bebió un sorbo de café, que a esas alturas estaba tibio. Se pasó la mano por el pelo y empezó a rebuscar entre los informes.

—Si tu teoría de que Kicki Berggren se dirigía al oeste de Sandhamn es cierta, entonces tenemos, al menos, una zona delimitada en la que trabajar. Además, el cuerpo de Krister Berggren fue arrojado en esa zona —afirmó mientras leía rápidamente el informe que tenía en la mano.

Thomas sacó un gran mapa catastral de la isla. Lo extendió encima de la mesa y dibujó un círculo alrededor de la parte noroeste, desde la panadería hasta el cabo de Västerudd.

—Dentro de este círculo hay unas cincuenta casas —aclaró observando el mapa con detenimiento.

Se levantó y salió al pasillo para llamar a Carina, que apareció en el hueco de la puerta al instante.

—¿Qué tal ha ido la comprobación de los nombres del registro de propietarios de Sandhamn de la que hablamos el viernes? —preguntó él—. ¿Has encontrado algo que coincida con el nombre que recordaba la encargada de la Casa de la Misión?

Preocupada, Carina sacudió la cabeza.

—Lo siento, pero no. El registro de la propiedad estaba cerrado el viernes. Abren hoy a las nueve. Llamaré en cuanto pueda.

Con su cara en forma de corazón y el suave hoyuelo en una de las mejillas parecía un gatito abandonado. Thomas le dio ánimos con la mirada y pareció que ella se relajaba un poco.

—No pasa nada —dijo Thomas con amabilidad—. Pero tan pronto como sepas algo, nos lo dices. Estaremos aquí un buen rato.

Recibió una amplia sonrisa de agradecimiento.

—Os lo diré enseguida. Te lo prometo.

—Si puedes, procura enterarte también de quiénes viven en la isla todo el año y quiénes son veraneantes —añadió Margit—. Me imagino que Kicki Berggren buscaba a un veraneante; me cuesta creer que la persona implicada sea un vecino del pueblo. En los lugares pequeños suele haber un fuerte control social. Si se trata de un chanchullo de contrabando de bebidas, no veo cómo podía controlarlo desde el archipiélago, en cualquier caso, sería bastante complicado.

—Jonny Almhult era residente, lo cual demostraría lo contrario —señaló Thomas.

—Pero estábamos de acuerdo en que él seguía órdenes —replicó Margit—. ¿No es cierto que Jonny trabajaba para los veraneantes de la isla?

Thomas rumió la pregunta.

Por su trabajo de carpintero, Jonny debió de tener ocasiones de pegar la hebra con cualquiera que quisiera encargarle una tarea más comprometida. Como, por ejemplo, asustar a alguien.

Con los años, Jonny tenía que haber conocido a gran parte de los propietarios.

¿Pero habría Jonny envenenado primero a Kicki Berggren y le habría golpeado después para asegurar la hemorragia? Eso no encajaba.

—¿Qué posibilidades hay de que Jonny nos conduzca al verdadero asesino? —continuó Margit—. La mayoría de los datos apuntan a que Kicki Berggren ingirió el veneno antes de encontrarse con él. Quizá Jonny solo fue al pub a ligar, se cruzó con ella, o ella con él, y no tuviera ninguna relación con la persona que le suministró el veneno.

Margit lo miró con una mirada cargada de intenciones, y Thomas se vio obligado a aceptar que quizá tenía razón.

—Pudo ser así.

Sacó un bolígrafo y empezó a dibujar garabatos en su bloc de notas mientras trataba de formular alguna idea sensata.

—No tenemos ninguna prueba de que Jonny estuviera en connivencia con quien mató a Kicki Berggren y probablemente también a su primo. Pero es extraño que se trate de una simple casualidad.

Una mirada escéptica fue la respuesta inmediata de Margit.

—En este caso casi todo está prendido con alfileres. No se puede decir que hayamos conseguido nada hasta este momento —se lamentó ella.

—Debemos trabajar con la hipótesis de que Jonny tiene alguna relación con el asesino, que también está implicado en la muerte de Krister Berggren —sostuvo Thomas—. Piensa en la tablilla que había en la red en la que apareció envuelto el cuerpo. Estaba marcada con las iniciales de su padre. Me cuesta creer que la muerte de Krister no tenga nada que ver con las otras.

Margit no hizo más objeciones. Quitó el capuchón a un rotulador y se acercó a un rotafolio que había en un rincón. En una hoja grande dibujó esquemáticamente dos hombres y una mujer.

En la parte superior escribió DATOS CONOCIDOS con letras mayúsculas.

—Los muertos son dos primos y una persona desconocida para ellos. Ninguno tiene familia. Los tres tenían rentas bajas. Al parecer, los dos primos carecen de conexión con Sandhamn, el otro es vecino de la isla. No existe móvil evidente de ninguna de las muertes, todo cuanto tenemos son nuestras hipótesis.

Thomas clavó una mirada escéptica en el rotafolio.

—¿No vas a escribir que nos falta el asesino? —le preguntó a Margit con una pizca de sarcasmo en la voz.

Ella sonrió con resignación, no había asomo de alegría en el movimiento de sus labios.

—Aún no he acabado. —Tomó otro rotulador y siguió escribiendo.

Causa de la muerte: dos ahogados, una envenenada y agredida.

Lugar de residencia: dos vivían en Estocolmo, uno en Sandhamn.

Relaciones: dos se conocían muy bien entre ellos, el tercero es posible que conociera superficialmente solo a uno de ellos.

Profesión: mozo de almacén, crupier, carpintero.

Cuando terminó dio un paso hacia atrás y leyó lo que había escrito. Después se sentó y dejó el rotulador en la mesa. Se frotó los ojos y parpadeó varias veces. La información de que disponían estaba ordenada, pero no conducía a nuevas teorías.

Thomas miraba pensativo el rotafolio. Mordió el rotulador un rato antes de acercarse al papel. Entonces escribió con esmerada caligrafía la palabra SEXO. Se quedó quieto un momento, volvió a tomar el rotulador y escribió al lado un signo de interrogación.

—Analiza esta teoría: el asesino le da a Kicki Berggren tanto raticida como puede, pero no está seguro de que sea suficiente. Además, no quiere correr el riesgo de que ella vaya por el pueblo contando lo que sabe. Entonces, para mayor seguridad, le pide a Jonny que la busque y no la pierda de vista. No debió de resultar muy difícil encontrarla. Se tropieza con ella en el Värdshus. Toman unas cervezas. Ella lo acompaña a casa. Y algo se tuerce.

Margit lo miró impaciente.

—Quizá Jonny pensó que podía sacar algo de la situación. Quiso cumplir su tarea y, además, acostarse con ella.

—Y cuando ella se negó...

—Se cabreó. Y la golpeó.

—No porque le hubieran ordenado hacerlo, sino porque lo había rechazado.

—Y el resultado fue el que buscaban. Kicki Berggren murió.

—Y todos contentos y satisfechos.

—Jonny quizá no —apuntó Margit—. Violencia en vez de sexo no parece un buen negocio.

Thomas no tenía nada que objetar.

—Si podemos rastrear la pista al contacto de Jonny, probablemente hallemos al asesino —sentenció.

—Es muy posible. Debemos seguir minuciosamente sus movimientos y los de las personas con las que se ha visto.

Thomas bostezó y dejó el rotulador.

—Pero necesitamos saber por quién preguntaba Kicki Berggren. Esperemos que la búsqueda de Carina conduzca a algo. Y punto.

44

La presión era grande y aumentaba por momentos.

El Viejo había ofrecido varias ruedas de prensa los últimos días e hizo lo imposible para que los cargos políticos de la Policía Provincial estuvieran informados. El responsable de prensa de la Policía de Estocolmo se mataba a trabajar para responder a todas las llamadas y conseguir que los investigadores trabajaran en paz. Pero sus insistentes peticiones al Viejo para que lo mantuviera continuamente informado no habían caído en tierra fértil. Al final, el Viejo gruñía cada vez que sonaba el teléfono.

El efecto de varias muertes en plena temporada estival había estremecido a los residentes en la isla. La llegada de turistas a Sandhamn se había reducido y la asociación de empresarios se había entrevistado con el ayuntamiento y el delegado de la Policía Provincial. Había que resolver el caso a la mayor brevedad. Los barcos de la compañía Waxholm empezaban a tener cada vez menos pasajeros de los que solían en esa época del año. El alcalde de Värmdö había convocado su propia rueda de prensa para dar su opinión sobre los acontecimientos, que consistía en una teoría conspiratoria que se había sacado de la manga sobre la implicación de la mafia de los países del Este. Algo que no ayudada en absoluto a la investigación. Sin embargo, había contribuido a aumentar la confusión y a dar a los medios aún más posibilidades de especular y elaborar diversas teorías.

—Recordadme que no vote a ese cabrón en las próximas elecciones –gruñó el Viejo, que vivía en Ingarö, sin ocultar su antipatía. Después estrujó el periódico donde aparecía el alcalde y lo tiró a la papelera.

También lo había llamado el presidente del club de vela, un hombre conocido en el sector industrial, que en tono prepotente le había pedido que le mantuviera informado de lo que ocurría así como del desarrollo de la investigación. Había señalado lo importante que era para el buen nombre de Sandhamn, como sede de las competiciones de vela, que el caso se resolviera sin demora. Le había recordado la larga tradición de organizar competiciones y las actividades juveniles que se realizaban en Lökholmen. Allí se daban cita jóvenes de todo Estocolmo en los campamentos de vela y en la celebración de confirmaciones. En esos momentos estaban recibiendo llamadas de padres preocupados que no querían enviar a sus hijos a la isla.

—La situación es muy preocupante —insistió el presidente del club.

Era muy importante que la Policía comprendiera la gravedad de la situación. El club incluso había tratado el asunto en la reunión semanal de su junta directiva. Se había hecho constar en acta que la Policía debía encontrar al culpable a la mayor brevedad.

El Viejo hizo lo imposible para no montar en cólera durante la conversación. Estuvo a punto de perder la paciencia varias veces, y su cara, normalmente roja, estaba adquiriendo la tonalidad de las ciruelas. Resuelto, le había asegurado que eran muy conscientes de la gravedad de la situación. Se habían invertido todos los recursos disponibles en la investigación, incluida una persona que conocía bien la isla. No había duda de que el caso gozaba de máxima prioridad.

Pero cuando el presidente del club pidió que se le mantuviera informado diariamente, estuvo a punto de explotar.

—Oiga, tengo que ocuparme de dirigir una investigación por asesinato, no soy una central de información. No es usted el único que llama solicitando unos datos de los que no dispongo —rugió al teléfono.

—Está bien, está bien, mi querido amigo —dijo el presidente—. No vamos a soliviantarnos ahora. Es importante que colaboremos. No ganamos nada enfadándonos.

El Viejo estaba a punto de estallar.

—Como le dije el otro día a mi querido amigo el director general de la Policía —continuó el presidente sin inmutarse—, tengo la mayor confianza en sus métodos para resolver el caso. Pero, naturalmente, quiero estar informado. Con la posición que ocupo, debo estar al tanto de vuestro trabajo. Cómo podrás comprender.

La cara del Viejo había pasado del color ciruela claro al morado.

—No dudes en ponerte en contacto conmigo si hay algún avance. Siempre estoy localizable a través de la secretaría del club. No tengáis ningún reparo en molestarme si se trata de algo importante.

El Viejo agarraba el auricular del teléfono con tal desesperación que casi desapareció en su mano. Haciendo un gran esfuerzo se abstuvo de pegar otro bufido y formuló, en cambio, algo que medianamente podía considerarse una despedida amable. Después colgó y entró en la sala de reuniones.

Eran las dos de la tarde y todo el grupo se había reunido para hacer un repaso del caso. Irradiaba furia y su semblante crispado lucía como una señal de stop cuando entró en la sala. Ni siquiera Carina, su hija, se atrevió a preguntar qué había pasado.

Pero la mayoría de los presentes habían oído fragmentos sueltos de la conversación telefónica, que había retumbado por el pasillo, y sabían que si querían salvar el pellejo era mejor mantener un perfil bajo.

—Si algún hijo de puta más vuelve a preguntarme cómo va esta investigación, le partiré la cara, lo juro —increpó el Viejo al final.

Nadie dudaba de su capacidad para cumplir el juramento. Se sentó en la cabecera de la mesa. La silla, que seguía siendo demasiado pequeña, crujió cuando su voluminoso cuerpo se desparramó sobre ella.

—¡Bueno! ¿Cómo va la cosa? Thomas, haznos un resumen de la situación.

Más que hablar, gruñía.

Thomas miró sus papeles y se concentró un instante. Después resumió la situación lo mejor que pudo.

—Carina ha comprobado la lista de propietarios de viviendas de la zona adonde creemos que se encaminaba Kicki Berggren. Tenemos dos nombres que pueden sernos útiles, uno se llama Pieter Graaf y el otro se llama Philip Fahlén. Los dos veranean en la isla y sus nombres coinciden más o menos con los que nos facilitó la encargada de la Casa de la Misión. Philip Fahlén tiene la casa muy cerca del lugar donde apareció el cuerpo de Krister Berggren. La de Pieter Graaf no está lejos de la Casa de la Misión, de camino a la playa de Fläskberget. Margit y yo vamos a desplazarnos a Sandhamn para entrevistar a estos dos hombres lo antes posible.

El Viejo parecía algo menos irritado y se echó hacia atrás en la silla, que se tambaleó peligrosamente.

—Bueno —dijo—. Al menos es algo. ¿Qué sabemos del resto de los contactos de Kicki Berggren en Sandhamn?

—Erik se va a pasar todo el día en la puerta de la panadería para tratar de encontrar a la persona con la que habló Kicki —contestó Thomas.

El Viejo lo miró con hosquedad.

—¿Qué habéis descubierto hasta ahora?

Thomas bajó la mirada.

—Nada que nos sirva. Sin embargo, he hablado otra vez con la chica que trabajaba en el pub la noche que Kicki Berggren estuvo allí.

Thomas hojeó su bloc de notas.

—Inger Gunnarsson, se llama. Recordó una cosa después de la conversación que mantuvimos la semana pasada. Al parecer, Kicki se había quejado de que le dolía el estómago. Por lo visto, antes de salir, les preguntó si tenían Almax.

Margit cruzó los brazos y se recostó en la silla. Miró a su alrededor en la impersonal sala de conferencias, donde el único adorno que había era una pobre alegría medio mustia. Si el azul del mar de la bahía de Nacka no se viera a través de la ventana, la sala habría parecido deprimente y fría.

—Probablemente notaba los efectos del veneno —apuntó Margit en tono objetivo—. Eso encajaría bastante bien con el informe de los forenses. Si era después de las ocho, debería haber empezado a sentirse mal. Pero había bebido mucha cerveza, así que pudo confundir los efectos del veneno con otra cosa.

El Viejo cambió de tema:

—¿Hemos recibido algún informe del Departamento de Medicina Legal sobre Almhult? ¿Sabemos cuál ha sido la causa de su muerte?

Thomas sacó un documento que había recibido por fax esa misma mañana.

—Según el informe, murió ahogado. Había restos de una alta concentración de alcohol en la sangre. Debía de estar muy borracho cuando se ahogó, por no decir como una cuba.

—¿Algún resto de veneno? —El Viejo miró cansado a Thomas. Era evidente que esperaba oír lo contrario a lo que iba a decir.

—No. En principio, ninguna de esas sustancias químicas. Pero han enviado muestras a Linköping, y antes de que lleguen los resultados es difícil pronunciarse con seguridad.

—¿Algo más?

—Contusiones.

—¿Qué?

—Magulladuras en la cabeza y en el resto del cuerpo. Como si se hubiera golpeado con mucha fuerza contra algo, o alguien le hubiera dado un golpe con un objeto macizo. Tenía varios huesos rotos y moretones.

—¿Alguna idea de qué pudo haber sido? —preguntó Margit, y se volvió con gesto interrogativo hacia Thomas.

Él miró de nuevo sus papeles.

—El informe describe solo las lesiones, no cómo se han producido ni qué las ha causado.

Margit arqueó las cejas.

—Parece que nuestros amigos de Medicina Legal no se han complicado la vida en esta ocasión. Tendremos que llamar y preguntar si, al menos, tienen alguna teoría que pueda servirnos de ayuda —murmuró Margit malhumorada.

Descruzó los brazos y se retrepó en la silla con una expresión que indicaba que esperaba más de la ciencia médica. No hizo nada para ocultar que seguía de mal humor.

El Viejo también estaba descontento. Lanzó un sonoro suspiro y se dirigió a Margit y a Thomas.

—¿Cuál será el siguiente paso?

—Hemos recibido una información acerca de Almhult —contestó Thomas—. Al parecer, alguien lo vio el domingo pasado en el barco que viene directo de Estocolmo, es decir, hace poco más de una semana. Vamos a comprobarlo inmediatamente. También hemos colocado carteles en Sandhamn informando de que queremos contactar con las personas que hayan hablado con Kicki Berggren. Quizá, de paso, podamos encontrar posibles contactos.

Thomas miró a Margit, que asintió conforme, y continuó:

—También vamos a investigar si existe alguna relación entre los propietarios de esas viviendas y el Systembolaget. Si hay algo que los relacione con Krister Berggren.

—Entonces, quedamos en eso —concluyó el Viejo—. Como sabéis, tenía pensado irme de vacaciones la próxima semana, así que resolved el caso antes del sábado, por favor.

Su anodino intento de hacer una broma no despertó mayor entusiasmo. Se levantó y se secó el sudor de la frente con un pañuelo muy usado.

La reunión había terminado.

45

La mujer abrió la puerta a la tercera llamada; tenía el jersey lleno de manchas de algo similar al puré de verduras. Parecía estresada, y llevaba un paño de cocina en la mano. En el interior de la casa se oían gritos de niño.

—¿Es usted el policía que llamó antes? —preguntó atropelladamente mientras miraba por encima del hombro hacia el interior de la casa donde los gritos se habían convertido en berridos furiosos.

Thomas asintió.

—Me llamo Thomas Andreasson. Esta es mi compañera, Margit Grankvist. ¿Podemos pasar un momento? Nos gustaría hablar con usted, si no es molestia.

Los berridos no se habían aplacado y la mujer parecía aún más estresada.

—Pasen. Mi hija está sola en la cocina, tengo que volver.

Desapareció por un pasillo estrecho a la derecha del recibidor y Margit y Thomas la siguieron.

Era una casa alegre, acogedora y bien cuidada, que estaba en el centro del distrito de Enskede, un antiguo barrio en las afueras de Estocolmo. Era la típica casa antigua con la fachada de madera pintada de color amarillo y las esquinas de blanco, con un pequeño jardín orientado al sur. Thomas había contado hasta cuatro manzanos y un ciruelo.

Un gato gris pasó al lado sin hacer ningún caso a los visitantes. En la cocina un bebé muy enfadado, sentado en su sillita, golpeaba la mesa con una cuchara. En el suelo había esparcidos restos de algo de color naranja, el mismo color que las manchas del jersey de la madre.

La mujer, sometida a tan dura prueba, se retiró de la cara un mechón de pelo. Se limpió la mano con el paño de cocina y se la estrechó.

—Malin. Siento el desorden. Hoy mi hija se ha levantado con el pie izquierdo. Siéntese. —Les señaló las sillas alrededor de la mesa. Margit comprobó con disimulo si había algo naranja en el asiento antes de sentarse.

—Querían hablar conmigo del viaje de vuelta desde Sand-hamn, ¿no es así?

Margit la miró y asintió.

—Hemos oído que viajó con su familia en el mismo barco que el hombre que, unos días después, apareció muerto en Sandhamn.

—Eso creo. —Una expresión de inseguridad le recorrió el rostro—. Cerca de nosotros iba sentado un hombre idéntico al de la fotografía que han publicado los periódicos.

—¿Puede describirlo?

La mujer reflexionó un instante. Antes de contestar limpió instintivamente un poco de puré de zanahoria que había sobre la mesa.

—Tenía un aspecto muy desastrado. Como si estuviera hundido. Llevaba una sudadera con la capucha echada sobre la cabeza, así que no lo pude ver bien. Pero apestaba, eso sí que lo puedo decir. —Hizo una mueca. Parecía azorada—. Perdón. No quiero hablar mal de una persona muerta. Pero despedía un olor a alcohol repugnante. Por eso Astrid, mi hija mayor, que tiene cuatro años, empezó a hacer preguntas sobre él.

—¿Hizo algo de particular durante el viaje?

—Que yo recuerde, no. Pero tampoco le presté mucha atención.

Sonrió vagamente y señaló a la niña pequeña, que ahora se había tranquilizado y se entretenía con un vaso con boquilla.

—Los niños de esta edad la tienen a una absorbida.

—¿Puede contarnos si notó algo más?

222

—Lo siento, pero no tengo mucho más que decir. Él permaneció allí sentado durante todo el viaje, si no recuerdo mal. Dura dos horas aproximadamente hasta el centro de Estocolmo.

—¿Entonces él siguió hasta el centro de Estocolmo? ¿No se bajó en otra parada?

—No, salimos bastante tarde del barco. Tardamos un rato en recoger las cosas. Él salió casi al mismo tiempo que nosotros. Eso lo recuerdo perfectamente.

Lanzó una mirada cariñosa a su hija, que ahora estaba totalmente ocupada intentando abrir la boquilla y tirar toda el agua en la mesa.

Thomas reflexionó un instante. Si Jonny Almhult llevaba la capucha puesta, tal vez no era tan extraño que ningún miembro de la tripulación lo hubiera reconocido. A pesar de que les habían enseñado la foto y habían interrogado a la tripulación de los distintos barcos que cubrían la línea de Sandhamn.

Se agachó y recogió del suelo el vaso que se le había caído a la niña. Ella lo agarró y la pequeña lo volvió a tirar encantada. Un juego nuevo y divertido.

—¿Y después no lo vio más?

—No, creo que no. —Se detuvo un instante—. ¿O quizá lo vi? No estoy segura. Puede que volviera a verlo en Skeppsbron. Mi marido nos fue a buscar al barco, y cuando estábamos parados delante de un semáforo en rojo al lado del Gran Hôtel, me pareció verlo caminando hacia Skeppsbron.

Malin recogió el vaso que su hija había tirado por quinta vez.

—Pero no estoy segura de que fuera él. Pudo tratarse de cualquier otra persona con una sudadera gris con capucha.

Les sonrió como disculpándose.

Thomas dio marcha atrás al Volvo en la pequeña calle sin salida y volvió a salir por donde había entrado. Enskede era un auténtico paraíso, con antiguas casas adosadas de madera que se alternaban con árboles frutales. Un barrio en el que cualquiera viviría si tuviera familia. Y niños.

Margit rompió el silencio.

—Ha merecido la pena venir hasta aquí y hablar con ella. ¿No te parece?

—Por supuesto. Ahora sabemos que Almhult vino a Estocolmo cuatro días antes de que apareciera muerto. Pero ¿dónde estuvo entre tanto?

Margit pensó un momento, después abrió la guantera y empezó a rebuscar en su interior.

—¿Qué buscas?

—Un plano de Estocolmo. Todos los policías llevan uno en su coche, ¿no?

Thomas se rio y arqueó las cejas.

—¿No me digas? ¿Tú llevas uno?

Margit fingió que no había oído el comentario y siguió buscando. Thomas le lanzó una mirada rendida.

—Es mejor que pruebes en el compartimento de la puerta —dijo finalmente.

Margit pescó un montón de papeles manoseados con los bordes rojos unidos con un clip.

—¿Has cortado los mapas de las páginas amarillas? —preguntó sacudiendo ligeramente la cabeza.

—Pernilla se llevó la guía cuando nos separamos. Compraré una en cuanto me dé tiempo. No te quejes. Se pueden utilizar perfectamente. ¿Para qué las quieres?

Margit no contestó. Se pasó las manos por el cabello corto y revuelto y se concentró en la lista con el nombre de las calles. Cuando encontró lo que buscaba, fue a la página indicada. Colocó el dedo índice en un punto del mapa.

—Para el coche, que te voy a enseñar algo.

—¿Qué?

—Para el coche. No puedes conducir y mirar el mismo tiempo. Eres policía. Los policías conducen respetando las normas de tráfico.

Thomas la miró incrédulo pero le hizo caso y giró en la parada de autobús más cercana. Si a Margit se le había ocurrido algo no valía la pena discutir.

—¿Qué es lo que se te ha ocurrido?

—Mira el plano —dijo ella.

Le acercó la página que mostraba solo la zona de Estocolmo donde estaba Skeppsbron.

—Si sigues la calle Skeppsbron, ¿adónde llegas?

Thomas se quedó pensando. Vio la imagen del Grand Hôtel, la terminal de los barcos que iban al archipiélago y el muelle de Skeppsbron delante. Si seguías por la calle Skeppsbron, ¿adónde llegabas?

—¿Al casco antiguo de Estocolmo? ¿A Slussen? —Se encogió de hombros y miró a Margit.

Ella respondió con impaciencia a su mirada vacilante.

—Continúa. Eres de Estocolmo, ¿no? ¿No tienes sentido de la orientación? Si continúas al lado del agua después de pasar Slussen, ¿adónde llegas entonces?

—A Stadsgården, por debajo de la calle Fjällgatan.

—Eso es. ¿Y qué hay allí?

De repente cayó en la cuenta.

—¿La terminal de los *ferries* que van a Finlandia?

—¡Bingo, Einstein!

Thomas le sonrió con cara de tonto. Debería haberlo deducido él. Margit era perspicaz.

—Si estás huyendo de la justicia o de algún malnacido que te ha encargado un trabajo, que tampoco hay que descartarlo, y quieres desaparecer una temporada y no eres un tipo que puedas permitirte un vuelo a Brasil, ¿adónde vas?

—A Finlandia, en un *ferry*.

Thomas se habría dado cabezazo. La explicación era muy sencilla.

—Y si alguien te sigue y te tira a empujones del barco cuando estás echando una última mirada a tu casa en Sandhamn —continuó Margit—, ¿qué aspecto tendrías entonces?

—Tendría golpes y huesos rotos como muestra la autopsia.

—Exacto. Si una persona cae desde la cubierta superior de uno de los barcos que van a Finlandia, la caída es comparable a saltar desde el ascensor de Katarinahissen del barrio de Södermalm.

La superficie del agua es dura como una piedra desde una altura semejante.

Thomas asintió.

—¿Y dónde hay más posibilidades de que aparezcas? —preguntó Margit.

La pregunta era retórica, Thomas lo sabía, pero contestó de todos modos.

—En la playa de Trouville unos días después.

—Exacto.

—Tenemos que hablar con el personal de la terminal de salidas de Stadsgården. Y pedir las listas de pasajeros, desde el domingo que Almhult vino a Estocolmo hasta el jueves, cuando lo encontraron.

—Exacto.

—Es probable que ahora sepamos cómo murió.

—Exacto.

Un gesto de triunfo se extendió por la cara de Margit mientras se hundía en el cálido asiento. Thomas se sintió como un alumno al que acaban de preguntarle la lección.

46

Martes, cuarta semana

La niebla caía densa sobre Sandhamn. Entre Telegrafholmen al norte y la isla de Sandön al sur había un estrecho que formaba el paso natural de entrada a Sandhamn desde la península. El estrecho era muy profundo, pero no superaba los sesenta metros de ancho en los tramos más angostos; a duras penas cabían los pocos barcos que pasaban por el día.

Durante la noche se había extendido la bruma y el hermoso cielo de la tarde anterior era ahora una masa de nubes. Cuando Nora se despertó por la mañana, pudo oír a lo lejos el débil sonido de la sirena del faro de Revengegrundet, la señal de niebla. Su eco lastimero constituía una referencia para los navegantes. Cada faro utilizaba como señal la primera letra de su nombre en morse. La A para Almagrundet, la R para Revengegrundet... Todo para guiar a los barcos perdidos que necesitaban orientarse en la niebla.

Desde que una tarde, hacía ya muchos años, se perdió en la niebla, Nora le tenía mucho respeto a los cambios del tiempo. En aquella ocasión iba a tomar el barco para ir a Skanskobb, una pequeña isla enfrente del muelle de Trouville que funcionaba como línea de meta en las regatas. Estaba a tan solo unos minutos de distancia del puerto del club de vela. Iba a ayudar unas horas en la línea de meta volante de La Vuelta de Gotland Runt, una competición de vela que se organizaba todos los años desde Sandhamn.

A pesar de que conocía las aguas que rodeaban la isla como la palma de su mano y había navegado antes hasta Skanskobb docenas de veces, perdió totalmente el rumbo. De repente, en lugar de ver la isla, tenía un gran faro delante de ella. Había pasado de largo Skanskobb y estaba a punto de chocar con Svängen, el faro que se alzaba sobre un pozo de cimentación al sur de la isla de Korsö. De no haber llegado allí, podría haberse alejado más y haber acabado en el mar Báltico. Desde entonces nunca se había tomado a la ligera lo de navegar con niebla.

Miró el reloj. Las cifras digitales rojas indicaban las seis y cuarto. Muy temprano para levantarse, tarde para volver a quedarse dormida. Había dormido mal las últimas noches. El ambiente en casa era todavía tenso.

Después de pensarlo mucho, Nora había decidido viajar hasta la ciudad y reunirse con la empresa de selección de personal. Iría al día siguiente. Había llegado a la conclusión de que no valía la pena volver a hablar con Henrik del asunto. Era mejor acudir a esa reunión antes de sacar el tema.

Se deslizó fuera de la cama y se puso unos vaqueros y una camiseta. En los pies, un par de botas viejas de agua que tenía desde que era adolescente. La goma había empezado a darse de sí y la caña estaba agrietada, pero eran fáciles de calzar. Luego se puso un impermeable viejo que alguien se había dejado olvidado y alargó la mano para alcanzar una manzana del frutero. Fuera, el aire era fresco. Unas finas gotas de agua le cubrieron la cara como si fuera rocío. El silencio era absoluto, la densa niebla amortiguaba todos los sonidos, ni siquiera se oía a las gaviotas. Cuando miró hacia el mar no se veía nada.

Los contornos familiares de las islas próximas a Sandhamn parecían engullidos por la niebla grisácea. Más allá del borde exterior de los muelles, el mundo se convertía en tinieblas, en un horizonte que carecía de principio y final. Nora se colocó la capucha y metió las manos en los bolsillos. Después empezó a caminar con paso rápido en dirección a los campos de arena para adentrarse en el pinar.

Los brezos y el musgo formaban una mullida alfombra que se hundía ligeramente bajo sus pies. Solo se veía el crujido de sus pasos sobre las hojas de los pinos arremolinadas en el sendero. Cerró los ojos y respiró profundamente.

No se veía un alma.

Calma absoluta.

Después de un largo paseo por el pinar, llegó al noroeste de la isla, donde apenas había unas pocas casas. Las parcelas allí eran mucho más grandes y estaban cubiertas de pinos y matas de arándanos. Había un enorme contraste con los minúsculos jardines del pueblo, donde los arriates ocupaban la mayor parte de la superficie.

Se oía el suave susurro en las copas altas de los pinos. Parecía que la niebla se había disipado un poco, la visibilidad era mejor y pudo divisar el borde del agua. Giró hacia la derecha y tomó el estrecho sendero del pinar que conducía de vuelta al pueblo y que pasaba por el pequeño cementerio rodeado por una sencilla valla blanca. Un impulso le llevó a abrir la verja y entrar. Allí se detuvo mientras contemplaba el apacible lugar.

El cementerio de Sandhamn se construyó durante la gran epidemia de cólera que causó estragos en 1830. Muchas de las tumbas eran fastuosas y opulentas, a menudo de mármol y granito. Algunas estaban tan cubiertas de líquenes y tenían las letras tan deterioradas que casi no se podía leer lo que ponía. Las lápidas proporcionaban información sobre los vecinos de la isla durante los últimos siglos. En cada una constaba el nombre de la persona enterrada y qué oficio había ejercido. Había bastantes prácticos y funcionarios de aduanas; a menudo yacían en compañía de la que se calificaba como su fiel esposa, la mujer cuyo nombre aparecía siempre en la parte más baja.

Nora conocía muchos de los apellidos. Eran familias que seguían teniendo casa en Sandhamn. Esas casas pasaban de generación en generación y muchas veces estaban construidas con materiales procedentes de casas más viejas, que se habían transportado desde otras islas.

El cementerio, que se hallaba detrás de la playa de Fläskberget, se encontraba envuelto en una atmósfera de paz. Las tumbas estaban rodeadas de arena cuya superficie cubrían hojas de pino y piñas. Las raíces leñosas de los pinos sobresalían por todas partes y formaban un diseño irregular trazado al azar. Como un tablero de ajedrez desdibujado. Un hermoso codeso, con sus flores amarillas, crecía al lado de la sencilla tumba de Avén, el viejo farero que se encargó del faro de Korsö durante la segunda mitad del siglo XIX. Se decía de él que era el rey de las flores. Había creado en Korsö un despliegue floral inigualable, rosales y arriates por todas partes.

Nora paseó despacio entre las tumbas. Siempre le había gustado el ambiente del cementerio y esa sensación de sosiego que la embargaba cuando estaba allí. Arriba, en la esquina izquierda, se había dispuesto un jardín del recuerdo en memoria de quienes yacían en la fosa común. Una cadena negra y gruesa de hierro delimitaba ese espacio. Junto a la enorme ancla que se levantaba sobre la arena había flores frescas y algunas velas. Por un instante se preguntó quién las habría puesto allí. Quizá algún alma buena pensó en la pobre Kicki Berggren, que acababa de perder la vida en Sandhamn. O algún vecino que quería honrar la memoria de un familiar.

Se detuvo junto al panteón familiar de los Brand. Allí reposaban los restos de todos los miembros de la familia de Signe que habían muerto después de la construcción del cementerio. El último nombre grabado en la gran lápida era el de Helge Brand, el hermano de Signe, que murió de cáncer a principios de los noventa.

Nora no se acordaba muy bien de él. Helge había abandonado a su familia y se había enrolado en la Marina Mercante y había estado muchos años fuera de Suecia. Cuando volvió a Sandhamn, vino ya marcado por la enfermedad que lo llevaría a la tumba. Signe cuidó de él hasta que murió en la casa donde nació. Se negó a abandonarlo en un hospital e insistió en que ella podía cuidarlo mejor que cualquier personal sanitario.

Nora inclinó la cabeza ante la lápida en señal de respeto y

salió de allí pensativa. Cómo podía cambiar el devenir de la vida de las personas. Un día surcando los siete mares y al siguiente en las garras de una enfermedad mortal. Helge Brand volvió a Sandhamn cuando ya se estaba muriendo. Kicki Berggren prácticamente acaba de llegar a la isla cuando murió. Krister Berggren llegó muerto a la isla. Ninguno de ellos pudo imaginar que les quedara tan poco tiempo de vida. ¿Habrían hecho las cosas de manera diferente si hubieran sabido lo que les aguardaba?, se preguntó Nora. ¿Habrían sido capaces de valorar la vida de otra manera si hubieran sospechado lo rápido que iba a acabar su tiempo?

En un instante de lucidez, Nora fue consciente de que no estaba dispuesta a ceder solo para agradar a Henrik. Le dolía la injusticia con la que él desechaba sus deseos sin darles la menor importancia. La ira que le producía que no la tomara en serio hacía que se le formara un nudo en el pecho. Nunca antes había estado tan claro qué era lo que contaba realmente.

Enfrascada en sus pensamientos, tropezó con una raíz que sobresalía en la arena y estuvo a punto de perder el equilibrio. La niebla se había vuelto más densa otra vez y podía saborear las finas gotas de agua con la lengua. Decidió saltarse la clase de natación ese día. Con semejante tiempo, bien podían los niños dormir un poco más.

47

Margit y Thomas salieron hacia el aparcamiento de la comisaría para recoger el coche y conducir hasta Stavsnäs, donde pensaban tomar el barco de la mañana hacia Sandhamn. Aunque solo eran las nueve y media, el sol abrasaba y había convertido el coche en algo que recordaba mucho a una sauna finlandesa. Cuando abrieron las puertas los golpeó un calor fulminante.

Thomas metió la llave en el contacto y arrancó el motor. Mientras metía la marcha atrás se volvió hacia Margit.

–¿Recuerdas a qué se dedicaban los propietarios de esas casas? Iba a mirarlo, pero surgió alguna otra cosa.

–No me acuerdo, tenía que haberlo comprobado, claro.

Thomas salió a la autopista en dirección a Stavsnäs. Cuando se acercaban al canal de Strömma, le sonó el móvil. Thomas pulsó el altavoz del teléfono. La voz de Kalle llenó el coche. Había conseguido datos nuevos sobre el raticida que mató a Kicki Berggren.

–Por fin he conseguido hablar con un chico de Anticimex. En el hospital de Huddinge nadie quería pronunciarse, aunque he llamado a un montón de gente. Todos me remitían a un chico especialista en farmacología clínica, se llama así, pero está de vacaciones en el extranjero y no responde al móvil.

–¿Qué ha dicho Anticimex? –interrumpió Margit.

–Le costaba creer que alguien pudiera morir por tomar warfarina. Dijo que una persona que ingiere raticida tiene que estar ciega o tener un deseo muy intenso de suicidarse. El raticida suele tener forma de granos de trigo bastante grandes de color azul o verde, para indicar que son peligrosos.

Margit se inclinó hacia el teléfono, que estaba en un soporte debajo del parabrisas.

—¿Qué más ha dicho?

—La cantidad que hay que ingerir para que sea mortal equivale más o menos a una comida completa. Por lo tanto, se requieren grandes dosis para que sea peligroso.

—Parece absurdo que alguien pueda ingerir tal cantidad sin comer nada —murmuró Thomas en dirección al teléfono.

—Exacto —dijo Kalle—. Además, según Anticimex, el veneno no hace efecto hasta un par de días después. La idea es que las ratas salgan y no caigan muertas en el sótano. Para que nadie tenga que encontrar en su casa el cadáver descompuesto de una rata.

Margit miró con curiosidad a Thomas mientras pensaba en la información.

—Supongo que con esto podemos descartar la posibilidad de que Kicki Berggren intentara suicidarse ingiriendo raticida —opinó ella—. Si una persona quiere quitarse la vida existen, cuando menos, otras diez formas que son más rápidas y más sencillas. Una buena dosis de somníferos y una botella de whisky lo consiguen en un santiamén.

Soltó una risita cínica, el típico humor negro con que la policía trataba cuestiones desagradables. Thomas cambió abruptamente de tema:

—Kalle —dijo—, ¿puedes buscar a qué se dedican los propietarios de esas casas de Sandhamn? Con las prisas, se me olvidó mirarlo.

—Espera, voy.

El sonido de papeles se oía a través del teléfono mientras Kalle hojeaba los montones de documentos.

—Aquí lo tenemos: Pieter Graaf trabaja como experto en tecnologías de la información. Philip Fahlén tiene una empresa que suministra equipos para cocinas industriales.

Margit silbó.

—Cocinas industriales, eso significa restaurantes. Me pregunto si ese Philip Fahlén no suministrará a sus clientes algo más que equipos de cocina.

Llegaron al muelle de los barcos de vapor después de cerca de tres cuartos de hora. Cuando el barco iba directo desde Stavsnäs hasta Sandhamn tardaba apenas treinta y cinco minutos. Pero en algunos viajes paraba en los muelles de toda la zona sur del archipiélago. En esta ocasión habían desembarcado algunos pasajeros en Styrsvik, Mjölkkilen y Gatan antes de llegar a Sandhamn.

El puerto se desplegaba ante ellos. Thomas y Margit aguardaban pacientemente en la cola, formada por turistas, sobre todos, familias con niños. Entregaron los pequeños billetes en la pasarela de acceso y salieron del barco.

En el muelle había veraneantes que recibían a los que llegaban. Algunos jóvenes se apoyaban en sus bicicletas mientras comían helado. Más allá, junto al quiosco, se veía a varias personas hojeando los periódicos de la tarde. Thomas vio con el rabillo del ojo que dedicaban titulares a los asesinatos; sin embargo, el puerto presentaba su aspecto habitual, aunque algo menos concurrido y con menos barcos.

En cuanto pisaron tierra firme se encaminaron a paso ligero hacia el oeste de la isla. Allí estaban las dos casas con cuyos propietarios querían hablar. Tan pronto como Thomas miró en el mapa del catastro supo hacia dónde tenían que dirigirse. Tomaron la callejuela al sur del Jardín de Strindberg, que conducía al centro del pueblo, y entraron en la parte antigua. Por el camino pasaron por una casita pintada de rojo Falun que a Thomas le recordó a las casas de galleta de jengibre. Estaba bien conservada. El terreno alrededor de la casita apenas tendría más de dos metros de ancho. La bandera estaba izada y toda la pared sur la cubrían trepadoras con grandes moras que colgaban de las ramas en pesados racimos, a pesar de que aún era julio. Debajo había

234

bonitas macetas con diferentes plantas que rodeaban la casa. En una de las esquinas se alzaba una minúscula tarima de madera en la que cabían una mesa y dos sillas al lado de una leñera mínima con líquenes grises en las tejas. Parecía una cuña publicitaria del verano sueco.

Cruzaron la plaza Adolf, el lugar donde solía celebrarse la tradicional fiesta del solsticio de verano. El tronco que decoraban para la ocasión aún seguía en su sitio, si bien algo amarillento en comparación a unas semanas antes. En una de las casas de la plaza un rosal trepaba por toda la pared como un tapiz de rosas. No se veía una sola casa donde los arriates no florecieran con exuberancia.

Thomas se preguntó por un momento si Sandhamn gozaría de una especie de microclima especialmente benigno para las plantas vivaces. Eso o en la isla todo hijo de vecino se ocupaba de cuidar su jardín sin descanso. Solo el riego debía de llevar infinidad de tiempo. Se volvió hacia Margit.

—¿Habías estado antes en Sandhamn?

—Sí, pero hace mucho. Mis hijas han venido aquí alguna vez con sus amigos, por lo visto está de moda. Bertil y yo llevamos siglos sin venir, desde una víspera del solsticio de verano de hace veinte años, cuando toda Sandhamn estaba llena de jóvenes borrachos como cubas. Fue demasiado patético. Adolescentes bebidos haciendo eses por los muelles y ningún adulto cerca.

—Sé a lo que te refieres —reconoció Thomas—. Cuando trabajaba en la Policía Marítima tuve que recoger a más de uno para llevarlo a casa. Pero creo que el consumo de alcohol ha disminuido significativamente en los últimos años. Ahora la mayoría de los establecimientos están cerrados la víspera del solsticio de verano y tampoco hay muchos sitios para acampar.

—Pues parece que ha funcionado.

—No te imaginas. Un año que hizo mal tiempo de verdad, algunos jóvenes entraron por la fuerza en el puesto de la Policía para que nos hiciéramos cargo de ellos. Una especie de intercambio de papeles, si es que puede llamársele de alguna manera. —Thomas sonrió al recordarlo.

Continuaron a buen ritmo en dirección al cabo de Västerudd. De camino hacia allí, Thomas dio un pequeño rodeo para enseñarle dónde estaba la casa de Nora.

—¡Qué verja más bonita! —comentó Margit—. Nunca había visto un dibujo con el sol como este.

—Creo que la hizo su abuelo. Nora heredó la casa de sus abuelos maternos hace unos diez años y la verja ha estado aquí siempre.

—Es muy bonita —afirmó Margit—. Es estupendo conservar la artesanía antigua.

—Quizá podamos pasar a saludarlos cuando hayamos acabado —propuso Thomas—. Me encantaría ver a Simon, mi ahijado, si nos da tiempo.

Margit asintió. Continuaron en silencio, cada uno inmerso en sus pensamientos.

48

La casa de Pieter Graaf era el típico chalecito de los años cincuenta, rodeado de un amplio terreno arenoso con un columpio y algunos pinos retorcidos. Podría encontrarse en cualquier barrio de la península y seguía el clásico modelo de construcción que se hizo tan popular después de la Segunda Guerra Mundial, cuando todo el mundo quería abandonar el centro de las ciudades. Un par de dormitorios, ventanas pequeñas, cocina y salón. Fachada amarilla de madera sobre una base gris de hormigón. Valla blanca de madera alrededor.

Margit miró con curiosidad a Thomas, que le explicó que aquel barrio se construyó justo al acabar la guerra. Dividieron la zona en parcelas y edificaron en algunos terrenos fuera de lo que llamaron «la ciudad de los chalés», para que las familias de los prácticos del puerto que se mudaban a Sandhamn pudieran acceder a una vivienda.

Pieter Graaf era un hombre de unos treinta y cinco años. Vestía vaqueros y un polo con manchas de algo sospechosamente parecido a la pintura verde que lucía la pequeña cabaña que se veía en una esquina del terreno. En la cabeza llevaba una visera con publicidad de una conocida tienda de deportes.

Cuando Margit y Thomas llegaron a la casa, Pieter Graaf estaba jugando a la pelota con un niño de unos tres años. El crío solo llevaba puesta una camiseta y estaba bronceado como una galleta de jengibre. Se partía de risa cada vez que su padre se hacía el torpe y perdía la pelota.

Margit y Thomas se presentaron y le explicaron que tenían que hacerle unas preguntas en relación con los asesinatos ocurridos recientemente en la isla. ¿Tenía tiempo para hablar con ellos un momento?

Pieter Graaf parecía sorprendido. Había hablado con un policía la semana anterior, pero interrumpió el juego y los invitó a sentarse. Les preguntó amablemente si querían algo fresco de beber y anunció que no tenía inconveniente en contestar a sus preguntas. La conversación fue corta y poco fructífera. Nunca había visto a Kicki Berggren. Ni siquiera estaba en la isla el fin de semana que la mataron. Habían ido a Småland para pasar unos días con sus suegros. Tampoco conocía a Krister. Lo único que sabía de ambos era lo que habían publicado los periódicos.

Thomas lo miró, pensativo. El sol de la tarde proyectaba sombras alargadas en el terreno. Donde estaba sentado Pieter Graaf ya no daba casi el sol. Él se mecía ligeramente en la silla del jardín, que se balanceaba al ritmo de los movimientos casi imperceptibles de su cuerpo. De cuando en cuando caía alguna hoja de pino en la arena.

Graaf causaba una impresión agradable y sincera, parecía realmente asombrado de que la Policía lo hubiera visitado por segunda vez.

Por supuesto, los muchos años de experiencia como policía habían enseñado a Thomas que la primera impresión no siempre era correcta. Pero su intuición le decía que el hombre que tenía delante era más un padre normal y corriente que un frío asesino.

—El día anterior a que Kicki Berggren muriera, preguntó por alguien con un nombre parecido al suyo. ¿Cree que hay alguna razón por la que ella quisiera hablar con usted?

Pieter Graaf parecía preocupado. Bajó la cabeza y rozó con los labios la frente de su hijo, que había trepado a sus rodillas y se había sentado en ellas satisfecho. Aquel cuerpecillo moreno con el cabello blanco como la leche era la viva imagen del niño de las cajas de cerillas.

—No. No tengo ni idea de quién era, ni de por qué estaba en Sandhamn. —Sonrió indefenso—. Espero que me crean, porque no sé cómo voy a poder demostrarlo. La primera vez que oí hablar de Kicki Berggren fue, como ya he dicho, cuando leí sobre su muerte en el periódico. —Miró su reloj, que también mostraba la fecha—: Hace unos diez días.

—¿Está absolutamente seguro de que nunca la había visto? —preguntó Thomas.

—Sí, que yo recuerde.

—Vive cerca de la Casa de la Misión.

—Cierto, pero somos muchos los que vivimos cerca. Y yo ni siquiera estaba aquí el fin de semana que ella murió.

—¿Dónde estuvo en Semana Santa? Fue entonces cuando desapareció su primo, Krister Berggren —aclaró Thomas.

—Estuve en Åre. Fuimos a esquiar y nos alojamos en Fjällgården, al pie de las pistas. —Los miró preocupado—. Yo nunca he tenido ninguna relación con esas personas. De eso estoy completamente seguro.

—¿Suele venir mucho aquí en invierno? —preguntó Thomas.

—No, nada. Cerramos la casa en octubre y volvemos el treinta de abril para celebrar la noche de Walpurgis. Solo venimos a la isla durante la temporada del año en que hay luz.

Margit carraspeó.

—¿Conoce a alguien que trabaje en el Systembolaget? —preguntó.

—A nadie en particular. ¿Por qué?

Ella le explicó que Krister Berggren había trabajado en el Systembolaget hasta su muerte y que buscaban cualquier indicio que relacionara a Krister con Sandhamn.

—Los viernes suelo pasarme por allí —reconoció Pieter Graaf—. Espero mi turno como todo el mundo y pienso que habría sido mejor ir cualquier otro día de la semana —añadió con ironía.

—¿Tiene alguna relación con el Systembolaget a través de su trabajo? —preguntó Margit.

–Ninguna. Para empezar, no tenemos como cliente a ninguna empresa pública. Trabajamos más con pequeñas y medianas empresas. Del sector privado –se apresuró a añadir.

Thomas guardó silencio.

Pieter Graaf sonrió y extendió las manos.

–Me gustaría ayudar, pero creo que no tengo ninguna información que aportar.

Thomas decidió cambiar de tema.

–¿Qué relación tenía con Jonny Almhult? ¿Lo conocía?

Pieter Graaf lo miró vacilante.

–¿Quién es?

–El hombre que apareció muerto en la playa de Trouville la semana pasada. Vivía en la isla, trabajaba de carpintero. Y además pintaba cuadros.

–Lo siento. No lo conocía. Somos bastante nuevos en Sandhamn y no nos hemos relacionado mucho con la población local. La casa estaba en buen estado cuando la compramos y hasta ahora no hemos necesitado llamar a ningún carpintero. –Acarició la mesa con el índice–. Toco madera.

En las rodillas de su padre, el niño empezó a dar señales de aburrimiento. Se retorcía como un gusano.

–Quiero jugar a la pelota, papá. ¿No se pueden ir ya la señora y el señor? –dijo tirando de la camiseta de su padre–. Quiero que se vayan ya –repitió.

Thomas sonrió al niño.

–Enseguida terminamos –le prometió–. Solo una cosa más. Observó al hombre que tenía delante unos segundos.

–¿Tiene raticida en casa? –preguntó.

–¿Raticida? –Pieter Graaf parecía perplejo.

–Raticida –repitió Margit–. Queremos saber si tiene algún raticida en casa.

Graaf pensó un momento, luego levantó con cuidado a su hijo, lo dejó en la arena y se puso de pie.

–Tengo que preguntárselo a mi mujer –aclaró–. Es muy posible que tengamos.

Se acercó a la puerta abierta y llamó dentro de la casa. En el umbral de la puerta apareció una mujer delgada con una gruesa trenza que le caía por la espalda. Miró con gesto interrogante a su marido y a los dos extraños sentados en las sillas del jardín. Pieter Graaf le explicó rápidamente la situación.

—Anna —le preguntó después—, ¿tenemos raticida en casa?

Ella negó con la cabeza, pero se quedó pensativa.

—¿Sabes qué? —dijo—. Quizá haya algo en el sótano, en ese pequeño trastero. —Se volvió hacia Thomas y Margit—. El anterior dueño dejó un montón de cosas en el sótano y nos dijo que nos quedáramos con lo que quisiéramos. Puede que haya un bote ahí abajo. ¿Voy a buscarlo?

Desapareció dentro de la casa y volvió unos minutos después con un envase de plástico etiquetado con el triángulo de precaución. PRODUCTO RATICIDA, ponía en letras negras. Anna se lo entregó a Thomas, que abrió con cuidado el tapón de seguridad. El interior estaba lleno de cápsulas azules.

Después de unas preguntas relacionadas con los contactos que había mantenido Pieter Graaf en la isla durante el verano, les dieron las gracias y se despidieron. Mientras tanto, el niño se había cansado de la cháchara de los mayores y jugaba otra vez con la pelota, intentando sentarse encima de ella.

—No nos ha aportado gran cosa —constató Margit tan pronto como se alejaron lo suficiente para que no pudieran oírla—. No existe vinculación evidente, no hay móvil y tiene una coartada perfecta. ¿Qué más se puede pedir? Lo único en su contra es que tenía raticida a mano.

—Estoy de acuerdo contigo —contestó Thomas—. Pero tener raticida en casa no te convierte en un asesino.

Se secó la frente con una punta de la camisa. Hacía bastante calor. El viento había amainado y faltaba un buen rato para que llegara el frescor del atardecer.

Thomas miró con curiosidad a su compañera.

—¿Estás preparada para hacerle una visita a Philip Fahlén?

—Por supuesto. Si me indicas el camino, seguiré tus pasos.

49

Se dirigieron hacia Fläskberget y el cementerio, y pasaron por varias casas de aspecto más moderno: la colonia de vacaciones construida en los años sesenta, o más tarde, con las típicas casitas de veraneo, muy alejadas del estilo antiguo que caracterizaba al pueblo. A Thomas se le metió arena en los zapatos, era inevitable.

Se notaba que estaban a finales de julio. Hacía tiempo que las lilas habían florecido, ahora ocupaban su lugar girasoles amarillos y grosellas con sus ramilletes colgantes. Por la arena había matas de hierba seca. Un testimonio del denodado esfuerzo por echar raíces en un lugar que no reunía las condiciones adecuadas. En algún jardín aislado habían intentado que creciera césped, pero, en general, la mayoría tenía que conformarse con arriates rodeados de la omnipresente arena.

Philip Fahlén vivía en una casa del noroeste de Sandhamn, donde el istmo era tan estrecho que se podía ver el mar por los dos lados, incluso la playa en la que apareció unas semanas antes el desdichado Krister Berggren.

Estaban a tan solo diez minutos de los barcos y los turistas del puerto, pero en esa zona de la isla reinaba la tranquilidad. Se oían los trinos de los pájaros y los rayos del sol se filtraban a través de las copas de los pinos. Los arándanos empezaban a madurar, las matas estaban llenas de pequeñas bayas verdes.

La casa de Fahlén estaba bien situada encima de las rocas, a pocos metros de un amplio embarcadero que se adentraba un buen trecho en el agua. Junto al muelle había un Day Cruiser bastante grande de la marca Bayliner. Al borde de la playa había una gran piscina de madera oscura con una vista perfecta sobre el mar. Una caseta de pesca con dos pequeñas ventanas protegía la vista desde el otro lado. A través de una de las ventanas cuadradas, Thomas entrevió varias redes colgadas de ganchos. La bandera estaba izada, señal de que el dueño de la casa se encontraba en la isla.

Margit se detuvo delante de la vivienda como si no diera crédito a sus ojos. Thomas, que ya lo sabía, le sonrió socarrón. La casa estaba pintada de color verde chillón. Sí, de color verde chillón. En medio del paraíso del archipiélago, donde la mayoría de las casas estaban pintadas de rojo Falun, el propietario de esta había decidido pintar la suya de verde. Excepto las esquinas blancas, todas las maderas estaban pintadas en aquel color insufrible. De no haber sido por la escalera blanca y por las esquinas, uno podría pensar que se hallaba delante de una tarta gigante cubierta de mazapán verde; solo le faltaba la rosa.

Margit miró a su compañero, que sacudía la cabeza con resignación.

—Cada cual es feliz a su manera. Si no recuerdo mal, esto lleva así bastante tiempo.

—¿Pero cómo se le ha ocurrido? ¡En este paisaje! —estalló Margit atónita mientras asimilaba el engendro que tenía delante.

—Quizá pensaron que era bonito. O a lo mejor son daltónicos —aventuró Thomas.

—¿No hay ninguna oficina de urbanismo en el Ayuntamiento de Värmdö que tenga algo que decir? Esto no se puede permitir.

Thomas se encogió de hombros.

—Puede que hayan intentado hacer algo. Puede que no den abasto; aquí la gente hace lo que quiere. No te puedes ni imaginar la cantidad de construcciones que incumplen totalmente las normas urbanísticas.

Margit alargó un dedo y tocó la pared, como si no estuviera segura de que la pintura fuera de verdad o si mancharía al tocarla.

—Madre mía, nunca había visto nada semejante.

En la puerta colgaba una placa en la que ponía: BIENVENIDOS. Por suerte estaba pintada en azul y blanco, colores más tradicionales. Había una ventana entreabierta, pero cuando llamaron no contestó nadie. Rodearon la casa y constataron que las puertas de la terraza estaban cerradas. No se veían señales de vida.

La enorme terraza de madera se extendía a lo largo de toda la fachada. En ella destacaba una enorme mesa de teca y una barbacoa de gas inusualmente grande y con ruedas. Un poco más lejos había varias tumbonas cubiertas con almohadas a rayas. A través de la amplia ventana panorámica se podía ver un conjunto de amplios sofás, una mesa de comedor con sus sillas, un televisor de plasma en la pared y altavoces Bang & Olufsen en las esquinas.

—Sin duda es ideal para las tardes de verano —constató Margit.

Miró con añoranza la piscina, de la que salía una manguera de goma blanca que llegaba hasta el mar. Probablemente la llenaban con agua del mar. Una bandeja cuadrada de madera con tres vasos de tubo y una botella de whisky flotaba en la superficie. Era evidente que al dueño no le preocupaba que entrara algún extraño y se bebiera su whisky.

Margit miraba entre fascinada y sobrecogida la cómoda existencia que se desplegaba ante sus ojos.

—¿Qué tiene uno que hacer para poder permitirse una cosa así? No parece barato. Tiene que haberte tocado la lotería, o al menos ser el dueño de una empresa importante. ¿Qué dices tú?

—Empresario. Seguro que muchas de estas cosas las ha pagado la empresa —dijo Thomas—. Aunque en las facturas pondrá material plástico o algo parecido, no piscina de madera para el chalé.

Margit rio con sarcasmo.

—Depende de lo ancha que uno tenga la conciencia, claro está. —Thomas le guiñó un ojo—. Me cuesta creer que todo esto se haya pagado solo con dinero declarado a Hacienda.

Margit miró a su alrededor. No había rastro de vida.

—¿Qué hacemos ahora? —preguntó—. No hay nadie en casa y los Fahlén pueden tardar en aparecer.

—Si han salido a navegar seguro que vuelven pronto. Si pensaran pasar la noche fuera se habrían llevado su Bayliner. Tendrán un barco más pequeño. —Señaló algunos cabos tirados por el embarcadero que le pareció que pertenecían a otro barco—. Uno de esos con los que se pueden echar las redes —añadió para sí mismo.

—¿Quieres esperar? —preguntó Margit.

—Podemos venir un poco más tarde. Prefiero no llamarlo por teléfono y ponerle sobre aviso. Este tipo de preguntas es mejor hacerlas por sorpresa.

Miró su reloj. Si Fahlén había salido con el barco, seguro que tardaría unas horas en volver.

—Vamos a comer algo y luego pasamos un rato en casa de Nora. Ya que hemos llegado hasta aquí, parece absurdo renunciar sin más.

Empezó a caminar hacia la verja, se volvió y sonrió a Margit.

—Así podré ver también a mi ahijado.

50

–¡Thomas!

Simon se deslizó por debajo de la verja como una pequeña comadreja y se echó a los brazos de su padrino.

–¿Me has traído algún regalo?

Miraba expectante a Thomas con vivarachos ojos de ardilla.

–Pero, Simon, eso no se dice –lo reprendió Nora–. Siempre es agradable que Thomas venga a visitarnos, con regalo o sin él. ¿O no?

Thomas presentó a Margit y ambos agradecieron la cerveza fría sin alcohol que les ofrecieron, pues estaban de servicio.

Se sentaron en el jardín y disfrutaron del aroma de las rosas que llegaba desde el jardín de Signe. Las golondrinas volaban alto, una señal inequívoca de buen tiempo.

–¿Cómo va la investigación? –preguntó Henrik mientras llenaba los vasos con la bebida fresca.

Nora llevó un cuenco con patatas fritas y lo colocó en la mesa. Simon tomó inmediatamente un puñado antes de que su madre pudiera evitarlo. El niño mostró una amplia sonrisa, dejando al descubierto el hueco en la encía inferior. Era imposible no reír al verlo.

Thomas se volvió hacia Margit, que hizo una ligera mueca.

–Depende de cómo se mire –contestó él–. Sabemos de qué murió Kicki Berggren, pero no sabemos cómo ni por qué.

–¿Qué fue lo que la mató? –preguntó Henrik con curiosidad.

—Raticida.

La respuesta de Thomas sonó más dramática de lo que pretendía y su efecto fue inmediato. Nora y Henrik lo miraron sorprendidos.

—Creía que no se podía matar a una persona con raticida —dijo Henrik pensativo.

—Se puede matar a la mayoría de las personas casi con cualquier tipo de veneno, si ingiere la dosis suficiente —contestó Thomas.

Henrik frunció el ceño.

—Si no recuerdo mal, hay casos de gente que ha intentado suicidarse ingiriendo raticida, o warfarina, pero no ha conseguido su objetivo. Se necesitan dosis muy altas para que sea letal.

—Tienes toda la razón —dijo Thomas—. Según el laboratorio de Linköping, el raticida no habría bastado, pero hubo algún tipo de agresión en la cabeza que provocó un derrame cerebral mortal.

—Eso aclara el asunto —explicó Henrik—. Si se produjo una hemorragia en el cerebro y los mecanismos de coagulación estaban inhibidos por la ingesta de warfarina, entonces habría sido casi imposible salvarle la vida. Según esto, no debió de tardar muchas horas en morir.

Picó unas patatas y añadió:

—¿Presentaba otros síntomas de que no se coagulaba la sangre?

—Recibió también un golpe en la sien que parecía mucho más grave de lo que era.

Henrik asintió aquiescente.

—Eso coincide justo con los efectos que cabe esperar. Cuando la sangre no se coagula, todas las hemorragias se vuelven más intensas de lo normal y en ocasiones tienen mal aspecto.

Nora intentaba proteger el cuenco de patatas de las embestidas de Simon.

—Raticida —repitió Nora—. Es una manera inusual de proceder.

Henrik asintió y tomó un trago de cerveza.

—Por otro lado, es bastante fácil de conseguir. Si estamos hablando de un asesino que no entiende de venenos y que no tiene acceso a entornos médicos donde uno puede adquirir venenos más normales, quizá creyó que funcionaría. Si le preguntas a la gente normal y corriente, seguro que la mayoría piensa que funcionaría estupendamente para ese objetivo.

Aquellas palabras llamaron la atención de Thomas.

—¿A qué te refieres con venenos más normales? —preguntó inclinándose hacia delante.

—Arsénico, por ejemplo, o digoxina, que se extrae de una planta tan común como la dedalera. Muchas personas con cardiopatías son tratadas con digoxina, pero una dosis demasiado alta es mortal. Los monjes antiguos solían utilizar esa planta cuando querían envenenar a alguien, porque es una sustancia muy difícil de rastrear.

Henrik se interrumpió, picó más patatas y continuó:

—La morfina actúa de la misma manera. Un poco de morfina alivia el dolor, una dosis demasiado elevada mata. Hay muchas medicinas que se convierten en venenos mortales si se supera la dosis adecuada.

—Entonces, el empleo de raticida indicaría, en este caso, que se trata de un asesino que no sabe mucho de los efectos del veneno —concluyó Margit—. Un aficionado, dicho de otro modo.

—Sin duda. El veneno para roedores es fácil de conseguir y parece peligroso, pero está lejos de ser eficaz si uno quiere conseguir su objetivo, por así decir.

Thomas reflexionó sobre la teoría de Henrik.

—Eso significaría que nos enfrentamos a un asesino que habría actuado con premeditación, pero que no sabía cómo proceder —dijo después.

Henrik negó con la cabeza.

—No necesariamente. También podría tratarse de un asesino que no lo hubiera planeado en absoluto y que utilizó lo que tenía más cerca.

—¿Quieres decir que echó mano del primer veneno que encontró? —preguntó Thomas; la duda se traslucía en su voz.

—Por supuesto —contestó Henrik—. Si uno no ha planeado matar a alguien, pero de repente se encuentra en una situación en la que se ve obligado a ello, ¿no utilizaría, en ese caso, lo que tuviera en casa? Como dijo Cajsa Warg, uno echa mano de lo que tiene.

—¿Se puede comprar raticida aquí? —preguntó Margit dirigiéndose a Nora.

Nora dudó.

—La verdad es que no lo sé —contestó—, pero, en cualquier caso, solo es cuestión de traerlo de la ciudad.

—Pero no es tan fácil engañar a una persona para que ingiera el veneno —señaló Thomas—. ¿Cómo se consigue que alguien se coma un plato lleno de granos azules sin que sospeche nada? Me parece imposible.

Nora arrancó ausente una brizna de hierba del sendero de gravilla y la enrolló alrededor de un dedo. Frunció el entrecejo como si intentara acordarse de algo.

—Creo recordar que cuando yo era pequeña había un raticida líquido —comentó despacio—. Recuerdo que mi madre lo utilizaba aquí; solía colocar la botella en la parte alta de un armario y nos amenazaba con dejarnos sin las golosinas del sábado si se nos ocurría tocarla. Era una botella de color marrón oscuro, si no recuerdo mal, y tenía una etiqueta con una calavera.

Margit se irguió y miró agradecida a Nora.

—Raticida líquido. Debería habérsenos ocurrido a nosotros. Lógicamente, esa es la explicación. Basta con echar un poco en el té, en el café o en cualquier otra bebida. Resulta de lo más sencillo engañar a cualquiera que esté desprevenido.

Se volvió hacia Thomas.

—Tenemos que llamar a Carina. Que investigue por esa vía. Necesitamos cambiar el chip.

Le dio una palmadita en el hombro a Nora.

—Bien pensado.

Nora se ruborizó pero aceptó agradecida el elogio. Luego volvió a arrugar la frente.

–¿Por qué había de ser espontánea la muerte de Kicki Berggren si el asesino ya había matado a su primo?

La pregunta quedó en el aire.

–Todavía no sabemos si Krister Berggren fue asesinado –le recordó Thomas.

–Cierto –dijo Margit vacilante–, pero si fue así, la intención no sería que alguien supiera que lo habían matado. Seguro que el asesino pensó que Krister no aparecería nunca. La lazada que tenía alrededor del cuerpo seguramente estaba atada a un ancla para que se hundiera hasta el fondo. Si la cuerda no se hubiera roto y la cálida temperatura del agua no hubiera hecho que el cuerpo flotara y llegara a la costa de Sandhamn, nadie se habría enterado de que se había cometido un crimen.

Thomas asintió.

–Si Kicki Berggren no hubiese muerto asesinada, con toda probabilidad la muerte de su primo habría sido sobreseída y considerada un accidente –afirmó Margit, que seguía el curso de sus pensamientos sin dejar que la interrumpieran.

–El asesino tuvo mala suerte con el cuerpo de Krister Berggren. Después aparece Kicki. De alguna manera sabe, o cree saber, quién ha matado a su primo. Por eso viaja a Sandhamn y se enfrenta al asesino.

–Que presa del pánico –intervino Thomas–, decide matarla también a ella.

–Exacto –dijo Margit.

–Y puesto que el asesino no espera la visita de Kicki Berggren, echa mano de lo que tiene en casa, o sea, raticida –concluyó Thomas.

Margit se recostó en la silla, contenta.

Cuanto más supieran del asesino, mayores eran las posibilidades de que pudieran resolver el caso, pensó Thomas. La experiencia demostraba que una forma de actuar no planificada solía dejar más pistas. Y ellos necesitaban toda la ayuda posible.

No tuvieron que esperar mucho antes de que Carina los llamara. Thomas notó enseguida que tenía algo que contar, la agitación en su voz no dejaba lugar a dudas.

—No he conseguido hablar con nadie de Anticimex a estas horas, pero he estado buscando un rato en Internet y he encontrado información de siete clases de raticidas que contienen warfarina, todos con forma de granos azules. Granos normales y corrientes, dicho de otra manera.

—¿Eso es todo?

Thomas no pudo ocultar su decepción.

—No seas tan impaciente —replicó Carina, que sonó satisfecha consigo misma—. He encontrado algo más. Algo muy interesante. Efectivamente, existió un raticida líquido que se llamaba Warfarin. Se prohibió su comercialización el treinta y uno de diciembre de mil novecientos noventa, pero se estuvo vendiendo hasta entonces.

—Esto empieza a ir por buen camino. —Thomas sonrió satisfecho.

—Además era mucho más concentrado que el raticida que se vende ahora —continuó Carina—. El producto que se prohibió era casi catorce veces más potente que los que hay ahora en el mercado. Bastante más eficaz, en otras palabras.

Thomas silbó, agradecido. Carina era realmente eficaz. Imaginó su cara y, para su sorpresa, una extraña sensación de alegría se propagó por su cuerpo.

—¡Muy bien, Carina! —exclamó un poco turbado cuando se despidió.

Permaneció unos segundos con el teléfono en la mano, sorprendido de su propia reacción. El comentario de Margit lo devolvió a la realidad:

—Eso lo explica todo. Si el asesino tenía a mano un raticida líquido, le resultó mucho más fácil hacer que Kicki Berggren ingiriera una dosis lo suficientemente alta como para acabar con su vida.

—Tuvo que ser bastante fácil —confirmó Thomas—, sencillamente mezclándolo con algo que ella iba a beber. —Apuró su cerveza y se levantó.

–Creo que ahora estamos preparados para mantener una conversación con Philip Fahlén. Podremos preguntarle si tiene algún raticida en casa. Líquido –dijo y le guiñó un ojo a Nora.

Carina seguía sentada, entregada a sus pensamientos después de la conversación con Thomas. Se había ruborizado de emoción cuando él la había elogiado. Le parecía que las últimas semanas él se fijaba mucho más en ella que antes. Además, habían hablado bastante. La llamaba a menudo para pedirle que se encargara de diferentes cosas o se pusiera en contacto con personas relacionadas con la investigación. Mientras tanto, también habían tenido tiempo de charlar un poco. Se había acercado más a él, sin duda.

Por su voz, parecía encantado cuando le había dicho lo que había descubierto en Internet. En cuanto encontró información sobre el raticida líquido, supo que él se pondría contento. Contento de verdad. Tuvo que serenarse antes de llamarlo para contárselo.

Cuando oyó su voz al teléfono sintió un cosquilleo en todo el cuerpo. Estaba segura de que él también lo había sentido. No podían ser solo imaginaciones suyas. Tomó la decisión de proponerle salir a almorzar juntos uno de los próximos días, cuando Thomas estuviera de vuelta en la comisaría. Almorzar era algo que uno tenía que hacer y no suponía un paso tan grande como una cena. No se atrevía aún a proponerle una cita.

Silbando por lo bajinis agarró su bolsa del gimnasio. Para entrar en la Escuela Superior de Policía había que estar en buena forma. En ese momento, incluso pedalear diez kilómetros en la bicicleta estática le parecía una forma agradable de pasar la tarde. Sonrió triunfante al pasar ante el espejo de la entrada y salir por la puerta.

51

La playa cercana a Fläskberget estaba casi desierta. Tras la invasión del día, reinaba la tranquilidad. Una pala roja de plástico olvidada junto al agua daba prueba de la cantidad de familias con niños que habían estado allí. Entre la arena sobresalía un zapatito azul.

Margit y Thomas cruzaron rápidamente la pequeña playa y tomaron el camino que iba hacia Västerudd y la casa de los Fahlén. Al acercarse comprobaron que ahora había un fueraborda azul amarrado junto al Day Crusier. Una mujer, vestida con pantalones cortos y un top que dejaba la mayor parte del estómago al aire, miró por la ventana. Las grandes gafas de sol que llevaba en la frente hacían que pareciera una mosca. La mujer abrió la puerta de la casa y se acercó a la verja cuando ellos estaban a tan solo unos metros.

—¿Están buscando a alguien?

—Somos de la Policía. Queríamos hablar con Philip Fahlén, si está en casa.

Thomas sacó su placa y la mantuvo a la vista para que la mujer pudiera ver que hablaba en serio.

Lo miró perpleja. Luego se volvió y gritó hacia el interior de la casa:

—¡Fille, aquí hay unos policías que quieren hablar contigo!

Los miró preocupada.

—¿Ha pasado algo? ¿Es algo grave?

—Solo vamos a hacerle unas preguntas. No llevará mucho tiempo.

Thomas sonrió para tranquilizarla. Margit no dijo nada. Philip Fahlén apareció en el umbral con un vaso en la mano.

Era un hombre corpulento, de unos sesenta y cinco años. Estaba muy bronceado y llevaba el poco pelo que le quedaba muy corto, lo que resaltaba sus orejas ligeramente de soplillo. Iba vestido con unos pantalones azules y una camisa blanca desabrochada. En el cuello llevaba un fular rojo y azul.

Thomas pensó en broma que solo le faltaba la gorra para que uno pensara que el señor de la casa jugaba a ser el capitán de un crucero de lujo por el Mediterráneo.

Ajeno a los pensamientos de Thomas, Philip Fahlén los guio hasta el amplio salón que daba al mar. Los invitó a sentarse en los mullidos sofás donde apenas había sitio entre tantos cojines. Era como si estuvieran sentados fuera. La vista a través de la amplia ventana panorámica no acababa nunca. Aquello era una interminable sucesión de escollos e islotes que se perfilaban contra el mar centelleante.

En la mesa de cristal había revistas extranjeras y varios libros con ilustraciones de las islas exteriores del archipiélago. Thomas reconoció un libro sobre los faros del conocido fotógrafo Magnus Rietz. La estancia estaba decorada según el estilo de las islas. En las paredes colgaban cuadros con diferentes estampas de barcos, y los cojines, que ocupaban el sofá azul celeste, tenían motivos con banderas de señalización marítima. En todos los rincones había lámparas de pie con pantallas cuyo tejido imitaba las cartas náuticas. Una alfombra cuadrada de lana, a rayas blancas y azules, completaba el mobiliario junto con un enorme quinqué electrificado que colgaba del techo. Parecía que hubieran comprado todo en una tienda de decoración de accesorios náuticos.

Mientras Margit se sentaba en uno de los sofás y observaba la decoración con los ojos como platos, Thomas se presentó y explicó cuál era el motivo de su visita. Resumió los hechos que los habían conducido hasta Philip Fahlén y luego le preguntó si había tenido alguna relación con Krister o con Kicki Berggren.

—No conozco a esas personas de nada —contestó Fahlén con firmeza—. No sé más que lo que ha salido en los periódicos. Nunca los he visto.

Los miró fijamente con el ceño fruncido, como para expresar su sorpresa por que sospecharan que existía alguna relación entre él y los fallecidos.

—¿Está seguro? —insistió Margit.

—Por supuesto. De lo contrario, no lo diría.

Thomas decidió dejar ese tema.

—¿Me puede hablar un poco de su empresa? —preguntó—. ¿Va bien?

Philip Fahlén pareció sorprendido, como si no esperara que el interés de la Policía pudiera ir en esa dirección.

—La empresa va estupendamente. Muy bien, la verdad. Suministramos electrodomésticos e instalaciones de fregado a restaurantes y cocinas industriales de todo el país.

—¿Cuántas personas trabajan para usted? —preguntó Margit.

—Tengo unos cincuenta empleados —contestó Fahlén—. Heredé el negocio de mi padre, pero lo he ido ampliando, naturalmente. Uno tiene que adaptarse a los nuevos tiempos.

—¿Dónde tienen las oficinas? —preguntó Thomas.

—En Sickla. Pero servimos a toda Suecia. Muchos restaurantes conocidos son clientes nuestros.

Se notaba que Philip Fahlén estaba orgulloso de su negocio. Sin avergonzarse lo más mínimo, presumía de su éxito y de sus selectos clientes.

Pasado un rato, Thomas trató de dirigir la conversación hacia Sandhamn.

—¿Por qué se compró una casa de veraneo aquí? —preguntó—. ¿Tiene alguna relación con la isla?

—No, no hay ningún motivo especial. Me gustaba el archipiélago y empecé a venir en los años setenta.

—¿Ha vivido aquí desde entonces? —dijo Thomas.

—No, los primeros quince años, cuando mis hijas eran pequeñas, alquilaba una casa en Trouville.

—¿Y después compró esta?

—Exacto. Se la compré a la anciana señora Ekman cuando se quedó viuda y no tenía fuerzas para seguir cuidándola. La adquirí por cuatro perras a principios de los noventa, mucho antes de que los precios empezaran a subir y todo el mundo quisiera comprarse una casa aquí. —Se retrepó en los cojines—. Hoy podría venderla por mucho más. Ha sido una buena inversión, puedo decirlo tranquilamente. También tengo buen olfato para los negocios —añadió mientras se dibujaba en su cara una sonrisa engreída.

—Dígame, ¿tiene su empresa alguna relación con el Systembolaget? —preguntó Margit.

Philip Fahlén parecía asombrado.

—Profesionalmente, no.

—¿Suelen estar interesados sus clientes en comprar algo más que equipos de cocina? —continuó Margit.

—¿A qué se refiere? Como qué.

—Alcohol barato, por ejemplo. Bebidas alcohólicas de contrabando.

—¿Qué sé yo? ¿De dónde se han sacado eso? —dijo Fahlén indignado.

Margit lo miró con fijeza. Le mantuvo la mirada hasta que él se puso nervioso y empezó a juguetear con el vaso que tenía en la mano. Una pequeña gota de sudor le rodó por la sien derecha.

Thomas decidió cambiar de tema.

—¿Pasa mucho tiempo en su casa de veraneo?

—Sí, bastante. Nos gusta estar aquí.

—¿Suele pasar aquí el invierno también? ¿Vino en Semana Santa? —preguntó Thomas.

—Como ya he dicho, pasamos mucho tiempo aquí —dijo por toda respuesta.

—No me ha dicho si estuvo aquí en Semana Santa.

Philip Fahlén parecía desconcertado, como si estuviera tratando de entender por qué le preguntaban eso.

—Seguro que sí. Solemos pasar la Semana Santa en Sandhamn.

—Krister Berggren desapareció en esas fechas —explicó Thomas en tono seco—. Y después fue arrojado a la playa aquí al lado. Si mira desde la ventana de su cocina puede ver dónde.

Se levantó y se dirigió hacia la ventana de la cocina para demostrárselo. Más allá de los pinos se divisaba la franja de la playa donde apareció el cuerpo de Krister Berggren.

Fahlén negaba con la cabeza, aterrado.

—No vi a ese Berggren o como se llame en Semana Santa. Y tampoco he visto a la mujer. No tengo nada que ver con esas personas, ya lo he dicho.

—¿Y no conocía a Jonny Almhult? Él vivía aquí en la isla —dijo Thomas en un tono más duro.

Philip Fahlén negó con la cabeza.

—¿Está seguro? —A Thomas le pareció que el hombre que tenía delante se hundía un poco.

—Quizá lo haya visto un par de veces —recordó Fahlén pasados unos segundos—. No puedo asegurar en absoluto que lo conociera.

—Por tanto, conocía al menos a Jonny Almhult.

—Puede ser. No entiendo por qué quiere saberlo.

Philip Fahlén bebió un trago de su vaso, que estaba decorado con nudos dorados.

—Como comprenderás, estamos recabando toda la información que tenga que ver con las tres personas que han aparecido muertas en Sandhamn.

Thomas pronunció las palabras muy despacio para que le entraran de una vez en la cabeza.

—¿Ha realizado Jonny Almhult algún trabajo para usted?

—¿Qué tipo de trabajo?

—Eso lo sabrá usted mejor que yo. ¿Ha sido así?

—Puede que nos haya ayudado con alguna cosa alguna vez. No lo recuerdo bien.

Margit lo miró escéptica.

—¿Eso es todo?

—No recuerdo nada más.

—¿No le ha ayudado a dar recados a otras personas? ¿Mensajes que no quería comunicar usted mismo?

—Ahora sí que no entiendo nada de lo que dice.

Philip Fahlén había abandonado su postura relajada en el sofá y se sentaba muy recto.

—¿No le ha pedido que se pusiera en contacto con Kicki Berggren?

—No. Jamás. —La respuesta llegó rápida y en tono de enojo.

Thomas dudó si hacerle más preguntas acerca de Almhult, pero decidió que apenas le iba a sacar más información si no lo citaba a un interrogatorio conforme a las normas. Algo que había que plantearse.

—¿Tiene algún raticida en casa? —le preguntó, mirándolo fijamente.

—No lo sé. Tendrán que preguntárselo a mi pareja. Sylvia es quien se encarga de las compras.

—¿Han tenido ratones en casa? ¿Eso sí que lo sabrá?

—Quizá alguna vez, en otoño. No estoy seguro.

—Pero, entonces, ¿habrán comprado raticida?

—No lo sé, ya lo he dicho.

—¿Qué hizo el viernes de hace dos semanas, es decir, hace diez días? —intervino Margit.

Una expresión de inseguridad se extendió por la oronda cara de Philip Fahlén. Frunció el ceño como si tratara de recordar dónde estaba ese día.

—Creo que estuve aquí ocupado con el barco. Tenía problemas con el punto muerto, así que traté de arreglarlo. Seguro que fue ese fin de semana.

—¿Hay alguien que lo pueda corroborar?

—Sylvia estaba aquí.

—¿Todo el día? —preguntó Thomas.

Philip Fahlén apartó la mirada.

—Eso creo. En cualquier caso, casi todo el día. Si no recuerdo mal, salió con la bicicleta un rato por la tarde para tomar una copa de vino con unas amigas en el Dykar. Pero es mejor que se lo preguntéis a ella. No resulta fácil acordarse exactamente después de una semana y media.

Thomas se inclinó hacia delante para observar de cerca a Philip Fahlén y se quedó a unos centímetros de su cara. Apestaba a tabaco.

—¿Es realmente cierto que no conocía a Krister Berggren ni a su prima Kicki Berggren? ¿Ninguno de ellos ha venido aquí a visitarlo?

—No, ya lo he dicho. ¿Acaso cree que no sé quién ha estado en mi casa? —contestó Philip Fahlén con voz chillona.

—Hace un momento ha dicho que no conocía a Almhult, y después ha rectificado.

—Estoy empezando a cansarme de esto. ¿Qué insinúan? Si piensan seguir haciendo ese tipo de preguntas quiero contar con la presencia de mi abogado.

Miró fijamente a Thomas.

—Naturalmente, es una opción —convino Thomas—. Pero será mucho más sencillo si responde a nuestras preguntas, ya que estamos aquí.

Philip Fahlén no compartía la opinión de Thomas. Se puso de pie para indicar que la conversación había terminado y se secó la frente con un pañuelo de color rojo. Después se dirigió al vestíbulo y abrió la puerta de par en par.

—Gracias por la visita. Que tengan un buen día.

Thomas no pudo evitar quedarse boquiabierto ante aquel hombre obeso que se apoyaba en el marco de la puerta. No esperaba que se pusiera tan bravucón. Parecía astuto y engreído, pero no un tipo valiente. Thomas se quedó impresionado cuando levantó la voz.

Se levantaron y se dirigieron hacia la puerta.

Philip Fahlén volvió a secarse la frente con el pañuelo rojo. Thomas le lanzó una última mirada inquisitiva antes de marcharse.

—Hasta la vista —se despidió atentamente.

Fahlén no le tendió la mano.

Margit y Thomas abrieron la verja y salieron al camino. Había empezado a levantarse viento. Se oía el susurro en los árboles, cuyos troncos grises contrastaban suavemente con el verdor de la matas de arándanos. Entre los pinos se distinguían manchas de musgo verde ceniciento que parecían mullidos cojines.

Margit consultó su reloj.

—Empieza a ser tarde. Tenemos que tratar de llegar a la ciudad.

Se volvió y observó la casa que acababan de abandonar.

—¿Qué me das por él? En contadas ocasiones he contemplado semejante ejemplar de nuevo rico. Pero me pregunto si es capaz de cometer tres asesinatos.

Thomas se rascó la nuca mientras pensaba en la pregunta.

—Es difícil pronunciarse. No inspiraba mucha confianza. Al contrario, parecía muy nervioso. Desde luego, tenemos que investigarlo a fondo. A Pieter Graaf creo que podemos dejarlo de momento, pero hay algo en Fahlén que me huele mal.

Echó un último vistazo a la casa verde y después miró el reloj.

—Creo que sale un barco dentro de media hora. Seguro que llegamos a tiempo.

52

Miércoles, cuarta semana

Nora miró a su alrededor con curiosidad. La dirección de la empresa de selección de personal la había conducido a un antiguo edificio de piedra en el centro de uno de los barrios más elegantes de Estocolmo, conocido como Öfre Östermalm. La puerta de entrada era imponente y había una alfombra roja en el vestíbulo. La empresa estaba en la tercera planta, en un antiguo piso señorial. Seguramente fue la vivienda de alguna familia acaudalada.

No le sorprendía que el banco colaborase con aquella empresa de carácter conservador. El mundo de las finanzas no era conocido precisamente por sus ideas progresistas.

Había tomado el primer barco de la mañana, que salía a las seis y diez. Aunque le costaba madrugar, había sido realmente agradable levantarse tan temprano. Hasta las ocho de la mañana se respiraba un frescor especial en el aire. Era placentero respirar el aire limpio y disfrutar de la calma del pueblo antes de que el archipiélago despertara.

Los niños pasarían el día en casa de sus padres mientras ella estaba en la ciudad. Henrik se iba a ocupar del barco. Como de costumbre. Nora pensaba aprovechar también para echar un vistazo a las rebajas de verano. No disponía muy a menudo de tiempo para darse una vuelta por la ciudad sin que tuviera que llegar a una hora concreta a algún sitio.

A Henrik le había dicho que tenía que ir a la oficina a solucionar un imprevisto. No tenía la sensación de estar mintiendo, solo esperaba un momento más oportuno para contar la verdad. Podía ocurrir que el nuevo trabajo no fuera nada interesante. En ese caso, Henrik y ella se habrían peleado sin necesidad.

La recepcionista la condujo a una sala de reuniones donde había dispuesta una bandeja con agua mineral y café. A Nora casi le dio la risa: la sala respondía a todas sus expectativas sobre el aspecto que tendría la oficina de un cazatalentos. En la mesa de caoba había un jarrón con un elegante arreglo floral. Varios cuadros con bellos motivos colgaban en las paredes. Resultaba tan acogedor que le parecía estar en una casa privada.

Nora pensó qué pasaría si se encontraba con algún conocido. Quizá entrevistaran también a otros compañeros abogados del banco. Supuso que, si el encuentro se alargaba, los entrevistados podían cruzarse. Esperaba que no sucediera ese día.

Cuando entró Rutger Sandelin y se presentó, ella reconoció inmediatamente su voz por la conversación telefónica que habían mantenido. Rutger. Era un nombre poco habitual. Sonaba a jugador de jockey británico. Nora se había imaginado a un hombre nervudo con botas de cuero y pantalones de montar. Sin embargo, Rutger era un señor de unos sesenta años sumamente pulcro, con el cabello entrecano y un cuerpo ligeramente orondo.

–Gracias por venir –dijo en tono amable–. El banco nos ha pedido que te entrevistemos para tener una imagen objetiva de tus cualificaciones. La idea es que el nombramiento no se vea influido por consideraciones o relaciones internas.

–Lo entiendo –contestó Nora–. Me parece razonable.

Después empezaron a hablar del trabajo en Malmö y de las cualificaciones que se necesitaban para acceder al cargo de jefe del departamento jurídico de la región sur.

Mientras respondía a las preguntas de Rutger, observó que este tenía una mancha de grasa en la corbata violeta de seda que tan bien combinaba con su camisa. Seguramente un percance en algún almuerzo, que contribuía a hacerlo más humano.

Nora se describió a sí misma y los trabajos que había desempeñado. Había estudiado Derecho en Uppsala, donde participó activamente en la asociación de estudiantes. Al terminar los estudios hizo las prácticas en un tribunal de primera instancia antes de incorporarse como *trainee* al programa de desarrollo profesional del banco. Con el tiempo había llegado a su puesto actual. Su vida laboral estaba descrita en su expediente personal, pero parecía que él prefería que lo repasaran juntos, como si se tratara de un trabajo totalmente nuevo fuera del banco.

Tuvo que responder también a cuáles eran sus puntos fuertes y cuáles los débiles, y a cómo la describirían sus compañeros y qué cosas le parecían difíciles y desafiantes y cómo reaccionaba ante el estrés y los conflictos. Nora pensó para sus adentros que era bastante absurdo preguntarle a una madre con hijos pequeños sobre su capacidad para controlar el estrés y los conflictos. Si uno no era capaz de solucionar esas situaciones, no sobreviviría ni un segundo en una familia como la suya. Los niños se peleaban cada dos por tres.

Además, la combinación de tener cada uno su trabajo a tiempo completo, dos niños de seis y diez años y un raudal interminable de notificaciones de la guardería y de la escuela sobre excursiones, bolsas de la merienda y colectas, funcionaba estupendamente como generador de estrés.

Gracias por la pregunta.

De repente, Rutger Sandelin le pidió que describiera qué relación tenía con su actual jefe. Nora se puso nerviosa.

¿Qué iba a decir?

¿Que Ragnar Wallsten era un niño malcriado que ocupaba un puesto para el que no estaba capacitado? ¿Qué su afilada lengua hacía que la mayoría se guardase de decir nada contra él, pero que pocos buscaban su compañía? ¿Qué recién llegada a ese departamento había visto cómo ridiculizaba a un compañero mayor que él hasta que este se marchó?

Durante unos segundos intentó desesperadamente decidir qué posición tomar.

—Supongo que tenemos una buena relación, normal —contestó con recelo. Su voz se apagó mientras buscaba algo neutral que decir—. No es un jefe que intervenga mucho. Cada cual se ocupa de sus tareas.

Esto último sonó estúpido, se arrepintió de sus palabras tan pronto como las hubo pronunciado.

—Tiene mucho trabajo, claro, con todos los asuntos importantes del banco —añadió tímida.

Rutger Sandelin pareció notar su desconcierto y sonrió para tranquilizarla. Se inclinó hacia delante y la miró directamente a los ojos.

—Te voy a ser sincero. Hay división de opiniones sobre Ragnar Wallsten y su capacidad para dirigir el departamento jurídico.

Nora se mordió el labio. Sonaba demasiado bien para ser cierto. Estaba harta de trabajar con él.

Después de haber hablado una hora aproximadamente, Sandelin cambió de tema. ¿En qué trabajaba su marido?

—Es radiólogo en el hospital de Danderyd. Le gusta su trabajo —contestó ella.

—¿Y qué opina de trasladarse a Malmö?

—No hemos hablado mucho de ello aún, pero seguro que no tendría dificultades para encontrar trabajo en algún hospital de la zona.

Rutger Sandelin volvió a recostarse en la silla y juntó las palmas de las manos, lo cual hizo que pareciera un viejo maestro de escuela.

—Es importante que se esté de acuerdo en esto. El traslado de toda la familia significa un gran cambio. Es necesario que todos pongan de su parte y hagan lo que esté en su mano para adaptarse al nuevo ambiente.

La miró con detenimiento.

—¿Crees que tu marido está dispuesto a un cambio semejante?

Nora tragó saliva.

Todo lo que le había contado acerca del nuevo trabajo sonaba fantástico. Proyectos interesantes, buenas condiciones y un ascenso considerable. El banco les ayudaría a encontrar una vivienda y pagaría la mudanza. Además, la región de Öresund bullía de vida. El nuevo puente con Dinamarca había significado un revulsivo para todo el sur de Suecia. De repente, se abría al continente. Unas horas en coche y estabas en Europa. Seguro que a los niños les gustaría vivir tan cerca del parque temático de Lego, Legoland. Era increíble poder ir en coche a Copenhague y pasear por Ströget.

−Naturalmente, tenemos que hablar más del asunto, pero seguramente Henrik pensará que sería interesante para toda familia mudarse y cambiar de aires. −Cruzó los dedos con disimulo, aunque sabía que aquello era pueril.

Rutger Sandelin le sonrió encantado y resumió la entrevista.

−Cuentas con las mejores recomendaciones dentro del banco. El nuevo jefe para la región sur, Magnus Westling, tiene muy buenas referencias de ti y cree que encajarías perfectamente en el puesto. Puedes pensártelo unos días y llamarme después. Si quieres seguir adelante, te reunirás con él. Mientras tanto, yo escribiré un informe para vuestro departamento de personal.

Fuera, en la calle, tras haberse despedido de Rutger Sandelin, Nora estaba contenta y abatida al mismo tiempo. ¿Cómo iba a conseguir que Henrik se trasladara a Malmö? A ella le gustaría mucho aceptar el puesto.

Dirigió sus pasos hacia una cafetería y se sentó frente a un café con leche espumoso. Si fuera Henrik quien hubiera recibido una oferta así, no habría habido ninguna discusión sobre el asunto. Entonces, tanto él como todos los demás, habrían dado por supuesto que ella tenía que recoger todos los bártulos de la familia y mudarse con él. Pero cuando era al contrario, entonces no resultaba tan evidente.

Instintivamente, marcó el número del móvil de Henrik solo para oír su voz. Los últimos días no habían intercambiado ni tres palabras que no tuvieran que ver con los niños. Pero tenía el teléfono apagado y le saltó directamente el buzón de voz.

Eso significaba que estaba navegando. Como de costumbre.

53

Según el médico forense, con el que Thomas consiguió al fin contactar por la tarde, la hipótesis más probable era que Jonny Almhult hubiese caído el domingo por la tarde desde uno de los *ferries* que van a Finlandia. Un cuerpo que cae al agua tarda cerca de una semana en volver salir a la superficie. Pero en verano, si la temperatura del agua es inusualmente alta, como lo era ese año, podía ocurrir pasados unos días. Puesto que el cuerpo apareció el jueves, parecía improbable que Almhult hubiera caído por la borda después del domingo, cuando fue visto por última vez. Eso significaba que debía de viajar en el *ferry* que salió a las siete de Stadsgården con destino a Finlandia.

El *Cinderella* había atracado en Strandvägen a las cinco. Almhult había tenido tiempo suficiente para cruzar Skeppsbron y dirigirse a la terminal de la que partían los *ferries* hacia Finlandia.

Por la mañana, de vuelta en la comisaría, Margit y Thomas habían repasado la conversación mantenida el día anterior con Fahlén. Ambos coincidieron en que había que investigar en profundidad a aquel individuo. Kalle se había puesto en contacto con la Oficina de Delincuencia Económica para que les ayudaran a obtener información detallada de los negocios de Fahlén. Esa oficina, en plenas vacaciones, tenía tan poco personal como la suya, pero les habían prometido colaborar con ellos a lo largo de la semana. Mientras tanto analizaban los movimientos de Fahlén.

Thomas fue a buscar otro té y entró en su despacho. Eran poco más de las cuatro de la tarde. Había decidido llamar a Philip Fahlén para preguntarle dónde estuvo entre el domingo y el jueves de la semana anterior, el tiempo en que Almhult estuvo desaparecido antes de que su cuerpo saliera a la superficie en la playa de Trouville.

Philip Fahlén contestó tras el primer tono, casi como si estuviera esperando que sonara el teléfono.

Al oír quién era, su voz se volvió más tensa.

—¿Puede decirme dónde estuvo entre el domingo y el jueves por la mañana de la semana pasada? —preguntó Thomas.

—¿Qué le importa eso a la Policía? —soltó Fahlén.

—Eso no es asunto suyo —contestó Thomas con sequedad—. ¿Quiere hacer el favor de contestar a mi pregunta?

—Estuve en Sandhamn desde el martes hasta el jueves.

—¿Y el domingo y el lunes? —insistió Thomas.

—Tenía un asunto en la capital, así que viajé el domingo con el barco de la mañana.

—¿Qué hizo en Estocolmo?

—Pasé por la oficina. Tenía algunos asuntos que arreglar.

—¿Cuánto tiempo permaneció allí?

Philip Fahlén lanzó un suspiro sonoro y expresivo.

—No lo sé con seguridad. Unas horas, quizá. Mi secretaria puede confirmar que estuve allí, aunque era domingo me ayudó.

—¿A qué hora salió de la oficina?

—Sobre las cinco y media, si no recuerdo mal.

—¿Qué hizo después?

—Me fui a mi apartamento. Cené y estuve viendo la tele.

—¿Dónde vive?

—En Vasastan.

—¿Estuvo en casa toda la tarde?

—Sí. No salí a ningún sitio.

—Y ¿cuándo volvió a Sandhamn?

—El lunes.

—¿Recuerda la hora exacta a la que llegó?

—Después del almuerzo, creo.

Philip Fahlén se estaba poniendo de mal humor.

—¿Qué es esto? ¿Un interrogatorio? Ya dije que si me van a interrogar quiero contar con la presencia de mi abogado.

Thomas intentó tranquilizarlo.

—Solo me quedan unas pocas preguntas. ¿No es más sencillo que lo solucionemos por teléfono y no tenga que venir hasta aquí?

El auricular se quedó en silencio. Thomas se preguntó por un momento si Fahlén habría colgado, pero pensó que no se atrevería a colgarle el teléfono a un policía.

—Será la última pregunta entonces —respondió finalmente de mala gana.

—¿Hay alguien que pueda confirmar que permaneció en su apartamento la tarde y la noche del domingo?

—No, no hay nadie.

Sonó un clic. Philip Fahlén había colgado.

54

Nora estaba sentada delante del escritorio de su despacho. Se notaba que era plena temporada de vacaciones, porque las oficinas estaban desiertas. No se veía por allí a ninguno de sus compañeros del departamento jurídico y la mayoría de los ordenadores estaban apagados.

La octava planta, donde se alojaba el departamento jurídico en uno de los extremos, estaba en calma. Justo encima se encontraba la planta de la dirección, con las paredes cubiertas por los antiguos directores del banco, donde habitaban los gerifaltes.

Nora había dejado junto al ordenador el vaso de café con leche que se había traído de la cafetería. Solo tardó quince minutos en llegar paseando hasta el banco a través del sofocante aire veraniego de Estocolmo, cuyas aceras estaban repletas de turistas entusiasmados fotografiando a diestro y siniestro.

Cavilaciones acerca de Philip Fahlén, a quien Thomas había mencionado el día anterior, no dejaban de rondar por su cabeza. Dado que se encontraba en la ciudad, podía aprovechar para mirar detenidamente su actividad empresarial. Las rebajas tendrían que esperar.

Encendió el ordenador, se conectó con su clave a la web de Eniro y enseguida consiguió el número de teléfono de la Oficina de Urbanismo del Ayuntamiento de Värmdö. Un hombre joven contestó amablemente y le preguntó en qué podía ayudarle.

—¿Puedes decirme quién es el propietario de un inmueble si te facilito la referencia catastral? —preguntó Nora.

—Por supuesto. No hay ningún problema. ¿Dónde?

—En Sandhamn.

Nora le dio la referencia que había encontrado en el mapa catastral de Sandhamn.

Todos los inmuebles de la isla tenían un número que iba precedido del distintivo Eknö. El motivo era que, en sus orígenes, los habitantes de Eknö, una isla al noroeste de Sandhamn, habían sido los primeros propietarios de Sandhamn. Hasta el siglo XIX no empezaron a abandonar Eknö en beneficio de Sandhamn, pero las referencias catastrales aún seguían vigentes.

—Un momento.

El auricular quedó en silencio. Nora tomó un sorbo de café, que ya estaba frío.

El hombre volvió.

—La propietaria del inmueble es una sociedad mercantil.

Nora arqueó las cejas. ¡Bingo! Los gastos de la elegante casa de Philip Fahlén corrían a cargo de su empresa. Se preguntó si él, de acuerdo con la normativa tributaria actual, pagaría a la empresa un alquiler acorde con los precios del mercado inmobiliario por el privilegio de utilizar la casa durante el verano, la mejor temporada del año.

Probablemente no.

—¿Cómo se llama la empresa?

—Fahlén & Co AB.

La misma empresa de la que Fahlén era propietario y a través de la cual gestionaba su negocio.

—¿Tienes el número de registro?

—Sí, claro.

Le facilitó un número de diez cifras que Nora apuntó cuidadosamente. Con él podría conseguir una información muy interesante. Primero entró en la página web de la Dirección Sueca de Patentes y Registros. Allí figuraba el registro de empresas y había una sección con los datos de todas las sociedades mercantiles suecas. Dado que el banco estaba abonado y conectado a esa base de datos, Nora tuvo acceso inmediato a todos los datos públicos, como el certificado de registro y los balances anuales.

Rápidamente introdujo las diez cifras. Unos segundos más tarde apareció en su pantalla el balance del último año. Lo mandó a imprimir y después hizo lo propio con los resultados de los diez años anteriores. Para mayor seguridad, imprimió también los certificados de registro de los últimos cinco años, para poder comprobar quiénes habían formado parte del consejo de administración de la empresa y conseguir, además, sus datos personales. A través del certificado de registro también podía ver la actividad de la empresa.

Salió del Registro Mercantil y se conectó a la UC, Upplys-ningscentralen, una empresa dedicada a la evaluación de riesgos crediticios a la que el banco también estaba conectado. Allí se podía consultar el registro de morosos y otros temas relacionados con la Oficina Nacional de Cobro Ejecutivo. La UC lo registraba todo de todos, tanto empresas como particulares. Era una fuente de información muy útil cuando uno quería investigar a una empresa y juzgar su solvencia. Muy poco se le podía ocultar a quien tuviera acceso a la base de datos de la Upplys-ningscentralen.

Según esta, Fahlén & Co cumplía desde el punto de vista financiero. No había ninguna incidencia y la empresa no aparecía en los registros de cobro ejecutivo, incluso la solvencia crediticia estaba en el intervalo más alto, puesto que su liquidez era elevada y las deudas bajas. Evidentemente, el negocio iba muy bien.

En cuanto imprimió todo el material que le interesaba —un buen montón de papeles—, lo colocó en una carpeta azul y la guardó en su bolso. Después apagó el ordenador y se dirigió a los ascensores. Si quería llegar al próximo barco de vuelta a Sandhamn, era hora de encaminarse a Strandvägen.

55

El *Cinderella* estaba como de costumbre lleno de gente que iba al archipiélago. Pero al ser un barco que salía por la tarde había más trabajadores que turistas, y Nora no tuvo problemas para encontrar una mesa en un rincón apartado donde poder extender sus papeles.

Sacó la carpeta azul y empezó a estudiar detenidamente los resultados que Fahlén & Co había presentado durante los últimos diez años. Como abogada de un banco estaba acostumbrada a leer las cuentas de resultados y los balances en diferentes contextos; los números siempre se le habían dado bien. Se había llevado también su vieja calculadora, la que utilizaba cuando tenía que repasar muchas cifras. Decidió analizar primero el desarrollo de las ganancias en los últimos cinco años. Después revisaría los gastos para hacerse una idea de los márgenes de ganancia del negocio. Sabía desde hacía tiempo que el sector de la restauración no destacaba por sus altos márgenes. Parecía lógico que rigieran los mismos márgenes para sus proveedores. Rápida y metódicamente sumó el resultado de cada año. Introdujo las diferentes cifras en el minúsculo aparato y su bloc de notas se llenó de sumas y columnas.

Después de casi una hora había llegado el momento de concederse un respiro, así que se pasó por la cafetería y compró una cerveza fría. Saludó a algunos conocidos de Sandhamn inclinando ligeramente la cabeza y charló un par de minutos con el chico de la ventanilla donde había comprado su billete.

Él tampoco se abstuvo de comentar los asesinatos. El tema seguía en boca de todos.

De vuelta en su sitio continuó analizando las cuentas. Una pauta empezaba a ser evidente, y cuántos más datos introdujo en su calculadora, más evidente se hizo.

Aquello tenía que contárselo a Thomas. Sacó el móvil y lo llamó. Contestó al primer tono:

—Diga —respondió seco, pero no antipático.

—Soy Nora. Creo que he encontrado algo muy interesante relacionado con la empresa de Philip Fahlén. Deberías echarle un vistazo lo antes posible.

—¿Dónde estás?

—En el *Cinderella,* camino de Sandhamn. Llegaré dentro de media hora, más o menos. ¿Qué planes tienes para esta tarde?

—Había pensado quedarme en Estocolmo —respondió poco convencido—. Por otro lado, no estaría mal dejar atrás este calor sofocante.

—Si vienes te invito a cenar en el Seglar, en el *bistrot* —lo tentó Nora.

Tenía que hablar con él de algo más que de la empresa de Philip Fahlén. Quería aprovechar para comentar con su amigo la entrevista con Rutger Sandelin. Necesitaba el punto de vista de un hombre antes de que llegara el momento de vérselas con Henrik.

—Deberías ver lo que he encontrado, en serio. Es imposible explicártelo por teléfono, es demasiado complicado —añadió.

Thomas se rio entre dientes al otro lado de la línea.

—De acuerdo. Pero solo llego a tomar el último barco, el que sale de Stavsnäs a las siete y media, si no me equivoco. Con lo cual cenaremos a las tantas.

—No hay problema —contestó Nora satisfecha—. Te espero junto a la escalera a las ocho y media.

56

El *bistrot* de la isla era el resultado de una ampliación respetuosa del antiguo edificio del club de vela, que dominaba el puerto desde hacía más de un siglo.

En el edificio de color rojo Falun con su torre coronada por un gallardete estaban la oficina de las regatas del club y la de la actividad portuaria. Además había varios restaurantes. Era incontable la cantidad de regatistas que habían pasado por aquella casa durante sus más de cien años de existencia. Si sus paredes hubieran podido hablar, habrían contado algunas historias picantes protagonizadas por reyes y caballeros de la nobleza. A lo largo de los años habían pasado muchos dueños por el restaurante Seglar, desde el legendario Åke Kristerson en las décadas de los setenta y ochenta hasta el peor reputado Fleming Broman, el traficante de drogas.

Nora ya estaba esperando junto a la escalera que conducía al *bistrot* cuando Thomas apareció caminando desde el puerto. Reconoció desde lejos su paso decidido y, como siempre, le sorprendió lo apuesto que era. A pesar de que no le interesaba la moda, le sentaba bien todo lo que se ponía. Aquella noche llevaba un polo de tenis azul claro, unos vaqueros descoloridos en su justa medida y unas gafas de sol modelo piloto. Nora vio que unas veinteañeras se volvían a mirarlo entre risitas. Por supuesto, Thomas era completamente inconsciente de ello.

En su cara se dibujó una amplia sonrisa cuando se acercó. En recompensa recibió un gran abrazo.

—¿Qué tal estás? ¿Cansado? ¿Qué quieres cenar? —dijo Nora sin percatarse de que acababa de lanzar tres preguntas seguidas sin esperar respuesta. Se palmeó el estómago—. Yo estoy a punto de morir de hambre. Vamos.

Se dio la vuelta y subió las escaleras delante de Thomas. Una jefa de sala con vestido negro los condujo hasta una mesa con vistas al puerto. Les entregó una carta a cada uno antes de retirarse. Nora la leyó con avidez. Había mucho pescado, claro, pero también varios platos de carne muy tentadores.

—¿Qué vas a pedir? —preguntó a Thomas—. Piensa que soy yo quien invita, una promesa es una promesa.

—Sé exactamente lo que voy a pedir. En realidad, aquí solo se puede comer una cosa.

—¿Y se puede saber qué es? —Nora le sonrió, a sabiendas de lo que él tenía en mente.

—Tostada náutica Seglartoast. ¿Acaso lo dudas?

El clásico plato Seglartoast se había servido allí desde tiempos inmemoriales. Consistía en un buen trozo de solomillo sobre pan tostado cubierto todo ello con una generosa capa de salsa bearnesa. El plato incluía además un abundante acompañamiento de patatas fritas.

—No es comida precisamente saludable —lo reprendió Nora.

—Pero, joder, qué rico —protestó Thomas—. Perdón por el lenguaje...

Cuando la camarera tomó nota y les sirvió una copa de un vino tinto merlot de Australia del que Nora se había encaprichado, Thomas no pudo contener más su impaciencia.

—Ahora, cuenta, ¿qué es lo que has descubierto sobre la empresa de Philip Fahlén?

Nora sacó la carpeta azul y el bloc de notas con todos los cálculos. Describió rápidamente cómo había procedido y en qué se había concentrado.

—Mira esto —dijo sacando un papel con hileras de columnas escritas a lápiz—. Durante mucho tiempo, la empresa ha tenido más o menos el mismo volumen de facturación y el mismo margen de ganancias. No hay diferencia de un año a otro. Pero hace cinco años aumentó notablemente la facturación y a la par aumentó el margen de ganancias el trescientos por cien.

Señaló con el lápiz la cifra 300 para subrayar lo que acababa de decir.

—¿Qué significa eso? —preguntó Thomas.

—Que la empresa de pronto obtuvo muchos más ingresos, sin que aumentaran los gastos.

Nora bebió un trago de agua antes de continuar.

—La mayoría de las empresas que aumentan sus ingresos, también aumentan proporcionalmente los gastos. Suelen ir de la mano. Aunque pueda haber algún negocio con márgenes extra, no es muy normal que uno pueda aumentar considerablemente los ingresos sin que ello afecte a la partida de gastos. Pero Philip Fahlén ha conseguido justo lo contrario.

Sacó otro papel con diferentes cifras.

—Míralo tú mismo, de repente la parte de los ingresos es mucho más alta que la de los gastos. Y no hay manera de encontrar ninguna explicación lógica. Por lo que veo en las cuentas de resultados anuales, no ha comprado ninguna otra empresa ni ha firmado ningún contrato importante. No existe una ganancia de capital que lo explique, ni otros ingresos extraordinarios. Es como si un hada madrina hubiera utilizado su varita mágica para hacer que gane mucho más dinero que antes.

Se detuvo y comió una cucharada de la paella, que apenas había tocado en su excitación por contar lo que había descubierto.

Thomas la miró concentrado.

—Continúa. Te escucho.

—Además, aumentan también los ganancias para el dueño, o sea, para el propio Philip Fahlén. Antes se había conformado con unos dividendos bastante modestos, pero ahora empieza a sacar importantes cantidades de dinero todos los años. Lo cual, en sí, va muy bien, porque las ganancias han aumentado mucho.

—¿Y cómo se explica eso?

Nora levantó la vista del papel con las cuentas y miró a Thomas a los ojos.

—Esta es mi teoría: supón que Fahlén suministra algo a sus clientes del sector de la hostelería junto con sus productos habituales.

—Como bebidas de contrabando —soltó Thomas.

Nora asintió.

—Por ejemplo. En ese caso, le resulta casi imposible restar los gastos de los ingresos, es decir, lo que él paga en un principio por el alcohol de contrabando.

Thomas asintió mientras pinchaba con el tenedor las últimas patatas fritas. Había limpiado el plato, no quedaba ni una gota de salsa.

—Eso sí lo entiendo. Resultaría bastante difícil convencer a la Agencia Tributaria de semejante gasto. —Sonrió con ironía y siguió escuchando atentamente las explicaciones de Nora.

—Exacto. Pero además necesita ingresar el dinero en la empresa, para blanquearlo. No resulta muy práctico tener un montón de dinero negro dando vueltas. ¿Dónde puedes meterlo sin que Hacienda se te eche encima? Actualmente todos los bancos están obligados a informar a Hacienda del saldo de las cuentas bancarias. De alguna manera tiene que manejar esa parte del negocio de donde vienen sus ingresos extra.

Thomas dejó sus cubiertos sobre el plato y bebió un trago de vino.

—Parece lógico.

—Lo que imagino que ha hecho Philip Fahlén es aumentar desorbitadamente las facturas a los restaurantes que le compran productos ilegales. La bebida de contrabando. Aumenta el precio de sus verdaderos suministros, lo cual es totalmente legal. De esa manera los restaurantes tienen la posibilidad de desgravarse abiertamente los costes de la bebida con una factura real. Y la empresa de Philip Fahlén obtiene así mayores ingresos y con ello una mayor ganancia. Esa ganancia se la reparte la empresa en forma de dividendos a su dueño, y de ahí saca el dinero para pagar a quienes le proporcionan la bebida de contrabando.

Nora miró triunfante a Thomas y le mostró otro papel con varias sumas.

—Y abracadabra: ya no hay dinero negro.

Thomas se retrepó en la silla y entrelazó las manos en la nuca. Era una teoría interesante que sonaba absolutamente plausible. Volvió a recordar las palabras de Agneta Ahlin: el dinero estaba en Sandhamn, había dicho Kicki Berggren. ¿Estaba pensando en el dinero de Fahlén?

Nora sacó otra hoja.

—Hay más. También las retribuciones del consejo de administración aumentaron considerablemente.

—¿Durante los mismos años en que todo lo demás se puso en marcha?

Nora asintió.

—Durante mucho tiempo, los miembros del consejo de administración tuvieron que conformarse con una retribución de cincuenta mil coronas anuales cada uno. Hace cuatro años la suma ascendió a seiscientas mil coronas al año para cada miembro del consejo. Y desde entonces hasta ahora esa suma se ha mantenido.

Thomas lanzó un silbido. Seiscientas mil coronas. No estaba nada mal. Bastante más del sueldo anual de la mayoría de la gente.

—¿Quiénes forman parte del consejo? —preguntó señalando con la mirada el montón de papeles que había sobre la mesa.

Nora sacó los certificados de registro y se los enseñó.

—Solo son tres miembros. Philip Fahlén, su padre, que a juzgar por su carné de identidad tiene casi noventa años, y una mujer que se llama Marianne Strindberg.

Thomas tomó los papeles y los estudió detenidamente.

Estaba tan concentrado que apenas se dio cuenta de que la camarera le preguntaba por tercera vez si quería postre o café. Él interrumpió la lectura y pidió un espresso. Sin postre. Nora hizo lo propio después de admitir que la tentadora *mousse* de chocolate no era recomendable para una diabética.

—Strindberg —murmuró—, me suena ese apellido, pero ahora no consigo recordar de qué. Aparte, claro está, del conocido August —sonrió.

—Marianne entró a formar parte del consejo en el dos mil —señaló Nora—. Qué coincidencia más interesante, ¿no? El mismo año que la empresa aumenta sus beneficios de manera considerable. Antes solo estaban los Fahlén, padre e hijo, con la madre como suplente.

Thomas probó un sorbito del espresso que acababan de servirle y disfrutó de su intenso sabor.

Entonces se acordó de algo.

—Viking Strindberg —dijo dejando la taza de café en la mesa—. El jefe de Krister Berggren se apellida Strindberg. Por supuesto.

—Supón que está casado con una mujer que se llama Marianne —añadió Nora con gesto impaciente.

—Se puso muy nervioso cuando fuimos a verlo —continuó Thomas—. Me pregunto si lo del apellido es casualidad.

Levantó su copa para brindar.

—A tu salud, Nora —dijo—. Esto es estupendo. Me alegro de que me convencieras para venir. Eres una detective genial, de veras.

57

Jueves, cuarta semana

–¿Cómo va?

Carina alzó la vista cuando Margit apareció en la puerta de su despacho. La jornada acababa de empezar. Los pasillos estaban todavía silenciosos. Carina llevaba en su despacho desde las siete y media de la mañana. Ambición no le faltaba, desde luego.

Tenía todo el escritorio delante de ella abarrotado de diferentes pilas de papeles unas encima de otras.

–La empresa naviera lo envió ayer, pero aún no he tenido tiempo de examinarlo todo.

Se frotó los ojos y se desperezó.

–¿Has encontrado algo? –preguntó Margit.

Carina negó con la cabeza.

–Apenas he empezado. ¿Sabes cuántos pasajeros llevan a bordo los *ferries* que van a Finlandia? Miles en cada viaje. Y aparecen en el orden que compraron los billetes. El chico con el que hablé me dijo que tenían un problema en el sistema informático y que no podían ordenar las listas por orden alfabético, y yo solo he recibido copias en papel, nada en soporte digital.

Levantó un montón de listas para que Margit las viera.

–Busco todos los nombres que se parezcan o recuerden a Almhult o Fahlén, porque pueden estar mal escritos.

Observó las listas en las que estaba trabajando en ese momento. Línea tras línea con nombres y apellidos.

–Además, no podemos estar seguros de que ese tal Fahlén diera su verdadero nombre –masculló mirando los papeles–.

Casi sería más sencillo esperar a que llegara un archivo digital, de manera que yo pudiera ordenar los nombres directamente en el ordenador.

–Pero no tenemos tiempo que perder. Así que, lamentablemente, no queda más remedio que buscar –dijo Margit contrariada.

Se dio la vuelta para salir, pero volvió a asomar la cabeza por la puerta.

–Habrás empezado con las salidas del domingo, ¿no?

Carina arqueó las cejas, perpleja.

–Por supuesto.

Margit sonrió a modo de disculpa.

–Lo siento. Sé que haces cuanto puedes.

Carina sacudió la cabeza.

–Tranquila. Tan pronto como encuentre algo te lo comunicaré.

Margit fue a buscar más café. Miró la hora, las nueve menos veinte. Thomas iba a hacerle una visita a Philip Fahlén para presionarlo aún más esa misma mañana. La había llamado la noche anterior y le había contado las averiguaciones que Nora había hecho de las cuentas de Fahlén y las conclusiones a las que habían llegado.

Habían decidido de común acuerdo que Thomas se quedara en el archipiélago y fuera a hablar con el empresario por la mañana para confrontarlo con los datos de Nora. Mejor sorprenderlo una última vez que citarlo a un interrogatorio en toda regla donde podía acudir acompañado de su abogado. Sin duda la cosa pintaba mal para el bueno de Fahlén, pensó Margit. Ya cuando vio su casa de color verde chillón presintió que algo no encajaba. Algo chirriaba.

Su tarea aquella mañana era conseguir el extracto de las llamadas telefónicas de Fahlén durante los últimos meses. Quizá, incluso, cursar una orden para que le pincharan el teléfono. Levantó el auricular y marcó el número de la fiscal.

58

Thomas había aceptado agradecido el ofrecimiento de la familia Linde de usar su pequeño fueraborda para desplazarse hasta su casa de Harö por la noche y volver al día siguiente a primera hora para visitar a Philip Fahlén en la suya. Amarró el pequeño barco en el embarcadero y se dirigió con paso rápido hacia el cabo de Västerudd. Hacía más frío que el resto de la semana. El aire de la mañana era fresco y limpio. Una temperatura mucho más agradable que el calor asfixiante de la semana anterior.

Mientras se dirigía a Västerudd aprovechó para llamar a Carina y pedirle que buscara si Marianne Strindberg estaba casada con un hombre que se llamaba Viking y si ambos vivían en la misma dirección de Tyresö que figuraba en los certificados de registro de la empresa Fahlén & Co. Cuando ella le confirmó que así era, Thomas no pudo evitar sonreír con satisfacción.

Philip Fahlén abrió la puerta en cuanto Thomas llamó.

De mala gana lo acompañó a la cocina y le indicó una silla. Parecía que no se encontraba bien, tenía la cara roja y grandes bolsas debajo de los ojos.

–A ver... –farfulló con acritud–. ¿Qué es lo que quiere ahora?

–Hacerle más preguntas.

Thomas ignoró la evidente antipatía que le mostraba. Esta vez estaba firmemente decidido a ponerlo contra las cuerdas. Se sentó en la silla de la cocina que le había asignado. Fahlén se sentó al otro lado de la mesa, lo más lejos posible de él.

—Se trata de su empresa. Por lo que tengo entendido, ha ido muy bien los últimos años. Ha conseguido muchas ganancias desde el cambio de milenio, ¿no es cierto?

—Eso no es cosa suya.

—Por favor, ¿puede contestar a la pregunta?

Philip Fahlén deslizó nervioso la mirada por la cocina.

—Ha ido bastante bien. No es nada extraño, hemos tenido éxito durante muchos años.

—¿Cómo explicaría que sus ganancias se han triplicado?

—Trabajamos. Si uno trabaja duro, gana dinero. No hay más misterio.

—Tiene que haber trabajado de lo lindo; por lo que tengo entendido, su margen de ganancias supera con mucho la media del sector.

—¿Acaso está prohibido?

—No he dicho eso —contestó Thomas con suavidad—. Pero es bastante raro. Sería interesante que me contara cómo lo ha conseguido. —Se recostó en la silla mientras aguardaba la respuesta.

Fahlén se levantó bruscamente y se dirigió al fregadero. Sacó un vaso de uno de los armarios superiores, lo llenó de agua y bebió, dándole la espalda a Thomas en todo momento.

—¿Ha entendido la pregunta? —dijo este.

El empresario siguió de espaldas y en silencio.

Thomas alzó la voz:

—Por favor, conteste.

Philip Fahlén se volvió y lo miró con agresividad.

—¿Está sordo o qué? Le acabo de decir que he trabajado duro. He conseguido más clientes, pedidos más grandes. Así es como funcionan los negocios.

Se volvió de nuevo hacia el fregadero.

—¿Es que ya no se puede trabajar en este maldito país de policías sin que ningún gilipollas venga a hacer preguntas tontas? —dijo casi gritando.

Un silencio espeso se instaló en la habitación. Thomas esperó sin pestañear.

Lo único que se oía era el ruido que hacía Fahlén al beber más agua.

—¿Quién es Marianne Strindberg? —preguntó Thomas.

Fahlén se estremeció.

—¿Qué?

—Le he preguntado quién es Marianne Strindberg.

—Está en mi consejo de administración.

—Y ¿qué hace ahí?

—¿Qué importancia tiene eso?

—Me gustaría saber por qué está en su consejo. No lleva mucho tiempo, ¿no?

—Es economista. Me pareció que me vendría bien tener a una economista.

—¿Y llegó a esa conclusión de repente, hace cuatro años, después de habérselas arreglado solo con su padre durante tanto tiempo?

—Esto es una locura, ¿a qué viene mezclar a mi padre en este asunto? —Philip Fahlén lo miró enojado.

Thomas cambió de táctica.

—¿Cómo se explica que triplicara la retribución a los miembros del consejo desde que Marianne empezó a formar parte de él?

—Eso a usted no le importa —contestó Fahlén, y arrancó un trozo de papel de cocina con el que se secó la frente—. Pero si tiene que saberlo, lo hice porque pensé que ya era hora de pagar a los consejeros un poco más. ¿No está permitido? —preguntó extendiendo los brazos y mirándolo interrogante.

—Sí, pero es inusual —contraatacó Thomas mientras observaba la expresión de la cara adiposa de aquel tipo—. ¿Quiere saber lo que creo? —continuó sin preocuparse de la crispación que reinaba en la estancia.

—No necesariamente.

Thomas decidió ir directo al asunto.

—Creo que subió las retribuciones a los consejeros porque estaba obligado a pagar a Marianne Strindberg por los servicios que le prestaba su marido.

Philip Fahlén intentó mostrarse impasible, pero después se puso pálido y alargó la mano para apoyarse en el fregadero.

Thomas se inclinó hacia delante y le clavó la mirada.

—Tengo el presentimiento de que su consejera Marianne Strindberg está casada con un hombre que se llama Viking Strindberg y trabaja en el Systembolaget. El mismo Viking Strindberg que le ayuda con los suministros especiales. Vino y otras bebidas sustraídas del Systembolaget que usted vende a escondidas junto con sus artículos habituales y por el que cobra un extra a sus clientes de los restaurantes. Una fuente más de ingresos que hace que sus ganancias de repente aumenten notablemente, lo cual explica por qué gana mucho más que nadie en el sector.

Thomas volvió a apoyarse en el respaldo de la silla y cruzó los brazos. Miró desafiante a Fahlén.

—Eso es lo que creo —sentenció después.

Las palabras quedaron flotando en el aire. Vibraban con fuerza propia después de haber sido pronunciadas.

Para Fahlén fue la gota que colmó el vaso. Se volvió a secar la frente. Con mano temblorosa señaló la puerta.

—Fuera —bufó—. Sal de mi casa. No tienes ningún derecho a venir aquí y afirmar algo así. Ahora llamaré a mi abogado.

Thomas lo miró, tranquilo. Se planteó si debía quedarse e intentar que respondiera a más preguntas.

El hombre que tenía enfrente estaba tan alterado que se le acumulaba la saliva en las comisuras de los labios. Le temblaba la barbilla y le dio un tic en el ojo izquierdo.

Thomas decidió dejarlo estar. No valía la pena provocar aún más a aquel tipo. Sería mejor convocarlo a la comisaría tan pronto como estuvieran completamente seguros de su relación con Viking Strindberg y hubieran tenido acceso a las conversaciones telefónicas.

Se levantó y se dirigió hacia la puerta. Puso la mano en la manija y abrió.

—Te llamaré —dijo a modo de despedida—. Pronto.

—Fuera de mi casa —jadeó Fahlén—. Fuera.

59

Henrik entró en la cocina con el semblante oscuro como una nube de tormenta. Nora, que estaba haciendo tortitas para la excursión del día siguiente a la isla de Grönskär, se quedó sorprendida.

—¿Qué ha pasado? —preguntó.

—Lo que ha pasado es que nuestra red nueva para pescar percas tiene un agujero muy grande —soltó Henrik—. Los niños han estado jugando en la caseta y ahora tenemos una red rota, y además la red de las platijas tiene varios desgarrones. Llevará un buen rato arreglarlos. Pensaba ir a echar las redes con Hasse Christiansson hoy.

Nora intentó mostrarse comprensiva. Pero de todos modos no era tan grave.

—Tampoco es una desgracia —intentó.

Él la miró irritado y Nora reculó.

—Comprendo que estés enfadado, pero se puede comprar otra. Para eso nos dan el subsidio por tener hijos, una ayuda para todas las que lían —intentó bromear.

Henrik seguía enfadado.

—Tienen que aprender a ser cuidadosos con las cosas. Estoy harto de que no hagan más que tirar lo que encuentran a su alrededor y romperlo todo.

Se colocó al lado de la escalera y llamó a los niños.

—Simon, Adam, bajad ahora mismo. Quiero hablar con vosotros. Ahora.

—Nosotros no hemos hecho nada —se les oyó decir a coro desde su habitación.

—He dicho que vengáis aquí.

—¿No le puedes pedir prestada una red a Signe? Tiene muchísimas —intervino Nora, preocupada por evitar una bronca y salvar al mismo tiempo la alegría de la pesca.

Henrik se dejó aplacar y bajó un poco la voz.

—¿No puedes preguntarle tú? La conoces mejor.

—Claro —dijo Nora, aliviada porque la crisis parecía desactivada—. Voy enseguida, en cuanto acabe de hacer las tortitas.

Nora abrió la antigua y elegante doble verja, hecha a mano, de Villa Brandska. Subió las pocas escaleras que conducían a la puerta y llamó. En Sandhamn no había timbres. O la casa estaba abierta y entonces se decía un hola en voz alta antes de entrar, o se llamaba con los nudillos en la puerta. Cualquier opción servía si uno anunciaba su presencia de algún modo.

Signe abrió ataviada con su habitual delantal, el que Nora le había visto llevar muchos años. A veces se preguntaba si Signe, como el Hombre enmascarado con todos sus trajes en la Cueva de la Calavera, tendría infinitas reservas de delantales iguales, que iba cambiando a medida que el viejo se le gastaba.

Nora la saludó, contenta.

—Me pregunto si nos podrías prestar una red para percas. Adam y Simon han roto la nuestra jugando. La cena de esta noche está en peligro porque habíamos pensado echar las redes por el día —aclaró guiñándole un ojo—. Henrik está enfadado, como podrás comprender. Ha castigado a los niños sin ordenador, y no podrán volver a jugar en la caseta de pesca sin permiso.

—Claro que te puedo prestar una red, Nora. Solo tienes que bajar a la caseta y llevarte lo que quieras.

Kajsa se acercó a la puerta y asomó su húmedo hocico. Nora se agachó y la acarició. *Kajsa* era la perra más buena del mundo. El pelo gris del hocico indicaba que también ella empezaba a envejecer, igual que su dueña.

Signe le dio la llave de la caseta.

—¡Pero tendrás que limpiarla bien antes de volver a colgarla!

Nora sonrió. Una red llena de algas y de hierbas marinas no era ninguna tontería. Signe sabía de lo que hablaba. Uno podía pasarse una eternidad sacudiendo la red con una pala de ramas de enebro sin que quedara limpia del todo.

Signe le había enseñado que la mejor manera de que una red realmente sucia quedara bien era enterrarla en la tierra unas semanas. Entonces las enzimas del suelo desintegraban las algas. Las hierbas marinas desaparecían y la red quedaba de nuevo milagrosamente limpia. Era un viejo truco de las islas que a veces venía muy bien.

Nora bajó a la caseta. Estaba justo al lado del embarcadero que incluía la propiedad de la familia Brand. Era la típica caseta de pesca pintada de rojo Falun con la puerta verde.

Mucha gente de la isla contemplaba con envidia el amplio embarcadero de Signe porque podía alojar muchos barcos. La demanda de amarres era siempre mayor que la oferta. El tablón de anuncios del puerto siempre estaba lleno de notas de propietarios de barcos que no tenían dónde amarrarlos. El precio normal por un amarre en verano se había puesto por las nubes y se alquilaban a precios desorbitados. Muchos vecinos de la isla ganaban un dinero extra alquilando los amarres libres en sus propios embarcaderos. Signe alquilaba su embarcadero a un precio razonable a dos familias que tenían casa en Sandhamn desde hacía siglos.

Nora introdujo la llave grande y antigua en la puerta de la caseta. Dentro estaba bastante oscuro y la pequeña lámpara del techo apenas daba luz.

¿Dónde estarán las redes para percas?, se preguntó.

Examinó la pared más larga. La mayoría de las redes estaban en buen estado, pero había alguna que otra vieja y rota. Nora volvió distraída la tablilla de una de las más gastadas y observó que ponía K. L. en vez de S. B. Al parecer, alguien más guardaba sus redes en la caseta de Signe. ¿Quizá alguno de los veraneantes que le alquilaban los amarres?

Al fondo a la derecha encontró las redes que buscaba. Las descolgó de los dos ganchos y las sacó con cautela fuera, al sol. Cuando hubo cerrado, las bajó al embarcadero, donde Henrik estaba preparando el barco para salir.

—Aquí tienes las redes.

Se las alcanzó con cuidado para que no se enredaran.

—Espero que se te dé bien la pesca. Tendremos que cenar pronto para que tengas tiempo de llegar a las Veinticuatro Horas de Vela. ¿Empieza a las doce, no?

—Con que cenemos a las cinco, tengo tiempo. No tengo que estar antes de las nueve —contestó Henrik bastante más calmado y sonrió amablemente a Nora como si intentara mitigar las desavenencias de los últimos días.

—Por cierto, tengo algo interesante que contarte —dijo ella cruzando los dedos detrás de la espalda—. Algo de lo que me gustaría hablar contigo esta tarde. Pero, ahora vete para que no se te haga demasiado tarde.

Henrik ayudó a Adam a bajar al barco. El chico se había puesto muy pesado con que quería ir con su padre cuando saliera a echar las redes. Nora lo miró y le lanzó un beso.

—¿Me prometes que te vas a portar bien?

Adam la miró muy serio e hizo una especie de saludo militar.

—A sus órdenes, mi capitán —dijo muy serio—. Me voy a portar muy bien. Sobre todo si puedo conducir el barco... —añadió mirando tímidamente a Henrik, preocupado porque sus travesuras con las redes hubieran echado por tierra sus posibilidades de sentarse detrás del volante.

Henrik se echó a reír y le alborotó el pelo. El buen humor había vuelto.

—Vamos, campeón, salimos. Claro que podrás conducir un poco.

Nora subió del embarcadero pensativa. Se preguntaba cuál sería la mejor manera de decirle a Henrik que le gustaría mucho aceptar ese puesto de trabajo en Malmö.

Después de la pelea del sábado no habían hablado más del asunto. Ella no había encontrado ninguna ocasión propicia para contarle que se había entrevistado con la empresa de selección de personal en Estocolmo.

Nora sentía que debía hablar con él antes de que saliera a navegar, de manera que pudiera asimilarlo mientras estaba fuera.

Aquella tarde. Después de la cena.

Esa debería ser una ocasión propicia.

60

Thomas volvió a la comisaría después de subir a las once en el puntual *Solöga,* de vuelta a la península. «Llama a Marcus Björk de los *ferries* a Finlandia», decía la nota que había encima de su escritorio.

Debería haberme comprado un bono de la compañía Waxholm, pensó, era un fastidio conservar todos los recibos de los viajes en barco que tenía que presentar. Algunas veces había viajado con la Policía Marítima, pero eran contadas las ocasiones en que sus idas y venidas coincidían con alguno de sus escasos barcos.

En la nota había un número de móvil. Llamó a Margit, se sentaron los dos en su despacho y levantaron el auricular, que estaba provisto de altavoz. Margit marcó el número y pulsó el botón para que pudieran escuchar la conversación los dos.

—Markus Björk, bienvenido a la compañía naviera Finlandsrederiet.

La voz que contestó sonaba joven y animosa. Thomas se imaginó a un chico con las mejillas redondeadas y mucha ambición.

—Soy Margit Grankvist, de la comisaría de Nacka. Mi compañero Thomas Andreasson está a mi lado y escucha también esta conversación. Querías hablar con nosotros.

—Exacto. Gracias por devolverme la llamada. Trabajo en la sección administrativa de la empresa. Ayer os enviamos las listas de pasajeros. Siento que se retrasaran, pero las imprimimos en cuanto pudimos. Tuvimos una avería en el sistema informático que nos dio un montón de problemas.

—Entiendo.

—El caso es que he hablado con el capitán que estaba de servicio el domingo por el que preguntabais, es decir, hace casi dos semanas. Me ha contado que hay una anotación sobre un par de adolescentes que comunicaron que habían visto a alguien caer por la borda justo esa tarde. Pero no presentaron la denuncia hasta el día siguiente, cuando se disponían a abandonar el barco y no había ningún otro aviso que hiciera pensar que hubiera ocurrido nada semejante. Además, parecía que los jóvenes habían bebido bastante aquella tarde, así que el capitán pensó que no había ocurrido nada.

Markus Björk se rio, nervioso.

—¿Y qué más? —Margit miró atenta el teléfono.

—Pues no mucho, lamentablemente. Es difícil tomarse en serio a los adolescentes. No sabéis la cantidad de veces que la gente asegura haber visto las cosas más inverosímiles.

Esto último lo dijo algo inquieto, como si temiera que alguien hubiera cometido un gran error.

—Pero como habéis pedido las listas de pasajeros, he pensado que igual queríais saber si se había informado de alguna incidencia aquella noche —añadió.

Thomas y Margit se miraron. Margit levantó el pulgar.

—¿Nombre? —le dijo por señas.

Thomas se acercó al teléfono.

—¿Tenéis el nombre de esos jóvenes?

—Sí, sabemos cómo se llaman y dónde viven. El capitán anotó sus datos por seguridad. Afortunadamente.

Markus Björk ya no estaba animado, sino acongojado.

—Muy bien —dijo Thomas, y asintió hacia Margit.

—¿Puedes enviarme ahora mismo un correo electrónico con sus datos?

—Por supuesto. —Al otro lado del auricular se hizo un silencio durante un instante—. Si necesitáis algo más, solo tenéis que decirlo —ofreció el chico.

—¿Tenéis cámaras de vigilancia a bordo? —preguntó Margit.

—Sí. En bastantes sitios.

—Entonces me gustaría ver las grabaciones de hace dos domingos. Las del lunes al miércoles también, si no hay inconveniente. Lo antes posible.

—Sí, claro, cuando el barco regrese a Estocolmo me encargaré de ello de inmediato.

Margit miró la hora y suspiró.

—¿A qué hora llega?

—Déjame ver...

A juzgar por el ruido que se oía de fondo, Markus Björk estaba hojeando un montón de papeles. Debería sabérselo de memoria, le susurró Thomas a Margit.

—Avanzada la tarde. Tiene prevista la llegada a las siete.

Margit, pensativa, le daba vueltas al bolígrafo entre los dedos mientras Thomas se despedía y colgaba.

—¿Será posible que tengamos suerte y las cámaras de vigilancia hayan grabado a Jonny Almhult y a su asesino?

Rasgó el papel donde había dibujado un montón de monigotes y lo estrujó hasta hacer una bolita que lanzó con mucha puntería a la papelera del rincón más alejado.

Después miró a Thomas con escepticismo.

—¿O es esperar demasiado?

Él hojeó su bloc buscando una anotación sobre las escuchas telefónicas a Viking Strindberg.

—¿Qué dijo la fiscal sobre las escuchas de las que hablamos?

Margit se recostó en la silla y arqueó las cejas.

—No le gustó, claro. Casi nunca les gusta. Pero solo fue cuestión de citarle el capítulo veintisiete de la ley de enjuiciamiento criminal.

Margit se lo sabía de memoria. «La intervención secreta de los teléfonos puede utilizarse en la investigación de delitos que no estén castigados con penas menores a los seis meses de cárcel.»

Su cara reflejaba satisfacción.

—Si alguien saca clandestinamente del Systembolaget bebidas que valen millones y luego las vende a distintos restaurantes sin pagar impuestos, le caen más de seis meses. ¿O no?

Thomas sonrió al pensar en la resistencia de la fiscal Öhman a firmar una resolución para pinchar los teléfonos. Las escuchas telefónicas encajaban mal con la opinión que muchos tenían de dónde estaban los límites en una sociedad democrática. Pero era una herramienta muy potente en una investigación policial, y a menudo aportaba piezas decisivas al rompecabezas en la búsqueda de pruebas.

En esta ocasión parecía que la fiscal había cedido inusualmente rápido.

—Los pincharán a lo largo del día, si nuestros colegas hacen lo que se les ha ordenado. He puesto a Kalle con eso —dijo Margit—. Además está comprobando todas las llamadas que han hecho las últimas semanas.

Arqueó las cejas, pensativa.

—¿Crees que es posible que encuentre alguna llamada de Viking Strindberg a Philip Fahlén? —Margit sopesó el teléfono móvil en una mano y lo miró reflexiva—. No deja de sorprenderme lo despreocupados que son los delincuentes en cuanto a los móviles. Todo el mundo sabe que actualmente es posible rastrear las conversaciones, se puede saber desde qué barrio se realiza una llamada, por ejemplo. Sin duda, antes era más fácil cometer delitos.

61

Thomas miró receloso su móvil cuando empezó a sonar. Estaba hablando por teléfono con Margit, que se había marchado a casa para comer algo; pero apenas se había sentado a la mesa cuando la llamó Thomas: se había entrevistado con el capitán del barco en el que probablemente viajó Jonny Almhult.

–Margit, espera un segundo, acabo de recibir un mensaje. Solo voy a ver qué es.

El teléfono se quedó en silencio. Thomas leyó el mensaje: «Philip Fahlén trasladado en helicóptero al hospital. Estado crítico».

Se lo habían enviado a las 18.57. Desde el móvil de Carina.

–Thomas –dijo Margit–. ¿Qué dice?

Thomas se estremeció. Se le había olvidado que tenía a Margit al otro lado de la línea.

Le leyó el sms.

–¿Dice por qué? –preguntó Margit de inmediato.

–No.

Thomas dudó. ¿Debería resumirle ahora la conversación con el capitán del *ferry*? El hombre había repetido casi exactamente lo que Markus Björk les había contado ya. ¿O debería informarse primero de lo que le había ocurrido a Philip Fahlén?

Decidió hacer lo último.

–Oye, te vuelvo a llamar cuando haya hablado con Carina.

Cortó la conversación y marcó el número de acceso rápido de Carina. Ella contestó al primer tono.

—Te he llamado —dijo disculpándose—, pero tu teléfono estaba ocupado y pensé que querrías saberlo lo antes posible.

—¿Qué ha ocurrido? —preguntó Thomas sin malgastar tiempo en frases de saludo.

—Un helicóptero medicalizado ha trasladado a Philip Fahlén al hospital de Danderyd. Lo recogieron en Sandhamn sobre las cuatro de la tarde. Está en cuidados intensivos.

—¿Qué le pasa?

—No he podido obtener mucha información, ya sabes lo delicado que es lo del secreto del historial de los pacientes.

Thomas intentó controlar su impaciencia.

—¿Qué te han dicho entonces?

—Parece que tiene un derrame cerebral. Al parecer estaba inconsciente cuando llegó el helicóptero.

—¿Derrame cerebral? —En la voz de Thomas retumbaba el desconcierto.

—Voy a volver a llamar dentro de una hora a ver qué más puedo averiguar —continuó Carina—. Algo podrán decirme de su estado, digo yo.

A Thomas se le dispararon los pensamientos. ¿Cuál era la causa del derrame cerebral de Fahlén? ¿Alguien había conseguido que ingiriese la cantidad suficiente de raticida para provocárselo?

Como a Kicki Berggren.

¿Se estaba repitiendo el *modus operandi?* Y en ese caso, ¿quién estaba detrás? Si alguien había envenenado a Philip Fahlén, tenía que haber otra persona detrás de las muertes. Un asesino que no sabían quién era ni dónde estaba y al que era absolutamente necesario atrapar.

—Llámame tan pronto como consigas información. No importa la hora que sea —dijo Thomas—. Y, oye —añadió—, pregunta cuándo podemos ir al hospital para hablar con él.

Carina suspiró.

—Ya lo he intentado. Y la pregunta no ha gustado demasiado. La enfermera con la que hablé subrayó que es posible que

297

muera. Fahlén está muy grave. No es seguro que despierte. Casi me echó la bronca cuando saqué el tema.

—Pregúntalo de todos modos. Si despierta, es sumamente importante que podamos hablar con él.

—De acuerdo —respondió, comedida.

Después de unos segundos de silencio la llamada se cortó.

—Antes de que tengamos otro muerto encima de la mesa —dijo Thomas.

62

La pesca no pudo ir mejor. En la red, que había estado en el agua casi seis horas, quedaron atrapadas percas grandes y gordas.

Adam estaba orgulloso como un gallo cuando volvieron. Se sentó en medio del barco con una sonrisa de oreja a oreja, rodeado de la red llena de algas y plantas marinas.

–Mamá, mira, ¿has visto alguna vez tantos peces?

Después de limpiar todo lo que pudieron, quedaba todavía un cubo lleno de peces que tuvieron que echar al vivero, un contenedor construido en los pilotes del embarcadero. Funcionaba como un acuario donde los peces podían vivir unos días después de ser capturados. Era un ingenio muy práctico que estaba allí desde que Nora podía recordar.

Las percas a la parrilla con patatas nuevas y rebozuelos fritos con mantequilla se convirtieron en una auténtica cena de verano. Nora había puesto la mesa en el jardín para poder disfrutar de la espléndida tarde. Henrik no quiso beber vino porque iba a salir a navegar, pero Nora se tomó una copa de *chardonnay* dorado. Fresas con helado completaron el festín.

Estaban sentados tomando café, antes que Henrik se marchara. Todavía quedaban varias horas para que se pusiera el sol. Los gallardetes, que habían estado ondeando al viento todo el día, ahora colgaban. Se oía el zumbido de los abejorros.

Los niños se habían ido un rato a casa de los abuelos, así que estaban solos.

Había llegado el momento de hablar con Henrik.

Nora se volvió hacia él.

—Tengo algo que contarte. Espero que te alegres, porque yo creo que es bueno.

Alargó la mano y acarició la de él.

Henrik tomó un sorbo de café y la miró con curiosidad.

—Parece interesante. Cuenta, te escucho.

Nora decidió ignorar la inquietud que sentía en el pecho y se esforzó por sonar lo más positiva posible.

—Cuando estuve en Estocolmo aproveché para ver a ese consultor del que te hablé. Tuvimos una conversación muy agradable. El puesto parece muy atractivo. Justo el tipo de reto que necesito. E imagínate perder de vista al inútil de mi jefe. Adiós, Ragnar.

Una sonrisa le iluminó la cara. Le describió la conversación del día anterior y las preguntas que habían surgido. Al hablar gesticulaba con entusiasmo con las manos. No podía evitar exaltarse, las palabras le salían a borbotones.

Hasta que se dio cuenta de que no tenía respuesta.

Henrik no decía ni pío.

Cuando Nora dejó de hablar, el silencio cayó pesado entre ellos y se fue extendiendo por el jardín a medida que pasaban los minutos.

Finalmente, Henrik se dignó hablar:

—¿Quieres decir que viajaste para reunirte con él a mis espaldas?

Nora se quedó petrificada. La voz de Henrik era fría y la observaba sin pestañear, muy erguido y mirándola casi como si fueran dos extraños.

—Quería entrevistarme primero con él con calma —dijo Nora despacio—, para saber si valía la pena volver a hablar del tema contigo.

—Es decir, a mis espaldas.

Esas palabras sonaron como un latigazo.

—No tienes por qué tomártelo tan a pecho. Decidí reunirme con Rutger Sandelin antes de hablar contigo. ¿Tan terrible es? —dijo Nora en voz baja.

Se le estaba empezando a formar un gran nudo en la garganta. El que estaba sentado enfrente de ella no era Henrik, su marido. Era un extraño al otro lado de la mesa. Un extraño con ojos violentos y mirada de reproche.

—Esto no lo acepto —dijo con dureza—. Si te crees que puedes gobernar y mandar a toda la familia como a ti te convenga para ascender en el trabajo, estás equivocada.

Nora tragó saliva, desesperada. Se le encogió el estómago y un estremecimiento de miedo le subió como una culebra desde el diafragma hasta la garganta. Contaba con que a Henrik le sorprendiera que a pesar de todo se hubiera entrevistado con el consultor, pero estaba segura de que podrían hablar. ¿Por qué se lo tomaba de aquella manera?

—Tú no puedes prohibirme que me reúna con quien yo quiera.

Sus palabras salieron más agudas de lo que le hubiese gustado, como las de una niña terca.

—Precisamente puedo hacer lo que me dé la gana puesto que tú crees que puedes hacer lo que quieras sin preocuparte de otra cosa que no sea tu maldito trabajo. —Estaba furioso, tenía los labios completamente blancos—. No cuentes conmigo en este asunto —continuó—. Y estoy muy decepcionado, que lo sepas. ¿Cómo puedes ser tan egoísta? Tienes dos hijos, ¿lo has olvidado?

—Tú también los tienes —saltó Nora—. Pero, claro, está muy bien navegar todo el tiempo mientras yo me ocupo de todo lo demás. —Se levantó con tanta furia que volcó la silla—. ¿Cómo te atreves a hablarme así? Deberías estar orgulloso de mí, contento de que le ofrezcan un buen trabajo a tu mujer.

Respiró profundamente e intentó controlar la voz, que amenazaba con quebrársele.

—En vez de eso, solo te muestras envidioso y ruin.

—Intento preservar lo que tenemos. Y velar por el bien de los niños. Pero tú te comportas como una cría mimada con un juguete nuevo. No somos unas marionetas a las que puedas manejar a tu antojo. —Cruzó los brazos sobre el pecho y la miró. Tenía los músculos tensos y los puños apretados.

Nora estaba estupefacta.

Buscó en vano un atisbo de comprensión en la cara de Henrik. Algo que le recordara al Henrik que ella quería. A su marido.

Henrik miró la hora y se levantó de la mesa.

—Ahora tengo que irme. Si no, llegaré tarde.

Nora se quedó muda. No había palabras a las que acudir. Detestaba la idea de que él se marchara sin haber hecho las paces, pero apenas era capaz de hablar. Se debatía entre el deseo de dejarse llevar por la ira y gritarle que se fuera a la mierda y la certeza de lo mal que se sentiría si él se marchaba sin haberse reconciliado.

La sensatez se impuso a la ira.

Nora se mordió el labio con tanta fuerza que sintió el sabor de la sangre en la boca. Después respiró profundamente. Le salió apenas un susurro:

—No pensarás marcharte sin más...

—Creo que no vamos a llegar mucho más lejos. He quedado —contestó él con furia contenida.

—Henrik. —El nombre sonó como un sollozo—. Tienes que quedarte hasta que hayamos acabado de hablar. —Le temblaba la voz por su empeño de mantenerla bajo control.

Volvió a respirar profundamente y ahogó el llanto que estaba a punto de estallar. Era muy importante no echarse a llorar. La distancia entre ellos era abismal. Insalvable. Una mirada vacía fue cuanto obtuvo por respuesta. El hombre que había prometido amarla en lo bueno y en lo malo entró en la casa. Ella vio como recogía sus cosas y su chaleco salvavidas, que colgaba en un gancho de la puerta de entrada. Cuando volvió a salir cambió intencionadamente de tema sin mirarla a los ojos:

—Despídeme de los niños. Volveré mañana hacia medianoche, si los vientos son favorables.

Apenas se detuvo, y Nora registró sus palabras cuando ya había pasado por su lado.

—No tengo ganas de hablar más de ese tema. Me parece que ya está todo dicho. Tienes que entrar en razón, Nora.

Abrió la verja y se alejó de la casa con paso rápido y decidido. Mientras caminaba se iba poniendo con brusquedad el chaleco. La mochila de regatista se movía al ritmo de sus pasos. No se dio la vuelta.

Nora se quedó en el jardín viendo cómo se alejaba. Las lágrimas le ardían en los ojos. Se las retiró con el dorso de la mano. Si no hubieran llegado sus hijos corriendo en ese momento, se habría deshecho en lágrimas.

63

Nora estaba sentada en la veranda. Había acostado a los niños y ahora trataba de comprender qué había pasado realmente entre Henrik y ella. No podía recordar cuando fue la última vez que se habían peleado. Ni siquiera en las épocas más duras, cuando los niños eran muy pequeños y pasaban las noches en vela, se había sentido tan desdichada en su matrimonio. ¿Cómo podía una noticia tan positiva convertirse en una crisis semejante?

Pensó en llamar a Thomas, pero dudó si confiar sus problemas de pareja a un amigo común, aunque ella lo conociera de mucho antes. Además, estaba muy ocupado con la investigación de los asesinatos. La última vez que lo había visto parecía exhausto.

El enfado y la conmoción por la reacción de Henrik le oprimían el pecho, casi lo podía sentir físicamente. Notaba los brazos y las piernas entumecidos, le dolía la garganta como si estuviera a punto de ponerse enferma y le ardían los ojos. No tenía ni idea de qué postura adoptar frente a las duras palabras de Henrik. Si hablaba en serio, significaba que tenía que renunciar al trabajo de Malmö. O considerar si estaba dispuesta a trasladarse allí sin él.

Aquello le causaba más dolor del que habría podido imaginar. ¿Merecía la pena destrozar su matrimonio por el puesto de jefa del departamento jurídico de la región sur?

Lógicamente, no. Pero la respuesta no era tan sencilla.

Fue a la cocina en busca de la botella del whisky favorito de Henrik y se sirvió un buen vaso; deseó no haber recibido nunca aquella llamada telefónica del departamento de personal.

Se puso su cortavientos y, con el vaso en la mano, bajó al embarcadero. Los niños dormían profundamente. No pasaba nada porque dejara la casa unos minutos. Se sentó en una silla y contempló el mar. Normalmente siempre se sentía mejor al lado del agua. Solo la vista de la superficie brillante del mar conseguía infundirle paz. Pero aquella noche no ayudaba nada. La opresión en el pecho era tan patente como antes.

Unos pasos en la grava la sobresaltaron.

—¿Qué haces aquí sola?

Signe estaba a su lado y la miraba con extrañeza.

—Hace una noche muy hermosa. Quería ver la puesta de sol.

El animoso esfuerzo de Nora para sonreír a Signe se quedó en una mueca. Sin poderlo evitar, se echó a llorar.

—Pero, hija mía, ¿qué te pasa?

Signe la miró preocupada.

—Nada, no pasa nada.

Ella misma notó que no sonaba muy convincente.

—Es evidente que te pasa algo. Vamos, cuéntamelo.

Signe se sentó en la silla al lado de Nora y le acarició suavemente el brazo.

—No será tan grave de todos modos. ¿Se trata de Henrik? A propósito, ¿dónde está?

—Fuera, navegando. —Nora volvió a sollozar—. La competición Veinticuatro Horas de Vela.

Anegada en lágrimas, le contó lo que había pasado esa misma tarde. Le describió el nuevo trabajo, la visita a la empresa de selección de personal y la reacción de Henrik.

Signe miró a Nora con detenimiento. El sol se había ocultado y las sombras empezaban a tomar el relevo. Nora vio las tristezas de una vida reflejadas en los ojos de Signe.

—¿Qué quieres tú?

—No lo sé. —Nora comenzó a moquear. Bueno, sí, quiero que Henrik quiera que yo acepte el trabajo.

—¿Y si no quiere?

—Entonces no sé lo que quiero. Pero ¿cómo puedo rechazar una oportunidad así? ¿Qué van a pensar en el banco si lo hago? Y detesto trabajar con mi actual jefe. Es un idiota. —Las lágrimas le volvieron a inundar los ojos—. Me voy a arrepentir el resto de mi vida.

Ahora lloraba estremecida.

Signe sacó un pañuelo del bolsillo y se lo dio.

—Ya está, ya está —dijo—. Pequeña, hay muchas cosas de las que una puede arrepentirse amargamente en su vida. Te aseguro que renunciar a un trabajo no es una de ellas.

Signe la miró con una expresión insondable y le acarició con cariño la mejilla.

—Eres muy joven. Tienes toda la vida por delante, y unos hijos maravillosos de los que estar orgullosa.

—¿Te arrepientes de no haber tenido hijos?

La pregunta se le escapó antes de que pudiera contenerse. Avergonzada, observó a Signe. Nunca le había preguntado una cosa así antes.

—Querida, claro que me hubiera gustado tener hijos. Pero a veces las cosas no son como una desea.

Signe miró el mar y se hundió en la silla.

—Hay muchas cosas que no salen como una desea. Y otras de las que una se arrepiente después, cuando ya es demasiado tarde.

Nora volvió pensativa a casa. Recogió los cojines de los muebles del jardín y cerró la puerta de fuera. Como de costumbre, regó los geranios, ahora que el sol se había ocultado. Después apagó las luces del piso de abajo y subió la escalera hasta la habitación de los niños. Lo único que se oía en la casa era su suave respiración.

Simon estaba acurrucado como de costumbre y dormía con la cabeza hundida en la almohada. Ella se agachó y le acarició la mejilla, de piel tan suave. El niño sudaba un poco, el cabello se le había rizado sobre las orejas. Sin hacer ruido, lo levantó y lo llevó con cuidado a su cama. Él se acomodó sin despertarse. Nora se desnudó despacio y se tumbó a su lado, lo más cerca posible de aquel cuerpo pequeño y cálido. Mientras las lágrimas empezaban a brotar de nuevo, acarició su vientre suave, que subía y bajaba al ritmo de la respiración, y miró la oscuridad.

64

Viernes, cuarta semana

Cuando el despertador mostraba las 06.23, desistió de intentar dormir. A su lado, Simon estaba enroscado como una bolita; había apartado el edredón pero seguía teniendo la frente sudorosa. A través de la ventana abierta, Nora vio el cielo azul claro. Haría otro maravilloso día de verano.

La noche había sido horrible. Solo había podido dormir a intervalos cortos. Tenía los músculos tensos, como si hubiera estado tumbada como un palo con los brazos a lo largo del cuerpo, en posición de firmes toda la noche. Se despertaba una y otra vez y, antes de recordar por qué, el dolor en el pecho le impedía respirar. Entonces se acordaba de la calamitosa conversación con Henrik y empezaba a llorar de nuevo.

Se había pasado toda la noche soñando que iban a separarse, que tenían que vender la casa y que los niños tenían que abandonar su hogar. Intentaba convencerse de que aquello solo era una pelea normal, pero el cuerpo no se dejaba engañar. Se estaba jugando su vida en común. Así de mal estaban las cosas.

Hundió la nariz en la cálida espalda de Simon y notó cómo las lágrimas volvían a brotar. Sin embargo, el dulce olor de su hijo le hizo sonreír. Pasara lo que pasase, tenía a los niños.

Se obligó a olvidarse del asunto.

Aquel día iban a viajar al islote de Grönskär. Llevaba mucho tiempo esperando visitar el faro, punto de referencia de todo el archipiélago. Siempre era agradable salir de excursión con los Amigos de Sandhamn, y tanto Signe como los padres de Nora iban a ir.

Pero ¿cómo podría controlarse durante el día entero? Si su madre se enteraba de lo que había ocurrido, se vería obligada a contarle la penosa historia. Y eso era impensable, sobre todo en presencia de los niños. Lo mejor era no decir nada, aun a costa de tener que fingir. Curiosamente, no le preocupaba que Signe supiera lo que había pasado. No se arrepentía en absoluto de haberse confiado a su buena vecina. El día anterior por la noche necesitaba de veras hablar con alguien. Además, Signe era una persona que no daba consejos sin que se los pidieran.

A diferencia de su madre.

Respiró profundamente y decidió de nuevo que tenía que pensar en otras cosas. Cuando Henrik volviera, entonces sería el momento de tratar de arreglar aquello. Hasta entonces no le quedaba más remedio que conectar el piloto automático.

El barco hacia Grönskär saldría del muelle de los barcos de vapor a las nueve y media. Un taxi náutico de la empresa Sandhamns Båttaxi transportaría a los cuarenta excursionistas hasta el islote. Había que llevar comida y una colcha para sentarse. Después de dar una vuelta al islote, tenían planeado hacer un picnic en las rocas del faro.

Volvió a mirar el reloj y comprobó que faltaban varias horas hasta la salida. Pero era preferible que empezara a preparar la cesta; tampoco tenía nada mejor que hacer. Sonrió amargamente y bajó a la cocina.

Las tortitas del día anterior iban a convertirse en rollitos rellenos de mermelada para los niños. Ella se conformó con unos bocadillos. Acompañó los rollos con unos trozos alargados de pepino y zanahoria. Un termo con café, una botella de zumo y unos bollos constituían la merienda.

Miró el reloj otra vez. Las agujas marcaban las siete y cuarto. Quedaban más de dos horas hasta la salida.

Suspirando, empezó a poner la mesa para el desayuno, por hacer algo. Se preguntó si una buena capa de rímel y maquillaje conseguiría disimular sus ojos hinchados. Probablemente no. Tendría que llevar las gafas de sol todo el día. Por suerte, el sol brillaba, así que no llamaría la atención.

65

El taxi estaba lleno de pasajeros ilusionados. La mitad eran niños, así que el jolgorio era considerable. Nora conocía a casi todos los que iban a bordo. Signe subió con *Kajsa* y se sentó junto a los padres de Nora. Poco a poco salieron del puerto y pusieron rumbo a Grönskär.

El barco amarró en el puerto de Kolbranten, justo debajo del faro. El antiguo puerto para barcos pequeños de la cara norte era muy poco profundo, pero el firme puerto de hormigón podía alojar con facilidad barcos más grandes.

La vista de Grönskär era magnífica.

El faro era conocido como la reina del Báltico por su esbelta silueta. Era propiedad de la Fundación del Archipiélago, que se ocupaba de su mantenimiento y lo cuidaba con mimo. El actual farero, o vigilante como se llamaba realmente, era un apasionado del faro que lo cuidaba y defendía su futuro.

La torre de casi veinte metros de altura dominaba totalmente el islote, que no tendría más de cuatrocientos metros de largo. El faro se alzaba en toda su majestad como un monumento conmemorativo de la necesidad de guía que la navegación había tenido durante cientos de años, cuando los veleros buscaban seguridad en el puerto protegido de Sandhamn.

El vigilante, plantado de pie en el puerto con las piernas abiertas, dio la bienvenida a los visitantes. La guía, una mujer risueña que vivía en Sandhamn, les contó con entusiasmo la historia del faro mientras conducía al grupo hasta la entrada.

—El faro de Grönskär, diseñado por el famoso arquitecto Carl Fredrik Adelcrantz en el año mil setecientos setenta, se construyó con granito y arenisca. Tiene planta octogonal, y la parte inferior es algo más ancha que la parte superior de la torre. Al principio funcionaba quemando hulla a cielo abierto, pero en mil ochocientos cuarenta y cinco se sustituyó por una lente de Fresnel de tercer orden alimentada con lámparas de aceite. En mil novecientos diez se sustituyó por una lámpara de queroseno en combinación con una persiana, que permitía emitir diferentes señales a los navegantes. —La guía dejó de hablar y se agachó delante de Simon y Adam.

»Chicos, escuchad. Antes de que instalaran un ascensor, el pobre farero tenía que subir todos los sacos de carbón por las escaleras. Era un trabajo muy duro, como comprenderéis.

Simon la miraba con la boca abierta. Ella le sonrió.

—A ver si adivinas cuántos escalones hay.

Simon lo pensó un momento, luego mostró los cinco dedos de cada mano.

—¿Más?

—Muchos más.

—Pues claro, seguro que hay cientos —dijo Adam mirando con superioridad a su hermano pequeño, y se volvió hacia la guía—. Mi hermano no sabe contar, todavía no va al colegio.

La amable señora se echó a reír y le dio una palmadita en el hombro.

—Lo siento, pero ninguno de los dos ha acertado. Hay noventa escalones, y son más que suficientes, os lo aseguro. Esperad a que subamos la escalera.

Se volvió hacia el grupo y continuó.

—El faro se apagó en mil novecientos sesenta y uno, cuando fue sustituido por el de Revengegrunden, junto a la isla de Korsö. Se restauró en los años noventa con ayuda del Estado, y en la actualidad emite una débil luz verde. Así que la vieja dama sigue viva. —Señaló la escalera.

311

»No queda más que entrar, de uno en uno, porque es bastante estrecho. Subid con cuidado para no tropezar en los irregulares escalones.

Nora agarró a Simon de la mano cuando llegó su turno. A pesar del calor estival, en el interior hacía frío y se notaba la humedad. La escalera estaba dividida en cuatro tramos, pero de todos modos costaba subir hasta llegar al rellano. Además, los escalones eran algo más altos que los de una escalera normal, con lo que tenían que levantar las piernas más de lo habitual. Por otra parte, en una ocasión se equivocaron y siguieron un pasillo que no conducía a ningún lado.

Cuando ya estaban casi arriba, Nora constató que aquello precisaba una condición física bastante mejor que la suya para no jadear con el esfuerzo. Todas las caminatas del verano, los paseos en bicicleta y el *jogging* deberían haber dado un resultado mejor que aquel, pensó reprendiéndose a sí misma.

Después del último tramo llegaron a un espacio reducido. Una pequeña escalera de hierro pintada de blanco conducía a la linterna, una especie de atalaya que había en lo más alto. Al lado del arranque de la escalera una puerta verde llevaba a una estrecha terraza que circundaba la torre.

—Mamá, ¿puedo salir?

Simon miraba suplicante a Nora.

—Yo también —se oyó la voz de Adam.

Nora abrió la puerta y miró fuera. La distancia hasta el suelo era de vértigo. Se volvió hacia sus hijos.

—Pero tenéis que ir con mucho cuidado. No quiero ver niños corriendo a lo loco a semejante altura. ¿Entendido?

—Ven, Adam, dame la mano. A mi edad ya necesito a un joven que me ayude a mantener el equilibrio.

Signe, que estaba detrás de Nora, tendió la mano y agarró con fuerza a Adam cuando salieron a la terraza. La vista era maravillosa.

Como el día estaba despejado, pudieron ver el mar extendiéndose delante de ellos. Los cientos de islas y escollos que salpicaban el agua eran indescriptiblemente bellos. El faro de

Almagrundet se divisaba en el horizonte, a pesar de que estaba a muchas millas de distancia.

Abajo se veían las antiguas viviendas de los trabajadores del faro, que posteriormente se habían restaurado. Allí habían vivido el farero, el vigilante y el torrero con sus respectivas familias.

Tuvo que ser una vida dura y solitaria, sobre todo para las mujeres, pensó Nora. Había que hacer todas las tareas de la casa sin agua corriente ni electricidad. Además había que vigilar el faro constantemente durante la época oscura del año, sin importar el tiempo que hiciera ni el estado de salud.

Era difícil imaginarse vivir año tras año en esas condiciones. Una vida en la que probablemente el principal atractivo era ir a Sandhamn, que entonces no era más que una solitaria avanzadilla en el límite exterior del archipiélago.

—Es impresionante, ¿verdad? —Signe se volvió hacia Nora y suspiró de puro deleite—. Aunque vengo aquí desde que era una niña, no me canso nunca de esta vista.

—No puedo estar más de acuerdo —dijo Nora disfrutando del paisaje que veía a su alrededor.

La guía se unió a ellos en la terraza y apoyó los brazos en la barandilla.

—¿Sabíais que el granito de la torre del faro se extrajo directamente de las rocas de aquí y que las piedras se cantearon en la isla? Después se unieron con una argamasa de ladrillo machacado y cal de Gotland. Por eso desde lejos parece un bonito mosaico. La parte central se construyó con arenisca de Roslagen.

—¿Por qué hay un cinturón de granito en lo alto? —preguntó Nora.

—Existen varias teorías. La más creíble es que los últimos transportes de arenisca no llegaban y al final los constructores no quisieron esperar más. Entonces emplearon lo que tenían a mano, es decir, más granito —añadió con un guiño.

—Es increíble que lograran construir un edificio así de alto aquí, en el archipiélago, sin la técnica de hoy en día —dijo Nora.

313

—Más aún teniendo en cuenta que el dibujo original ni siquiera era un dibujo en condiciones, sino una bella acuarela —dijo la guía.

—¿Cómo, no había ningún plano? —preguntó Signe mirándola sorprendida—. Eso no lo sabía.

—Pues no. A quien tenemos que agradecerle la idea es a un maestro albañil llamado C. H. Walmstedt. Fue él quien se encargó de que el faro se construyera siguiendo el de la acuarela, pero no había ninguna descripción técnica cuando se pusieron a trabajar.

—Fantástico. Nunca lo habría pensado —dijo Nora, realmente impresionada.

Simon le tiró de la mano.

—¿Mamá, podemos entrar ya? Quiero subir hasta arriba.

—Sí, claro, vamos.

Entraron de nuevo en la torre a través de la puerta verde de la terraza. Simon empezó a trepar por la escalera de hierro, que conducía a una pasarela cuyo círculo ocupaba la mayor parte del espacio de la linterna, de poco más de dos metros de diámetro. El cristal de las ventanas iba del suelo hasta el techo y había una pequeña rejilla de ventilación entre el cristal y el suelo. Solo cabían unas pocas personas al mismo tiempo.

Nadie con miedo a las alturas debería arriesgarse a subir tan alto, pensó Nora.

—Mira, qué guay, desde aquí se puede ver Sandhamn —soltó Simon—. ¡Adam, tienes que subir y mirar! —gritó hacia abajo por el hueco de la escalera.

En el centro de la linterna había una lámpara nueva que se había instalado en el cambio de milenio, cuando el faro se volvió a encender.

—Simon, ¿sabes por qué la lámpara del faro luce con luz verde?

Nora señaló los prismas cubiertos con un trozo de tela.

Simon la miró sin saber qué decir.

—¿Porque es un color bonito?

—No, cariño, porque el faro se llama Grönskär, islote verde. Entonces armoniza bien con una luz verde, ¿entiendes? Verde como Grönskär.

Después de salir del faro y acabar el picnic, Nora decidió visitar el pequeño museo, que estaba en la antigua caseta del queroseno. Su madre la acompañó y los niños se quedaron con su abuelo y con Signe.

Cuando estaba hojeando los libros bellamente ilustrados, recordó la conversación que mantuvieron la otra tarde con Thomas y su compañera. Habían hablado del raticida con el que mataron a Kicki Berggren.

Quería preguntarle a su madre desde hacía varios días dónde había comprado el raticida líquido que habían tenido en casa. Pero después de los últimos acontecimientos y, sobre todo, de la conversación con Henrik, se le había olvidado.

La respuesta hizo que sacara inmediatamente el móvil. Thomas tenía que saberlo cuanto antes.

66

Thomas contestó al primer tono. Estaba sentado detrás de su escritorio en la comisaría de Nacka, rodeado de papeles esparcidos por la mesa. Tenía una taza de té frío delante de él. Vio inmediatamente que era Nora.

—¿Sabes lo que me ha contado mi madre? —preguntó ella sin preámbulos—. El raticida que teníamos en casa cuando yo era pequeña era efectivamente de Sandhamn. Lo compró en una antigua tienda de ultramarinos que estaba en el mismo edificio donde ahora está el Dykar.

—Ya. Entonces, el raticida que, según creemos, le costó la vida a Kicki Berggren, se podía comprar antes en Sandhamn.

—Exacto. En la tienda de ultramarinos que cerró a finales de los años setenta. Además, mi madre dice que utiliza todavía ese raticida cuando alguna vez los visita algún ratón.

—O sea, que el veneno no ha perdido su efecto en veinticinco años, si no más. —Thomas se retrepó en la silla con la frente fruncida—. ¿No crees? —preguntó después.

—No lo sé. Deberías preguntar a alguien de Anticimex, pero mi madre dice que funciona.

Thomas intentó formular en voz alta sus pensamientos.

—Eso podría significar que el asesino, suponiendo que haya comprado el veneno en Sandhamn, tiene casa en la isla desde hace al menos veinticinco años.

Se detuvo antes de continuar.

–Por otro lado, puede haber adquirido el raticida en cualquier sitio –añadió–. Tiene que haber estado a la venta en todas partes, no solo en Sandhamn.

Reflexionó unos segundos más.

Philip Fahlén tenía la casa de Sandhamn desde hacía quince años. Anteriormente alquiló una casa en Trouville durante mucho tiempo. Seguro que entre las dos suman como mínimo veinticinco años. Aunque estuviera ingresado en el hospital como consecuencia de un posible envenenamiento con warfarina, sin duda, merecía la pena seguir esa pista.

Se acercó el bloc de notas y escribió algunas palabras para recordar más tarde la conversación.

–Gracias por llamar, Nora. Voy a poner a alguien a repasar otra vez el registro de los inmuebles. Puede ser interesante saber quiénes han tenido una casa en Sandhamn durante más de veinticinco años. Quizá encontremos ahí algo interesante.

Se despidió y se dirigió directamente al despacho de Carina. Este parecía bastante más personal que el suyo. En el escritorio había un florero, en el que ella había puesto un manojo de flores de verano amarillas y azules. Al lado, una foto grande del perro de la familia. En el tablón de anuncios había colocado algunas viñetas divertidas recortadas de algún periódico.

Una sensación de tristeza se apoderó de Thomas, la añoranza de algo acogedor y agradable en lugar de su entorno impersonal en el que apenas dejaba huella.

En un instante explicó qué había que hacer y le pidió a Carina que le ayudara en cuanto pudiera.

Ella lo miró y dudó durante unos segundos. Se pasó la mano por el cabello. Después dijo:

–¿Almorzamos juntos hoy?

–¿Almorzar? –Thomas la miró como si no entendiera de qué le hablaba.

–Ya sabes, lo que uno suele hacer a mediodía –continuó ella medio en serio, medio en broma–, en torno a las once y media, es decir, ahora. Pensé que podríamos almorzar juntos.

Carina sonrió con timidez, pero se notaba lo interesada que estaba en que él la acompañase. El tono suplicante la traicionaba y parecía nerviosa. Era evidente que no lo había soltado así, sin más.

Thomas se quedó sorprendido. No sabía muy bien qué decir. Sonrió un poco turbado y miró el reloj para justificar su reacción. Pero después sintió alivio. Por qué no. Enseguida le pareció una buena idea.

—Encantado. Voy a hablar con Margit de una cosa y luego paso por aquí. ¿Dentro de un cuarto de hora?

Recibió una radiante sonrisa.

—Sí. Podríamos ir al Jota. Después de tanto trabajo, creo que nos merecemos una buena comida. ¿Qué te parece? Además, es viernes. Podemos permitirnos un extra.

Thomas se sorprendió a sí mismo silbando por el pasillo. Hacía mucho tiempo que no silbaba.

Habían quedado en que Margit tomaría por la tarde el tren de vuelta a la Costa Oeste para pasar el fin de semana con su familia. Se uniría al equipo el lunes por la mañana.

El hospital había comunicado que era impensable hablar con Philip Fahlén a lo largo del día. Aún permanecía inconsciente tras una delicada intervención durante la noche. Había sufrido un derrame cerebral grave, pero en esos momentos era imposible pronunciarse sobre las causas que lo habían provocado. Podían volver a llamar por la tarde y tomárselo con calma hasta entonces.

La breve conversación con la pareja de Fahlén no había contribuido a aclarar la situación. Sylvia lo había encontrado en el suelo de la cocina, pero él ya no podía hablar y poco después perdió la conciencia por completo. Pasaría por la comisaría para hablar con más calma tan pronto como pudiera salir del hospital.

Thomas le resumió a Margit su conversación con Nora.

—Si esto conduce a algún sitio, entonces el número de posibles asesinos se reduce significativamente. Alguien que haya tenido casa en Sandhamn desde los años setenta. En ese caso

318

estaríamos hablando, cuando menos, de una persona de mediana edad.

—A no ser que el asesino comprara una casa en la que quedara raticida del dueño anterior. Como, por ejemplo, Pieter Graaf —apuntó Margit con cierto escepticismo en la voz; no confiaba del todo en la teoría de Thomas.

—Philip Fahlén encaja por la edad —replicó este—. Y ha veraneado en Sandhamn durante casi treinta años.

—Pero ahora está en el hospital, posiblemente envenenado él también —señaló Margit.

—Cierto, pero aún no sabemos qué le ha provocado el derrame cerebral.

—Es verdad —dijo Margit—. Puede que haya sido por causas naturales.

—No podemos descartar nada —alegó Thomas—. Pero, en cualquier caso, es una idea que merece la pena plantearse.

Se estiró hasta que le crujieron las articulaciones.

—A propósito, ¿cómo fue con esos jóvenes del *ferry* a Finlandia? —preguntó después—. ¿Has conseguido hablar con ellos?

Margit negó con la cabeza.

—Pues regular. Al móvil de la chica no contestaba nadie. En el fijo tampoco. Puedo tratar de conseguir el número de teléfono de alguien de su familia. De todos modos, el novio no sabía cómo contactar con ella, creía que esta semana estaba en el norte de Noruega en casa de unos familiares.

—¿Qué te contó él?

—Él no sabía nada, según dijo. Fue ella la que vio caer el cuerpo. Cuando gritó, era demasiado tarde. Pero el chico no estaba totalmente convencido de si había ocurrido de verdad. Se preguntaba si no serían imaginaciones suyas. Habían bebido bastante aquella tarde. Ha explicado que él solo la acompañó porque ella había insistido mucho y que lo comunicaron al día siguiente. He escrito unas notas, por si quieres echarles un vistazo.

Thomas notó que Margit intentaba ocultar un bostezo. Sabía que se había pasado la mitad de la noche repasando la documentación para compensar su escapada el viernes por la tarde.

—¿Cuándo sale tu tren?

—Dentro de una hora. Llego alrededor a las seis. Me llevo todas las anotaciones y las repasaré otra vez en el tren.

—Si encuentras algo, me llamas.

—Por supuesto. Lo mismo digo, claro. ¿Qué piensas hacer esta tarde?

—He pensado volver al apartamento de Krister Berggren. Solo para estar seguro de que no hemos pasado nada por alto, aunque los técnicos ya han hecho su trabajo allí.

—Me parece sensato. Podrías llevarte contigo a Carina, va bien ser dos. Ha sido de mucha ayuda estas últimas semanas. Seguro que llegará a ser una buena policía si consigue entrar en la Escuela Superior.

Thomas estaba de acuerdo. Carina había sido muy útil en la investigación y no tenía nada que objetar contra esa propuesta.

—Buena idea. Después me iré a Harö. Necesito pensar durante unas horas en otra cosa, si soy capaz.

Un enorme bostezo lo asaltó sin poderlo contener. Se enderezó y sacudió la cabeza.

—Es contagioso —dijo con un gesto amable.

67

El restaurante Jota en la orilla de Nacka Strand estaba hasta la bandera de bronceados comensales vestidos de verano. En el muelle reservado para los clientes había barcas de todos los tipos y tamaños. El local era popular entre los que trabajaban cerca y entre quienes querían lucir sus lujosos barcos y que la gente los contemplara.

Fuera, en el extremo del muelle, el dueño de un enorme Princess maniobraba desesperado para atracar en un hueco demasiado pequeño entre dos barcos blancos. El hombre no paraba de gritar a su estresada mujer, que corría de un lado para otro con un bichero en la mano para evitar que su barco chocara contra los otros. El resto de los clientes del restaurante contemplaban el espectáculo con sorna mal disimulada.

Los pobres camareros corrían entre las mesas en su deseo de satisfacer los deseos de los clientes. Carina se quitó las gafas de sol y miró a Thomas con cierta decepción.

—No sé si podremos encontrar una mesa. Esto está hasta arriba.

—Tranquila. Veo una libre en aquella esquina. Sígueme.

Thomas echó a andar con paso ligero.

Se sentaron a una mesa donde una sombrilla a rayas ofrecía algo de sombra. En la mesa de al lado había una familia con niños, un crío de dos años en su trona y una niña algo mayor. La niña tenía un helado en la mano y correteaba sin parar por el muelle pese a las riñas de su madre y las advertencias de su padre.

—Qué niños más monos, ¿no? —dijo Carina.

La sonrisa de Thomas se contrajo. Una sombra le recorrió la cara mientras asentía.

Carina se podía haber mordido la lengua. ¿Cómo se le ocurría decirle una cosa así a Thomas? Se apresuró a cambiar a un tema más neutro.

—He hablado con la Oficina del Registro. Me han prometido comprobar los datos del catastro lo antes posible. Si no les daba tiempo hoy, lo harían inmediatamente después del fin de semana. He hecho hincapié en que corre prisa.

Thomas se animó un poco.

—Estupendo. En esta fase de la investigación tenemos que seguir cualquier pista. —Deslizó la mirada por la superficie del agua; justo en ese momento pasaba un crucero enorme—. Sobre todo ahora, en ese momento parece que aparte de Fahlén hay alguien más en este juego.

—Nos enviarán los resultados tan pronto como los tengan. Eso fue lo que me prometió el chico con el que hablé. Lamentablemente, yo no encontré nada en las listas de pasajeros de la naviera, pero quizá tengamos más suerte con el registro.

Carina dejó de hablar y toqueteó nerviosa los cubiertos. Buscaba un tema de conversación que no fuera demasiado personal y que, no obstante, fuera algo más que simples comentarios de oficina relacionados con la investigación.

Se decidió por la casa de Harö. Sabía que Thomas iba allí a menudo. Siempre que hablaba del archipiélago se le iluminaba la cara.

—Háblame de tu casa de veraneo. El archipiélago tiene que ser muy bonito.

Mientras Thomas describía su casa y su vida en Harö, Carina lo miraba de reojo oculta tras sus gafas de sol.

Era muy simpático y agradable, pero hermético en cuanto a su vida privada. No recordaba ni una sola vez, desde que eran compañeros, en la que Thomas le hubiera contado voluntariamente algo de sí mismo. Podía discutir el más mínimo detalle de una investigación sin cansarse, pero se cerraba como una ostra en cuanto alguien le hacía una pregunta personal. Aun así, el ambiente entre ellos era relajado, y durante ese mes de julio él se había empezado a abrir. Se le veía más contento, a pesar de que la investigación minaba sus fuerzas.

—¿Puedes acompañarme?

La pregunta de Thomas sacó a Carina de sus pensamientos. Lo miró sin saber qué contestar. ¿Qué se había perdido?

Se dio por vencida y le sonrió. Sorprendida.

—Perdón, estaba pensando en otra cosa.

Thomas se echó a reír.

—Ajá, tenía en mente ir esta tarde al apartamento de Krister Berggren, registrarlo una vez más. Quizá haya algo que no vimos la vez anterior. Te agradecería que me acompañaras. Cuatro ojos ven más que dos. Bueno, en el caso de que esta tarde puedas concentrarte...

La apuntó con el dedo en un gesto fingidamente amenazador.

—Te acompaño, por supuesto —contestó Carina entusiasmada. No tenía nada que objetar a pasar toda la tarde a solas con él.

Se inclinó sobre su ensalada y pinchó unas gambas. Aquello iba cada vez mejor. Además, tenía la posibilidad de ayudar en una verdadera investigación policial, justo lo que necesitaba para su solicitud en la Escuela Superior de Policía.

—¿Cuándo vamos?

—Tan pronto como acabemos de comer.

68

Cuando Thomas y Carina llegaron al edificio de pisos de alquiler de Bandhagen no se veía un alma. El único ser vivo que rondaba por allí era un gato negro con la cola blanca que cruzó la calle sin mirar.

El apartamento de la tercera planta se hallaba tan silencioso y abandonado como la otra vez. El aviso de la Policía prohibía claramente el acceso a la vivienda.

Thomas abrió la puerta y dejó pasar a Carina.

Olía aún más a cerrado, si cabe, y a aire viciado que la última vez. Cruzaron la estrecha entrada y llegaron al salón con el papel pintado desgastado. La decoración austera, con el sofá negro de piel lleno de manchas; todo parecía igual de abandonado.

Carina miró a su alrededor.

—Qué triste.

—Y que lo digas.

—Krister Berggren debía de estar muy solo. —Se estremeció.

Al otro lado de la ventana trinó alegremente un pinzón, ajeno a cuanto ocurría en las casas de alrededor. El abandono que caracteriza a la gran ciudad en pleno verano era patente. Todos los que podían huían del asfalto y el aire cargado. Recogían sus bártulos y se dirigían a la playa más cercana. Quedaban solo los que no podían permitírselo por falta de dinero o de fuerzas para marcharse de allí.

Thomas señaló la habitación pequeña.

—Yo me ocupo del dormitorio, ¿puedes encargarte tú del salón?

—Sí, claro. ¿Tengo que buscar algo en particular?

—No, es solo que tengo la impresión de que se nos ha escapado algún detalle. Por ejemplo, la llave de una caja de seguridad donde guardara el dinero negro, o algo que lo relacione con Sandhamn. —Thomas se encogió de hombros, disculpándose—. Me gustaría poder concretar más.

Carina sacó los guantes blancos de látex que se habían llevado de la comisaría y le dio un par con gesto serio. Se notaba que trataba de actuar de modo profesional, pero para él fue un gesto encantador.

Empezó a revisar sistemáticamente el dormitorio una vez más. Vació en la cama cada cajón de la cómoda de color blanco grisáceo. Comprobó el contenido y lo clasificó. Después le tocó el turno al armario. No contenía nada que llamara la atención. Unos pantalones negros, varios pares de vaqueros gastados, una cazadora con el logo del Systembolaget en la espalda. Hizo lo mismo con los cajones de la mesilla de noche y con las baldas del armario.

Debajo de la cama había dos cajas de cerveza llenas de revistas pornográficas. Mujeres, en su mayoría rubias, posando en diversas posturas que dejaban muy poco lugar a la imaginación. Era más deprimente que excitante.

Una hora después, Thomas había revisado todos los objetos del pequeño dormitorio. No había encontrado nada nuevo, pero ¿qué esperaba? Ya habían realizado un registro técnico y resultó infructuoso.

Suspiró, enderezó la espalda y entró en el cuarto de baño. Ni el armario blanco ni los reducidos espacios que había detrás de la bañera y del váter depararon ninguna sorpresa. No le extrañó. Muy pocas veces, aparte de en las películas, encontraba uno papeles secretos pegados con cinta adhesiva detrás del váter.

Se frotó la nuca e irguió la espalda de nuevo. Luego fue al salón a ver a Carina. Estaba sentada en el suelo y revisaba sistemáticamente todo lo que había en la librería. Tenía un álbum de fotos en las rodillas, lo había sacado de la balda inferior. Ya había repasado los vídeos, que ahora estaban en pilas encima de la mesa. Había sacado los cajones de la librería y los había dejado en el sofá.

Thomas apartó con cuidado uno de ellos, que contenía todo tipo de papeles y objetos pequeños, y se sentó.

—¿Cómo va?

—Regular.

—¿Cómo era su situación económica?

—He revisado sus facturas desde hace varios años, pero ahí no hay nada raro. Ya hemos visto sus extractos bancarios, no había ningún ingreso ni ningún pago fuera de lo normal. Si recibía dinero negro no lo ingresaba en su cuenta corriente, eso está claro.

—Sí, lo recuerdo. Por eso debería haber una llave de una caja de seguridad o algo parecido que no hemos encontrado. Sería suficientemente listo como para no ir al banco con dinero procedente de sobornos.

Carina señaló un montón de revistas.

—He revisado una docena de revistas de motor e infinidad de catálogos de viajes, pero no he encontrado nada.

—Ya veo.

Thomas abrió un ejemplar de *Motorsport* de 2004 y hojeó la revista al azar.

—Pensaba volver a mirar los álbumes. Para mayor seguridad. Tú puedes revisar también alguno. A no ser que quieras empezar con la cocina, claro —dijo Carina señalando interrogante la colección.

Thomas no contestó y sacó uno de los álbumes de la estantería. No parecía nuevo. Las páginas estaban ligeramente amarillentas y el pegamento se había secado debajo de algunas fotos. Dentro había montones de imágenes de la misma mujer de la foto que estaba encima de la cómoda. Detrás de cada foto habían escrito con una caligrafía esmerada quiénes aparecían y cuándo fue tomada.

Debió de ser la madre de Krister quien hizo el álbum, porque la letra parecía de mujer. Además, era difícil imaginarse a Krister

Berggren pegando cuidadosamente una foto tras otra en un álbum. Probablemente los había heredado tras la muerte de su madre.

Thomas pasó con precaución algunas hojas. Varias fotos habían empezado a amarillear. En una se veía a Krister y a Kicki Berggren en un viejo Volvo Amazon. Como la foto era en blanco y negro, no se podía saber ver de qué color era el coche, solo que los niños estaban encantados. Se los veía orgullosos y una pizca arrogantes sentados en los asientos de atrás haciendo el signo de la victoria.

De pronto, Thomas advirtió que algo había llamado la atención de Carina. Trataba de sacar con suavidad un sobre que estaba escondido detrás de una fotografía grande de la madre de Krister, que ocupaba una página entera del álbum. Lo sacó con tiento y lo abrió cuidadosamente. Empezó a leer con la frente cada vez más fruncida. Cuando acabó levantó la vista, en su cara se dibujaba una amplia sonrisa de felicidad.

—Thomas, creo que hemos encontrado el eslabón perdido, el que hemos estado buscando todo el tiempo.

A él le llamó la atención lo que acababa de oír.

—¿A qué te refieres?

En respuesta, ella le alargó la carta y el sobre.

«Para mi hijo, Krister —ponía en el sobre—. Para que la lea cuando yo haya muerto.»

69

Thomas sujetó la carta y la miró con la sensación de haber hallado la clave de un misterio.

La desdobló y empezó a leer.

«Querido Krister, nunca has sabido quién era tu padre», empezaba. La carta ocupaba dos páginas escritas a mano con la misma caligrafía esmerada de los álbumes de fotos. Estaba fechada un año antes. El sobre no tenía sello. Probablemente no había sido enviada por correo sino que se la habría entregado directamente a Krister.

Thomas leyó el texto despacio. Cuando terminó, permaneció un rato sentado en silencio. Luego se volvió hacia Carina, que había seguido su lectura con atención.

—Ahora sabemos cuál es el nexo que Krister Berggren tenía con Sandhamn.

Ella asintió.

—Y quién es su padre —añadió Carina.

Thomas observó la carta.

—Tenía razones para viajar a la isla.

—Sí, sobre todo si lo supo después de la muerte de su madre —dijo Carina—. Pues ella murió a finales de febrero y él desapareció a finales de marzo. Debió de decidirse a ponerse en contacto poco después del entierro.

Thomas observó una fotografía de Krister: miraba más allá de la cámara, como si esperara que apareciera algo o alguien.

—Es decir, que se enteró de pronto de quién era su padre y de que tenía más familiares vivos, además de Kicki —concluyó Thomas.

Carina se retiró el pelo de la cara. Estaba inclinada sobre una fotografía de Cecilia Berggren, que tenía a su hijo en brazos y miraba seria a la cámara.

—Tuvo que ser un *shock* —comentó—. Después de tantos años... Qué raro que su madre nunca que le contara nada.

—A lo mejor se avergonzaba.

—O quizá quisiera proteger al padre.

—O a Krister —apuntó Thomas—. No sabemos cómo se comportó el padre. Imagínate que no quisiera saber nada de ella cuando se quedó embarazada. Su propia familia rompió toda relación. El único que le ayudó fue su hermano, el padre de Kicki.

Thomas trató de recordar lo que le había contado Kicki Berggren cuando se reunieron en la comisaría. Cecilia había criado a su hijo sin ayuda de sus padres. Había sido una lucha dura para poder sobrevivir y tuvo que estirar cada corona. La mujer se vio obligada a dejar la escuela y empezó a trabajar en el Systembolaget al poco de nacer Krister.

—Cuando leyó la carta debió de decidir ir a Sandhamn en Semana Santa y buscar a sus parientes —dijo Thomas.

—Que quizá no supieran ni siquiera que existía.

—Es verdad. No es seguro que alguien supiera de él.

—Salvo el padre —replicó Carina.

—Pero algo ocurre en el viaje, o cuando llega —dijo Thomas.

—Algo que desencadena su muerte —añadió Carina.

—Y después la muerte de su prima.

—Si es que las dos muertes están relacionadas.

Thomas la miró perplejo.

—¿Por qué no iban a estarlo?

—La muerte de Krister Berggren pudo deberse a un accidente. Quizá se cayó por la borda, a pesar de todo. Imagínate que tuvo mala suerte en el barco que iba a Sandhamn.

—¿Y Kicki?

–No sé. –Carina hizo una mueca–. Supongo que es bastante improbable que la mataran tan pronto por pura casualidad.

–Además, Jonny Almhult ha muerto y Philip Fahlén está ingresado en el hospital, sin que tengamos explicación alguna –recordó Thomas, y se acordó de una conversación que había mantenido recientemente con Margit.

Pensativo, analizó la carta.

–Sin duda, hay muchas preguntas nuevas que hacer. Sin embargo, es curioso que...

Se detuvo, con la carta en la mano.

–¿Qué?

–Que no haya aparecido el más mínimo indicio. Ni siquiera una conexión indirecta o algo de su relación familiar. Después de todo lo que ha ocurrido.

–Es una buena pregunta –dijo Carina–. Pero no sabemos si alguien conocía su existencia. Y probablemente estarían avergonzados. En aquel tiempo seguro que era un escándalo tremendo.

–Seguro. Un hijo ilegítimo no era nada de lo que presumir en los años cincuenta –dijo Thomas–. En cualquier caso, me imagino que la conversación va a ser muy distinta.

–¿Vas a ir a Sandhamn esta tarde? –preguntó Carina.

–Ya veré. –Ahogó un bostezo–. No corre tanta prisa. Nadie va a huir. Tampoco creo que se pueda hacer nada esta tarde.

Con un suspiro de cansancio, se levantó del sofá.

–Estoy agotado –dijo–, así que me voy a Harö como tenía pensado. Esa conversación puede esperar sin problema hasta mañana por la mañana.

Miró una vez más la carta manuscrita antes de doblarla con cuidado y meterla en el sobre.

70

Un rato para ella sola.

La necesidad de soledad era casi física. El cuerpo reclamaba su tiempo. Nora quería pensar con calma en su situación, estar tranquila sin tener que fingir ni explicarle nada a nadie. Después de la conversación del día anterior tenía que ordenar sus pensamientos y pensar lo que realmente quería.

Puesto que Henrik estaba participando en la regata de las Veinticuatro Horas de Sandhamn, no regresaría a casa, como pronto, hasta alrededor de la medianoche. Eso le dejaba un buen rato para pensar lo que iba a decirle cuando volviera.

Los niños le habían preguntado, por iniciativa propia, si podían dormir en casa de los abuelos, y ella no se hizo de rogar. Ahora estaba sola en casa. Eran las ocho y media pasadas. Fuera aún era de día.

Ya que no tenía la mente en calma, había decidido apaciguar al menos el estómago. Había comprado una apetitosa pechuga de pollo, que había marinado en lima y salsa de soja y después había asado en el horno. Como acompañamiento preparó una ensalada de cuscús con aguacate y una salsa de yogur turco mezclada con chili dulce. Para darse un capricho, había comprado además una tableta de su marca favorita de chocolate negro belga.

Naturalmente, debía tener cuidado con los dulces a causa de su diabetes, pero alguna vez necesitaba una permitirse un capricho.

Esta era una de esas ocasiones.

De todos modos, iba a ponerse un poco más de insulina antes de cenar porque no se había puesto la inyección de la tarde, cuando estaban en Grönskär. El chocolate quedaría bien cubierto con esa dosis. Y además, según decían, el chocolate negro contenía una sustancia que hacía que uno se sintiera mejor aunque estuviera triste o deprimido. Eso le vendría de perlas. Aquella tarde agradecía cualquier cosa que le ayudara a sentirse bien.

Decidió poner la mesa bonita aunque estaba sola, así que sacó una copa de cristal para sí misma. Era bastante ridículo, pero en ese momento le pareció buena idea. Hizo los últimos preparativos y abrió el frigorífico para inyectarse la insulina antes de la comida. Las ampollas estaban en el estante superior, su sitio habitual. Llenó con cuidado la jeringuilla con la primera ampolla. Luego introdujo la mitad del contenido de otra. Agitó la jeringuilla y después se la inyectó como de costumbre en el pliegue del abdomen, por debajo del ombligo. Directamente en la capa de grasa, para que tuviera el mejor efecto posible. La ampolla vacía fue a parar al cubo de la basura y dejó en la encimera la que estaba a medias.

Colocó el plato de pollo en la mesa y puso el último CD de Norah Jones, su tocaya si no fuera por la hache. Iba a sentarse cuando decidió llamar a Henrik. Aunque estuvieran enfadados, quería saber al menos qué tal estaba y cuándo calculaba que regresaría. Y también oír su tono de voz.

Buscó el móvil en el bolsillo de los pantalones, pero no lo encontró. Volvió a la cocina pero tampoco lo vio. Qué raro. Frunció el ceño. Subió rápidamente la escalera hasta el dormitorio para ver si estaba allí. Llamó desde el teléfono fijo a su móvil, pero en la casa no se oía nada.

Se quedó junto a la barandilla de la escalera. ¿Cuándo lo había usado por última vez? Trató de recordar, visualizar las llamadas que había hecho durante el día, como si rebobinara un vídeo.

En Grönskär.

Había llamado a Thomas para contarle lo del raticida. Pero ¿qué había hecho con el teléfono después? Lo tuvo que dejar en algún sitio. ¿No tendría la mala suerte de haber perdido el móvil en Grönskär? Llevaba puestos unos pantalones cortos con los bolsillos poco profundos. Suspiró contrariada. Qué estupidez.

Eran casi las nueve. Si se daba prisa, podría tomar el fuera-borda *Snurran* y conducir hasta Grönskär mientras aún era de día. Estaría de vuelta en poco más de media hora.

Lanzó una mirada triste a la estupenda cena que ya estaba servida en la mesa.

El móvil era más importante. Mucho más importante. No el teléfono en sí, ciertamente, pero sí todos los números guardados. Introducir alrededor de doscientos números de teléfono en un móvil nuevo le parecía una tarea inabordable.

Descolgó rápidamente su chaleco salvavidas y buscó una linterna. Sacó las llaves del barco del armarito azul que colgaba en la entrada al lado de la puerta.

El vigilante guardaba una llave de repuesto al lado del faro, debajo de una piedra, lo comentó durante la visita cuando ella le preguntó qué pasaría si alguien perdía la llave.

—No hay problema —contestó él con su sonrisa bondadosa—. Siempre hay una llave de reserva cerca.

El hombre había señalado una piedra plana justo a la derecha de la entrada.

—Pero ¿y si alguien se la lleva? —observó ella.

—¿Qué crees que puede pasar entonces? —le contestó guiñándole un ojo—. No hay nada que robar ahí arriba. Lo peor que puede ocurrir es que esa persona tenga una posibilidad extra de contemplar las vistas.

Con paso rápido bajó al embarcadero. Signe estaba junto a las casetas, contemplando el mar con las manos metidas en los bolsillos de la chaqueta. Parecía inusualmente triste y abatida y tenía unas ojeras muy marcadas.

—¿Adónde vas a estas horas? —preguntó cuando Nora se acercó.

—Tengo que ir a Grönskär. Creo que perdí el móvil cuando estuvimos allí. Qué torpeza. Los niños están en casa de mis padres y he pensado ir rápidamente a buscarlo.

—Puedo acompañarte —dijo Signe—, así no tendrás que ir sola.

Nora le sonrió.

—Muchas gracias. Pero no hace falta —replicó—. Puedo arreglármelas, no se tarda mucho. Estaré de vuelta antes de que anochezca.

—No es ninguna molestia. No tengo nada que hacer. Espera un momento, voy a buscar mi chaleco.

Signe le puso la mano en el hombro.

—Creo que no debes ir sola, con lo mal que te sentías ayer.

—La verdad es que sería agradable tener compañía —respondió Nora agradecida—. Me gusta que vengas conmigo.

Saltó a la bancada, puso la llave en el contacto y soltó las amarras. Instintivamente miró el depósito de gasolina para comprobar que había suficiente. Solo faltaba que se le parara el motor en el mar por falta de combustible.

Signe volvió con el chaleco salvavidas, bajó al barco y retiró la proa con un buen empujón. Con mano experta, Nora puso rumbo a Grönskär.

71

Cuando pasaron el estrecho de Sandhamn, Nora lanzó una mirada por encima del hombro. Las luces desaparecían a su espalda tras la estela de agua del barco. Los conocidos edificios se fueron convirtiendo en pequeños puntos que rápidamente se borraron en la lejanía. Se preguntó si debería haber ido a casa de sus padres para decirles que se iba a Grönskär; quizá se inquietarían si descubrían que la casa estaba vacía. Pero solo era un viaje corto de ida y vuelta. No tardaría mucho tiempo.

El ruido del motor impedía mantener una conversación, así que se concentró en conducir el barco, que cortaba la superficie brillante del agua. Enseguida pasó el islote de Telegrafholmen y dejó Björkö a estribor. Pasados diez minutos, la conocida silueta de Grönskär apareció ante ellas. Olía bien, a mar y algas. A lo lejos se vislumbraba algún que otro barco que aún no había atracado en el muelle. Al sur pronto se verían las luces de los faros de Svängen y Revengegrundet, en la bocana de la ruta de Sandhamn.

Se acercaban a Grönskär y Nora decidió amarrar junto al muelle que había debajo del faro, en lugar de en el antiguo puerto para barcos pequeños. Mejor ir a lo seguro, no le apetecía en absoluto tener que desencallar el barco casi de noche. Al llegar cerca del muelle, Nora redujo la velocidad al mínimo. El oleaje introdujo la embarcación el último trecho.

El muelle, que consistía en un bloque cuadrado de hormigón que sobresalía más allá de las rocas, tenía dos amarres de hierro fijos en cada lado. Nora amarró el barco con dos buenos nudos marineros, como le había enseñado su abuelo cuando era pequeña. Siempre llevaban cabos extra por si necesitaban amarrar en algún sitio.

Se retiró hacia atrás el cabello, que el viento había soltado de la cola de caballo, y se volvió hacia Signe.

—Tú puedes esperar aquí si quieres —le dijo—, mientras yo subo corriendo a buscar el teléfono.

Signe sacudió la cabeza con decisión.

—Ni hablar, voy contigo. No vas a subir sola a la torre a estas horas.

Nora le sonrió. A decir verdad, se alegraba mucho de que Signe la hubiese acompañado y de no haber ido sola.

—De acuerdo. Vamos entonces.

—¿Cómo vas a subir?

—Sé dónde está la llave de reserva, pero creo que he perdido el móvil fuera. Tendré que buscarlo, sencillamente. Quien busca, encuentra, ¿no es así?

Las rocas por encima del muelle de hormigón estaban resbaladizas por la humedad del atardecer. El musgo se había extendido sobre las rocas como una alfombra verde. Nora iba con cuidado. Era fácil resbalar, y torcerse un pie no parecía particularmente atractivo.

Mientras subía le dio por pensar en el viejo cuento de Rapunzel, la hermosa doncella de cabello largo encerrada en una torre. Se salvó dejando caer su melena, por la que trepó un caballero y la liberó.

Un escalofrío le recorrió el cuerpo. El faro de Grönskär no era un lugar en el que le gustaría estar encerrada, con independencia del largo de su melena.

Con pasos cautelosos, Nora y Signe subieron hacia el faro. A sus casi ochenta años, Signe era ágil y fuerte, y caminaba sin dificultad a pesar de lo irregular del terreno. En la isla, la vegetación era escasa, pinos bajos azotados por el aire y algún que otro abedul.

Nora se esforzó en recordar cuáles habían sido sus movimientos alrededor del faro cuando llamó a Thomas. Había estado un rato parada en la entrada. Fiel a su costumbre, estuvo paseando de un lado a otro durante la conversación. El teléfono debería estar en algún sitio cerca de la torre. Miró entre los arbustos, pero era difícil ver bien en la oscuridad. La linterna no servía de mucho. Para mayor seguridad, dio otra vuelta entre la torre y la pequeña caseta que albergaba el museo, pero no encontró nada.

Quizá lo había perdido dentro de la torre. Había subido con Adam por última vez justo antes de irse. Subieron muy deprisa, así que el móvil tal vez se le había caído del bolsillo al bajar sin que se hubiera dado cuenta. Se agachó y buscó a tientas la llave de reserva, que efectivamente estaba escondida debajo de la piedra plana, tal como había contado el vigilante. Abrió sin problemas el candado y la verja negra.

—Hay muchos peldaños —le dijo a Signe—. ¿Tienes fuerzas para volver a subir?

—Mujer, que no soy tan vieja. Vamos —fue su respuesta.

Subieron despacio y se detuvieron en cada rellano para buscar. Nora alumbraba el suelo con la linterna. No encontraron el teléfono ni en el primero ni en el segundo rellano. Ahora debería tener otro móvil para poder llamar al suyo y guiarse por el sonido. Pero no había pensado en eso cuando se puso en marcha.

En el tercer rellano había un pasillo ciego con siete peldaños. Nora trató de recordar si se había detenido allí. Era cierto que se habían equivocado al subir la primera vez, pero no la última. Para mayor seguridad, lo alumbró con la linterna.

Subieron el cuarto tramo de escaleras hasta el rellano más alto, que no era más que un círculo de apenas dos metros de diámetro. Desde allí arrancaba la estrecha escalera blanca de hierro que conducía a la linterna. Al lado de la escalera estaba la puerta pintada de verde que llevaba a la terraza.

Nora se volvió hacia Signe.

—Espera aquí, voy a trepar hasta arriba. No quiero que te rompas una pierna por acompañarme.

La vista desde la pequeña linterna era magnífica. A pesar de que ya la había admirado antes ese mismo día, era incapaz de no deleitarse en ella. Era como estar en una nube desde la que contemplar el mar. De día era fantástico, pero era más fascinante aún en el crepúsculo. Los rayos del sol que se ocultaba coloreaban todo el archipiélago de rosa y amarillo y, a lo lejos, en el horizonte, el cielo se confundía con el mar verde oscuro.

Por unos segundos olvidó sus problemas con Henrik. La belleza que se desplegaba ante ella le infundió nuevo ánimo. Con todo, la vida valía la pena.

Abajo se veía la vivienda del antiguo farero, que ahora ocupaba el vigilante. Junto a ella había varias casas propiedad de la Fundación del Archipiélago. Estaban silenciosas y oscuras, tal vez sus habitantes habían acudido a las actividades que se organizaban los viernes en Sandhamn.

—¿Encuentras algo?

La voz de Signe retumbó en la linterna.

Nora miró a su alrededor. Cuando se apagó el faro en 1961, se conservó la lámpara y las lentes de Fresnel, que seguían intactas en el centro. Las lentes estaban cubiertas con una tela de lino de color verde. La lámpara parpadeaba con su tenue luz verde.

—¡No, nada! —gritó Nora—. Nada en absoluto.

El sol casi se había puesto más allá de Harö y la luz aún era más débil. Con mucho cuidado dio la vuelta a la pasarela intentando distinguir los reflejos metálicos del teléfono móvil.

—¡Espera, que te doy la linterna! —gritó Signe.

Se la entregó por el estrecho agujero. Apenas llegaba.

Nora deslizó el cono de luz por toda la linterna. De izquierda a derecha. Se sentía como un antiguo vigilante del faro. Iluminó otra vez el espacio con la luz de la linterna. Después se dio por vencida. El móvil no estaba en la torre. Empezó a bajar la escalera de hierro.

–Vámonos. El teléfono puede estar en cualquier sitio. Tendré que volver mañana a buscarlo de día. No queda más remedio.

Maldijo su descuido.

Cuando bajó se detuvo delante de la puerta de la terraza.

–Esto es tan bonito... Es para creer que Dios vive allá lejos donde se juntan el mar y el horizonte.

Se volvió de nuevo hacia Signe.

–Por cierto, ¿la pesca en las aguas que rodean Grönskär os pertenece a los Brand, no?

Signe asintió.

–Sí, casi todo lo que ves alrededor del faro es nuestro. Yo salgo a pescar a menudo, como sabes. Hay que procurarse comida que llevar a la mesa –añadió con una sonrisa torcida. Luego sacudió la cabeza y se inclinó sobre la barandilla donde empezaba la escalera–. Pero es horrible la cantidad de gente que pesca de forma clandestina. Hay muchos que no respetan el derecho de los dueños.

Nora la miró sorprendida.

–No lo sabía, es lamentable. ¿Crees que son de Sandhamn?

–Sé exactamente quiénes son. –Signe sacudió la cabeza–. Créeme, después de tantos años sé a quién le gusta meter las zarpas en las cosas de los demás –continuó, indignada–. Fíjate en ese pobre Jonny Almhult, por ejemplo. No quiero hablar mal de los muertos, pero tanto el padre como el hijo han pescado en mis aguas sin vergüenza alguna. Los he sorprendido muchas veces.

Nora la miró, perpleja.

–¿Cómo sabes que eran ellos? ¿Los pillaste in fraganti?

–No hizo falta. Eran tan vagos que no se molestan ni en quitar las tablillas. He quitado las redes de George Almhult más de una y de dos veces.

–¿Quitado?

–¿No lo sabes? Si alguien pesca ilegalmente en tus aguas, tienes derecho a quedarte con sus redes. Así ha sido durante muchos, muchos años.

–¿Como una especie de sanción?

—Sí, justo. Se podría llamar así.

—Por eso tienes redes en tu caseta marcadas con otras iniciales que no son las tuyas —pensó Nora en voz alta.

Signe frunció el ceño.

—¿Y tú cómo sabes eso?

—Lo vi ayer, cuando entré en tu caseta para tomar prestadas tus redes. ¿Lo has olvidado? Los niños habían roto las nuestras —le recordó Nora.

Permaneció junto a la puerta de la terraza, pensando. Luego miró a Signe.

—¿Por qué no le has dicho a Thomas que tenías redes de los Almhult? Seguro que a la Policía le interesa saberlo. La red en la que apareció enredado ese tal Berggren estaba marcada con las iniciales G. A.

Nora estaba desconcertada.

Signe abrió la boca como para decir algo, pero la volvió a cerrar.

A lo lejos se oían los graznidos de las gaviotas, por lo demás, la torre estaba totalmente en silencio.

De pronto Nora lo comprendió.

—Krister Berggren no se enredó en las redes de Almhult cuando murió. Se enredó en las tuyas —dijo en voz baja, como para sí misma—. Era una red que tú les habías quitado cuando Jonny y su padre pescaban clandestinamente en tus aguas.

Signe apartó la mirada. Y asintió despacio.

—Eso fue exactamente lo que ocurrió.

—Pero ¿por qué no se lo has contado a Thomas? Es importante para la investigación. Tenemos que llamarlo en cuanto volvamos y aclararle lo que ha pasado.

Signe no contestó y Nora intentó suavizar un poco sus palabras.

—Fue un accidente, tú no tienes nada que ver con su muerte. Como comprenderás, nadie puede echarte la culpa por que se enredara en tu red.

Signe permaneció inmóvil junto a la escalera, sin decir nada.

—¿Signe? —intentó Nora.

La pregunta retumbó en la torre del faro.

72

El silencio se impuso y envolvió a Nora y a Signe. Un silencio terrible que las dejó paralizadas. Nora vio una verdad en la cara pálida de Signe a la que no se atrevía a enfrentarse. La turbación le hizo retroceder contra la pared y acurrucarse en la escalera delante de la puerta de la terraza. Apenas podía hablar.

—Pero fue un accidente, ¿verdad, tía Signe?

En medio de su confusión, empleó el nombre con el que solía llamarla de pequeña.

Signe negó con la cabeza. Su cara se había quedado petrificada como una máscara inescrutable en la que solo se movían los finos labios. Su voz monótona cortó el aire como un cuchillo.

—Krister Berggren se ahogó por mi culpa.

—Pero ¿por qué? ¿Qué te había hecho? Si ni siquiera lo conocías.

—Krister Berggren era el hijo ilegítimo de Helge —contestó Signe; su mirada era despiadada.

Nora la miró fijamente.

—¿Así que erais familia? ¿Has matado a tu sobrino?

Signe asintió.

—Pero él no supo nada de nuestros lazos familiares hasta que murió su madre. Después decidió venir a buscarme y reclamarme Villa Brandska como herencia de su padre.

La voz de Signe sonó más dura de lo que Nora había oído jamás. Como si hablara de alguien que no fuera ella.

Nora empezaba a tener mucho frío. El malestar se apoderó de ella. Deseaba encontrarse en una pesadilla de la que despertar pronto.

—Habría tenido que abandonar mi casa, Nora. Me habría obligado a vender la casa para recibir su parte del dinero. Yo no tenía dinero para comprarle la mitad.

Apretó los puños con rabia.

—No había planeado matarlo. Pero era la única solución. Si él moría, todo volvería a ser como antes. —Signe se interrumpió un momento y cerró los ojos como si tratara de borrar algo de su mente—. Al menos era lo que yo creía —añadió. Respiró profundamente y continuó. Sus palabras traslucían una especie de alivio por poder contar lo que había ocurrido.

»Después apareció su cuerpo flotando en la playa de Sandhamn. Comprendí inmediatamente que era él. No supe qué hacer. Había creído que nunca más tendría que pensar en eso.

Nora ocultó la cara entre las manos. Casi no se atrevía a hacer la pregunta:

—¿Qué pasó con su prima? Esa mujer que apareció muerta en la Casa de la Misión.

Signe cruzó los brazos sobre el pecho. Apretó los puños con furia antes de responder.

—Esa mujer horrible... Apareció sin más, de la nada. Afirmó que era la prima de Krister. Su única familia y heredera. Exigió su parte de la herencia.

A Nora le costaba respirar.

—Entonces, ¿la mataste tú también?

Signe se dio la vuelta.

—No podía permitir que me quitara mi casa. Fue culpa suya. De los dos. Si se hubieran mantenido lejos de Sandhamn, no habría pasado nada. —Le temblaba la voz de rabia contenida—. ¿Quiénes se creían que eran? ¿Qué derecho tenían a venir aquí y destrozarme la vida?

Nora no sabía qué decir. La lengua se le había quedado entumecida como si no pudiera pronunciar nada inteligible.

—¿Y Jonny Almhult? —consiguió decir finalmente.

Sus palabras sonaron como un susurro, sílabas perdidas que buscaban una salida en el estrecho espacio de la torre que ahora estaba casi totalmente oscuro.

Signe negó con la cabeza.

—No tuve nada que ver con la muerte de Jonny. No tengo ni idea de lo que le ocurrió, te lo prometo.

Nora no sabía qué creer.

¿Podía su Signe haber matado a dos personas? La tía Signe, a quien conocía desde que era pequeña.

Que había sido como una abuela para ella.

Signe se volvió y comenzó a bajar las escaleras.

—Está empezando a anochecer. ¿Tienes luces de navegación en ese barco pequeño? —preguntó.

Nora negó en silencio. Tenía tanto frío que le castañeteaban los dientes. Pasados unos minutos, se levantó con esfuerzo y empezó a bajar con cuidado los desgastados peldaños de piedra. Signe ya estaba en el segundo rellano.

Nora pasó el pasillo ciego. Bajaba despacio para no resbalar en los escalones irregulares. No se veía casi nada y la pequeña linterna no ayudaba mucho.

Entonces oyó que se cerraba la puerta de abajo.

—¿Signe, estás ahí? —gritó en la oscuridad mientras aceleraba el paso todo lo posible.

De repente tropezó y se cayó en el último tramo de la escalera. Estaba tan oscuro que no vio dónde apoyarse. Se dio de cabeza contra el suelo de piedra; se golpeó la sien con un sonido desagradable. Aturdida, oyó la voz de Signe a través de la puerta.

—Lo siento, Nora, pero tengo que encargarme de una cosa. Me encargaré de que vengan a buscarte mañana.

Nora se hundió en la oscuridad. Lo último que oyó fue el eco de los pasos de Signe, que desaparecía escalera abajo.

73

Cuando volvió en sí, Nora se vio sumida en una oscuridad completa. Se preguntó cuánto tiempo llevaba allí. Era imposible determinar si se trataba de horas o de minutos.

Adivinó en qué dirección estaba la puerta y trató de ponerse de pie. Enseguida se mareó y sintió náuseas. Haciendo un gran esfuerzo se puso de rodillas y consiguió ir a gatas hasta la puerta. Intentó abrirla, pero esta no se movió ni un milímetro.

Estaba encerrada en el faro de Grönskär.

Se le llenaron los ojos de lágrimas. Se mordió el labio con fuerza.

No llores, se advirtió, no llores. Tenía que mantener la mente clara. ¿Cómo se salía de allí?

Las náuseas volvieron a aparecer. Tuvo que esforzarse para contener el impulso de vomitar. Le temblaba todo el cuerpo, pero no sabía si era a causa de la caída o porque le estaba bajando el nivel de azúcar. El entumecimiento de los labios y la lengua indicaba que se trataba de lo segundo. Solía ser uno de los primeros síntomas de hipoglucemia, niveles peligrosamente bajos de azúcar en sangre. Rebuscó desesperadamente en su memoria. ¿Cuándo se había inyectado la insulina? Debían de ser las nueve de la noche y la dosis había sido superior a lo habitual, equivalente a la de una comida abundante. Pero ahora la insulina no podía descomponer el azúcar de los hidratos de carbono que no había ingerido. En su lugar iba a consumir los que ya tenía en el cuerpo, que, además, se habrían gastado mucho más rápido de lo normal con el esfuerzo de subir los escalones del faro. Si no ingería nuevos hidratos, su cerebro sufriría una alteración del ácido láctico. Si no ingería azúcar en este estado, el cuerpo entraría en coma hipoglucémico.

Luego llegaba la muerte.

Nora conocía de sobra el proceso. Al principio se experimentaba falta de energía y temblores, seguidos de taquicardia y convulsiones. Tendría problemas para concentrarse y después estaría completamente aturdida. Mientras disminuía el nivel de azúcar, se sentiría primero un poco adormilada, más tarde irresistiblemente somnolienta y, al final, se quedaría inconsciente. La pérdida de consciencia se convertiría en un coma, el coma la llevaría a la muerte. Pasadas unas horas, el cuerpo, finalmente, se rendiría.

Probablemente no es una muerte tan terrible, pensó desesperada. Pero no quería morir. No en ese momento ni de esa manera. Sola y encerrada en Grönskär. Se obligó a no pensar en los niños, porque entonces empezaría a llorar.

La cuestión era de cuánto tiempo disponía. Si ya era más tarde de medianoche, no iba a tardar mucho en quedarse inconsciente. Ojalá se hubiera llevado algo de comer. Normalmente tenía la costumbre de llevar glucosa o algo parecido en los bolsillos, pero no se había molestado en meter nada porque solo iba a estar fuera un rato.

Se sentía tan frustrada que le daban ganas de golpearse. ¿Había hecho algo bien aquella noche?

¿Dónde estaba la linterna? Despacio, gateó a tientas intentando encontrarla en la oscuridad. A lo mejor podía enviar señales con ella. Cuando uno había pasado mucho tiempo en el mar, se sabía la señal de socorro de memoria. Tres señales cortas, tres largas y al final otras tres cortas. Con la ayuda de la linterna podría avisar de dónde estaba.

De nuevo barrió el suelo con las manos. Por fin. Allí estaba. Presionó el botón con dedos temblorosos.

No ocurrió nada.

Examinó la linterna en la oscuridad. El cristal estaba roto y se raspó un poco el dedo índice. La agitó ligeramente cerca del oído para comprobar si la bombilla estaba rota. Ningún sonido, pero seguía sin alumbrar. No funcionaba. Se le volvieron a llenar los ojos de lágrimas. Tenía que haber alguna manera de comunicar que estaba ahí. Se dio cuenta de que si conseguía encontrar el móvil podría llamar y pedir auxilio. Quizá había sido un poco descuidada en su primera búsqueda. Tal vez el móvil estaba en el faro a pesar de todo. Gateaba y buscaba con las manos. Metódica, centímetro a centímetro.

Nada.

Llegó al siguiente rellano casi sin aliento y gateó varias veces a lo largo de las paredes. Palpó por el pasillo ciego cada escalón. No estaba.

Luego subió hasta el rellano de donde partía la estrecha escalera que conducía a la linterna del faro. Allí se desplomó en el suelo. Había abierto la puerta de la azotea para que entrara algo de luz, pero no era de mucha ayuda.

Nadie sabía dónde estaba.

Ya no pudo contener las lágrimas por más tiempo. El llanto era cada vez más violento y Nora no dejaba de pensar en los niños, aunque eso le hacía llorar aún más. ¿Cómo había podido ser tan descuidada? ¿Por qué había perdido el móvil? ¿Por qué había dejado que Signe la acompañara? ¿Por qué no le había dicho a nadie que se iba a Grönskär?

Se acurrucó en posición fetal en el suelo de piedra. Lo único que se oía era su respiración, que llegaba como hipidos cortos y aterrados. Se abrazó a sí misma, intentando conseguir un poco de calma que le permitiera pensar, pero sus pensamientos seguían dando vueltas por su cuenta.

Se veía muerta, tendida en el suelo de piedra. Olvidada y abandonada. Tenía mucho miedo.

La oscuridad era cada vez más densa. Se habían encendido los faros cercanos, Svängen y Revengegrundet. Las luces parpadeaban a intervalos regulares. Como los latidos de un corazón.

74

Nora miró el reloj. Era difícil distinguir las agujas en la oscuridad. Parecía que eran las doce y media, pero no podía saberlo con certeza. Intentó respirar lentamente para que el pánico no se apoderara de ella. Se negó a doblegarse a los temblores del cuerpo. La única que podía hacer algo era ella misma. Tenía que calmarse, no cabía otra opción.

Después de un momento decidió subir a la linterna, desde donde tendría mejor vista. Quizá alguien que pudiera ayudarle había vuelto a la isla. Observó en la penumbra si había señales de vida en alguna de las casas y tuvo que cerrar los ojos por el esfuerzo.

Nada. Ni rastro de vida.

¿Por qué todo el mundo había salido esa noche? Qué mala suerte.

Intentó determinar la distancia desde la azotea al suelo. ¿Sería posible saltar? Debía de haber, por lo menos, veinte o veinticinco metros hasta abajo. Probablemente se mataría contra las duras rocas si lo intentaba.

Tenía que existir alguna forma de enviar una señal. Alguien habría allá fuera que pudiera interpretarla. Buscó en los bolsillos de la cazadora, donde antes había buscado glucosa. En el primer bolsillo solo encontró un par de guantes. En el segundo, el envoltorio de un helado, una moneda de cinco coronas, una barra de labios y cerillas.

Cerillas.

¿Podría hacer un fuego para indicar dónde estaba?

Los brazos y las piernas empezaban a pesarle. Otro aviso más de que tenía demasiada insulina en el cuerpo. Intentó ignorarlo y concentrarse en su tarea.

La luz de la lámpara en la linterna la aliviaba. Era fantasmagórica, pero aun así inspiraba seguridad. Una chispa de vida. Las lentes brillaban bajo la luz verde. Había un trozo de tela de lino alrededor. El lino ardía. Rápidamente. ¿Encontraría más material combustible? Hizo un esfuerzo para recordar cómo era el resto de la torre. ¿No estaban atrancadas las puertas de los rellanos con cuñas de madera? ¿Y no había virutas al lado?

Descendió otra vez por la escalera, y con los dedos de la mano derecha palpó a lo largo del borde de la puerta. Había una cuña de madera encajada. Debajo de la escalera de hierro encontró varios trozos de madera y virutas. Acumuló todo en un montón y bajó al rellano siguiente. Allí también había una pequeña cuña, y más virutas y algunos palos. Se acercó con cuidado al pasillo ciego de enfrente con todo lo que había reunido. ¡Bingo! Allí había una tabla entera, que en la oscuridad le pareció que rondaba los treinta centímetros de largo. Seguramente esa tabla ardería durante un buen rato. Empezaba a sentirse muy cansada. Las extremidades le pesaban cada vez más y un sudor frío le corría por la nuca.

Metió los trozos de madera y las virutas dentro de la cazadora y los subió a la linterna. Colocó el tejido de lino en el centro, amontonó los maderos a su alrededor y esparció las virutas por encima. Cada diez segundos parpadeaba la lámpara verde, y la luz duraba lo justo para permitirle ver lo que estaba haciendo.

Exhausta, colocó el paquete en lo alto, encima de las lentes. Haciendo un esfuerzo comprobó que la rejilla de ventilación de la parte inferior de la pared estuviera abierta. El miedo a sufrir un *shock* insulínico —ya estaba empezando a mostrar algunos síntomas—, superaba al miedo a morir asfixiada por el humo. Aun así, fue consciente del riesgo como para obligarse a comprobar que la rejilla no estuviera cerrada. Le costaba concentrar la vista y tenía que parpadear constantemente para que su visión no se volviera borrosa. Sabía que tenía que bajar de la linterna en cuanto empezara a arder. Y alejarse todo lo que pudiera del fuego.

Encendió una cerilla con dedos temblorosos. A la luz de la llama vio su reflejo en la pared de cristal. Su mirada se encontró con unos ojos asustados y abiertos de par en par. Tenía la cara tensa y totalmente blanca.

¿Era ese el aspecto que uno tenía cuando iba a morir?

Acercó la cerilla al lino. Se apagó sin que ocurriera nada. Encendió otra cerilla, y otra más. Seguía sin pasar nada. Desesperada, encendió tres cerillas a la vez y las sujetó cerca, muy cerca, de la tela. Al principio parecía que estas también iban a apagarse, pero de repente la tela chispeó y prendió.

Nora lanzó un suspiro. No pudo evitar un sollozo de alivio. Ahora ardía. Ardía bien. El fuego prendió una de las cuñas de madera y las llamaradas anaranjadas se esparcieron.

Sintiéndose mareada, retrocedió y bajó por la escalera. Cada movimiento era un suplicio, como si tuviera plomo en todo el cuerpo. Se agarró con las dos manos a la barandilla para no perder el equilibrio.

—No te duermas —murmuraba para sí misma como un mantra—. Por Dios, no te duermas. Mantente despierta.

Retrocedió gateando hasta el último rellano, donde Signe había cerrado la puerta por fuera. El olor a humo, que empezaba a irritarle los ojos y la garganta, la seguía.

Estaba muy cansada. Lo único que quería era tumbarse y cerrar los ojos. Por un segundo pensó en la rejilla de la linterna. Ojalá dejara entrar el oxígeno suficiente para que el humo no se apagara. Después no le quedaron fuerzas para preocuparse tampoco de eso. Se arrastró hasta la puerta cerrada, lo más lejos posible del fuego.

75

Sábado, cuarta semana

El móvil de Thomas no dejaba de sonar.

El radiodespertador al lado de la cama marcaba la 01.43.

—¿Sí? —balbuceó somnoliento.

—Soy Henrik.

Thomas se sentó en la cama. Su instinto de policía enseguida tomó el mando. Henrik nunca lo llamaría sin motivo en mitad de la noche.

—¿Qué ha pasado?

Tras un silencio corto se volvió a oír la voz.

—Sé que es tarde, pero acabo de llegar del torneo de las Veinticuatro Horas de Vela. Nora ha desaparecido. No ha dormido en casa. No hay ninguna nota en la cocina. Simplemente no está.

—¿Os habéis peleado?

A Thomas se le escapó automáticamente la típica pregunta de policía, sin que pudiera evitarlo. Sabía que el ambiente en casa de los Linde no había sido el mejor la última semana. Nora no había querido entrar en detalles, pero él pudo deducir que su nuevo empleo en Malmö no había sido recibido con gran entusiasmo.

—No me entiendes. —La voz de Henrik sonaba impaciente—. Tuvimos una bronca antes de que me fuera al torneo, pero esto no es propio de ella. Nora nunca se iría así, sin más. Teniendo en cuenta lo que ha pasado últimamente, no me atrevo a arriesgarme. Esto es serio.

Thomas no insistió.

—¿La has llamado al móvil?

—Claro que la he llamado al móvil —contestó Henrik—, pero no contesta, me sale el buzón de voz. Se oyen varios tonos, así que el teléfono no está apagado.

Thomas sintió un nudo en el estómago. Henrik tenía toda la razón. Eso no era en absoluto propio de Nora. Ella era la abogada organizada que estaba pendiente de todo y siempre disponible.

—¿No habrá ido al Seglar o Värdshuset? ¿Has hablado con sus padres?

—Sí, estaban durmiendo cuando llegué a su casa. Según Susanne, los niños iban a dormir allí esta noche para salir mañana por la mañana con el abuelo a echar las redes de pesca. Nora les dijo que estaba cansada y que se iría pronto a la cama a leer.

—¿Estás completamente seguro de que no está en casa de algún vecino tomando una copa de vino?

—¿A estas horas? Nora siempre está cansada por las noches. Ya sabes que se derrumba antes de las doce. Tiene que haberle pasado algo.

La irritación en la voz de Henrik se había convertido en miedo.

Thomas empezó a ponerse unos vaqueros mientras hablaba con él. Tenía todo el cuerpo en tensión.

—¿Está el barco en el embarcadero?

La afirmación atravesó inmediatamente la línea telefónica.

—He mirado y el fueraborda está ahí.

Thomas ya estaba en camino.

—Salgo enseguida para allá. Voy con el *Buster,* no tardo más de quince minutos. Mientras tanto, date una vuelta por Dykar y por el club, por si acaso. Con suerte, puede que esté allí sentada tomándose un copa.

Thomas se puso un jersey y corrió hasta el embarcadero. Estaba muy satisfecho del barco que se había comprado el verano pasado.

351

Su *Buster Magnum* era estable y seguro, podía alcanzar sin problemas los treinta y cinco nudos náuticos si era necesario.

Como lo era esa noche.

Soltó rápidamente las amarras y salió a toda velocidad. Vio las luces de Sandhamn unos minutos después. El miedo que le corroía el estómago se iba extendiendo por todo su cuerpo. Como policía había aprendido a fiarse de sus instintos, y ahora presentía que algo no iba bien.

Si Nora hubiera sido otra persona, podría estar con un amante mientras Henrik estaba en la regata. Pero en su caso era impensable. Era demasiado responsable para tener una aventura. Además, sabía que Henrik regresaría esa noche.

El embarcadero de la familia Linde apareció en la oscuridad. Redujo la velocidad y viró ampliamente para entrar por el extremo. Con mano experta amarró el barco y avanzó a grandes zancadas hacia la casa de Nora y Henrik.

Este se reunió con él junto a la verja.

—Pasa —dijo—. Tengo que enseñarte una cosa.

Entraron en la cocina. La mesa estaba primorosamente servida para una persona. En medio de la mesa había un plato con pollo. Parecía que llevaba allí un buen rato.

—¿Tiene esto pinta de que alguien haya planeado pasar la noche en otro sitio?

Thomas sacudió la cabeza.

—Te voy a enseñar otra cosa. —Señaló la encimera, donde había una pequeña ampolla en el borde—. Mira —dijo Henrik—, una ampolla de insulina a medias. En el cubo de la basura he encontrado otra ampolla vacía.

Thomas lo miró sin entender.

—¿Qué significa eso?

—Nora siempre se inyecta su insulina justo antes de comer. Tiene que hacerlo —explicó Henrik—. De lo contrario, el cuerpo no puede metabolizar los hidratos de carbono que ingiere en la comida.

—Pero parece que se la ha tomado —dijo Thomas, que no entendía a lo que se refería Henrik.

Henrik levantó el plato.

—Sí, pero no ha comido. Nadie ha tocado la comida. Y hay una tableta de chocolate al lado. A Nora le encanta el chocolate negro, pero no se lo ha comido.

Thomas seguía sin entender.

—¿Y eso qué más da?

Henrik le lanzó una mirada de impaciencia. Despacio, como si estuviera hablando con un niño, explicó:

—Un diabético que haya tomado su insulina tiene que ingerir también comida. Bastante pronto. Si no, se arriesga a sufrir un *shock* insulínico que puede acabar en un coma. —Se calló y tragó saliva—. Si te inyectas demasiada insulina sin tomar la cantidad correspondiente de hidratos de carbono, pierdes el conocimiento y te mueres. En el mejor de los casos, solo tienes daños cerebrales. ¿Comprendes lo que estoy tratando de decirte?

Thomas se puso pálido. Ahora se daba cuenta de la gravedad de la situación.

Henrik se derrumbó en una silla de la cocina y escondió la cara entre las manos.

—¿Dónde demonios puede estar?

—¿De cuánto tiempo disponemos para encontrarla? —preguntó Thomas, cuyo cerebro ya había empezado a analizar la situación como un profesional.

—Depende de cuándo se inyectara la insulina. Después de unas horas puede producir daños irreversibles aunque la encontremos con vida.

Thomas notó que unas gotas de sudor perlaban su labio superior.

—Vuelve a casa de sus padres, quizá ellos tengan alguna idea de dónde puede estar. Llama a la puerta de los vecinos y pregunta si alguien la ha visto.

De repente pensó en la carta. La carta que había encontrado en la casa de Krister Berggren ese mismo día.

El eslabón perdido que no habían descubierto hasta ahora.

Se volvió hacia Henrik.

—Signe Brand puede estar involucrada en esto. Voy ahora mismo a su casa. —Thomas cruzó corriendo el corto trecho que había hasta la gran casa contigua.

Villa Brandska parecía desierta. Toda la colina de Kvarnberget parecía abandonada a esas horas. A los jóvenes que trabajaban durante el verano en Sandhamn les gustaba ir allí los fines de semana de noche, pero ahora estaba vacía y silenciosa.

Thomas dio unos golpes en la puerta. Nadie se movía en el interior de la casa. La iluminación exterior estaba apagada. Golpeó otra vez.

—¡Signe! —gritó—. Signe, soy yo, Thomas. Abre, por favor.

No hubo respuesta.

Thomas observó vacilante las ventanas. Luego corrió a dar la vuelta a la casa. A veces la puerta de la veranda que daba al mar estaba abierta. Quizá podría entrar por ese lado. Pero la puerta estaba cerrada con llave y la veranda, oscura.

A través de la ventana vio una silueta. Parecía que dentro había alguien sentado en la silla de mimbre. Volvió a llamar. No hubo reacción. Creyó ver a *Kajsa* tumbada al lado de la silla, pero no se movía.

Thomas dudó, los allanamientos de morada no eran algo que recomendaran en la Policía. Pero aquella era una situación de emergencia. Se protegió el puño con la manga del jersey y rompió un cristal de la puerta. Luego introdujo la mano y abrió.

Signe estaba recostada en la silla de mimbre, inconsciente. Era imposible hacerla reaccionar, pero su rostro transmitía una enorme paz, como si se sintiera aliviada. Una manta vieja y deslucida le cubría las rodillas.

Para Thomas, Signe siempre había sido una persona por la que no pasaba el tiempo. En realidad, le parecía que tenía el mismo aspecto que cuando la conoció de niño. Pero ahora se la veía frágil y tenía la piel translúcida.

Una mujer vieja.

Una mujer sola.

Kajsa estaba tumbada al lado, con una pata sobre la otra; la cola, tendida en un semicírculo. No respiraba. El pelaje negro estaba completamente inmóvil.

Thomas se inclinó y tocó el cuello de Signe. Se podía percibir un pulso débil, casi inapreciable, bajo la piel venosa. Sus respiraciones eran cortas y superficiales.

Sacó rápidamente el móvil y marcó el número de Carina.

—Soy Thomas. Sí, ya sé, es media noche.

Movió el brazo con un gesto de exasperación en respuesta a los comentarios somnolientos de Carina.

—Escúchame con atención: he encontrado a Signe Brand inconsciente en su casa, en Sandhamn. No puedo determinar la causa. Encárgate de enviar un helicóptero y mandar una patrulla enseguida. Además, Nora Linde ha desaparecido y la estamos buscando. Envía cuanto antes una orden de búsqueda a la Policía Provincial y llámame en cuanto sepas algo, sea lo que sea.

Colgó y fue corriendo a casa de los padres de Nora. Estaban en el vestíbulo, con Henrik.

—Henrik, ve a casa de Signe Brand, está en la veranda, inconsciente. Ya me he encargado de que venga un helicóptero medicalizado.

La madre de Nora lo miró.

—¿Qué está pasando, Thomas? —preguntó preocupada—. ¿Qué le ha ocurrido a Nora?

—No lo sé, Susanne —respondió—. Quédate con los niños. Nosotros vamos a seguir buscándola. No os preocupéis, seguro que la encontraremos pronto.

Thomas deseaba poder estar tan convencido como aparentaba.

76

El hombre silbaba mientras ajustaba la escota mayor de su recién comprado Arcona 36. Había soñado durante muchos años con tener un buen velero y ahora disfrutaba de cada segundo que pasaba en el mar. Se enderezó en la bañera del barco con cuidado de no caerse hacia delante y dio unas palmaditas a la caña del timón. Siempre había preferido la caña a un volante. El barco se movía mejor en el agua. Sujetando fijamente el timón podía parar las ráfagas de viento y las olas, y al mismo tiempo mantener el curso firme.

La experiencia de navegar en un velero era casi mejor que el sexo, pensó encantado. En cualquier caso, se parecía bastante. Cuando le propuso a su mujer navegar de noche desde la isla de Horsten hasta Runmarö, a ella le pareció que no estaba en sus cabales. Se negó en rotundo.

—Eso tendrás que hacerlo solo. ¿Por qué vamos a salir en medio de la noche? Imagínate que chocamos con otro barco.

Pero al final cedió. Dijo que ya no tenía ganas de seguir protestando. Ahora estaba acurrucada en un cojín en la bañera del barco, con una taza de té en la mano, mientras el velero iba dejando atrás islotes y escollos.

—Esto no está tan mal, ¿eh? —dijo el hombre con una sonrisa de satisfacción.

La mujer le devolvió la sonrisa.

—No, es realmente agradable.

El hombre controló otra vez la escota mayor. Soplaba un suave viento de popa, apenas más de tres o cuatro metros por segundo, pero lo suficiente para que el barco mantuviera una velocidad adecuada y estable. El Arcona era un barco fácil de manejar que hendía ágilmente la superficie del agua. El foque mayor atrapaba el viento leve y aprovechaba la brisa a fondo.

—¿Me puedes alcanzar la carta náutica? —le pidió a su mujer—. Deberíamos estar acercándonos a Revengegrundet.

Ella dejó a un lado la taza de té y buscó la carta náutica. Se la dio, él encendió una linterna y estudió la carta detenidamente durante unos minutos. Después se la devolvió.

—Justo lo que yo creía. Estamos exactamente dónde debemos estar. —Señaló en una dirección sin desviar el rumbo del barco ni soltar el timón. —Si miras hacia allá, verás el viejo faro de Grönskär. Ya sabes, el que se construyó en el siglo dieciocho, o quizá en el diecinueve...

Ella arrugó la frente y reflexionó.

—¿Te refieres al que llaman la reina del Báltico?

—En efecto.

La mujer volvió la cabeza y miró hacia la gran torre del faro. Estiró el cuello para poder verlo mejor.

—Alumbra mucho. Pensaba que ya no estaba en servicio.

—Es cierto, creo que dejó de estarlo en los años sesenta.

La mujer dejó su cómodo asiento y abrió la puerta del camarote. Metió la cabeza y alargó la mano hacia los prismáticos, que colgaban de un gancho justo a la izquierda de las escaleras. Se volvió a sentar y sacó los prismáticos de su funda.

—¿Sabes qué? Parece que hay un fuego en el faro.

El hombre se rio.

—¿Pero qué dices? Serán imaginaciones tuyas.

—Míralo tú.

Con gesto ofendido le entregó los prismáticos. Su marido los agarró con una mano para no soltar el timón. Se los acercó a los ojos y lanzó un silbido.

—Sí, joder, tienes razón. El viejo faro está ardiendo.

—Te lo dije. ¿Por qué no me crees? —Se reclinó con un gesto de triunfo.

—Tenemos que avisar a Salvamento Marítimo —dijo el hombre, que para mayor seguridad volvió a mirar otra vez.

—¿A Salvamento Marítimo?

—No podemos dejar que el faro se queme. Puede que nadie se dé cuenta. Igual está deshabitado.

—¿No podemos simplemente llamar al 112?

El hombre miró a su mujer con aires de superioridad.

—Estamos en el mar, cariño. Aquí se llama a Salvamento Marítimo.

La mujer lo miró resentida, pero no dijo nada más. Él le hizo señas con la mano para que se acercara a la bañera.

—Tienes que sujetar el timón mientras yo llamo a Radio Estocolmo.

Cambiaron de posición y el hombre bajó con pasos ligeros las escaleras del interior del barco.

La radio VHF colgaba del techo. Presionó el botón ON y rápidamente sintonizó la frecuencia correcta. El zumbido de las ondas de radio enseguida inundó el barco. Un ruido estridente captado por la antena. El hombre agarró el micrófono y se lo acercó a la boca.

—Radio Estocolmo, Radio Estocolmo, Radio Estocolmo, aquí S/Y Svanen llamando.

Repitió la llamada un par de veces. De repente se oyó un crujido y una voz femenina.

—S/Y Svanen, S/Y Svanen, S/Y Svanen, aquí Radio Estocolmo a la escucha.

—Estamos en las afueras de Grönskär, al nordeste de Sandhamn. Quiero informar de un incendio en el faro, arriba en la torre.

—S/Y Svanen, repita. No le oímos bien.

—He dicho que hay un incendio en el faro de Grönskär. Repito, hay un incendio en el faro de Grönskär.

Se esforzó por hablar claro.

—S/Y Svanen, ¿está seguro?

La voz parecía desconcertada, como si no supiera muy bien qué hacer con la información que le acababan de transmitir.

–Sí. Hemos mirado con prismáticos. Puedo ver las llamas arriba en la torre.

–¿Puede ver a alguna persona?

–A nadie. Parece completamente abandonado. Lo único que puedo ver son las llamaradas de fuego en el mirador.

La voz se quedó en silencio unos segundos mientras aumentaba la intensidad del ruido de la radio. Luego se la volvió a oír a través de la antena.

–S/Y Svanen, gracias por la información. Vamos a investigar la situación *in situ*. Gracias por la ayuda.

El hombre volvió a apretar el botón del micrófono. Sonrió contento, satisfecho de haber cumplido con su responsabilidad como ciudadano.

–Corto y cambio, de S/Y Svanen.

Apagó la radio y colgó el micrófono. Volvió a salir a la bañera y miró a lo lejos, hacia Grönskär.

A través de los prismáticos las llamas parecían más pequeñas, pero quizá solo fueran imaginaciones suyas. El velero había navegado un trecho mientras él daba el aviso. Grönskär se quedaba detrás de popa.

Se encogió de hombros.

No podía hacer gran cosa, dadas las circunstancias. O el fuego se apagaba por sí solo, o el faro se quemaba. Pero si llevaba allí casi trescientos años, resistiría.

77

Henrik estaba tan preocupado que se sentía enfermo. Como médico, sabía perfectamente cómo iba a reaccionar Nora si se había inyectado demasiada insulina. Intentaba convencerse a sí mismo de que, donde quiera que estuviese, seguro que habría comido lo suficiente para no correr riesgos.

Pero ¿por qué no estaba en casa? ¿Y por qué la comida se había quedado intacta en la mesa? Se culpaba por las desavenencias de los últimos días. Veinticuatro horas en el mar no le habían hecho cambiar de opinión. Seguía enfadado cuando llegó a tierra, pero había decidido ignorar la cuestión. Ya había dicho lo que pensaba, no había más que discutir. No entendía esa necesidad que tenían las mujeres de hablar sin cesar de las cosas. Era mejor lanzarse y tomar una decisión, y luego atenerse a lo decidido.

Ahora se arrepentía de su intolerancia.

Vio ante sí la cara de Nora el día que nació Adam. Estaba tan orgullosa. Completamente agotada, claro, pero increíblemente feliz. Los mechones de pelo le caían sudorosos por la cara, como si hubiera corrido una carrera de fondo. Y, en cierto modo, lo había hecho. Como una gran señal de victoria había colocado al recién nacido bien pegado a ella y luego lo había mirado sonriente.

—¿A que es maravilloso? —dijo—. ¿A que es fantástico? Nuestro hijo.

Henrik notaba un sabor extraño en la boca, entre metálico y ácido. Al principio no lo identificó, pero luego supo qué era.

Había sentido lo mismo el día que Mats, su mejor amigo, se cayó de la bici cuando iba a la escuela. Mats estuvo inconsciente varios minutos y durante ese tiempo Henrik había pasado más miedo que nunca en sus doce años de vida. Era el sabor de una profunda preocupación. Puro y simple miedo.

En casa de Signe había constatado que no había nada que pudiera hacer por ella, más que esperar al helicóptero medicalizado que la trasladaría rápidamente a un hospital. Ahora estaba de vuelta en casa de sus suegros. Thomas también estaba allí. Henrik, desesperado, sacudió la cabeza y se dirigió a él.

—Al parecer, nadie ha visto a Nora. Es como si se hubiera esfumado.

El sonido estridente de un teléfono móvil hizo que ambos se sobresaltaran. Era el teléfono de Thomas.

Su voz era casi irreconocible cuando contestó con un rugido.

—¿Sí?

—Soy Carina.

—¿Qué pasa?

—He hablado con Radio Estocolmo y con Salvamento Marítimo. Nadie ha informado sobre nada especial, aparte de las típicas borracheras de fin de semana. Pero...

Dudó un segundo.

—Radio Estocolmo ha dicho que había llamado un velero para notificar que había un incendio en el viejo faro de Grönskär. Han intentado contactar con el vigilante, para que lo confirmara, pero al parecer estaba en otra isla. En cualquier caso, está en camino para investigar si ha pasado algo. No sé si es importante, pero dijiste que te llamara ante la más mínima cosa que ocurriera. Y Grönskär está muy cerca de Sandhamn.

Thomas miró a Henrik.

—Hay un incendio en el faro de Grönskär. ¿Puede que esté allí? —Se giró y llamó a los padres de Nora—. Hay un incendio en Grönskär. En el faro. ¿Puede tener algo que ver con Nora?

El padre de Nora se quedó de piedra.

—Hemos estado hoy allí, durante el día, con los Amigos de Sandhamn. La excursión de verano.

Susanne llegó a la puerta. Cruzó los brazos con fuerza sobre el pecho. Estaba pálida.

—Pero ¿qué iba a hacer allí? ¿Y a estas horas?

—¡Mierda!

Thomas se dio cuenta de que había algo en casa de Signe que había pasado por alto. Al entrar en la veranda había encontrado un chaleco salvavidas en el suelo. Ese no era su lugar, lo cual no encajaba con Signe Brand, tan organizada. Pero si acababa de estar en el mar, tenía sentido.

También que el barco de Nora siguiera en el embarcadero.

—Creo que está en Grönskär —dijo Thomas—. Vamos con el Buster. Dos cosas que no encajan suelen estar relacionadas.

78

Pronto Henrik y Thomas estaban abajo en el embarcadero. Henrik apenas tuvo tiempo de soltar el último cabo antes de que Thomas empezara a acelerar. Bendijo los años en la Policía Marítima, que le habían enseñado a manejar barcos a altas velocidades y en la oscuridad.

Aun así, hasta que estuvo justo al lado, no se percató de la presencia de la lancha semirrígida que cruzó como una bala el estrecho sin luces de navegación y sin respetar la velocidad máxima de cinco nudos. En esa noche tranquila, debía de ir por lo menos a cuarenta nudos. Se precipitaba sobre la superficie del agua. Un monstruo veloz que su joven y borracho conductor no podía controlar. Música rock tronaba por los altavoces, pero Thomas apenas lo oyó hasta que estuvieron a punto de chocar. Sin embargo, vio perfectamente la cara petrificada del conductor y oyó las risas de chicas jóvenes, que pronto se convirtieron en chillidos histéricos. Estaban tan cerca que podía oler la goma de la otra embarcación.

Thomas agarró el volante con tal fuerza que se hizo daño en los dedos. Instintivamente, trató de apartarse lo máximo posible, dando un giro brusco a la izquierda. El movimiento repentino hizo que el Buster se inclinara y que entrara agua por babor. Sin embargo, la lancha semirrígida iba directamente hacia él. Comprendió desesperado que era demasiado tarde para esquivarlo.

Evitó una colisión frontal por un par de milímetros, pero el otro barco pasó tan cerca que rozó el casco del Buster.

Espantado, el conductor, que había intentado virar a estribor, perdió el control. La proa salió disparada por la colisión y el movimiento fue más fuerte por la alta velocidad. El efecto catapulta hizo que la lancha se elevara por estribor. El motor emitió un fuerte rugido antes de que el casco se pusiera de lado en la superficie oscura. Por un momento, la lancha se balanceó sobre la borda derecha mientras los jóvenes se agarraban desesperados a lo que podían. Luego entró en juego la fuerza de la gravedad y el barco volcó con un ruido sordo y pesado. Los pasajeros salieron despedidos y el casco cayó provocando una ola.

—¡Mierda! —oyó gritar a Henrik a su lado—. ¿De dónde ha salido esa lancha? —El brusco giro lo había tirado al suelo y se había golpeado el hombro. Había conseguido agarrarse a un listón y se aferraba a él con fuerza.

Thomas tenía suficiente con el Buster, que se inclinó bruscamente una vez más. Cuando se hizo con el control, dio media vuelta para ir hacia la lancha, que flotaba boca abajo rodeada de jóvenes chillando.

—¿Estás bien? —le gritó Thomas a Henrik, que se había levantado del suelo haciendo un gran esfuerzo.

—Magullado —contestó—. Pero me tengo en pie.

Thomas observó la oscuridad mientras se dirigía hacia la barca volcada.

—¿Ves algo? —preguntó a Henrik.

Henrik se inclinó sobre la borda para ver mejor.

—Veo a siete, no, a ocho o nueve personas en el agua, creo —respondió—. Puede que sean más.

—Necesitamos ayuda —dijo Thomas resuelto, dolorosamente consciente de lo importante que era encontrar a Nora. Pero era imposible abandonar a los jóvenes a su suerte.

Sacó el teléfono móvil y marcó el número de Peter Lagerlöf, uno de sus mejores amigos en la Policía Marítima. Thomas suplicó en silencio que Peter trabajara esa noche, y que su barco estuviera cerca de Sandhamn. Con un número limitado de embarcaciones a su disposición, no era seguro que la Policía Marítima pudiera acudir inmediatamente.

Tuvo suerte.

El barco de la Policía estaba en Korsö, a solo unos minutos de distancia. Peter avisaría también a Salvamento Marítimo para que Thomas pudiera dedicarse a la situación más urgente. Acercó con cuidado el Buster a los jóvenes. Tres chicas histéricas intentaban mantenerse a flote agarradas a la lancha. Otros gritaban pidiendo auxilio un poco más lejos. Thomas detuvo la embarcación y dejó el motor en punto muerto para poder subir rápidamente a bordo a las chicas.

—¿Cuántos ibais en la barca? —les preguntó.

—No me acuerdo —sollozó una de las chicas, y se desplomó en el banco. Con las otras era casi imposible hablar.

—¿Cuántos erais en el barco? —insistió—. Es importante, tienes que tratar de acordarte.

La chica lo miró con ojos vidriosos.

—No me acuerdo. Éramos muchos. Solo íbamos a dar una vuelta.

Dios mío, pensó, y sintió un escalofrío. Si eran críos, adolescentes divirtiéndose con juguetes de adultos. No tienen ni idea de cómo controlar la fuerza del motor de este tipo de barcos.

Henrik se inclinó sobre la borda para subir a un chico joven. Lo agarró del brazo, pero cuando el chico estaba a punto de trepar a bordo, su amigo, que estaba al lado, se puso histérico.

—¡Ayúdame a mí primero, a mí primero! —gritaba, y se encaramaba a los hombros de su compañero, sumergiéndolo.

Thomas no se atrevía a soltar el volante por miedo a que el barco se fuera a la deriva.

—¡Henrik! —gritó—. Detenlo, está ahogando a su amigo.

Henrik se agachó y agarró la camisa empapada del chaval con la mano izquierda. Luego le dio una bofetada con la derecha.

—¡Cálmate ahora mismo o te vas nadando a casa! —vociferó—. Vamos a sacaros a los dos.

El chico se quedó pasmado. Luego soltó a su amigo. Se quedó tranquilo y con los ojos abiertos de par en par mientras Henrik les ayudaba a subir al barco.

Thomas vio con el rabillo del ojo que el barco de la Policía se acercaba. Lanzó un suspiro de alivio. Cada minuto que tardaran en encontrar a Nora significaba un mayor peligro para su vida.

Vio a distancia cómo el barco de la Policía recogía a varios adolescentes del agua.

—Sebastian —sollozó una de las chicas que estaban sentadas en el Buster—. ¿Alguien ha visto a Sebastian?

—¿Qué has dicho? —preguntó Henrik.

—Sebastian conducía el barco. Yo le pedí que lo tripulara. ¿Dónde está?

Henrik miró a Thomas y sacudió la cabeza. Thomas miró a su alrededor. No podía divisar nada más en el agua.

—Tenéis que encontrar a Sebastian, todo esto es culpa mía —sollozaba la chica.

—¿Puede estar debajo del barco? —preguntó Henrik en voz baja a Thomas.

Thomas solo vaciló un segundo. No era imposible. Si no había tenido tiempo de apartarse a nado, podía estar allí y, con suerte, en una burbuja de aire.

—Ven, toma —le dijo a Henrik, y soltó el volante.

Se quitó el jersey y los vaqueros en un instante. Luego saltó al agua, que estaba asombrosamente templada a pesar de la profundidad, que debía de ser de veinte metros por lo menos. Con brazadas rápidas nadó hacia el casco. Con la mano en la cubierta de goma intentó percibir algún ruido, cualquier cosa que indicara que había alguien debajo. Después respiró profundamente y se sumergió. Estaba completamente oscuro y era casi imposible ver algo. Buscó a tientas unos segundos antes de tener que salir para tomar aire en la superficie. Cuando emergió por tercera vez, el barco de la Policía se había situado a su lado. En la cubierta de proa estaba Peter, alumbrando con un foco.

—¿Tienes una linterna submarina? —voceó Thomas.

Peter asintió y gritó algo a uno de los otros policías. Se tumbó boca abajo en la cubierta de proa y le alcanzó una linterna a Thomas, que aspiró profundamente y nadó de vuelta bajo la lancha.

Bajo la luz irreal de la linterna vio al chico, atrapado entre el volante y el asiento del conductor. Su cabello flotaba, como algas que ondearan en la corriente.

Thomas tiró de él todo lo que pudo para liberarlo, pero se le estaba acabando el oxígeno. De nuevo tuvo que subir a la superficie para tomar aire.

—¿Has visto algo? —preguntó Peter cuando volvió a ver a Thomas.

—Hay un chico debajo del barco —jadeo Thomas—. Pero no he sido capaz de rescatarlo. Lo intentaré otra vez.

Respiró profundamente durante unos segundos y se sumergió. Ahora que sabía dónde estaba, tardó menos en llegar.

De repente apareció Peter a su lado. Thomas le indicó que agarrara una de las piernas del chico y tirara de ella cuando contara hasta tres.

Aunando fuerzas consiguieron sacarlo. En la superficie, el resto de la tripulación ayudó a subir el cuerpo al barco.

—¿Está vivo? —preguntó Thomas.

En el fondo ya era dolorosamente consciente de cuál iba a ser la respuesta, pero tenía que preguntar.

Uno de los policías le lanzó una mirada apesadumbrada.

—Desgraciadamente, no —contestó, y miró con pena al chaval, que estaba tendido en la cubierta de proa—. Es absolutamente frustrante, pero no podemos hacer nada. Es demasiado tarde.

79

El cielo empezaba a clarear por el este. La falta de tiempo hacía que a Thomas se le encogiera el estómago. Le angustiaba la elección entre quedarse a ayudar en el lugar del accidente o irse a Grönskär. Pero tenían que continuar la búsqueda de Nora, y la Policía Marítima, que ahora estaba acompañada por Salvamento, tenía la situación bajo control. Otros barcos que habían pasado también se habían parado para ofrecer su ayuda. Al pobre muchacho, de apenas diecisiete años, ya no podía ayudarle nadie.

—¡Henrik, ¿qué crees que será más rápido?! —gritó Thomas para hacerse oír en el viento—. ¿A través del puerto y saliendo por el estrecho de Korsö, o pasando por el norte de Kroksö?

—¡Por el norte! —gritó Henrik superando el ruido del motor—. Si pasas por el muelle, puede que venga otro idiota. No nos lo podemos permitir.

Thomas no lograba determinar si estaba llorando o si solo tenía agua salada en la cara. Habían perdido por lo menos una muy preciada media hora. Aceleró con decisión. No sabía que supiera navegar así de rápido. Al poco rato vio la silueta de Grönskär. Iban tan rápido que tardaron apenas diez minutos. Aun así, le había parecido una eternidad.

Con el ceño fruncido, intentó descubrir dónde estaba el incendio, pero no veía nada.

El faro estaba donde siempre, sin fuego y sin humo.

Carina había dicho que el vigilante estaba en camino, pero no veía señal de vida en la desértica isla.

Amarraron el barco en el embarcadero de hormigón y ascendieron hacia el faro tan rápido como les permitieron las resbaladizas rocas.

La torre estaba completamente a oscuras.

Henrik hizo bocina con las manos alrededor de la boca y llamó a Nora.

Nadie contestó.

Thomas se situó bajo la torre y también gritó lo más alto que pudo.

—Calla. —Henrik le tiró del brazo—. Me ha parecido oír algo.

Se quedaron quietos, esforzándose al máximo por percibir cualquier ruido. Lo único que se oía era el sonido de las olas contra las rocas, aparte de una sibilante serreta solitaria, a lo lejos.

Thomas tuvo una idea.

—Llámala al móvil —le dijo a Henrik—. Si está inconsciente, no podrá contestar, pero a lo mejor nosotros oímos la llamada.

Henrik sacó su móvil y pulsó el número de Nora. Desde un arbusto a la derecha de la entrada empezó a sonar la melodía de *Misión imposible*.

—¡Es su tono! —exclamó Henrik, agitado—. Es el móvil de Nora, tiene que estar aquí.

Corrió hacia la torre y encontró el teléfono. Pero la puerta estaba cerrada y el candado de la verja colgaba en su sitio.

—Imagínate que está ahí dentro —dijo—. Hay que entrar. ¿Tienes algo en el barco con lo que puedas romper el candado?

—Solo un ancla y un remo. —Miró a Henrik con gesto decidido—. Pero tengo otra cosa.

Buscó dentro de la cazadora y sacó su pistola reglamentaria.

Luego retrocedió un paso.

—Apártate —dijo.

—¿Qué vas a hacer?

—¡Apártate! —gritó Thomas. No tenía tiempo para explicaciones.

Sujetó la pistola, quitó el seguro y, con las dos manos, apuntó con precisión al candado.

El disparo sonó como un trueno.

369

El ruido retumbó en las rocas y desapareció en el mar. El candado cayó al suelo y acabó en el brezo color malva.

—Vamos, corre, joder.

Subieron las escaleras corriendo. Thomas iba primero. Saltaba los escalones de dos en dos. Dentro de la torre estaba oscuro. Había un fuerte olor a humo. Henrik tosió. No había ninguna duda de que allí acababa de haber un incendio.

Cuando llegaron al primer rellano, Thomas se detuvo. La puerta estaba cerrada con un sólido pestillo. Además, alguien la había bloqueado con una llave inglesa enorme, negra, de hierro, colocada al través de la anticuada manija. La llave era de las que se usaban antaño para apretar tuercas tan grandes como la palma de la mano.

Era imposible moverla.

—Nora —llamó Henrik mientras golpeaba la puerta—. ¿Nora, estás ahí?

Thomas agarró la llave de otra manera y tiró hasta que notó sabor a sangre en la boca. Henrik intentó ayudar, pero era imposible agarrar aquella llave de manera que permitiera hacer palanca. Se sujetaba por su propio peso contra la puerta maciza. Thomas soltó la herramienta; le dolían la manos. Observó la puerta y pensó en si sería posible tirarla abajo de una patada. Probablemente resultara inútil. La puerta estaba hecha para durar siglos. Como todo lo demás en el faro, estaba construida a la antigua usanza y con la mejor madera. Habría sido necesaria la fuerza de un gigante para tumbarla. Aun así, le dio una patada de pura rabia.

No se movió ni un milímetro.

—Es imposible. Está completamente atrancada. Tenemos que romperla.

Se volvió hacia Henrik.

—Mira a ver si encuentras algo con lo que hacerla pedazos. En la isla vive gente, quizá haya alguien en su casa que pueda ayudarnos.

Intentó de nuevo desplazar la pesada llave de hierro sin que esta se moviera en absoluto. La desesperación era insufrible.

Pensó en el pequeño cuerpo de Emily, cuando yacía completamente inmóvil con los labios azules y era tan dolorosamente obvio que no iba a volver a respirar. Ahora sentía la misma impotencia.

No podía perder a Nora también. Tenía que ocurrírsele algo.

Apretó los puños con tanta fuerza que los nudillos se le pusieron blancos. Tensó músculos que había entrenado en muchos intensos partidos de balonmano. La llave se movió un poco, pero regresó a su sitio en cuanto la soltó. La frustración era tan grande que Thomas sentía que estaba a punto de estallar. El humo que había en el aire le hacía llorar. Sacudió la puerta de nuevo y llamó a Nora una y otra vez sin recibir respuesta.

Henrik bajó corriendo las escaleras del faro. Cuando salió por la puerta miró a su alrededor. Al norte de la torre, a menos de cien metros de distancia, estaban las antiguas viviendas de los vigilantes. A la izquierda se alzaba una gran casa de piedra. Estaba completamente a oscuras. Detrás había otra casa, y un poco más lejos, la del farero, pintada de rojo Falun. Allí tampoco se veía luz.

Corrió hasta la casa de piedra y tiró de la puerta. Estaba cerrada con llave. Miró a través de las ventanas, pero era difícil distinguir algo en la silenciosa oscuridad.

—¡Hola, despertad, despertad!

Daba golpes y gritaba todo lo alto que podía, pero la única respuesta que obtuvo fue el eco de su voz.

Se precipitó hacia la casa del farero y probó la manija. Tiró de ella y la movió con todas sus fuerzas, en vano. La casa estaba desierta y sumida en el silencio.

Desesperado, buscó a su alrededor algo con lo que se pudiera cortar. En el horizonte, al este, se dibujaba la silueta de Sandhamn. Le parecía increíble que solo hubieran pasado unas horas desde que amarró el barco en el embarcadero sin saber que su vida estaba a punto de derrumbarse. Se imaginaba a Nora encerrada en la torre y rodeada de fuego. Se mordió con fuerza el labio para sacudirse esa imagen de la cabeza. Tenía que mantener la calma. Era un médico con experiencia y había visto su parte correspondiente de casos terribles. Pero en ninguno de ellos se trataba de su esposa. ¿Qué les iba a decir a los niños si no la encontraban? ¿Cómo iba a poder vivir sabiendo cuáles habían sido las últimas palabras que le había dicho?

En ese momento habría vendido su alma al diablo con tal de encontrar un hacha.

Abajo, en el puerto de los barcos pequeños, que estaba en la parte norte de la isla, divisó unos tejados. Quizá en las viejas casetas de pesca hubiera herramientas. Corrió con los puños apretados y respirando de manera entrecortada y jadeante. De repente resbaló en la hierba, húmeda por el rocío, y rodó antes de lograr incorporarse. Se golpeó el codo contra una piedra. Oyó el ruido hueco, pero no tenía tiempo para pararse a pensar si le dolía, así que siguió corriendo en cuanto se levantó.

Abajo, la orilla del mar estaba silenciosa y en calma.

Tiró de la manija negra de la primera caseta. La puerta estaba cerrada, y la llave echada.

Mierda, mierda, mierda.

En el lado más estrecho del cobertizo había una ventana pequeña. Henrik se dio cuenta de que necesitaba una piedra grande. En la orilla encontró una piedra de granito cubierta de algas. La levantó y la lanzó con todas sus fuerzas contra la ventana. El ruido del cristal al romperse sonó como un disparo en el silencio de la noche. Enseguida introdujo la mano a través del agujero y soltó la aldabilla para poder abrir la ventana del todo y entrar.

Dentro del cobertizo vio el contorno de varias herramientas. En una esquina distinguió un hacha apoyada contra la pared. Casi llora de alivio al verla. La agarró y con ella en la mano volvió a trepar por la ventana. Con las prisas se hizo un corte profundo a la altura de la tibia, una incisión de unos cuantos centímetros de largo. Pensó instintivamente que había que coser la herida, si no quedaría una fea cicatriz.

Con la pierna izquierda sangrando, se apresuró a subir la pendiente de vuelta hacia la torre del faro. Abrió la puerta de un tirón y trepó por las escaleras tan rápido como pudo hasta llegar al primer rellano, donde lo esperaba Thomas.

—Toma, corta la manija de la puerta —jadeó.

Apenas podía hablar. Le dolían los pulmones del esfuerzo y el humo que había en el aire no mejoraba la situación. Tuvo que agachar la cabeza y descansar los brazos en las rodillas para no desmayarse.

Thomas agarró el mango del hacha y calculó el hachazo. Golpeó una vez, y luego otra vez más. La manija se soltó al tercer intento. La inmensa llave cayó al suelo con un ruido que reverberó en toda la torre. Thomas pasó dando una zancada por encima del hacha y abrió la puerta. Entonces Henrik vio a Nora acurrucada en el suelo, delante de la entrada. El espacio estaba lleno de humo y oscuro como boca de lobo.

Henrik entró y se arrodilló al lado de su mujer para tomarle el pulso. En un instante pasó de marido desesperado a médico profesional.

—Ha sufrido un *shock* insulínico. Hay que trasladarla inmediatamente a un hospital.

Le rodeó los hombros con el brazo y la levantó con cuidado para que la cabeza descansara en sus rodillas. Estaba inconsciente.

—Llama y pide un helicóptero. Tenemos que inyectarle una solución de azúcar enseguida. Es la única manera de contrarrestar la hipoglucemia, introducir azúcar directamente en la sangre.

Miró angustiado a Thomas.

—No sé si podremos superar esto.

Sandhamn, julio de 2005

¿Por dónde empiezo? Lo que está hecho, hecho está. Pero tengo que contaros lo que pasó.

Krister Berggren era mi sobrino. Vino a Sandhamn esta Semana Santa y me buscó. Me explicó que era mi sobrino, el hijo desconocido de Helge, al que nunca había visto. Su madre le había ocultado quién era su padre durante todo este tiempo.

Cuando mi hermano Helge cumplió doce años, lo mandaron a una escuela en Vaxholm. La distancia hizo que no pudiera volver a casa más que durante los fines de semana. En el invierno solo era posible si el barco de vapor podía atravesar el hielo. Por eso lo acomodaron en casa de la familia Berggren, en Vaxholm. La hija más joven se llamaba Cecilia. Tenía dos años más que él, pero con el tiempo Helge se enamoró perdidamente de ella. El amor dio sus frutos. Cecilia se quedó embarazada cuando él tenía dieciséis años y ella dieciocho.

Los padres de Cecilia se pusieron en contacto con nuestro padre, que se disgustó mucho y ordenó a Helge que volviera de inmediato. Luego pagó una gran cantidad de dinero a los padres de Cecilia. A cambio, exigió que todo se mantuviera en secreto y que dieran al niño en adopción en cuanto hubiera nacido.

Padre me contó toda la historia poco antes de morir. Helge, en cambio, no dijo nada. Nunca hablamos de ello. No creo que jamás volviera a saber algo de Cecilia después de aquel día en que lo subieron a un barco de vuelta a Sandhamn. Quizá ni siquiera supiera que

374

había tenido un hijo, y poco más tarde partió a la mar tras una bronca con padre.

La visita de Krister solo tenía un propósito. Exigir la herencia de su padre. Sin dudarlo un segundo me amenazó con forzarme a vender Villa Brandska si no le daba el dinero. Había hablado con un abogado que le había contado cómo funcionaban las cosas y dijo que tenía la ley de su parte. Perdí los estribos. Mi casa significa todo para mí. Aquí respiré el primer aire y aquí se durmió mi madre por última vez. Mi vida se hubiera roto en pedazos si él hubiera cumplido su amenaza.

Lo invité a que se quedara a dormir, con la esperanza de poder razonar con él al día siguiente. Inquieta, permanecí despierta toda la noche, mientras la ansiedad me corroía el pecho. De alguna manera había que dar con una solución. ¿Cómo iba a hacerle entender que Villa Brandska no era una casa que se pudiera vender así, de cualquier manera?

Al día siguiente le propuse que saliéramos a tender las redes de pesca, como solíamos hacer Helge y yo cuando él todavía tenía buena salud. Quizá eso ablandara a Krister y le hiciera darse cuenta de lo exageradas que eran sus exigencias.

Hacía un día maravilloso. Un sol pálido de invierno lucía suavemente en el horizonte y todo estaba en absoluto silencio. Lo llevé a Ådkobb, donde siempre iba con Helge. Era su sitio preferido para echar las redes. Justo cuando había colocado la primera red sentí un tirón y vi las escamas de un pez brillando en el agua. Llamé a Krister para que viniera a verlo. Pero cuando se inclinó hacia delante para ver mejor, se apoyó contra la tapa del motor fueraborda. Por descuido no lo había fijado bien cuando subí el motor. Se volvió a bajar y Krister perdió el equilibrio y cayó al agua en medio de la red.

Me lancé a por el primer cabo que encontré e hice una lazada con un nudo corredizo para que se lo pusiera alrededor del cuerpo y así poder levantarlo. Por alguna razón se había negado a ponerse un chaleco salvavidas. Cuando le ofrecí uno, había murmurado que eso solo era para mujeres y críos.

Entonces me di cuenta de que el cabo que estaba usando era el del ancla. En el otro extremo estaba el pesado rezón. Se me ocurrió de repente. Si no lo sacaba del agua todo volvería a la normalidad. Nadie me iba a poder arrebatar mi casa. *Todo iba a ser como antes. Sin pensármelo dos veces, levanté el ancla y la lancé al mar. Mis brazos actuaron por voluntad propia. Lo último que vi fue su cabeza, arrastrada hacia el fondo de esas aguas frías y oscuras.*

Después aquel día quedó envuelto en una especie de niebla invernal blanquecina. Casi parecía como si no hubiera ocurrido. Pero entonces el cuerpo de Krister llegó flotando a la playa oeste. Comprendí enseguida que se trataba de él. No sabía qué hacer. Pasé las noches en vela, dándole vueltas a la cabeza.

Luego llegó Kicki Berggren. Un día se presentó ante mi puerta y llamó. Esa mujer avariciosa afirmaba que era la prima de Krister. Dijo que la muerte de Krister significaba que ella iba a heredar en su lugar. Si no accedía voluntariamente a darle la mitad de la casa, me obligaría. Me oí a mí misma ofrecerle una taza de té mientras continuábamos la conversación. Era como si fuera otra persona quien hablaba. Cuando fui a la despensa a buscar el bote con mi mezcla de té casero, vi la botella de matarratas. Llevaba siglos en el estante más alto. La alcancé con manos temblorosas. La etiqueta roja con la calavera tachada parecía brillar en la penumbra. Entonces supe lo que iba a hacer. Cuando el té estuvo listo lo vertí en dos tazas y añadí casi un decilitro del líquido venenoso en una de ellas. Luego puse en un plato unas galletas con mermelada que había hecho yo y se lo llevé a Kicki Berggren. Después de que se hubiera bebido todo el té le pregunté si podía volver al día siguiente. Con voz extraña y hueca le pedí que me diera tiempo para pensar en la situación. La misma voz extraña le prometió que le daría una respuesta en veinticuatro horas. Quedamos en vernos al día siguiente a las doce. Pero Kicki Berggren nunca volvió.

Tengo la vieja medicina de Helge a mi lado en la mesa de la cocina mientras escribo esta carta. Es morfina que me dieron en el hospital cuando él estaba moribundo. Ahora tendré que utilizarla por última vez.

Kajsa anda frotándose en mis piernas, gimoteando con inquietud. La sabia perra intuye que algo va mal. Me mira suplicando de tal forma que casi no puedo seguir escribiendo. Pero Nora está encerrada en el faro de Grönskär y hay que ir a buscarla lo antes posible.

Hemos estado juntas allí esta noche y sabe lo que ha pasado. No podía arriesgarme a que me impidiera hacer lo que es preciso, así que tuve que encerrarla. Apenas entiendo cómo fui capaz, pero de algún sitio saqué fuerzas para levantar la gran llave maciza que encontré en una esquina y atrancar la puerta. Luego me subí a su barco y regresé.

Decidle a Nora que siento muchísimo haberla encerrado.

Unas últimas palabras. Esta es mi voluntad. Nadie tiene derecho a quitarme mi casa. Aquí he nacido y aquí voy a morir.

Signe Brand

Con un pequeño suspiro Signe dejó a un lado el lápiz. Dobló la carta y la introdujo en un sobre que dejó apoyado contra un candelabro en la mesa de la cocina. Luego sacó otro papel, escribió rápidamente unas líneas y lo metió también en un sobre. Con pasos lentos se dirigió al otro lado de la cocina y sacó una caja de cerillas.

–Ven, *Kajsa* –dijo con voz suave, y acarició la cabeza del perro.

Entonces tomó la lámpara de queroseno que estaba en la mesa de la cocina, la que el abuelo Alarik había comprado una vez en Estocolmo para el deleite de toda la familia. Entonces ella era una niña pequeña, pero seguía acordándose de lo preciosa que le pareció cuando el abuelo la trajo a casa.

Encendió la mecha con cuidado y la ajustó para que la lámpara diera una luz cálida a su alrededor.

Con la lámpara en una mano y las medicinas en la otra salió a la veranda. Con gesto acostumbrado preparó dos inyecciones de morfina. La experiencia tras la enfermedad de Helge no había sido en vano.

Kajsa se había tumbado a sus pies, en su alfombra preferida. Cuando le puso la inyección al perro, se le caían las lágrimas por las mejillas marchitas. Acarició su hocico sedoso y procuró contener los sollozos. La perra gemía, pero no se movió, sino que dejó que Signe le inyectara la morfina sin protestar.

Signe se sentó y se quedó completamente inmóvil con la cabeza de *Kajsa* en sus rodillas hasta que la perra dejó de respirar.

Luego vertió un puñado de pastillas del bote de la medicina y se las tragó una tras otra con un poco de agua. Tomó la segunda jeringuilla de morfina y se la inyectó en el brazo izquierdo. Para acabar, se envolvió con una manta de ganchillo que ella misma había hecho hacía muchos años y se sentó en la silla de mimbre. Tenía un poco de frío, pero eso ya no importaba. Lo último que hizo fue apagar la lámpara de queroseno.

Apenas podía distinguir el horizonte en la noche, ni las islas que le eran tan familiares. Entonces cerró los ojos y se echó hacia atrás en la silla por última vez.

80

Domingo, quinta semana

La luna de agosto, redonda y ámbar, se alzó sobre los árboles de Telegrafholmen; daba la impresión de que estaba muy cerca y que casi se podía tocar. Los niños se habían dormido sin demorarse demasiado, por una vez. Henrik y Nora estaban sentados en el embarcadero.

El aire se iba volviendo más frío poco a poco. Nora se estremeció. No sabía si a causa de la humedad de la noche o de los sucesos de las últimas semanas. Todavía le quedaban muchas preguntas sin respuesta. Daba vueltas a la taza de té, haciéndola girar entre sus manos mientras observaba la neblina del mar, donde el sol se acababa de poner.

Había una gran distancia entre Henrik y ella. Nora sentía que se encerraba en su caparazón, pero tenía necesidad de abrirse. La pena y el estupor por la muerte de Signe eran evidentes. Seguía helada y cansada tras las tensiones que había soportado su cuerpo, pero se había negado a quedarse en el hospital más tiempo del absolutamente necesario. Lo único que quería era volver a Sandhamn y ver a los niños. Cuando los vio pasó mucho rato abrazada a ellos.

Los médicos del hospital dijeron que debía de tener un ángel de la guarda. Unas horas más y probablemente no hubiera sobrevivido. Al menos, no sin daños cerebrales irreparables. Thomas y Henrik la habían encontrado en el último minuto.

Signe Brand no había tenido tanta suerte. Falleció plácidamente apenas unas horas después de que la trasladaran al hospital. Cuando la Policía registró Villa Brandska halló dos cartas que había escrito. Estaban en la mesa de la cocina, las había dejado allí con la clara intención de que las encontraran. Una de ellas contenía una descripción de lo ocurrido. La otra era un testamento. Como Thomas había entrado por la veranda, no las había visto.

Signe había contado con que alguien fuera a buscar a Nora al día siguiente. No sabía que su encierro en el faro pudiera provocarle un *shock* insulínico que ponía en peligro su vida.

Thomas se había pasado por allí el día anterior y les había contado que se había puesto en contacto con la Policía un testigo que había coincidido con Jonny en el *ferry* de Finlandia.

Nora estaba sentada abajo en el embarcadero, igual que ahora, y Thomas se sentó en la silla de enfrente. Unas nubes finas tapaban el sol, pero no hacía frío. Eran casi las cinco de la tarde.

El testigo, un hombre de unos cincuenta años, se había puesto a hablar con Jonny, explicó Thomas. El hombre le contó que Jonny estaba muy bebido y que había dicho entre balbuceos que se había marchado de Sandhamn porque se había peleado con una chica. Que había intentado tener relaciones sexuales con ella, pero no se le había levantado en el momento clave. Cuando ella se burló de él se puso de mal humor y le dio un puñetazo.

Según lo que pudo entender el hombre del relato incoherente, el puñetazo había hecho que la mujer perdiera el equilibrio y se diera un golpe en la cabeza. Después había salido corriendo de allí, pero como luego la encontraron muerta, a Jonny le dio miedo que la Policía lo acusara del asesinato.

Creía que, al cabo de un rato, Jonny había salido a la cubierta de popa para tomar un poco de aire fresco. No era improbable que hubiera querido echar un último vistazo a Sandhamn cuando el barco dejó atrás la isla.

Una de las cámaras de seguridad lo había grabado tambaleándose en las escaleras que llevaban a la cubierta superior. En su estado de ebriedad, probablemente había perdido el equilibrio y se había caído del barco.

En todo caso, su muerte podía deberse a un trágico accidente. Al menos, eso era lo que creía la Policía.

Thomas también le contó lo que había ocurrido cuando Philip Fahlén, por fin, salió del coma, con la pierna y el brazo derechos paralizados. En su situación miserable había confesado la existencia de una importante red de robos en el Systembolaget, con Viking Strindberg y su mujer a la cabeza. Juntos habían sacado vino y otras bebidas alcohólicas de modo clandestino y habían cobrado una buena suma por sus servicios. La confesión, junto con la inspección que había hecho la Policía del registro de llamadas telefónicas y su intervención, había sido más que suficiente para que también Strindberg y su mujer Marianne pusieran las cartas sobre la mesa y confesaran su culpa.

—Mala suerte, pura y dura, para Philip Fahlén y el matrimonio Strindberg. —Lo había resumido Thomas—. Si el cuerpo sin vida de Krister Berggren hubiera aparecido en la playa un poco más allá del chalé de verano de Fahlén, nunca los habríamos descubierto.

Justo entonces le sonó el móvil. Cuando acabó la conversación miró a Nora con una sonrisa azorada.

—Es Carina, de la comisaría —dijo a la vez que guardaba el teléfono en el bolsillo de los pantalones—. Vamos a cenar juntos esta noche, así que me tengo que ir.

Por primera vez en mucho tiempo, Thomas parecía contento de verdad. Nora sentía una cálida alegría por él. Deseaba que su amigo volviera a ser feliz. Exhaló un pequeño suspiro y se ciñó aún más la cazadora. El frío se hacía más intenso a medida que transcurría la noche.

—¿Sabes qué es lo más triste? —le preguntó lentamente a Henrik.

Él la miró con curiosidad. Se notaba que estaba intentando alcanzarla, pero ella no era capaz de ir a su encuentro. Cuando él extendió la mano y le acarició la mejilla casi ni reaccionó.

—¿En qué estás pensando?

—Murieron inútilmente, tanto Kicki Berggren como Signe. Y Jonny también, claro. Pero Signe no lo entendió. Kicki Berggren nunca supuso una amenaza para Signe ni para Villa Brandska, una vez que Krister murió.

Mientras los ojos se le llenaban de lágrimas luchaba por mantener la voz estable.

—La ley es muy clara: un primo no puede heredar de otro primo.

Nora miró la superficie del mar mientras le embargaba una tristeza infinita. Signe estaba muerta y nunca más volvería a verla. La vida es tan frágil, pensó. ¿Por qué no se nos dará mejor entender eso?

Agradecimientos

Desde que recién nacida me llevaron a Sandhamn, donde mi familia ha tenido su casa de veraneo durante cien años, me ha encantado la isla. Cuando quise probar a escribir algo de ficción, después de haber publicado varios libros sobre temas jurídicos, la idea de una intriga policíaca que se desarrollara en Sandhamn me pareció irresistible. Sin embargo, este libro nunca habría sido publicado sin la ayuda de un gran número de personas que me prestaron amablemente su tiempo y sus conocimientos.

Quiero empezar por darle las gracias a Gunilla Petterson, vecina de Sandhamn, que ha contestado a una cantidad innumerable de preguntas sobre Sandhamn y Grönskär.

A buenos amigos y compañeros que se han sacado tiempo para leer diferentes versiones del libro y me han aportado opiniones valiosas: Anette Brifalk, P-H Börjesson, Barbro Börjeson Ahlin, Helen Duphorn, Per y Helena Lyrvall, Göran Sällqvist y mi hermano Patrik Bergstedt.

Mi editora Matilda Lund ha dedicado un trabajo inmenso a este manuscrito.

Muchas gracias también al comisario Sonny Björklund, a Rita Kaupila, médico de la Unidad de Medicina Legal y Forense en Solna, al inspector Jim Näsström de la Policía Marítima de Nacka y a la radióloga Kattis Bodén.

Conviene hacer unas cuantas observaciones. He creado una serie de personajes que son pura ficción. También he alterado ciertos datos: Villa Brandska no existe y no hay ninguna casa de color verde chillón en Västerudd. Las aguas que rodean Grönskär son un área para la conservación de los peces. El Systembolaget no tiene ningún almacén central en los suburbios y los *ferries* a Finlandia han dejado de pasar por Sandhamn a las nueve de la noche. El barco *Sandhamn* empezó a navegar en 2006.

Para acabar: mi maravillosa hija Camilla ha convivido con el libro durante todo su desarrollo y hemos discutido la trama durante incontables paseos por Sandhamn. Camilla, eres fantástica.

También quiero darle las gracias a Lennart, mi marido, por existir. Sin ti, mi sueño nunca se habría hecho realidad.

VIVECA STEN